Astrid Wagner

Mörder Dichter Frauenheld

Der Fall Jack Unterweger

W0304372

Astrid Wagner

Mörder Dichter Frauenheld

Der Fall Jack Unterweger

Militzke

Meinen Eltern gewidmet

Besten Dank an Dipl.-Biol. Dr. rer. medic. Mark Benecke für seine wissenschaftliche Beratung in bezug auf die DNA-Forschung

Bibliographische Information der Deutschen Bibliothek
Die Deutsche Bibliothek verzeichnet diese Publikation in der Deutschen Nationalbibliographie; detaillierte bibliographische Angaben sind im Internet über http://dnb.ddb.de abrufbar.

Für die Originalausgabe:
Wagner, Astrid: Jack Unterweger : ein Mörder für alle Fälle /
Copyright © 2001 by Militzke Verlag e. K., Leipzig
Für die deutschsprachige Taschenbuchausgabe:
Copyright © 2004 by Militzke Verlag e. K., Leipzig
Alle Rechte vorbehalten

Lektorat: Siegfried Kätzel
Umschlaggestaltung, Satz und Layout: Ralf Thielicke
Gesetzt aus der New Baskerville
Druck und buchbinderische Verarbeitung: Steidl, Göttingen

Printed in Germany
ISBN 3-86189-617-6

Besuchen Sie den Militzke Verlag im Internet unter:
http://www.militzke.de

Inhaltsverzeichnis

Eine Mordhatz

Der Fall Unterweger kommt ins Rollen

Der erste Jäger

Stein an der Donau, am Karfreitag des Jahres 1983. Ausgerechnet in dieser altertümlich-romantischen, in Weinbergen eingebetteten Kleinstadt liegt Österreichs größte Justizanstalt. Der 33jährige Jack Unterweger verbüßt hier eine lebenslange Freiheitsstrafe wegen eines 1974 verübten Mordes. Die Jahre im Gefängnis haben den Häftling anscheinend geläutert: Er hat seine Vergangenheit durch Schreiben von Büchern aufgearbeitet, wovon eines in diesem Jahr großen Erfolg erlangte und ihn bekanntmachte. An diesem Tag jedoch bekommt er »Besuch« von drei Beamten der Kripo Salzburg. Sie sind gekommen, um ihn wegen eines weiteren Mordfalls aus dem Jahre 1973 zu befragen: Die 23jährige Marica Horvath war gefesselt und mit einem Knebel im Mund in den Salzachsee geworfen worden, wo sie ertrank. Einer der Beamten, August Schenner, ist überzeugt, in Jack Unterweger den Täter gefunden zu haben. Der gibt sich arrogant: Er hat ein sicheres Alibi und fragt den Kriminalbeamten, was er von ihm eigentlich wolle. Sieben Stunden dauert das Verhör, am Schluß sind es nur noch aggressive Wortgefechte. Schenner muß unverrichteter Dinge wieder abreisen. Doch er kündigt »seinem Mörder« an: »Unterweger, solltest du je vom Zuchthaus freikommen, werde ich dafür sorgen, daß du dorthin wieder zurückkehrst.« Dann hört Jack Unterweger jahrelang nichts mehr von August Schenner.

23. Mai 1990: Jack Unterweger wird auf Bewährung entlassen. Das Strafgesetzbuch ermöglicht auch bei lebenslangen Haftstrafen eine vorzeitige Entlassung durch Gnadenakt des Bundespräsidenten – freilich erst nach einer Mindesthaftzeit von fünfzehn Jahren und aufgrund eines psychologischen Gutachtens und überdies nur bedingt: Im Fall einer neuerlichen Verurteilung wegen »einer auf der gleichen schädlichen Neigung beruhenden Straftat«, wie es im Juristendeutsch heißt, wird die Entlassung sofort widerrufen.

Jack Unterweger lebt fortan als freier Schriftsteller und Journalist in Wien. Kripomann Schenner ist inzwischen fast siebzig und längst in Pension.

Ein Jahr später, Mai 1991: In Wien sind seit Ende der achtziger Jahre innerhalb nur kurzer Zeitabstände zwei Kinder und eine achtzehnjährige Discobesucherin auf brutale Weise erdrosselt und mißbraucht worden. Das letzte Opfer des oder der unbekannten Sexualattentäter war ein neunjähriges Mädchen namens Nicole Strau, das mißbraucht und brutal ermordet in einem Waldstück in der Nähe von Wien aufgefunden wurde. Die Bevölkerung ist aufgebracht, wie immer, wenn es um unschuldige Kinder geht. Doch von einem Täter fehlt jede Spur. Kritische Stimmen werden laut, daß die Polizei angesichts der steigenden Gewaltkriminalität versagt habe.

Auch im Bereich des Rotlichtmilieus sieht sich die Polizei mit einer zunehmenden Brutalisierung konfrontiert: Die ungeklärten Gewalttaten und Morde an Prostituierten waren seit Ende der siebziger Jahre konstant angestiegen. Trotz zahlreicher Hinweise aus dem Milieu auf perverse Freier war in den letzten Jahren so gut wie kein einziger der »anonymen«, das heißt durch keine klar nachvollziehbaren Täter-Opfer-Beziehungen gekennzeichneten Morde geklärt worden. Der Druck auf die Sicherheitsbehörden, endlich Erfolge vorzuweisen, wächst.

Ende Mai 1991 wird es in zwei weiteren Fällen zur Gewißheit: Am 21. Mai findet man im Wiener Schottenwald die Leiche der schon seit längerer Zeit abgängigen Prostituierten Sabine Moitzi. Nur zwei Tage später entdeckt man die Leiche ihrer ebenfalls ermordeten »Kollegin« Karin Eroglu in einem Waldstück bei Gablitz nahe Wien.

Auch in Graz hatte es seit Mitte der achtziger Jahre mindestens vier ungeklärte Prostituiertenmorde gegeben. Hier gab es wenigstens ein Phantombild, das einen Mann mit dickem Gesicht und Vollbart zeigte. Genau diesen Mann wollten nun Zeugen zu tatkritischen Zeiten im Café »Jägerstübchen« mitten im Strichgebiet von Wien-Penzing, aus dem die zwei Wienerinnen verschwunden waren, erkannt haben. »Jagd nach Dirnen-Killer nun in Wien, Graz und Niederösterreich« titelt der Wiener »Kurier« im Chronikteil am 25. Mai und berichtet unter einer Abbildung des Grazer Phantombilds von den Zeugenbeobachtungen. Am 28. Mai 1991 unternehmen die Beamten des Wiener Sicherheitsbüros Oberst Friedrich Mahringer und Inspektor Alfred Gary über

Weisung ihres Vorstands Max Edelbacher eine gemeinsame Dienstreise mit den Beamten der Kriminalabteilung Niederösterreich nach Graz zur dortigen Bundespolizeidirektion, um eventuelle Gemeinsamkeiten der Morde zu erörtern. Aber: Es gibt keine Gemeinsamkeiten. Zumindest nach Meinung der damaligen Ermittler, die in ihrem Bericht schreiben, daß in bezug auf die ungeklärten Prostituiertenmorde in Wien und Graz »eine Übereinstimmung in der Form, daß es sich um den gleichen Täter handeln könnte, nicht vorliegen dürfte«. Nach ihrer Rückkehr aus Graz nehmen die Wiener Kriminalbeamten Kontakt mit der Kriminalabteilung Vorarlberg (Leiter: Major Günther Geiger) auf, wo ebenfalls mehrere ungeklärte Gewalttaten an Prostituierten vorliegen. Auch hier gelangen die ermittelnden Polizeibeamten zum eindeutigen Ergebnis, daß kein Zusammenhang mit den Mordfällen in Wien bestehe.

Nur drei Tage später, am 31. Mai 1991, langt bei der Bundespolizeidirektion Wien ein »Hinweis zu den jetzigen Prostituiertenmorden« ein: »[...] wird von der BPD Salzburg bekanntgegeben, daß ein gewisser Jack Unterweger [...] vor längerer Zeit in Salzburg zwei Prostituierte ermordet hatte« und »heuer entlassen« worden sei (Aktenvermerk der BPD Wien vom 31.5.1991 zu II-5770/SB/91).

Hinter der »Bundespolizeidirektion Salzburg« stand einer, der trotz seines Ruhestandes nicht zur Ruhe gekommen war: August Schenner hatte »seinen Mörder« Unterweger nicht vergessen. Jack Unterweger war allerdings nicht erst »heuer«, sondern schon ein Jahr zuvor entlassen worden. Und er war auch nicht wegen zweifachen Prostituiertenmordes vorbestraft.

Aber die Jagd konnte beginnen.

Am Strich nie gesichtet ...

Aufgrund des Hinweises aus Salzburg führen die Kriminalisten zunächst im Prostituiertenmilieu vertrauliche Erhebungen durch, um zu überprüfen, ob Jack Unterweger hier Kontakte pflegt. Daneben wird er ohne sein Wissen observiert. Erst als dies alles negativ verläuft, wird Jack Unterweger Anfang Juni 1991 vom Chef des Wiener Sicherheitsbüros, Max Edelbacher, von der Intervention aus Salzburg informiert. Jack sieht seinen Verdacht jetzt bestätigt: Er habe schon seit Wochen, vor allem in den Nachtstunden, anonyme Anrufe eines Mannes mit älter klingender Stimme erhalten, der ihm die »Rückkehr ins Zuchthaus« angedroht habe und offenbar seine Lebensgewohnheiten auskundschaften wollte – war es sein alter »Jäger« Schenner gewesen?

Obwohl die Beamten keine Hinweise haben, wird »der Ordnung halber« ein Vernehmungstermin vereinbart: Jedoch erst für den Herbst, da Jack Unterweger im Sommer in die USA verreist. Vorher interviewt er aber noch den Polizisten Edelbacher für die Radiosendung »Journal Panorama«, in der es diesmal um ein heißes Thema geht: Die ungeklärten Morde im Wiener Rotlichtmilieu.

Nach seiner Rückkehr aus den USA kommt Jack Unterweger wie vereinbart in die Wiener Roßauer Kaserne zum Vernehmungstermin der Kriminalbeamten. Beim Verhör sind außer SB-Chef Edelbacher auch die beiden Kriminalinspektoren Ernst Hoffmann und Alfred Gary anwesend. Inzwischen hatten auch die Zeitungen vom Verdacht gegen den ehemaligen Häftling Wind bekommen: »Heißer Tip bei Suche nach Dirnen-Mörder – ist der ›Würger‹ ein ehemaliger Lebenslanger? Viele Parallelen« lautet die noch bescheidene Schlagzeile im Chronikteil des »Kurier« vom 1. September 1991. Aber der Schlußsatz verrät für Insider bereits alles: »Auch einen Spitznamen hat der Dirnen-Killer bereits bekommen: Jack the Struggler …«

Auch die anonymen nächtlichen Anrufe bei Jack Unterweger waren seit seiner Rückkehr aus den USA häufiger geworden. Am 5. September stattet er von sich aus dem Wiener Sicherheitsbüro einen neuerlichen Besuch ab, um den Beamten seine Bedenken mitzuteilen. Doch Inspektor Hoffmann beruhigt Unterweger: Er bestätigt ihm, daß alles nur von August Schenner ausgehe. Er sei selbst nach Salzburg gefahren, um mit dem alten Kriminalisten zu sprechen, und versichert, daß man diesen hier in Wien nicht sonderlich ernst nehme. Jack Unterweger erklärt den Beamten, daß er jederzeit für Fragen zur Verfügung stehe, und so vereinbart Edelbacher für den 22. Oktober einen weiteren, routinemäßigen Vernehmungstermin im Wiener Sicherheitsbüro.

Am 13. November wird Jack Unterweger neuerlich von Inspektor Hoffmann einvernommen: Diesmal geht es um die ungeklärten Grazer Prostituiertenmorde, da auch die dortigen Polizeibehörden inzwischen den Hinweis aus Salzburg erhalten und eine Anfrage nach Wien gestellt hatten. Bei dieser Gelegenheit wird eine weitere Serie von Lichtbildern von Jack Unterweger angefertigt.

Doch die Ermittlungen können den Verdacht gegen Jack Unterweger in keiner Weise erhärten – ganz im Gegenteil: »Vorerst wurden, ohne an ihn heranzutreten, vertrauliche Erhebungen durchgeführt. Es wurden auch teilweise Observationen durchgeführt um festzustellen, ob er Kontakt zu Prostituierten pflegt, verlief dies jedoch negativ. [...] Von Unterweger wurden Polaroid-Lichtbilder angefertigt und wurden diese den Prostituierten im Strichgebiet, von welchem die 4 Prostituierten verschwunden waren, vorgelegt. Es konnte sich jedoch niemand an die Person des Unterweger erinnern. Auch das auf ihn zugelassene Kraftfahrzeug wurde im fraglichen Strichgebiet nie gesehen.« (Bericht des Sicherheitsbüros der Bundespolizeidirektion Wien vom 4.11.1991 zu II-5.710-SB/91). Das Fahrzeug Jack Unterwegers war auf das auffallende Kennzeichen »W-JACK 1« zugelassen.

Die Beamten machen es sich nicht leicht. Es werden sogar die Akte jenes Mordfalles aus Deutschland herbeigeschafft, für den Jack Unterweger 1976 zu lebenslanger Haft verurteilt worden war, sowie die des bis heute ungeklärten Mordfalles an Marica Horvath, in dem bekanntlich Inspektor Schenner Unterweger verdächtigte: »Es konnten keine Parallelen zu den hs. Prostituiertenmorden gefunden werden. Die einzige Gleichheit ist, daß es sich bei den Opfern um Prostituierte handelt« (Bericht des Sicherheitsbüros der BPD Wien vom 4.11.1991). Letzteres ist allerdings falsch – das Mordopfer aus dem Jahre 1974 war keine Prostituierte gewesen. »Bei der Überprüfung konnten keine Anhaltspunkte für eine mögliche Täterschaft des Unterweger bei den Prostituiertenmorden gefunden werden«, heißt es in mehreren Polizeiberichten aus dieser Zeit.

Die Schlinge zieht sich zusammen

Noch im Dezember 1991 wird Dr. Ernst Geiger zum neuen Leiter der Mordkommission im Wiener Sicherheitsbüro bestellt. Er folgt dem altgedienten Dr. Hannes Scherz und löst auch gleich einige von dessen Beamten ab: Oberst Friedrich Mahringer und Inspektor Alfred Gary, verdiente Beamte, die schon seit 1987 in den ungeklärten Wiener Prostituiertenmorden ermittelt und auch Jack Unterweger beschattet bzw. einvernommen hatten, werden anderen Aufgaben zugeteilt. Nur Inspektor Hoffmann bleibt im Team.

Der 38jährige Geiger ist seit 1978 im Polizeidienst. Erst wenige Monate zuvor, am 1. Februar 1991, war er zum stellvertretenden Leiter des Wiener Sicherheitsbüros aufgestiegen.

Der ehrgeizige Geiger verstand es, in der Causa der ungeklärten Prostituiertenmorde kräftig umzurühren. Die ersten Protokolle von Prostituierten, die Jack Unterweger als »Strichkunden« erkannt haben wollten, stammen bereits vom Dezember 1991. Dann kontaktiert Geiger den damaligen Mordgruppen-Chef der Grazer Kripo, Franz Brandstätter. Die vielen ungeklärten Grazer Prostituiertenmorde hatten der steirischen Landeshauptstadt inzwischen den wenig schmeichelhaften Ruf der »Hauptstadt der Prostituiertenmorde« eingebracht. Und das, wo doch der altgediente, bereits seit 1964 im Dienste der Grazer Kripo tätige Inspektor Brandstätter bei seinem Amtsantritt am 1. Dezember 1982 das Versprechen abgegeben hatte: »In meiner Ära wird es keinen einzigen ungeklärten Mordfall geben!«

Zwei der zentralen Figuren in der Causa Unterweger stehen nun in persönlicher Verbindung. Vom Wiener Sicherheitsbüro aus werden auch die Kriminalabteilungen und Bundespolizeidirektionen der anderen Bundesländer vom Verdacht gegen den ehemaligen Lebenslänglichen in Kenntnis gesetzt. Einige scheinen den Hinweis aus Wien dankbar aufgenommen zu haben: So fällt in einem Mordfall an einer Prostituierten in Bregenz auf, daß die Ermittlungen gegen einen Mann, den man bisher aufgrund schwerwiegender Indizien als tatverdächtig betrachtete, jetzt nicht mehr fortgesetzt werden. Die Wiener und Grazer scheinen einen »verdächtigeren Täter« zu haben. Die Schlinge um Jack Unterweger zieht sich zusammen …

Der Haftbefehl

Bald beginnen sich die Ereignisse zu überschlagen. Der Ausgangspunkt ist Graz, die »Hauptstadt der Prostituiertenmorde«. Hier hatte die Kripo Mitte Jänner 1992 ebenfalls begonnen, nach Prostituierten zu suchen, bei denen Jack Unterweger Kunde gewesen sein soll. Am 17. Jänner wird der Verdächtige dann von Inspektor Brandstätter persönlich zu den Morden einvernommen. Im Anschluß an das Verhör wartet bereits der Polizeireporter der steirischen »Kleinen Zeitung«, Hans Breitegger, im »Türkenloch«, einem Lokal gleich neben der

Polizeidirektion. Er will Jack Unterweger »interviewen«. Als aufstrebender Polizeireporter verfügt Hans Breitegger naturgemäß über beste Kontakte zur Grazer Kripo – sein Spitzname unter Journalistenkollegen ist »Inspektor Breitegger«. Unterweger ist jetzt nicht allein, eine Freundin ist mitgekommen. Beim Verhör hatte sie nicht dabei sein dürfen, weil das nach österreichischer Strafprozeßordnung nicht erlaubt ist. Als Unterweger kurz hinausgeht, stellt »Inspektor Breitegger« auch ihr ein paar ganz »private« Fragen. Könnte ja was Interessantes herauskommen.

Zurück nach Wien: Geiger nimmt jetzt Kontakt mit der dortigen Staatsanwaltschaft auf. Er überreicht dem Leiter der Staatsanwaltschaft, Dr. Werner Olscher, die von ihm verfaßte Strafanzeige gegen Jack Unterweger. Darin heißt es erstmals, daß »mit an Sicherheit grenzender Wahrscheinlichkeit« davon ausgegangen werden könne, daß alle Morde an Prostituierten in Wien, Graz und Bregenz von einem einzigen Täter verübt worden seien. Eine kühne Feststellung: Denn in vielen Fällen war nicht einmal die Todesursache der Opfer bekannt.

Das Gerücht vom »Dirnen-Killer Unterweger« gelangt rasch in Milieu und Medien. Am 24. Jänner prahlt ein Redakteur einer Wiener Illustrierten in der »Flamingo-Bar« am Gürtel mit seinen »Insider-Kenntnissen« in bezug auf die Wiener Dirnenmorde: »Ich weiß von der Polizei, daß das der Unterweger war! Was sagt's ihr dazu?«

Am 10. Februar kommt es zu einer internen Besprechung im Büro des Leiters der Wiener Staatsanwaltschaft, an der auch der nach der Geschäftsordnung zuständige Staatsanwalt Dr. Michael Scharf, Ernst Geiger sowie Exekutivbeamte der Kriminalabteilung Niederösterreich teilnehmen. Die Polizisten versuchen energisch, die Staatsanwaltschaft von der Dringlichkeit des Falles und von der Notwendigkeit eines Haftbefehls zu überzeugen. Was allerdings in den der Justiz überreichten Unterlagen und später auch im Gerichtsakt fehlte: Die seinerzeitigen Observations- und Erhebungsberichte der Amtsvorgänger Geigers, die keinerlei Hinweise auf Jack Unterweger erbracht hatten. Doch das vorliegende Aktenmaterial – im wesentlichen die Hypothese vom »einzigen Täter«, die allerdings durch keine Fakten untermauert werden konnte, sowie einige Aussagen von Straßenprostituierten – reichte für den Staatsanwalt Scharf längst nicht aus, um einen Haftbefehl zu begründen. Er lehnt die Ausstellung eines Haftbefehls gegen Jack Unterweger ab.

Daraufhin beantragt Geiger eine Hausdurchsuchung in der Wohnung des Verdächtigen. Dies sollte aber durch die kommenden Ereignisse überholt werden.

Mit dem 12. Februar wird die nach jeder Entlassung aus einer langjährigen Haftstrafe vorgesehene Bewährungshilfe für Jack Unterweger aufgehoben. Der Bewährungshelfer, der sich bei Unterweger immer ziemlich überflüssig vorgekommen war, sagte später dazu: »Ich hatte den Eindruck, Herr Unterweger verstehe es bestens, seine Interessen selbst zu vertreten.«

Nur vier Tage nach der Ablehnung des Haftbefehls durch die Wiener Staatsanwaltschaft entscheidet ein Grazer Untersuchungsrichter anders: Am 14. Februar 1992 um 14 Uhr genügt ein kurzer Anruf vom Grazer Mordgruppen-Chef Inspektor Brandstätter bei U-Richter Dr. Wladkowski, der sogleich den Haftbefehl gegen Jack Unterweger ausstellt. Die offizielle Begründung für den »dringenden Tatverdacht«: Bei seiner Vernehmung rund einen Monat zuvor hatte Jack Unterweger angegeben, seiner Erinnerung nach in der Nacht vom 7. zum 8. März 1991 – da war die Grazer Prostituierte Schrempf verschwunden – in Wien gewesen zu sein, um seine nächste Theatertournee zu planen und Termine vorzubereiten. Es ist der in diesem Fall nicht mehr unbekannte Polizeireporter und Hobby-Inspektor Hans Breitegger, der Brandstätter den entscheidenden Tip gibt: Er hat im Veranstaltungsprogramm der »Kleinen Zeitung« nachgeblättert und, siehe da: Unterweger hatte am Abend des 7. März eine Lesung im rund 40 Kilometer von Graz entfernten weststeirischen Köflach! Für die Polizei ist das »falsche Alibi« Unterwegers damit erwiesen, nur einige kleine »Zeitkorrekturen« sind noch erforderlich: Der Beginn der Lesung wird kurzerhand eine Stunde vorverlegt – 19 statt 20 Uhr –, sodann werden einige Lesungsteilnehmer telefonisch nach der Dauer befragt, und schon hat man ein »Zeit-Weg-Diagramm« zusammengestoppelt: Jack Unterweger war zur Mordzeit in Graz.

Die um 18 Uhr erscheinende Abendausgabe der »Kleinen Zeitung« des 14. Februar hat ihre dicke Schlagzeile: »Haftbefehl gegen Jack Unterweger!« Über vier ganze Seiten berichtet »Inspektor« Hans Breitegger über die »Mordserie« und den »dringend tatverdächtigen« Unterweger. Die anderen Redaktionen wissen zu diesem Zeitpunkt noch nicht einmal, daß es einen Haftbefehl gegeben hat. Auch das am

17. Jänner nach der Einvernahme im »Türkenloch« gemachte Interview wird an diesem Tag abgedruckt. Ganz so, als ob »Inspektor« Breitegger die baldige Verhaftung Unterwegers damals schon vorausgesehen hätte ...

»Miami Vice«

Werd' ich so blöd sein und werd' in meiner glücklichsten Lebensphase, wo ich Theaterregie mache, selber a Doppelrolle spiele, eine Tournee organisiere, wunderbare Frauenbeziehungen hab', werd' ich da so wahnsinnig sein und dazwischen jede Woche eine umbringen gehen?

(Jack Unterweger, zitiert in »profil«, 10/92)

Vom Haftbefehl aus Graz wird Jack Unterweger durch einen anonymen Telefonanruf informiert. Wer der Anrufer war, konnte nie eruiert werden. Unterweger selbst hatte später sogar den Verdacht, daß es sich um einen Redakteur jener steirischen Tageszeitung gehandelt habe, die als erste davon wußte. Vielleicht rechnete der Redakteur sogar mit seiner panikartigen Flucht, die das mediale Feuer erst richtig entfachen sollte. Es war aber nicht zuletzt Jack Unterweger selbst, der dazu beitrug – durch seine unbedachte Art, auf das Geschehen zu reagieren. Margit H., eine Redaktionskollegin jenes Journalisten, der in der »Flamingo-Bar« »recherchiert« hatte, und persönliche Bekannte Unterwegers, erzählt darüber: »Als Jack von den Gerüchten erfuhr, war er wütend. Entgegen meinem Rat rief er sofort die Redaktion des Wiener ›Kurier‹ an und beschwerte sich, daß er bereits in Angst leben müsse.« Tatsächlich hatte ihn ein Mann, der sich als Gatte einer ermordeten Prostituierten ausgab, in einem Lokal mit einem Messer bedroht. Unterweger erzählte den »Kurier«-Leuten auch gleich, daß er sein Wunschkennzeichen »W-JACK 1« gegen ein herkömmliches (»W-286 DL«) getauscht habe: »Sonst demoliert man mir ja mein Auto!« Und er kündigte an: »Wenn das so weitergeht, muß ich Wien schleunigst verlassen!« Margit H.: »Jack wollte nicht wahrhaben, daß er durch seine planlose, emotionelle Art seinen Gegnern geradezu in die Hände arbeitete.« Die Schlagzeile des »Kurier« am 16. Februar:

»Hallo! Ich bin's, der Massenmörder!« Die »Kurier«-Redakteure vergaßen auch nicht, ausdrücklich darauf hinzuweisen, daß man mit »den ermittelnden Behörden in permanentem Kontakt« gestanden und nur auf ausdrücklichen Wunsch des Leiters der Mordkommission Ernst Geiger geschwiegen habe, da sich die »Erhebungen in einem äußerst sensiblen Stadium« befunden hätten. Leider habe diese steirische Tageszeitung alles zunichte gemacht. Und der »Kurier« schließt: »Laut Polizei ist Unterweger vermutlich bewaffnet und mit einem grünen Passat in Wien, Vorarlberg oder der Schweiz unterwegs.«

Während sich Medien und Ermittler wegen der »Indiskretionen« rund um den Haftbefehl gegenseitig beschuldigen, ist Jack Unterweger mit seinem grünen VW-Passat tatsächlich schon unterwegs ins schweizerische Gossau – unbewaffnet. In Gossau arbeitet seine junge Freundin Bianca in einem Ferialjob als Kellnerin.

Zwei Anrufe bei der Grazer und Wiener Polizei sind vorläufig das letzte, das die österreichischen Behörden von Jack Unterweger hören: »Eine U-Haft würde ich nicht mehr aushalten!« Doch er ist bereit, sich freiwillig zu stellen, wenn man ihm freies Geleit zusichert. Diesen Wunsch wollen ihm die Beamten freilich nicht erfüllen.

»... wie Urlaub!«

In Gossau nimmt Bianca die Dinge in die Hand. Denn »Jack war total aufgelöst, konnte gar nicht mehr richtig denken. Er brach immer wieder in Weinkrämpfe aus«, erzählt sie später. »Heimschicken wollt' er mich. Die Beziehung beenden. Sich womöglich umbringen. Das war nicht drin. ›Ich bleibe bei dir‹, hab' ich ihm gesagt, ›und wir stehen alles zusammen durch!‹« (Bianca in der »Kronen-Zeitung«, 6.3.1992). Bianca ist es auch, welche die Flucht plant und bis zum Ende beinhart durchzieht. Für ihren Chef erfindet sie die Geschichte vom »Herzinfarkt« ihres Vaters und kassiert rund 10 000 Schilling, die ihr für ihre Arbeit zustehen. Mit dem Geldbetrag von 12 000 Schilling, den sie jetzt gemeinsam haben, und Jacks Visa-Karte kann die abenteuerliche Fluchtreise um die halbe Welt losgehen. Über Zürich geht es nach Basel und dann, bei Dunkelheit, über einen kleinen Grenzübergang nach Frankreich. Das Ziel: Paris, Flughafen Orly. Während der langen Fahrt machen sie nur einmal halt. Im harten, kalten und engen Auto finden sie aber nur wenige Stunden Schlaf, denn für mehr sind beide viel zu aufgeregt. Am nächsten Vormittag erreicht das Paar den Pariser Flughafen Orly. Dort parken sie den grünen Passat in der Tiefgarage und kaufen Tickets für die nächste Maschine in die USA: Das Ziel ist Miami im sonnigen Florida – wieder Biancas Idee. Sie war nämlich immer schon von Don Johnson, dem Hauptdarsteller der Krimiserie »Miami Vice«, begeistert gewesen. Zuvor gilt es noch, Spuren zu verwischen, und wieder ist es Bianca, welche die Initiative ergreift: »Jack wollte das Auto in der Tiefgarage stehen lassen. Ich habe ihn gefragt, ob er verrückt ist. ›Das machst du nicht‹, hab' ich gesagt, ›du stellst das Auto irgendwo draußen hin, montierst die Nummerntafeln ab und vergräbst sie.‹« (»Kronen-Zeitung«, 6.3.1992).

Nach neun Stunden Flug kommen sie im subtropischen Miami an. Ein merkwürdig aussehendes Pärchen steigt aus dem Flugzeug: Er im Pelzmantel und mit Cowboystiefeln, sie in warmen Jeans und dickem Pulli. Mit dem Taxi fahren sie nach South-Beach, denn der Fahrer weigert sich, sie ins gewünschte »Downtown« zu bringen – wegen der Touristenkiller, die dort ihr Unwesen treiben sollen. Nach der langen Flucht todmüde, mieten sie in South-Beach, Miamis Touristenmekka, ein Zimmer im Billighotel »Franklin« an.

In ihrer unbedarften Jugend scheint Bianca den Ernst des Geschehens doch nicht so ganz erfaßt zu haben. Denn: »Für mich war es wie Urlaub!« erzählt sie später darüber.

Die »Sonderkommission Unterweger« wird aktiv

Noch am Tag des Haftbefehls hatte Ernst Geiger auch das Innenministerium informiert und die beteiligten Sicherheitsbeamten zu einer dringenden Einsatzbesprechung ins Wiener Sicherheitsbüro geladen, an der auch die beiden Ministerialräte Herbert Beuchert und Karl Danich vom Büro des damaligen Innenministers Löschnak teilnahmen. Für die weitere Vorgangsweise entscheidet man sich schließlich zur Bildung einer eigenen polizeilichen »Sonderkommission«, die mit der Fahndung nach dem flüchtigen Unterweger und den Ermittlungen in der Causa selbst beauftragt werden soll.

Die »Sonderkommission« war ein bis dahin in Österreich nicht üblicher, sondern nur aus Deutschland bekannter Begriff. Es handelt sich dabei um eine für einen besonders schwierigen Einzelfall oder eine Mehrzahl von Fällen unter Führung eines Sonderkommissionsleiters zusammengefaßte Gruppe von Exekutivbeamten, die für die Dauer ihrer Tätigkeit bei der »SOKO« von anderen Aufgaben freigestellt werden. Sonderkommissionen werden vor allem dann eingesetzt, wenn die Amtshandlung über den Zuständigkeitsbereich einer Dienststelle hinausgeht und die Koordination mehrerer Dienststellen erforderlich wird. Das ist aber auch zugleich ihr Problem: Die SOKO ist als ermittlungstechnisches Provisorium kein »eingespieltes Team«, da die Beamten ja aus ganz verschiedenen Dienststellen stammen. Auch fehlen bis heute gesetzliche Grundlagen, die das Aufgabengebiet der Sonderkommission klar umreißen würden.

Im Fall Unterweger behalf man sich damit, daß die involvierten Beamten für die Dauer der Amtshandlung formell den beiden Ministerialräten Beuchert und Danninger vom Innenministerium unterstellt wurden. Die Ermittlungen wurden sodann räumlich auf drei Ermittlungsabschnitte aufgeteilt, für die jeweils verschiedene Beamte der örtlichen Kriminalabteilungen bzw. Mordkommissionen verantwortlich zeichneten. Ein »leitender Kriminalbeamter« wurde in der Person des Oberst Alfons Traninger von der Kriminalabteilung Niederösterreich nominiert.

An der Spitze der »SOKO Unterweger« stand aber ein Mann der ersten Stunde: Der Vizechef des Wiener Sicherheitsbüros Ernst Geiger. Er war für die faktische Leitung und Koordination der einzelnen Ermittlungen verantwortlich. Für Geiger war es ermittlungstechnisches Neuland: Erst im September 1991 hatte er einen viertägigen Kurs über die »Leitung von Sonderkommissionen« im deutschen Hiltrup besucht. Und ausgerechnet im Fall Unterweger sollte er seine erste SOKO leiten.

Die Fahndung nach dem flüchtigen Literaten ging nur schleppend voran. Dazu kamen noch die gegenseitigen Anschuldigungen: Wer hat die Information an den Redakteur der Grazer »Kleinen Zeitung« weitergegeben? Die Wiener Beamten beschuldigten ihre steirischen Kollegen. Erste Konkurrenzkämpfe machten sich bemerkbar. Innenminister Löschnak verhängte eine offizielle »Nachrichtensperre«. In den Medien stand dennoch mehr, als die Kriminalisten selbst wußten, auch wenn der Innenminister wiederholt betonte: »Die Beweislage ist dichter, als in den Zeitungen steht!«

Das einzige, was die Beamten vorerst nachvollziehen können, ist Unterwegers Spur in die Schweiz zu seiner Freundin. Was aber den weiteren Aufenthaltsort des Verdächtigen betrifft, so tappen die Kriminalisten im dunkeln.

Der Draht des SOKO-Leiters zum Grazer Straflandesgericht war offenbar besser als der zu den steirischen Kriminalistenkollegen: U-Richter Wladkowski war für ihn Tag und Nacht erreichbar. Wladkowski ist es auch, der sofort den Hausdurchsuchungsbefehl für die Wiener Wohnung Unterwegers bewilligt und auch später ohne viel Aufhebens Beschlüsse auf Einrichtung von Fangschaltungen und Telefonüberwachungen ausstellt.

Nur einen Tag nach Unterwegers Flucht wird unter reger Anteilnahme von Journalisten seine Wohnung in Wien aufgebrochen. Kleidung, private Aufzeichnungen, sogar Fotoalben werden durchwühlt und beschlagnahmt. Mehrere Privatfotos tauchen später in diversen Tageszeitungen wieder auf. Wie sie dorthin gelangt waren, kann nicht mehr nachvollzogen werden. Und schon stößt man auf erste »Indizien«, die in den Medien groß aufgebauscht werden: Ein Paar Handschellen war in der Vitrine des Wohnzimmerkastens »sichergestellt« worden, ein Tränengasspray in der Lade, und sogar sein Tagebuch hatte der Hals über Kopf geflüchtete Unterweger zurückgelassen. Letzteres muß dann gleich als erstes »massives Belastungsindiz« herhalten: »Tagebuch belastet Unterweger!« titelt der »Kurier« in dicken Balkenlettern am 18. Februar 1992. Nach den Angaben der Polizei sollen darin nämlich ausgerechnet jene Seiten, die für die Mordtage relevant waren, gefehlt haben.

Später klärt sich, daß die Handschellen ein originelles Geschenk von Freunden zum »Ein-Jahres-Jubiläum« seiner Entlassung waren: Sie hatten sich den Spaß erlaubt, die Handschellen an seinem Autotürgriff festzumachen. Den Tränengasspray hatte Jack Unterweger aus München für seine Wiener Bekannte Raphaela D. mitgebracht, die ihn extra darum gebeten hatte, da dieser Artikel damals in Österreich nicht käuflich war. Und was das Tagebuch betrifft: Jack Unterweger hatte überhaupt erst nach seiner Rückkehr aus den USA im Juli 1991, als die Mordverdächtigungen gegen ihn konkret wurden, mit genauen Aufzeichnungen begonnen.

Doch da sind noch die von diversen Tankstellen ausgestellten Benzinquittungen: Anhand dieser von Jack Unterweger für die Steuerprüfung feinsäuberlich in Ordnern abgelegten Belege rekonstruiert die Polizei nun die jeweiligen Fahrstrecken, die er in Freiheit zurückgelegt hat. Und sucht entlang dieser Routen nach ungeklärten Frauenmorden ...

Sex & Crime & Polizei

Eine Prostituierte unterscheidet sich für mich von einer Sekretärin, die sich vom Chef die Wohnung bezahlen läßt, durch überhaupt nichts. Ganz im Gegenteil, die Prostituierte ist ehrlicher, sie sagt, ich krieg' fünfhundert Schilling und dafür kriegst meinen Körper eine halbe Stunde. Die Sekretärin schimpft über die Hure, steht auf und macht einen Protestmarsch, weil dort ein Puff entsteht, und geht aber auf Geschäftsreise mit dem verheirateten Chef. [...] Die Prostituierte ist für mich eine ehrliche Frau. Und man müßte sich einmal ihrer soziologischen Rolle bewußt werden, die sie spielt.

(Jack Unterweger im Interview mit Peter Huemer, 1989)

Inzwischen war die Hetzjagd längst öffentlich geworden. Die Medien waren voller Fahndungsaufrufe mit Bildern vom Mordverdächtigen, dem Fluchtfahrzeug und seiner Freundin: »Mit Unterweger auf der Flucht: Ihr Leben in Gefahr« titelt die »Kronen-Zeitung« am 18. Februar. Ein »Doppelgänger« Jack Unterwegers löst einen Großeinsatz der Polizei auf dem Salzburger Mirabellplatz aus, ein anderer eine Großfahndung in Wels nach einem Auto mit Grazer Kennzeichen: Das gesuchte Auto kann gestoppt werden, doch der Lenker ist nicht Jack Unterweger, sondern wieder nur ein Mann, der ihm »täuschend ähnlich« sieht (»Kurier«, 26.2.1992). Innenminister Löschnak gibt zu: Die Zahl der Informationen sei so umfangreich, »daß Unterweger mit einem Jet unterwegs sein müßte«, sei er doch »in Süddeutschland, eine Stunde später in Norditalien und zum gleichen Zeitpunkt in Ungarn gesehen worden« (»Wiener Zeitung«, 22.2.1992).

Dank eifriger Polizisten fanden sich aber bald immer mehr Prostituierte, bei denen Jack Unterweger »perverser Kunde« gewesen sein soll. Nicht nur der Polizei, auch der deutschen Illustrierten »Quick« und anderen Boulevardblättern verkaufte die Wiener Prostituierte Margit G. die Story, daß »der Mordpoet« (»Bild«) ihr »kältester Freier«

gewesen sei: »Er wollte, daß ich ihn vergewaltige. Als ich's dann für ihn tat, fand er's zu brutal. Er wirkte wie ein Softie auf mich. Gleichzeitig hatte ich Angst vor ihm, denn er strahlte eine Gefühlskälte aus, wie ich sie von keinem anderen Kunden kenne. Zum Glück ist er nie wiedergekommen. Ich bin mir sicher – ich sollte sein nächstes Opfer werden.« In derselben Illustrierten kommt auch der Mann und Zuhälter einer der ermordeten Frauen, Rudolf Prem, zu Wort. Er schimpft: »Hätten unsere Beamten schon damals die Wiener Morde mit den anderen in Verbindung gebracht, wäre Unterweger bestimmt längst verhaftet worden. Aber die nehmen Nuttenmorde eben nicht ernst.«

Eine andere Prostituierte wiederum wollte in Jack Unterweger jenen Kunden erkannt haben, der sie für 2 000 Schilling beim Sex gefesselt hatte. Er selbst soll dabei angezogen geblieben sein, wohl wegen der Tätowierungen, und sein Gesicht soll er unter einer Kapuze verborgen haben ...

Und es fanden sich jetzt auch Prostituierte, die das auffällige Auto »W-JACK 1« beim Herumkurven im Wiener Strichgebiet gesichtet haben wollten. All diese Aussagen wurden feinsäuberlich in Polizeiprotokollen niedergeschrieben.

Auch einen Zuhälter gab es, der sich der Polizei als Sammler von »Belastungszeuginnen« im Milieu anbot: Fred H., in einschlägigen Kreisen besser bekannt als »Cadillac-Freddy«. Einst ein echter Wiener Zuhälterkönig, war das pockennarbige, volltätowierte Rauhbein in letzter Zeit sozial abgestiegen und mußte sich als Entfesselungskünstler und Leibwächter durchs Leben schlagen. Doch der »Cadillac-Freddy« fühlte sich zu Höherem berufen: Als »Strich-Philosoph« ging er für die durch das Prostitutionsgesetz vom Zusperren bedrohten Bordelle unter den »Damen« am Wiener Gürtel Unterschriften sammeln. Und er versuchte sich in einem ganz neuem Metier: »Ich werde Jack Unterweger als Häf'npoeten übertreffen!« kündigte er den Medien an. Vorerst galt es aber, am Wiener Strich genügend Prostituierte aufzutreiben, bei denen dieser Jack Unterweger »perverser Kunde« gewesen sein soll. Denn: »Dieser Mann gehört in Ketten!« donnerte der Entfesselungskünstler vor Reportern des Nachrichtenmagazins »Stern« (38/1992). Und bemühte sich um den guten Draht zur Polizei: Ein im Nobelbordell »Maxim« aufgenommenes Foto vom Dezember 1993 zeigt den Ex-Zuhälter, wie er auf ein Gläschen Sekt anstößt – mit so prominenten Exekutivleuten wie Chefermittler Geiger ...

Endstation Miami, Collins Avenue

Ausgelebt. Im Kreislauf der Gefühle eingekerkert. Aus dem Leben, einem wunderschönen Traum herausgerissen. Hingerichtet die erkämpfte Freiheit. Chaos. Visionen zertrümmert. Herbst im Frühling. Zerrissenheit. Miami. Ohne Vice. Täglich on the beach. Weite, nirgends Enge, High noon. Dreißig Grad im Schatten. Hohe Luftfeuchtigkeit. The hell who loved me! Ein Alp. Ocean drive. Noon-time. Love and the end, pünktlich.

(Aus Jack Unterwegers Gefängnistagebuch)

Von seinem schäbigen Hotelzimmer in Miami aus versucht Jack Unterweger, das Geschehen in Österreich so gut wie möglich zu verfolgen. Und er will dazu nicht schweigen. Mit einer alten Schreibmaschine, die er beim Trödler erstanden hat, verfaßt er eine mehrseitige Verteidigungsschrift, die er mehreren österreichischen Behörden und Politikern zukommen läßt. Auszüge daraus:

Meine Flucht war und ist KEIN EINGESTÄNDNIS, sondern eine Art Verzweiflungsakt, da ich, wie bereits am Samstag, 15. 2. 1992, den Beamten Hütter und Dr. Lecker in Graz und Herrn Hoffmann und Kutschera in Wien, sowie der Lokalredaktion des Kurier mitgeteilt, einfach nicht einsehe, warum ich, neben der sozialen Vernichtung durch die Medien, auch noch in einer Zelle bis zum Nimmerleinstag abwarten soll, was geschieht, und da es nie Beweise geben kann, dauert die Untersuchungshaft ewig, da die Grazer Polizei allein durch diese Aktion und den seit Jahren (die vor meiner Entlassung ungeklärten Morde in diesem Milieu kann man mir ja nicht gut anhängen) erfolglosen Fahndungsarbeiten derart unter Druck steht, daß man es mir unbedingt ›beweisen‹ muß […] Mir ist es menschlich in letzter Zeit sehr gut gegangen, vielleicht zu gut, und das Schicksal straft mich nochmal für meine Schuld aus der Vergangenheit, aber im Moment habe ich wieder etwas mehr Kraft für einen, noch vor wenigen Tagen aussichtslos scheinenden Kampf. Und finden sich faire, neutral ermittelnde Beamte von Justiz und Polizei, so wird man feststellen, daß der Haftbefehl zu Unrecht besteht. In diesem Fall bin ich bereit, mich diesen Beamten jederzeit zur Verfügung zu stellen.

Sogar während der TV-Sendung »Inlandsreport« vom 20. Februar, in der live über den brisanten »Fall Unterweger« berichtet wird, meldet der Gesuchte sich überraschend telefonisch im Studio und erklärt die Motive seiner Flucht: »Ich gehe nie wieder in eine Zelle. Lieber verrecke ich in Freiheit!« Und wieder bietet er an, sich gegen Zusicherung freien Geleits den Behörden freiwillig zu stellen. Denn er will seine Unschuld beweisen – als freier Mann, und nicht als Häftling, dem im Gefängnis weitgehend die Hände gebunden sind. Unterwegers Stimme aus Miami wird live in der Sendung übertragen. Doch die österreichischen Behörden haben nicht die geringste Ahnung, wo er sich aufhält.

In Wirklichkeit hatte Jack Unterweger während der ganzen Zeit seiner Flucht Kontakt zu seiner damals 22jährigen Bekannten Irene P. Diese hatte ihn auch davon informiert, daß er gerade im Fernsehen sei, woraufhin er spontan im Studio angerufen hatte.

Irene P. arbeitete damals als Sekretärin beim Wiener Zeitschriftenverlag »Erfolg«. Sie hatte Jack, der in dieser Zeitschrift öfters Reportagen veröffentlicht hatte, erst wenige Monate zuvor, im Oktober 1991, bei einem Verlagsfest kennengelernt und ihn auf Anhieb sympathisch gefunden – so sehr, daß sie sich in ihn verliebte. Das ging solange gut, bis Bianca in Jacks Leben trat.

Dennoch blieb eine Freundschaft zwischen den beiden. Während seiner Flucht meldet sich Jack mehrmals an ihrem Handy – sogar im Büro. Das sollte ihm zum Verhängnis werden. Denn Irenes Chef, ein gewisser Gert Schmidt, schöpft bald Verdacht. Und stellt Fragen. Immer wieder. Schließlich vertraut sich Irene ihrem »väterlich« agierenden Chef an und erzählt ihm über ihren heimlichen Kontakt zum flüchtigen Literaten. Nun schaltet sich Schmidt aktiv in die Sache ein. Er ahnt, daß sich Jack Unterweger mittlerweile in ernsthaften Geldnöten befinden müsse: Die Visa-Karte war längst gesperrt worden. Bianca hatte inzwischen zwar einen Job als Tänzerin im Nachtlokal »Miami Gold« angenommen, dennoch reichte es vorne und hinten nicht. Von Irene erfährt Schmidt außerdem, daß Unterweger auch dringend ein Medikament für seine Schilddrüsenerkrankung benötigt. Das bringt Schmidt auf einen raffinierten Plan: Die Hauptrolle darin sollte Irene spielen – aber ohne in den Plan eingeweiht zu werden. Eine Nebenrolle kommt dem jungen Journalisten Michael Holzer zu, der für die damals eben erst gegründete Billig-Tageszeitung »täglich Alles« schreibt. Holzer hatte herausgefunden, daß Irene eine Intimfreundin von Jack Unterweger gewesen war, und will unbedingt eine Story darüber machen. Für Irene bedeutet es eine ungeheure nervliche Belastung, dem Drängen des Journalisten standzuhalten. Als Holzer wieder einmal im Büro anruft und nach Irene fragt, läßt ihn Schmidt zu sich durchstellen: »Sagen Sie, was ist Ihnen eigentlich ein Interview mit Jack Unterweger wert?« »Das ist meiner Zeitung viel wert.« »Wieviel?« »Sagen wir hunderttausend Schilling!«

Ein »Super-Angebot«

Jetzt geht es Schlag auf Schlag: Die vertrauensselige Irene kontaktiert Jack und berichtet ihm ganz aufgeregt vom »Super-Angebot« ihres Chefs: »Ruf' ihn gleich an, er sagt dir dann alles ganz genau!« Tatsächlich meldet sich Jack Unterweger wenig später bei Schmidt mit den Worten: »Was gibt's?« Der Verlagschef versucht sofort Vertrauen zu erwecken und befragt den Flüchtigen mit gespieltem Mitgefühl nach seinem Befinden. Da bricht wieder alles aus Unterweger heraus: Er schildert, er sei fix und fertig, er werde ungerechtfertigt verfolgt, benötige dringend Hilfe. Genau der richtige Augenblick für Schmidt, sich als »Retter in der Not« zu präsentieren und vom 100 000-Schilling-Angebot von »täglich Alles« zu erzählen. Bevor Unterweger auflegt, erwähnt Schmidt noch schnell, daß Irene ihm ein Paket mit etwas Geld und dem benötigten Medikament schicken wolle. Auch per Bank könne ein kleiner Betrag überwiesen werden: Er brauche ihr nur die Adresse und Bankverbindung mitzuteilen. Und tatsächlich schnappt die plumpe Falle zu: Irene, die zu diesem Zeitpunkt vom listigen Plan ihres Chefs noch immer nichts ahnt, macht am 26. Februar nach Büroschluß ein mit Zeitungsausschnitten, zwei in einem Kuvert steckenden Tausendschillingscheinen und den Tabletten prall gefülltes Paket fertig und beschriftet es mit der von Unterweger angegebenen Adresse in Miami. Schmidt schaut ihr dabei wohlwollend zu. Bevor sie das Büro verläßt, überzeugt er sie: Es sei doch besser, er gebe das Paket selbst auf, denn sie würde ganz sicher beschattet werden. Beim Wiener Hauptpostamt trifft sich Schmidt dann mit drei Kriminalbeamten, die das Paket beschlagnahmen. Zuvor wird aber ein Aufgabeschein ausgestellt, den Schmidt am nächsten Tag Irene übergibt. Denn diese darf noch keinen Verdacht schöpfen, wird sie doch für die letzte Etappe des Plans benötigt: Noch am Vormittag des 27. Februar fährt Irene zu einer Wiener Filiale der »American-Express-Bank« und überweist Jack Unterweger den ausgemachten Betrag von 300 Dollar.

»Vergiß deinen Freund, Baby!«

Inzwischen haben sich die Wiener Kriminalisten längst mit dem FBI in Verbindung gesetzt, das nun alle Geldwechselläden in Miami observiert. »High noon« ist es soweit: Vor einer Bank in der Collins Avenue wird Jack Unterweger in Begleitung seiner Freundin von einem ganzen Trupp FBI-Marshals verhaftet. »Vergiß deinen Freund, Baby!« sagt man zu Bianca. Ihr Jack wird in einen Polizeiwagen verfrachtet und ins »Miami Correctional Center« (MCC), das örtliche Gefängnis, eskortiert. Ein FBI-Marshal erzählt der Presse später: »Er hat eigentlich die ganze Zeit nur geweint.«

»Ein Fahndungserfolg durch intensive kriminalistische Kleinarbeit«, läßt sich Innenminister Löschnak in den Medien zitieren. Der Verlagschef, der nun doch zu seiner Story gekommen war, sah das anders: Seine Zeitschrift berichtete in großer Aufmachung über die »spannende Geschichte« der Verhaftung Unterwegers und vor allem über die maßgebliche Rolle, die Herr Schmidt dabei gespielt hatte (»Erfolg«, 5/92).

»Jack the Ripper«

Was damals viele, die Jack kannten und bei der Meldung über den Haftbefehl aus allen Wolken fielen, spontan dachten: Ist das alles nur ein einziger Werbegag, den Jack inszeniert hat? Jacks Bekannte Silvia K. über ihren ersten Gedanken nach der Radiomeldung: »Ich dachte im ersten Moment, daß das Ganze mit seinem geplanten Filmprojekt zu tun habe ...« Die exaltierte Idee hätte zu Jack gepaßt. Doch als die Freunde am Bildschirm sein Gesicht nach der Verhaftung in Miami sahen, wußten sie, daß es bitterer Ernst war.

Bei vielen stand jetzt plötzlich die Kripo vor der Tür. Die Polizei hatte sämtliches Adreßmaterial aus der Wohnung des Verdächtigen beschlagnahmt. Die Verhöre waren vielen unangenehm: Die Ermittler gaben sich von der Täterschaft Jack Unterwegers felsenfest überzeugt und sprachen von »eindeutigen Beweisen«. Die Frauen, die mit ihm intim waren, wurden in peinlichen Befragungen über alle Details ausgefragt. Einigen zeigt man gar die Bilder der Leichen: »Und dem wollen's noch helfen?« Viele sind verunsichert: »Und wenn er's doch war ...?« Aber alle, die Jack lange und gut kennen, stehen zu ihm. »Jack mag schwierig sein, sicher kein pflegeleichter Typ. Aber ein zweites Gesicht als eiskalter Serienkiller – nie und nimmer!« meint etwa der Schauspielerkollege Aap Lindenberg, der mit ihm monatelang auf Tournee war.

Und die einstigen Fürsprecher aus den Künstler- und Intellektuellenkreisen? Gerhard Ruiss, Vorsitzender der österreichischen Schriftstellervereinigung, kannte Jack persönlich. Er gibt sich auch öffentlich von dessen Schuldlosigkeit überzeugt. Andere Prominente jedoch beeilen sich in Artikeln und Leserbriefen zu betonen, daß sie nie zu den Unterstützern des »Häf'npoeten« gehört hätten – ob er nun der Mörder sei oder nicht.

»Intime Frauenkartei«

Für die Massenmedien stand es aber schon lange vor der »stilgerechten« Verhaftung in Miami fest: Jack Unterweger war der berüchtigte »Prostituiertenmörder«, der ja schon einmal eine Prostituierte ermordet hat! Daß das damalige Opfer gar keine Prostituierte gewesen war, paßte nicht ins erwünschte, mörderische Klischee, und so wurde es – auch von den Ermittlungsbehörden – kurzerhand zur Prostituierten »erklärt«. Als schmückendes Beiwerk wurden dann noch allerlei Gerüchte in Umlauf gesetzt, etwa daß Unterweger in seinem Taschencomputer eine intime »Frauenkartei« mit Noten für die sexuellen Qualitäten seiner Geliebten geführt hätte. Die »70 Freundinnen« (»Kronen-Zeitung«, 19.2.1992) des Jack Unterweger waren für die Medien ein unerschöpfliches Thema. »Was macht Unterweger für Frauen so unwiderstehlich?« fragte das Zeitgeist-Blatt »Basta« provokant. Des Rätsels simple Lösung: Es war ein ganz normaler Adressencomputer, den die

Polizei da beschlagnahmt hatte – ohne Noten, aber mit vier Speicherdateien. Darauf befanden sich natürlich auch die Namen und Adressen von Männern ...

Auch die deutschen Massenblätter waren bald voll von Berichten über den »Mordpoeten«, wie ihn »Bild« stets mit fetten Lettern bezeichnete, und »eiskalten Engel« (»Stern«) namens Jack. In Anlehnung an den berühmten Londoner Hurenmörder wird er da und dort auch mal als »Jack the Ripper« tituliert. »Bild« hat einen neuen, schrecklichen Verdacht: »Hat er die Morde verübt, um sie dann schriftstellerisch auszuschlachten?« Die Zeitschrift »Stern« bringt eine vierteilige Serie über den »Dichter und die Dirnenmorde«, die »Bunte« entscheidet sich für »Jack the Lover und seine Opfer im Bett« und läßt Jacks damalige Freundin Bianca gegen gutes Geld in zwei Fortsetzungen über dessen Verflossene plaudern – natürlich ohne ausgeschriebene Namen, sonst hätten die ohnehin schon peinlich genug berührten Damen der Wiener Gesellschaft sofort ihre Rechtsanwälte beauftragt. Stories in »Praline«, »Quick« oder »Frau mit Herz« folgten – Jack Unterweger war, wie es schien, vom Liebling der Wiener Schickeria zu einem Lieblingsthema der deutschen Regenbogenpresse geworden. Die Mischung Erotik und Gewalt zieht eben immer. Auch am Titelbild des britischen »Guardian« in der Wochenendausgabe vom 16./17. Mai 1992 prangte das Bild von einem Jack Unterweger in aufreizender Pose: Nackter, durchtrainierter Oberkörper, auffällige Tätowierungen, zwei dicke Goldketten am Hals und Macho-Blick. Es wurde zu einem der beliebtesten Jack-Motive der Boulevardpresse. Für den Fotografen, der Jack erst wenige Monate zuvor so abgelichtet hatte, war das gleichbedeutend mit einem Lotto-Sechser. Der Guardian-Journalist Jim Shelley war eigens nach Wien gereist, um zu recherchieren. Unter dem Titel »The Two Jacks« stellte er die Frage »Reformed prisoner and literary hero – or serial killer?« (»Resozialisierter Häftling und berühmter Schriftsteller – oder Serienkiller?«) Der mehrseitige Report strotzt allerdings von Klischees des »Frauenmörders« und seiner angeblichen Faszination auf Frauen.

Den Vogel schoß allerdings eine amerikanische Tageszeitung ab, die sogar Bianca als »Mordopfer« abbildete. Die Fluchtstory des als Serienkiller verdächtigten Literaten aus dem fernen Österreich hatte nämlich auch quer durch Amerika einiges mediale Aufsehen erregt: Die Geschichten waren zum Teil ganz gut recherchiert wie etwa ein

Bericht im »Sunday Telegraph Limited« vom 23. Februar 1992 mit dem Titel »Manhunt as best-selling killer goes on the run«. Der Autor Robert Tilly wartete sogar mit Details aus Unterwegers »Fegefeuer« auf. Vor allem nach der Verhaftung in Miami wurde amerikaweit auf den Chronikseiten der Tagespresse berichtet. Einige, wie der »Houston Chronicle«, »The Atlanta Journal and Constitution«, die »Washington Times« oder die »Chicago Tribune« beschränkten sich auf Kurzmeldungen oder kleine Artikel. Der »Daily Telegraph« verpackte die Causa Unterweger in einen Artikel mit anderen Kriminalfällen. Die interessante Geschichte des um die halbe Welt gehetzten Literaten war vielen aber eine farbige, mit allerlei Details ausgeschmückte Story wert: Rachel L. Swarns vom »Miami Herald« etwa greift am 29. Februar 1992 in einem langen Artikel unter dem Titel »Unhappy ending for fugitive author« auf Unterwegers abenteuerliche Biographie zurück und erwähnt, daß er sowohl in »Talk Shows« als auch in den »Salons reicher Frauen« gern gesehen gewesen sein soll. Natürlich durfte die übliche Verwechslung nicht fehlen: In derselben Zeitung wird Unterweger, rund zwei Monate später, zum »wegen Prostituiertenmordes vorbestraften« Schriftsteller aus »Australien«.

»... und würgte mich!«

Vor allem die auflagenstärkste österreichische Tageszeitung tat sich bei der Unterweger-Jagd in besonderer Weise hervor: Bereits in ihrer Ausgabe vom 16. Februar 1992 weiß die »Kronen-Zeitung« in einer groß aufgebauschten Story zu berichten, daß Jack Unterweger dreimal Kunde bei der ermordeten Prostituierten Regina Prem gewesen sei. Der Redakteur beruft sich dabei auf ihren Mann und Zuhälter, der sich in diesen Tagen oft in den Medien zitieren ließ. Am nächsten Tag der nächste Hammer: In Unterwegers Wohnung seien »eine Unzahl von Pornofotos« gefunden worden, die der »Häf'npoet« von sich selbst »und seinen häufig wechselnden Freundinnen angefertigt haben dürfte«. In der Tat hatte die Polizei in Unterwegers Wohnung Nacktfotos von Frauen gefunden: Es waren Bilder, die ihm Frauen in die Haft nach Stein geschickt hatten. Die Schlagzeile am Titelblatt des 19. Februar: »Warum Frauen ihm hörig wurden!« Im Blattinneren wird dann über sechs Seiten hinweg über angebliche Geliebte berichtet, die für Jack

»Verbrechen aus Liebe« begangen hätten. Natürlich darf der Hinweis auf die »Pornofotos« nicht fehlen, und eine »Analyse« der auf Sex-Fragen spezialisierten »Krone«-Psychologin rundet das Bild: »In Jack Unterwegers Beziehungen zu Frauen zeigen sich die typischen Charaktereigenschaften eines ›eiskalten Engels‹: Er ist unberechenbar, riskant, demütigend, machtausübend und raffiniert ...« Wie immer ist alles mit Fotos, vornehmlich von Unterweger in Dandy-Laune mit Anzug und Mascherl oder mit tätowierter Brust, ausgeschmückt, und auch aus dem Zusammenhang gerissene, »brutal« klingende Zitate aus seinen Büchern werden immer wieder eingestreut. Dann wird auch noch eine »27jährige Freundin« zitiert, die zur »Krone« gesagt haben soll: »Einmal sagte er mir, daß er hin und wieder das Bedürfnis habe, andere zu würgen!« Schon tags darauf heißt es in dicken Lettern am Titelblatt der »Krone«: »Wienerin belastet Unterweger: Er fuhr mit mir in den Wald und würgte mich!« Der Hintergrund: Tatsächlich hatte eine Prostituierte bei der Polizei gemeldet, von einem Freier brutal gewürgt worden zu sein. Der Vorfall hatte sich allerdings in Graz ereignet, und der Freier war ein Unternehmer, der notorisch im Hurenmilieu verkehrte. Die Zeitung befand aber offenbar, daß die Geschichte viel besser zu Jack Unterweger passen würde, und bastelte ihre Schlagzeile samt dazugehöriger, dick aufgetragener und diesmal mit Fotos von Straßenhuren illustrierter Story.

In dieser Manier ging die gnadenlose Kriminalisierung eines Menschen tagtäglich weiter. Die »Krone« hatte in Jack Unterweger offenbar den optimalen Hauptdarsteller für ein Sex & Crime-Szenario gefunden, das wochenlang für die Titelblatt-Schlagzeile sorgte. Der Stoff für die reißerischen Artikel ging nicht aus: Am 23. Februar weiß die »Krone« in großer Aufmachung von »Fesselspielen« mit jener Prostituierten zu berichten, zu der Unterweger mit »Kapuze« gekommen sein soll, um unerkannt zu bleiben; in der Ausgabe vom 26. Februar wird ein Exklusiv-Interview mit dem »Unterweger-Jäger« der ersten Stunde, dem Salzburger Polizei-Pensionisten August Schenner, veröffentlicht, der sich von Unterwegers Täterschaft absolut überzeugt gibt.

Manche verstanden es, die Unterweger-Hysterie aufs Korn zu nehmen. Der Kabarettist Alexander Bisenz spielte in einen Sketch darauf an, warum wohl niemand mit dem Jack Unterweger in einer Schulklasse gewesen sein will. Und der bekannte Karikaturist Manfred Deix, der mit seinem hintergründig derben Stil seine Mitbürger und den

»Zeitgeist« stets treffend entlarvt, zeichnete im Laufe der Unterweger-Jagd mehrere Karikaturen zu diesem Thema, die in mehreren Ausgaben der »Kronen-Zeitung« abgedruckt wurden. Die vom November 1992 paßte etwa zur Faschingssaison, indem er einen interessanten Kostümvorschlag brachte – das »Jack Unterweger«-Kostüm: Weißer Anzug, getupftes Halstuch, rote Steckblume – und mit Handschellen gefesselt …

»Nachhilfe« für US-Cops

Es sind zwar Indiskretionen passiert, aber ich würde nicht so weit gehen und meinen, daß hier die Menschenwürde mit Füßen getreten wurde. Tatsächlich ist die Indizienlage dichter, als in den Zeitungen steht.

(Innenminister Franz Löschnak in »profil«, 9/92)

Bereits am Tag nach Unterwegers Festnahme wird vom amerikanischen Richter Magistrate William Turnoff ein erstes »Hearing«, eine im US-Recht vorgesehene Anhörung des Häftlings, anberaumt. Wegen sprachlicher Verständigungsschwierigkeiten muß es jedoch abgebrochen und vertagt werden.

Noch am selben Tag kehrt Bianca in Begleitung zweier österreichischer Kriminalbeamter nach Österreich zurück. In Wien haben die Boulevardreporter mit ihren Kameras schon Stellung bezogen, um das »Mörderliebchen« zu empfangen. Bianca erfüllt alle Erwartungen und entsteigt dem Flugzeug im hautengen roten Minikleid, mit Sonnenbrille und kecker Sportkappe. Die langen brünetten Haare hat sie zu einem Roßschwanz zusammengebunden. Sofort ist sie von Reportern umzingelt, und die Kriminalisten helfen ihr dabei, sich den Weg durch die Menge zum bereitstehenden Polizeiauto durchzukämpfen.

Schon am nächsten Tag wird sie im Sicherheitsbüro vom SOKO-Leiter persönlich zum ersten Verhör erwartet. Die junge Bianca bewahrt kühlen Kopf und verteidigt ihren Jack, von dessen Unschuld sie sich restlos überzeugt gibt. Auch öffentlich: Die zahlungskräftige »Kronen-Zeitung« bekommt das erste Interview. In der Serie »Jack und Bianca« erzählt Jacks Freundin die romantische Geschichte vom

Kennenlernen in einer Wiener In-Disco über die erste Liebesnacht bis zur Flucht um den halben Erdball.

Abseits vom Medienrummel beginnt für Bianca aber wieder der Alltag. Als erstes gilt es, die von der Polizei völlig verwüstete Wohnung aufzuräumen. Viel ist nicht übriggeblieben: Die Polizisten haben nicht nur Jacks Kleidung und Unterlagen, sondern auch ihre eigenen Sachen größtenteils beschlagnahmt.

Zurück in die USA: Für den 4. März wird ein zweites Hearing im Miami Court House anberaumt, bei dem eine Dolmetscherin beigezogen wird. »Heute beginnt die Verteidigung!« ruft Jack Unterweger den Journalisten zu, die ihn filmen, wie er mit schweren Stahlfesseln an Händen und Füßen vorgeführt wird. Im Gerichtssaal herrscht dann aber Fotografierverbot. Unterweger beantragt beim vorsitzenden Richter Turnoff die sofortige Rückkehr nach Österreich. Denn er hat beschlossen, noch einmal zu kämpfen. Er will Rechenschaft ablegen und allen, vor allem den Freunden und Bekannten, die an ihn geglaubt haben, seine Schuldlosigkeit beweisen. Und er liebt seine Bianca. In einem Brief vom März 1992 schreibt er ihr hoffnungsvoll aus der Haft in Miami: »Schatz, bis Mai könnte alles vorbei sein!« So unrealistisch war das gar nicht: Nachdem die österreichischen Behörden kein Auslieferungsbegehren an die US-Justiz gestellt hatten, wäre Jack Unterweger nach Ablauf einer Frist von neunzig Tagen wieder ein freier Mann gewesen.

Doch die Überstellung sollte sich noch um Monate verzögern. Zuerst war es wegen einer vergleichsweise geringfügigen Übertretung der US-Einreisebestimmungen. Denn Jack Unterweger hatte den US-Behörden schon im Sommer 1991 und jetzt wieder im Februar 1992 seine Vorstrafen verschwiegen. Das kann theoretisch mit bis zu fünf Jahren Freiheitsstrafe geahndet werden.

Mitte März kommt es dann aber zu einer überraschenden Wende: Jack Unterweger werde vorläufig doch nicht nach Österreich überstellt, heißt es, da er nun auch in den USA wegen mehrerer Prostituiertenmorde verdächtigt werde! Der Hintergrund: Längst hatten sich die österreichischen Ermittler auch in den USA eingeschaltet. Und die ließen ihre amerikanischen Kollegen nicht darüber im unklaren, welch »dicken Fisch« sie da an der Angel hatten. Der in Österreich »dringend tatverdächtige Prostituiertenmörder« habe sich nämlich im Sommer 1991 nachweislich ganze fünf Wochen im Raum L.A. aufgehalten – da wäre ja anzunehmen, daß er auch dort gemordet haben könnte. Auch über Unterwegers Vorleben werden die Amerikaner »aufgeklärt«: Unterweger habe schon 1974 eine »achtzehnjährige Prostituierte auf dieselbe Weise« ermordet, erfahren die US-Cops von ihren österreichischen Kollegen. Und nicht nur vom »dringenden Prostituiertenmordverdacht« werden die Amerikaner informiert: Unter all den Dokumenten, die den US-Ermittlern übergeben werden, findet sich auch der Hinweis auf einen »Anfangsverdacht« gegen Unterweger im Fall des Mordes an Nicole Strau, die erst neun Jahr alt gewesen war …

Die solchermaßen alarmierten L.A.-Cops leiten Überprüfungen in Hinblick auf ungeklärte Prostituiertenmorde im Zeitraum Juni und Juli 1991 ein, als Unterweger in Los Angeles weilte. Die »US-Hauptstadt des Verbrechens« hat eine der höchsten Mordraten der Welt: Der Jahresdurchschnitt liegt bei 1 500 Morden. Am meisten trifft es erwartungsgemäß die gefährdetste Gruppe, die Prostituierten: Rund 300 fallen jährlich einem Mord zum Opfer. Und allein im Sommer 1991, als Unterweger dort war, hatte es im Großraum L. A. rund vierzig Prostituiertenmorde gegeben.

Mindestens drei in Los Angeles und acht in der rund 30 Kilometer entfernten Nachbarstadt Riverside lassen sich denn auch zeitlich und örtlich mit Unterweger in Bezug bringen. Und schon titelt die »Kronen-Zeitung« am 11. März 1992: »USA: Drei Dirnen erwürgt wie in Wien und Graz!« Ein »FBI-Marshal« soll »Parallelen« zwischen den Morden in den USA und Österreich gefunden haben und die »Auslieferung« verzögern, heißt es im Text. Unerwähnt bleibt, daß die österreichischen Behörden zu diesem Zeitpunkt noch nicht einmal ein Auslieferungsbegehren gestellt hatten.

Bei den anderen acht Morden drückt man sich noch etwas vorsichtiger aus: »Zumindest für einen Teil der acht Morde in Riverside soll es Verdachtsmomente geben, aufgrund derer Jack Unterweger ebenfalls als Täter in Frage kommen könnte«, schreibt die »Kronen-Zeitung« vom 20. März 1992. Doch in diesen ebenfalls »parallelen« Mordfällen – die acht Prostituierten waren genauso erdrosselt und nackt oder halbnackt aufgefunden worden – wird der Verdacht gegen Unterweger bald ohne viel Aufsehen wieder fallengelassen. Die Täter können überführt werden.

Auch ansonsten erfährt die österreichische Öffentlichkeit so gut wie nichts von den wahren Hintergründen und Zusammenhängen der

Ermittlungen in den USA. Einige Medien verstehen es, geschickt den Eindruck zu erwecken, daß nun auch das »FBI« hinter Unterweger her sei. In der »Kronen-Zeitung« vom 12. März wird der US-Chefermittler Miller zitiert: »Die Verbrechen tragen die Handschrift eines Serienkillers!« Nun, Miller konnte sich bei seinen Aussagen nur auf jene Informationen stützen, die er von den SOKO-Leuten erhalten hatte. Und die waren zum Teil schlichtweg falsch: Für Miller war es klar, daß Unterweger bereits einmal nachweislich »eine 18 Jahre alte Prostituierte stranguliert« habe. Und: »Riedinger [ein Mitglied der SOKO, Abschnitt Niederösterreich] gab weiters an, daß alle Mordfälle in Österreich an Prostituierten begangen wurden, welche entweder mit ihren Büstenhaltern oder Strumpfhosen stranguliert wurden.« All diese Zitate entstammen den gerichtlich protokollierten, beeideten Aussagen der leitenden US-Ermittler Fred Miller, Dieter H. Thurman und James Harper vom Oktober 1992, als das Grazer Gericht zu »Erhebungen« in die USA reiste. James Harper vom L.A. Police Department war aufgrund dieser Fehlinformationen durch die österreichische Polizei zu diesem Zeitpunkt sogar immer noch der Meinung, Unterweger sei »1976 wegen Mordes an einer Prostituierten zu lebenslangem Kerker« verurteilt worden. Nur: Auch den österreichischen Ermittlern war bei den meisten Mordopfern nicht einmal die tatsächliche Tötungsart bekannt. Und schon gar nicht konnte davon gesprochen werden, daß eine Prostituierte »mit einem BH erdrosselt« worden sei – ein derartiges Mordwerkzeug spielte in keinem einzigen der österreichischen Fälle eine Rolle.

Was der österreichischen Öffentlichkeit weiters verborgen blieb: In Wirklichkeit war sich auch die US-Polizei wegen des Verdachts gegen Unterweger gar nicht so einig. Vor allem hatte man die drei Morde, die man jetzt zeitlich und örtlich Jack Unterweger zuordnete, ursprünglich in Zusammenhang mit einem vierten Mordfall gesehen. Der passierte allerdings einen Tag, bevor Unterweger in L. A. ankam. Der Mord, der wegen der »auffälligen Gemeinsamkeiten« mit den anderen drei, jetzt Unterweger angelasteten Fällen von ein und demselben Täter verübt worden sein soll, wurde kurzerhand aus der »Serie« ausgeschieden. Nur »profil« (38/92 und 42/92) berichtete über diese seltsame Vorgangsweise der US-Polizei.

Dafür erwachte jetzt auch an der amerikanischen Westküste ein verstärktes mediales Interesse für den Literaten aus Österreich – wenn auch vor allem auf Boulevardniveau. In der »Los Angeles Times« vom 13. März 1992 etwa findet sich ein ausführlicher Bericht über die Person des Jack Unterweger, wobei Dichtung und Wahrheit sich zu einer farbenfrohen Geschichte verdichten: Er sei der »Sohn einer Prostituierten«, der seine Kindheit im Prostitutionsmilieu »in der Steiermark« verbracht habe, und wieder einmal taucht die mittlerweile unausrottbar gewordene Behauptung auf, Unterweger habe bereits »1973« »in Österreich« eine »Prostituierte« »erwürgt«. Sogar beim Zeitpunkt und Ort der Tat irrt der Redakteur. Doch solche kleinlichen Details sind wohl nicht wichtig, wenn es um eine fesselnde Zeitungsstory geht.

Ein Anwalt wird aktiv

Inzwischen war ein Anwalt auf den Plan getreten: Dr. Georg Zanger (47), Sproß einer alteingesessenen Wiener Anwaltsfamilie. Er hat sich vor allem auf den Gebieten des Medienrechtes und des Urheberrechtes einen Namen gemacht; als Strafverteidiger hatte er bislang aber kaum agiert. Jack Unterweger war auf ihn schon Jahre zuvor über Vermittlung des Steiner Gefängnisdirektors gestoßen, der ihn als Künstleranwalt empfahl; später unterstützte Zanger Jack Unterweger in dessen Bestrebungen um die bedingte Entlassung.

Und auch jetzt muß Zanger dem erneut einsitzenden Unterweger wie ein rettender Engel erschienen sein: Er jettete von sich aus in die USA, um seinem Mandanten beizustehen. Der Deal, der im Knast von Miami beschlossen wird: Zanger verteidigt kostenlos, dafür erhält er die Film- und Verwertungsrechte an der »Jack Unterweger-Story«.

Zunächst galt es aber vor allem auf dem Gebiete des Medienrechtes aktiv zu werden: Wegen der zahllosen massiv vorverurteilenden Berichte der »Kronen-Zeitung« brachte Zanger gleich mehrere Medienklagen gegen das Massenblatt ein. Mit Urteilen des Landesgerichts für Strafsachen Wien vom 14. Mai und 9. Juli erwirkte der Anwalt eine Entgegnung, die sich gewaschen hatte – vier ganze Seiten, auch das Titelblatt, mußte die »Krone« dem Entgegnungstext widmen! Die »Kronen-Zeitungs«-Ausgabe vom 15. Juli 1992 erschien daher in spektakulär »verunstalteter Form« (so der entsetzte Herausgeber dieser auflagenstärksten österreichischen Tageszeitung). Dabei mußte die Zeitung nicht nur allerlei Unwahrheiten richtigstellen – Unterweger hat nach seiner Entlassung keine einzige Frau gewürgt und auch niemals gesagt, daß er dazu »das Bedürfnis habe«, er war niemals Kunde bei der ermordeten Prostituierten Prem, er hatte nicht die »selbe Blutgruppe wie der Mörder«; auch so »kleinliche« Details, wie jenes, daß Unterweger einen Mithäftling »verpfiffen« oder »in einem Lokal mit einer Pistole gefuchtelt« habe, um »toll zu wirken«, mußten penibel aufgelistet und widerrufen werden. Tags darauf konnte bereits ein »stürmisches Echo von Lesern« vermeldet werden, die sich ob der »Entgegnungs-Orgie« eines unter dem »dringenden Verdacht des Massenmordes« stehenden Mannes »tief empört« gezeigt hätten. Und schon wird der Spieß umgedreht: Unter der fetten Überschrift »Fall Unterweger: Gericht lobt faire ›Krone‹-Berichte« wird aus einem anderen Gerichtsurteil zitiert, das eine der Zanger-Klagen abgewiesen hatte. In den folgenden Ausgaben erhielt Jack einen neuen Beinamen: Jack, the Flipper …

Medienprozesse erweisen sich eben nicht immer als Mittel, um eine ausgewogenere Berichterstattung zu erwirken – die mächtigen Medien sehen es nicht gerne, wenn man ihre Methoden angreift und können tödlich beleidigt reagieren. Keineswegs soll hier der Eindruck entstehen, daß alles von einer einzigen Tageszeitung ausging. Andere Medien verstanden es, mit raffiniert gewählten Worten zu formulieren, was nicht nur in seiner Wirkung auf den Leser gefährlicher, weil weniger leicht durchschaubar, sondern vor allem auch nicht klagbar war. Und so waren Zangers Bemühungen, den Schaden, den die Massenmedien angerichtet hatten, durch Klagen und Entgegnungen zu reparieren, von vornherein zum Scheitern verurteilt.

In amerikanischen Gefängnissen sind »offene« Besuche möglich, ohne Gitter und Absperrungen, und auch die Besuchszeiten sind sehr großzügig geregelt. Noch im März 1992 fliegt Bianca nach Miami, um ihren Jack im »MCC« zu besuchen. Sie darf sechs Stunden bei ihm bleiben. Die Fotos vom Häftling, der seine Braut umarmt und küßt, werden später in Illustrierten veröffentlicht. Telefonieren ist in US-Gefängnissen überhaupt unbegrenzt möglich. Und so rufen auch Journalisten aus Deutschland und Österreich an. Zu einem sagt Jack: »Sie können mich einsperren. Aber meinen Stolz, mein Herz, kriegen's nicht. Meinen Kopf hat Gott, und der weiß, daß ich nicht der Täter bin …« und bricht in Tränen aus.

Während Jack Unterweger in einer der engen, klimatisierten Gefängniszellen des MCC auf die Entscheidung der Behörden wartet – als mutmaßlichen »Serienkiller« hat man ihn im Sondertrakt für »Dangerous Criminals« untergebracht –, wird die österreichische Öffentlichkeit fast täglich mit neuen Schlagzeilen wie »Fahnder: Wir fanden eindeutige Beweise!« (»Kurier«, 6.3.1992) bombardiert. Ein in den Medien immer wieder mit dem Satz »Das Wie ist uns bekannt, wir haben eine lückenlose Indizienführung. Nur das Warum fehlt uns noch« zitierter »erfahrener Kriminalist« erweckt den Eindruck, daß eine erdrückende Beweislage vorliegen müsse.

In Wirklichkeit ließen konkrete Ermittlungsergebnisse aus den USA jedoch auf sich warten. In zwei Mordfällen von Los Angeles waren DNA-Spuren vorhanden. Unterweger beantragt daraufhin beim Richter die Abnahme von Blutproben zur Durchführung einer DNA-Vergleichsanalyse, die seine Schuldlosigkeit beweisen soll. Am 2. April prangt dann die Schlagzeile am Titelblatt der »Kronen-Zeitung«: »USA: Jack hat selbe Blutgruppe wie der Mörder!« Andere Massenblätter schreiben die Sensationsmeldung ab, auch das Fernsehen berichtet. Die »Krone« dürfte offensichtlich einer Verwechslung aufgesessen sein. Staatsanwalt Montagna hatte nämlich wenige Tage zuvor verlautbart: »Jack hat die gleiche Blutgruppe wie das Opfer« – gemeint war die ermordete Shannon Exley, bei der man Spermaspuren gefunden hatte.

Die Neunzig-Tage-Frist drohte inzwischen unweigerlich abzulaufen. Für den zuständigen District-Staatsanwalt Michael Montagna war die Sache schon erledigt: Aufgrund mangelnder Beweise gegen Unterweger hatte er sich geweigert, dem Anklagewunsch der Polizei Rechnung zu tragen. Offenbar brauchten die erfolglosen US-Cops ein wenig »Nachhilfe« von ihren österreichischen Kollegen.

Tatsächlich kann SOKO-Leiter Geiger das Innenministerium von der Notwendigkeit einer Dienstreise in die USA überzeugen, die er am 7. April 1992 mit drei seiner SOKO-Leute (Werner Windisch von der Kriminalabteilung Niederösterreich, Franz Brandstätter von der Mordkommission Graz und Kurt Obergschwandtner von der Kriminalabteilung Bregenz) antritt. In Los Angeles führen die österreichischen Kriminalisten dann eingehende Gespräche mit den dortigen leitenden

Polizeisergeants Fred Miller, James Harper und Dieter H. Thurman. Dabei verstehen sie es zweifellos, ihre amerikanischen Kollegen in ihren »Verdachtsmomenten« zu bestärken: »Die Polizei in L. A. betrachtet Jack Unterweger in drei Fällen mit Sicherheit als Täter«, schreibt der SOKO-Leiter am 9. April 1992 selbstbewußt an den Grazer Untersuchungsrichter Wladkowski. Noch im Oktober 1992 klingt US-Chefermittler Harper aber ganz anders: »Es kann weder ausgeschlossen werden noch liegen im Moment ausreichende Beweise vor, um bestimmt sagen zu können, er ist verdächtig«, erklärt er der Grazer Gerichtskommission unter Eid.

Die Rolle der SOKO bei US-Ermittlungen gegen Unterweger läßt sich auch aus einem vertraulichen Bericht vom 25. April 1992 von SOKO-Leiter Geiger an das Wiener Innenministerium herauslesen: »Es wäre den amerikanischen Polizeibeamten aber nicht möglich gewesen, ohne Unterstützung der österreichischen Kommission entsprechende Verfolgungsanträge beim Staatsanwalt durchzusetzen«, heißt es dort.

Untersuchungsrichter Wladkowski ist beeindruckt: Noch ohne Kenntnis der US-Akten und ohne ein entsprechendes Rechtshilfeansuchen an die US-Behörden gestellt zu haben, teilt er dem in den USA weilenden SOKO-Leiter per Fax mit, daß er die Voruntersuchung per 16. April 1992 auf die drei amerikanischen Mordfälle ausgedehnt habe, und ersucht ihn, die bezughabenden Polizeiakten zu beschaffen.

Erst jetzt stellt Wladkowski über das Justizministerium ein formelles Auslieferungsbegehren. Ob die darin angeführten »Indizien« einer Prüfung durch die US-Behörden standgehalten hätten, ist mehr als fraglich. Neben Schenners Aktenvermerk, der Unterweger ja zwei Vorstrafen wegen Prostituiertenmordes andichtet, der polizeilichen »Serienkiller«-Theorie und einigen Nuttenaussagen werden die US-Behörden sogar mit literarischen Ergüssen beglückt: Unter den mitgeschickten Dokumenten befindet sich etwa ein Manuskript, das Unterweger angeblich schon zu Haftzeiten verfaßt haben soll. Darin werden Haßgefühle gegen Prostituierte geschildert. Der Autor beschreibt, wie er eine Frau würgte und dann »gleichsam erwachte und erstaunt war, diese Tat begangen zu haben, zumal ihm diese Frau hierzu keinen Anlaß gegeben hatte«. In der Tat stammte der Text aus Unterwegers Wohnung, wo ihn die Kriminalisten mit unzähligen anderen Texten beschlagnahmt hatten. Der Autor war allerdings – nicht Jack Unterweger, sondern eine junge deutsche Nachwuchsliteratin, die den Text zur Veröffentlichung in der Literaturzeitschrift »Wortbrücke« eingeschickt hatte.

Wofür vor lauter Informationsgesprächen und Berichten an Justiz und Ministerium offenbar keine Zeit mehr blieb: Eine Vernehmung des in Miami einsitzenden Häftlings Unterweger durch die österreichischen Ermittler kam während der zehntägigen Dienstreise nicht zustande.

Chefermittler im US-TV

Dafür sind die SOKO-Leute Gesprächen mit den Medien nicht abgeneigt. SOKO-Leiter Ernst Geiger tritt etwa im amerikaweit ausgestrahlten TV-Sender »Hard Copy« auf, der von »lückenlosen Beweisketten« gegen Jack Unterweger zu berichten weiß.

Dieser mediale Wirbel kam der US-Polizei, die sich mit der »Abfuhr« Montagnas nicht zufriedengeben wollte und sich an die nächsthöhere Anklageinstanz gewandt hatte, sehr entgegen. Das kann man auch dem erwähnten Bericht des SOKO-Leiters Geiger an das Innenministerium vom 25. April entnehmen: »Aufgrund der breiten Medienberichterstattung über den Fall Unterweger und die Arbeit der Sonderkommission in Los Angeles wurden in der Folge vom US-Justizministerium die Einleitung der gerichtlichen Untersuchung und die Vornahme der DNA-Analyse angeordnet. Die bereits eingeleiteten Maßnahmen zur Überstellung des Unterweger nach Österreich wurden widerrufen.« Der Hintergrund: Der inzwischen eingeschaltete Bundesstaatsanwalt in Washington hatte sich bis zum Einlangen der DNA-Untersuchungsergebnisse gegen eine Überstellung ausgesprochen.

Das Zauberwort DNA geistert bald auch durch die Medien. In der Sendung »Inlandsreport« vom 23. April 1992 läßt Geiger angebliche »DNA-Beweise« durchblicken:

Geiger: *Wir haben genug Beweise, um hier sinnvoll weiterarbeiten zu können. Aber, wie gesagt, über die Beweise im konkreten möchte ich hier nicht sprechen.*

Interviewer: *Haben Sie konkrete Beweise aus der genetischen DNA-Untersuchung?*

Geiger: *Ja.*

Interviewer: *Können Sie mir sagen, was das ist?*

Geiger: *Ah, das möchte ich hier nicht sagen. Nur, eine DNA-Analyse kann hier sicherlich sehr aufschlußreiche Beweise für uns bringen.*

Nun, das DNA-Untersuchungsergebnis langte in einem Fall (betreffend den Mord an Irene Rodriguez) im Mai, in einem anderen Fall (betreffend den Mord an Shannon Exley) gar erst im Juni 1992 bei Gericht ein. Und: Beide entlasteten Unterweger ganz klar.

Zur wenig anklagefreudigen Haltung des Staatsanwalts befragt, verwies der SOKO-Leiter im selben Interview auf angebliche »Opportunitätsgründe« – Montagna wolle deshalb keine Anklage, weil er für politische Wahlen kandidiert habe. Dieser Vorwurf gegenüber dem »unwilligen« US-Staatsanwalt konnte jedoch spätestens bei der Einvernahme eines amerikanischen Cops im Rahmen der USA-Reise der Grazer Gerichtskommission, an der neben den SOKO-Kriminalisten auch Anwalt Zanger teilnahm, widerlegt werden: Es lagen demnach eben keine Fakten, Beweise oder auch nur Indizien vor, die in den Augen der US-Behörden eine Anklage gerechtfertigt hätten.

In der österreichischen Öffentlichkeit wurde aber ein ganz anderer Eindruck erweckt: »Knalleffekt im Fall Unterweger: Doch keine Auslieferung! Vor Haftbefehl in USA« heißt die Schlagzeile der »Kronen-Zeitung« am 17. April 1992. Und: »Jack droht jetzt die Todesstrafe!« – die ja im Bundesstaat Florida heute noch gilt. »Unsere Arbeit war ein Riesenerfolg! Wir konnten bei den drei Prostituiertenmorden in Los Angeles umfangreiches Indizienmaterial gegen Jack Unterweger sichern«, jubeln die aus den USA zurückgekehrten SOKO-Kriminalisten tags darauf in derselben Zeitung und posieren mit freudigen Gesichtern am Wiener Flughafen für die Pressefotografen. »Mit 90 Prozent rechnen die Kriminalisten nun, daß gegen Unterweger nach Ablauf der 90tägigen Auslieferungshaft ein US-Haftbefehl ausgestellt wird« (»Kurier«, 17.4.1992). Und auch in der »Kleinen Zeitung« heißt es an diesem Tag unter dem Titel »Erfolgreiche Recherchen in L. A.«: »Die Kriminalisten wiesen auf die sehr gute Zusammenarbeit mit den amerikanischen Kollegen hin.« Schlußsatz: »Eine Abschiebung nach Österreich ist in weite Ferne gerückt.«

Wie gut die Kooperation mit den US-Polizeisergeants funktioniert haben dürfte, geht auch aus einem persönlich an Geiger gerichteten Schreiben von Fred Miller von Anfang Mai 1992 hervor, wo dieser sich für die »Zusammenarbeit« bedankt und unter anderem schreibt: »Ich glaube, nachdem zwischen unseren beiden Ländern derartige Kontakte geknüpft wurden, wird es möglich sein, Herrn Unterweger für den Rest seines Lebens hinter Gitter zu bringen, oder vielleicht kann er sogar zur Gaskammer hier in den USA verurteilt werden.« Miller schreibt weiter, er hätte Unterweger erst »zur Vernunft« bringen müssen: Indem er ihm angedroht habe, »höchstpersönlich« die Proben für die DNA-Untersuchung zu entnehmen, sollte er sich weigern. Allerdings hatte Jack Unterweger nachweislich schon Wochen zuvor beim Richter den Antrag auf Abnahme von Blutproben zur Durchführung der DNA-Analyse gestellt.

Keine Anklage in den USA

Staatsanwalt Montagna läßt sich auch durch mehrere Arbeitsgespräche mit den ermittelnden US-Polizisten nicht umstimmen. Inzwischen ist nämlich auch das Ergebnis der DNA-Analyse im Mordfall Rodriguez eingetroffen, wo man Haar- und Hautspuren beim Opfer gefunden hatte: Jack Unterweger war demnach als Verursacher dieser Spuren, die auch nicht vom Opfer selbst stammten, zu 100 Prozent auszuschließen.

Nach eingehendem Studium der Akten bleibt der Staatsanwalt dabei: Es gibt überhaupt keine Fakten, die eine Anklage gegen Unterweger gerechtfertigt hätten. »Ohne ein Minimum an Beweisen machen wir das nicht. Ein Richter würde den Fall abweisen, auch nach einer DNA-Analyse«, meint Montagna zu »profil« (42/92).

Die Weigerung des Staatsanwalts, den Fall gerichtsanhängig zu machen, kommt in den USA einer Verfahrenseinstellung gleich. Und nicht nur für Montagna ist die Beweislage unzureichend: Auch die Oberinstanz spricht sich gegen eine Anklage in einem Fall aus, in dem die Ermittler nicht einmal ein Minimum an Beweisen oder auch nur handfeste Indizien vorlegen konnten.

Also kam, entgegen den anderslautenden Ankündigungen der SOKO-Heimkehrer, doch nur die Überstellung nach Österreich in Frage. Am 14. April meldet SOKO-Leiter Geiger ans Wiener Innenministerium: »Die Zustimmung des US-Justizministeriums [zur Überstellung nach Österreich] wird von einem schriftlichen Bericht der Staatsanwaltschaft L. A. abhängig gemacht, worin ausdrücklich festgehalten werden müsse, daß die Untersuchungen in L. A. abgeschlossen sind und eine Anklage nicht erhoben wird.«

Am 8. Mai wendet sich der Häftling Unterweger brieflich an den Richter Turnoff. Er ersucht um sofortige Erhebung der Anklage, um sich gegen die Vorwürfe endlich verteidigen zu können, andernfalls aber um sofortige Rücküberstellung nach Wien.

Für den 22. Mai setzt Magistrate Turnoff um 14 Uhr ein drittes Hearing an. Die Ermittler haben in den drei US-Mordfällen noch immer kein stichfestes Beweismaterial vorlegen können, weshalb die Polizeibehörde von Los Angeles auch keinen Haftbefehl ausgestellt hat. Dafür hat die Staatsanwaltschaft von L. A. ausdrücklich erklärt, »bei dieser Beweislage auf keinen Fall« Anklage zu erheben. Der Richter lehnt eine weitere Anhaltung des Häftlings ab und ordnet an, daß er binnen 72 Stunden freizulassen sei, sollte vorher kein Beweismaterial vorliegen. Das letzte, für den 27. Mai um 17 Uhr anberaumte Hearing kommt nicht mehr zustande. Jack Unterweger wird von zwei Beamten des Miami-Marshal-Service aus dem Gefängnis abgeholt und zum Flughafen gebracht. Via New York bringen sie ihn in einer Sondermaschine der »Delta-Airlines« – die vorgesehene Maschine der »Austrian Airlines« war von Journalisten des Wiener »Kurier«, die von der geplanten Überstellung Wind bekommen hatten, ausgebucht worden – nach Wien-Schwechat. Dort kommt Jack am 28. Mai 1992 um 8 Uhr 30 morgens an. Vor der Gangway erwarten ihn schon die Beamten der Grazer Mordkommission – und eine ganze Horde Pressefotografen. Jack wird sofort festgenommen und in Handschellen in einem Kleinbus der Polizei ins Grazer Polizeigefängnis eskortiert. Ohne vorheriges Verhör im Wiener Sicherheitsbüro, auf das die Wiener Beamten eigentlich gehofft hatten.

»In zwei Fällen gibt es Sachbeweise!«

Für die in den letzten Monaten mit Schlagzeilen von »eindeutigen Beweisen« und sogar einer drohenden »Todesstrafe« bombardierte Öffentlichkeit war das plötzliche »Jack is back!« (»profil« 23/92) überraschend gekommen. Vielleicht, um möglichen Zweifeln vorzubeugen, läßt der Pressesprecher des Grazer Straflandesgerichts, Dr. Winfried Enge, öffentlich verlautbaren: »In zwei Fällen gibt es Sachbeweise!« Welche »Beweise« er damit meinte, wollte er freilich nicht verraten.

Am Freitag, dem 29. Mai um 8 Uhr 30 verhängt Untersuchungsrichter Wladkowski, der durch seinen Haftbefehl die örtliche Zuständigkeit des Grazer Straflandesgerichts begründet hatte, per Beschluß formell die ordentliche Untersuchungshaft über Jack Unterweger. Er wird ins landesgerichtliche Gefangenenhaus Graz-Jakomini eingeliefert.

Dort beginnt für Jack das lange Warten. Die in seiner Verteidigungsschrift aus Miami geäußerte Befürchtung, daß die »Untersuchungshaft ewig« dauern würde, sollte sich bewahrheiten …

Soweit das dramatische Finale einer Flucht. Doch das »Drama Jack Unterweger« begann noch viel früher. Drehen wir die Zeit um vierzig Jahre zurück …

Eine Reise ins Zuchthaus

»Hurenbankert«

Ich war kein Bub mehr, ich war ein Biest, ein Teufel, ein vergreistes Kind, dem es gefiel, schlecht zu sein. Ich war längst tränenlos geworden, Opas Prügel wich ich aus, oder ertrug sie hassend, innerlich verbrennend.

(Aus Jack Unterwegers Autobiographie »Fegefeuer oder die Reise ins Zuchthaus«)

Er war noch nicht geboren, doch schon hinter Gittern. Seine Mutter war mit ihm schwanger, als sie im März 1950 wegen mehrerer Betrugsdelikte ins landesgerichtliche Gefangenenhaus Klagenfurt eingeliefert wurde. Im August wurde sie vorzeitig entlassen, um wenigstens dem Kind »einen ordentlichen Start ins Leben« zu ermöglichen. Eine Hoffnung, die sich nicht erfüllen sollte.

Er wird am 16. August 1950 im steirischen Judenburg geboren, wo seine Mutter gerade auf Durchreise ist. Vom Vater, angeblich einem amerikanischen Besatzungsoffizier, fehlt jede Spur. Das Kind ist erst wenige Wochen alt, als seine Mutter wieder eine Haftstrafe antreten muß. Der Säugling, dem die Behörden wegen seiner Herkunft den Namen »Jack« verpassen, wird beim »Filzmoosbauer« von einer Elisabeth W. versorgt. Die erinnert sich heute nicht einmal mehr an den Namen ihres damaligen Pflegekindes. Weitere Pflegeplätze folgen, bis Jack 1952 von der Fürsorge zu seinem Großvater Ferdinand Wieser gebracht wird. Der haust im Kärntner Wimitztal, ein abgelegener, herber Einschnitt zwischen Gurk und Kraig. Hier, wo es bis zum Jahre 1958 weder befestigte Straßen noch Elektrizität gab, hat sich Wieser Anfang der 30er Jahre seßhaft gemacht. Hat ganz allein inmitten der kargen Einöde, nahe dem Wimitzbach, seine kleine Holzkeusche gezimmert. Die einzigen Nachbarn: Ausgegrenzte, aus der Stadt Vertriebene wie er. Wieser lebt vom Korbflechten, Stehlen und Betrügen beim Kartenspielen, trinkt viel und gerne, probiert eine Frau nach der anderen, weshalb sein Haus im Ort nur noch »Weibertauschzentrale« genannt wird, ist jähzornig und sabbert seit einer Rauferei aus dem heruntergezogenen Mundwinkel. Daß die Fürsorge den eineinhalbjährigen Jack gerade ihm »in Obhut« gibt, dürfte ihn zwar verwundert haben. Gewehrt hat er sich aber nicht. Die von der Fürsorge bezahlten 100 Schilling Unterhaltsbeitrag pro Monat werden für die nächsten Jahre sein einziger fixer »Lohn«.

Der kleine Jack bekommt seinen Schlafplatz im hölzernen Ehebett, wo auch der Großvater und seine wechselnden Frauenbekanntschaften nächtigen. Der Großvater nennt ihn nie beim Namen, sondern »Bua«, und, wenn er besoffen ist, und das ist oft der Fall: »Hurenbankert«. Später, als Jack zur Volksschule hinauf nach Pisweg geht – jeden Tag zwei Stunden Marsch über einen steilen Steig –, bezieht er die winzige, feuchte Dachkammer. Ottilie Vitztum, Jacks Volkschullehrerin, erinnert sich: »›Körbler-Brut‹ wurde Hansi von seinen Schulkameraden geschimpft.« »Hansi« war schlecht gekleidet, sprach anders, roch anders, denn von Körperhygiene hielt der Großvater nicht viel. Und wie instinktiv hob der Bub immer wieder die Hände über den Kopf, um sich vor vermeintlich drohenden Schlägen zu schützen. Gegen die echten Schläge des Großvaters war der Sechsjährige aber machtlos: »Schürhaken waren seine bevorzugten Zuschlaginstrumente. Er machte keinen Unterschied zwischen mir und meinen häufig wechselnden Zeitmüttern. […] Verschlagenheit rettete mich vor dem Werden zur jammernden Kreatur«, schreibt Jack Unterweger zwei Jahrzehnte später in seinem autobiographischen Roman »Fegefeuer«. Immer wieder flüchtet das geschlagene Kind in den Wald in eine selbstgebaute Schutzhöhle oder es läßt seine ohnmächtige Wut an den Ratten aus, von denen es überall in der Keusche wimmelt. Sein einziger Freund ist ein im Wald wildernder Hund. Über seine Mutter erfährt der kleine Jack nur: »Die Hur' ist in der Stadt!« Einmal zeigt ihm der Großvater Aktfotos von ihr. Das Kind empfindet die für ihn unbekannte, nackte junge Frau als wunderschön, und in seinem noch unreifen Gehirn setzt sich der Gedanke fest: Ich will sie suchen, bis ich sie finde.

Der Großvater schimpft auf »die da oben«, die so einem wie ihm ohnehin keine Chance ließen. Er kann aber auch lieb sein und bastelt etwa wunderschönes Holzspielzeug für seinen Enkel. Dafür muß der Kleine ihm dann beim Kartenspiel-Betrügen helfen. Schon als Fünfjähriger darf er Schnaps mittrinken, und wenn er dann torkelt und umfällt, lachen die Erwachsenen. Die Höhepunkte im Leben des kleinen Buben sind aber die Ausflüge zu Diebstouren und Trinkgelagen in der Stadt. Die Lehrerin Ottilie Vitztum schreibt in die Schülerstammkarte: »Nicht tragbare familiäre Verhältnisse. Kleiner Störenfried in der Klasse. Nimmt es mit der Wahrheit nicht so genau.«

Als der Großvater im Sommer 1958 von seiner damaligen Lebensgefährtin verlassen wird, kippt die Situation endgültig. »Da hat er immer mehr gesoffen.« (Charlotte Auer, Tochter von Wiesers Lebensgefährtin). Aufgrund anonymer Anzeigen wird Jack am 27. September 1958 seinem Großvater weggenommen. Er landet zunächst bei seiner Großtante Juliane Wieser im kärntnerischen Straßburg, dann bei einer aus Slowenien zugezogenen Pflegefamilie in Liebenfels. Sie verstehen seine Sprache kaum, er die ihre nicht, und so bleibt das Kind Jack auch dort ein Fremder. In dieser Zeit sieht der inzwischen Zehnjährige seine eigene Mutter zum ersten Mal – ein für ihn prägendes Ereignis. Sie bleibt aber nur wenige Tage im Ort. Eines Morgens ist sie abschiedslos verschwunden. Die Rechnungen im Greißlerladen, wo sie »anschreiben« hat lassen, müssen von der bitterarmen Pflegemutter bezahlt werden. Auch einen billigen Fotoapparat, den einzigen Besitz des Kindes, hat die Mutter mitgenommen.

Alle fühlen sich mit der Erziehung des »Fürsorgebalgs« hoffnungslos überfordert: »Fürsorgekind, ständig in Bewegung, muß oft ermahnt werden«, steht im Zeugnis. Schon nach einem Jahr wird Jack wieder aus seiner Umgebung herausgerissen. Das Jugendamt verfrachtet ihn diesmal in das Kinderheim der evangelischen Stiftung de la Tour in Treffen. Jack, als Nr. 2055 geführt, ist auch dort nur eine Nummer, mit der man nichts anfangen kann. Zitat aus dem »kleinen Entlassungszeugnis« der Hauptschule St. Veit: »Heimzögling mit den dafür typischen Manieren, klobig und nicht ganz offen, neigt zum Murren.«

Der Vierzehnjährige, der zu alt fürs Heim geworden war und deshalb die Hauptschule ohne Abschluß beenden mußte, beginnt eine Kellnerlehre im Hotel »Weißes Lamm« in St. Veit. Bis zu einem Vorfall im März 1966: Einer Arbeitskollegin fehlen 500 Schilling. Sofort fällt der Verdacht auf den Sprößling der »Körbler-Sippschaft«. Er fliegt aus seiner Lehrstelle.

Die Knasterziehungsanstalt

Nach dem Rausschmiß aus der Lehre will die Fürsorge den schwierigen Buben möglichst weit weg haben, erzählt Jacks damalige Fürsorgerin Emilie Beidernickl aus St. Veit. Man vermittelt ihm eine Lehrstelle im Hotel »Schwarzer Adler« in St. Anton in Vorarlberg. Dort fliegt er hinaus, nachdem er sich in seiner Freizeit gemeinsam mit zwei Freundinnen provokant an einen Tisch gesetzt hatte, um sich vom Ober bedienen zu lassen. Jack kehrt nach St. Veit zurück, wo er einen Kellnerjob im Hotel »Stern« annimmt. Im November 1966 endet für Jack dieser noch halbwegs bürgerliche Lebensabschnitt. Wegen Diebstahls von dreihundert Schilling aus der Brieftasche eines Polizisten wird er vom Bezirksgericht St. Veit an der Glan in die Anstalt für schwer erziehbare Burschen nach Kaiserebersdorf bei Wien eingewiesen. In der Begründung des Gerichts heißt es: »Nach eigenen Angaben des Beschuldigten und nach den Angaben des Bezirksjugendamtes St. Veit/Glan hat der Beschuldigte keinen eigentlichen Wohnsitz. Er ist ein außereheliches Kind, kennt seine Mutter nicht und weiß auch nicht, wo sich diese aufhält. Sie hat sich nie um ihn gekümmert, und er wurde auf verschiedenen Pflegeplätzen großgezogen. Er hat sich in Lehre befunden und das Kellnergewerbe erlernen wollen. Aus vier Lehrstellen wurde er entlassen, weil man mit ihm nicht zufrieden war und ihm insbesondere anlastete, daß er Diebstähle begangen habe.

Zweifellos liegt daher beim Beschuldigten ein schwerster Erziehungsmangel vor. Der Beschuldigte war daher in die Bundeserziehungsanstalt einzuweisen, weil dort die Hoffnung besteht, ihn noch auf den rechten Weg zu weisen.« (Bezirksgericht St. Veit an der Glan, U 463/66).

Die Wirklichkeit sah anders aus, wie mir Franky D., der mit Jack Unterweger ein Jahr in »KE« verbrachte, erzählte. In »KE« verrichteten die jugendlichen Gestrauchelten typische Knastarbeit wie Herstellung von Papiersäcken oder Straßenreinigungsbürsten. Der Lohn: Zwei Zigaretten täglich. Auch in der Landwirtschaft wurden sie als billige Arbeitskräfte herangezogen: Die riesigen Zuckerrübenfelder in Müchendorf bei Wien mußten mit der Sichel bearbeitet werden. Schläge von seiten der Erzieher waren an der Tagesordnung. Wer aufmuckte, wurde zur Strafe bei Dunkelhaft in eine Korrektionszelle gesperrt. Dabei wurden auch schon mal mehrere Burschen zusammengesperrt – die Schwächeren wurden dann von den Stärkeren zusammengeschlagen. »KE« verlieh den jugendlichen Kriminellen ihren »letzten Schliff«: Die meisten von ihnen machten später Knastkarrieren. So auch Franky D., der es inzwischen auf 29 Vorstrafen gebracht hat. An Jack erinnert er sich noch gut: »Mit dem Jack hab' ich öfters gerauft. Wie das bei Burschen halt so ist. Aber es war immer o.k. zwischen uns. Der Jack war auch sportlich gut drauf, ein guter Fußballer. Ehrgeizig war er, und trotzig. Ein schmächtiger kleiner Kerl, der sich von niemandem was gefallen ließ.«

Etwas anders klingt da die Beurteilung des Zöglings Unterweger im trockenen Amtsdeutsch der Erziehungsanstalt: »[…] unangepaßt, in der Gemeinschaft unverträglich und geltungssüchtig, den Erziehern gegenüber provozierend höflich und distanzlos. Bei Sport und Spiel war er ein schlechter Verlierer. In der Normalgruppe kam er mit seinen Mitzöglingen nicht zurecht, mußte wegen fortgesetzter Raufhändel abgesondert und in eine Bewährungsgruppe verlegt werden.« Offenbar war alles vergeblich: Nach mehr als einem Jahr wird Jack im Dezember 1967 aus der »Erziehungsanstalt« Kaiserebersdorf, der heutigen Justizanstalt Wien-Simmering, als »unerziehbar« entlassen. Als äußeres Zeichen für seine »Unverbesserlichkeit« wird ihm zuvor noch der Kopf kahlgeschoren.

Nach den Jahren in Heimen und Erziehungsanstalten ist Jack hungrig nach Leben. Ohne festen Wohnsitz, schlägt er sich mit verschiedenen Gelegenheitsjobs als Aushilfskellner, Bauhilfsarbeiter und Tankwart durchs Leben. Und er sammelt weitere Vorstrafen: Mit achtzehn bricht er drei Spiel- bzw. Kaugummiautomaten auf und bekommt dafür zweieinhalb Monate Arrest. Wenig später muß er wegen Einbruchs- und Fahrraddiebstahls schon für sechs Monate ins Gefängnis – damals hieß das noch »schwerer Kerker« mit monatlich einem »harten Lager« und einem »Fasttag«. Die spärliche »Beute« aus einem Kiosk hatte aus einem Fotoapparat, Lebensmitteln und einigen Kleidungsstücken bestanden. Immer wieder versucht Jack, es den anderen »zu zeigen«: Er meldet sich im Boxclub St. Veit an und erlangt 1968 die Kärntner Meisterschaft im Federgewicht. »Da war der ganze Haß drin«, erzählte Jack später darüber. Dann verläßt er Kärnten. Mit neunzehn arbeitet er kurzfristig als Schankbursche in einem Salzburger Hotel, fährt weiter nach Deutschland, um dort nach seiner Mutter zu suchen. Er kommt bis Hamburg, will zur See. Daraus wird nichts, und so verdingt er sich als Schwarzarbeiter bei einer Baufirma, als Discjockey und versucht sich schließlich als Zuhälter im Hamburger Rotlichtviertel, dem »Kiez«. »Er sah verdammt gut aus, lange Haare hatte er damals, und sein Wiener Charme zog bei den Mädels, die ihm nur so zuflogen. Er war ja gar kein richtiger Zuhälter: Die Mädels wollten ihn zum Freund, und haben ihn gerne ausgehalten«, erzählte Jahre später eine immer noch aktive Hamburger Prostituierte, die er aus den frühen Siebzigern kennt, der Autorin dieses Buches.

Jack findet Unterschlupf bei einer um vieles älteren Prostituierten. Bald verdient er als Strichjunge mehr als sie. Seine Welt sind die Mädchen der Reeperbahn, der falsche Glanz des Milieus und die reichen Gattinnen, die er befriedigen muß. In dieser Zeit beginnt Jack, sich mit Tabletten und Drogen aufzuputschen. Es dauert nicht lange, und er wird aufgegriffen und als »asozialer Vorbestrafter« unter Landesverweis nach Österreich abgeschoben – aus der Schubhaft im berüchtigten Hamburger Knast »Santa Fu« (Hamburg-Fuhlsbüttel) stammen auch seine auffallenden Tätowierungen auf Brust und Oberarmen. Wieder in Österreich, geht das Herumirren weiter: Jack arbeitet als Saisonkellner und Discjockey in verschiedenen Hotels in Mondsee, am Attersee, in Innsbruck, Kitzbühel und Saalbach. Nirgends bleibt er mehr als drei Monate. Immer rascher wechselt Jacks unstetes Leben zwischen Freiheit und Gefängnis. Es sind zunächst noch die typischen kleinkriminellen Eigentumsdelikte wie Automateneinbrüche, Diebstähle von Lebensmitteln, Kleidung, Fahrrädern und sogar Schallplatten, die er seinem Dienstgeber entwendet – aus Rache, denn er soll ihm seinen Lohn als Discjockey vorenthalten haben. Mit 20 bekommt er wegen Diebstahls eines Mopeds und eines Autos 15 Monate schweren Kerker mit einem wöchentlichen »Fasttag« und »hartem Lager«. Mit 21 wird er an der deutschen Grenze aufgegriffen, wegen illegalen Grenzübertrittes zu drei Wochen Freiheitsentzug verurteilt und nach Österreich abgeschoben.

Mit 23 hat es Jack bereits auf zwölf Vorstrafen gebracht und ist längst als Gestrauchelter gebrandmarkt, der mehr Zeit seines Lebens in Heimen und Gefängnissen verbracht hat als in der Freiheit, nach der er sich sehnt: »Ich war 23 und gierte nach Leben, Lust, Hot Love! In den Gedanken: Aggression, Wut, Ohnmacht und Allmacht. Das Erwachen vermischt mit wilden Gefühlen in der Zeit zur Morgendämmerung. An diesem Morgen, dieser späten Nachtstunde, kreischten meine Nerven und verhinderten ein weiteres Bettspiel. Später ertönte die Sirene dreimal, grell, Gänsehaut erzeugend und befehlend: Tagwache!« (Aus dem autobiographischen Roman »Kerker«).

Und nicht nur das Gefängnis prägt Jacks Leben. Wegen seiner schweren Drogen- und Tablettensucht wird er sogar einmal in die Salzburger Landesnervenklinik eingeliefert: Neben Haschisch nahm Jack regelmäßig größere Mengen Mandrox, Captagon und Ovilon zu sich; das sind stark aufputschende Tabletten, die zu völliger Enthemmung führen (insbesondere bei Jacks Disposition: Er litt an einer Schilddrüsenüberfunktion, was an sich schon Ruhelosigkeit und erhöhte Reizbarkeit bewirkt).

»Mord bleibt Mord ...«

Die Spirale der Gewalt und Kriminalität in Jacks Leben mündet schließlich in jenem Mord an einem achtzehnjährigen Mädchen im Dezember des Jahres 1974, das er in der Nähe der süddeutschen Stadt Herborn im Drogenrausch auf brutale Weise mit einer Stahlrute erschlägt. Die junge Frau hatte Jack und seine Freundin, die damals achtzehnjährige Barbara S., dabei überrascht, als sie nach einem mißglückten

Einbruch in der Villa ihrer Eltern vor dem Haus parkten. Die Freundin Jacks wurde zur Tatbeteiligten: Sie lockte das gleichaltrige Opfer, das sie schon seit Kindheitstagen kannte, ins Auto und stieg mit ein. Dann nahm das grauenhafte Geschehen seinen Lauf. »Ich wollte sie nicht töten. Plötzlich war es geschehen.« Mehr sollte Jack später zu seiner Tat nicht einfallen. Und Barbara S. zog sich die Kleider ihrer ermordeten Freundin an …

Als Jack im Jänner 1975 in Basel verhaftet wird, leugnet er nichts und sagt nur »Mord bleibt Mord …«. Er wird nach Österreich ausgeliefert. Dort beginnt eineinhalb Jahre später der Schwurgerichtsprozeß. Er dauert nur einen Tag, der Pflichtverteidiger zeigt kein sonderliches Engagement. Am 1. Juni 1976 wird Jack wegen Mordes an Margret Schäfer zu lebenslanger Haft verurteilt. Daß die Tat im Zustand der Berauschung mit Drogen geschehen war, wurde vom Gericht weder als Strafausschließungsgrund anerkannt noch als strafmildernd berücksichtigt.

Die Tatbeteiligte Barbara S. wird von einem deutschen Gericht wegen Beihilfe zum Mord und wegen Raubes angeklagt und zu acht Jahren Freiheitsstrafe verurteilt.

»Fegefeuer«

Meine angstschwitzenden Hände werden auf den Rücken gedreht, Stahlfesseln schnappen um meine Handgelenke. Der harte Druck eines ruhig und zufrieden lastenden Beines in meinem Rücken bringt mir die letzte Erkenntnis: meine Flucht ist zu Ende.

So beginnt Jacks Autobiographie »Fegefeuer«. 15 Jahre später äußert er im Gespräch mit dem Journalisten Peter Huemer 1989: »Die Flucht war nicht nur oberflächlich zu Ende, sie war auch geistig und intellektuell zu Ende. Seelisch, sie war komplett zu Ende. Es war einfach der Bruch des Lebens, es war wie eine Neugeburt. So blöd es klingt, war diese Tat, dieser Höhepunkt der Tat, war eine Neugeburt bei einer Person.«

Erst in der Justizanstalt Stein bei Krems beginnt Jack mit dem, was er später einmal als »Innehalten« bezeichnet hat. Nach einer Phase der tiefen Depression und Suche nach Orientierung holt er zuerst einmal den Hauptschulabschluß nach. An einem Tag Anfang der achtziger

Jahre beginnt er, sein chaotisches Leben durch Schreiben aufzuarbeiten. Und das Schreiben sollte ihn nie mehr loslassen. Ein erster, noch unbeholfener Versuch (»Drogen, Blut und Tränen«) bleibt unveröffentlicht. Es folgen weitere Gedichte, Kurzgeschichten und Romane. Viele davon werden nie veröffentlicht. Und doch zeigen diese Manuskripte, wie sehr der Häftling sich mit Außenseiterschicksalen auseinandersetzte: »Einsamkeit« (1981) ist ein einfühlsam erzählter, aber nie veröffentlichter Roman von Jack Unterweger über eine gelähmte junge Frau. »Der Tod einer türkischen Liebe« (Drama, 1983) handelt von der neu entflammten Ausländerfeindlichkeit. Die Erzählung »Strichjunge« schildert ein Tabuthema: Die Vergewaltigung eines jugendlichen Gefangenen durch einen älteren Mithäftling. Der 1982 veröffentlichte Gedichtband »Tobendes Ich« handelt vom eintönigen Leben und den Sehnsüchten hinter Gefängnismauern: Das Schreiben war für den Strafgefangenen Jack Unterweger zur Therapie geworden. Vor allem setzte er sich intensiv, ja selbstquälerisch mit seiner Tat und den bis in die Kindheit zurückreichenden Ursachen auseinander: Ein tausendseitiges, eng beschriebenes und erschütternd ehrliches Manuskript war schließlich das Ergebnis. Vom Haß des hilflosen Kindes auf den gewalttätigen Großvater über die Einsamkeit in Heimen bis zur Flucht in das Drogen- und Hurenmilieu hat Jack Unterweger darin nichts ausgelassen. Seine Sprache ist ungeschminkt, manchmal schon brutal, wenn er etwa den Sex mit der Frau seines Chefs beschreibt: »... meine Schwanzstöße zuckten wie rasende Messerstiche in ihr Arschloch, weil sie die Regel hatte, sie begann zu schreien, ich tobte weiter, vor Augen den spuckenden Chef und die Hand in der Uniform, die mich schlug ...« Solche Zeilen sollten ihn Jahre später, als die Medien aus dem Zusammenhang gerissene Zitate brachten, zum Verhängnis werden.

Vor allem aber seinen Mord schrieb Jack Unterweger sich in diesem Manuskript mit schmerzlicher Genauigkeit von der Seele. Überwunden hat er ihn aber nie, denn er hat nie wirklich darüber reden können. Als das Werk im September 1983 als autobiographischer Roman »Fegefeuer oder die Reise ins Zuchthaus« – Untertitel: »Report eines Schuldigen« – veröffentlicht wird, fehlt darin die Schilderung des Mordes. Er hatte den Eltern des Opfers in einem Brief versprochen, die Vergangenheit ruhen zu lassen. Und vielleicht war es auch der Verlag, der eine Beeinträchtigung der Vermarktungschancen fürchtete.

»Fegefeuer« findet große Anerkennung: »Die Klarheit, mit der Jack Unterweger die Ursachen für seine Kindheit beschrieben hat, hat in ihrer literarischen Qualität großen Eindruck auf mich gemacht« (Elfriede Jelinek).

Der Gefängnisdirektor Hofrat Dr. Karl Schreiner stand Jacks schriftstellerischen Bemühungen vorerst mit einer gesunden Portion Skepsis gegenüber. Im Wiener Arbeiterbezirk Ottakring aufgewachsen, steht er zu seinem breiten Wiener Vorstadt-Dialekt und weiß aus zwei Jahrzehnten Erfahrung, wie man mit den »schweren Burschen« umzugehen hat. Ein mißtrauischer, realistischer Mensch, dem man nicht so leicht etwas vormacht. Das Gegenteil eines »Schöngeists« eben. Doch Schreiner ist auch ein Verfechter des humanen Strafvollzugs. Und er erkennt, daß man diesem »intelligenten Burschen« Jack nur die Chance geben muß, die er in seinem Leben nie hatte.

Mit der Erlaubnis Schreiners darf Jack sogar eine eigene Literaturzeitschrift aus dem Gefängnis herausgeben, die »Wortbrücke«. Darin veröffentlicht er Manuskripte, die ihm noch unbekannte Nachwuchsautoren nach Stein geschickt haben. 1984 erscheint das Drama »Endstation Zuchthaus«: Der engagierte Kärntner Regisseur und Leiter der »Studiobühne Villach«, Bruno Czeitschner, plant eine Uraufführung in seinem Theater unter Teilnahme des Autors. Der damalige, sehr human eingestellte Justizminister Christian Broda bewilligt die Ausführung Jack Unterwegers, doch Anstaltsleiter Schreiner lehnt ab: Es soll nur ja nicht der Eindruck entstehen, daß ein Häftling bevorzugt werde. Und so findet die Uraufführung im Juni 1984 eben in der Justizanstalt Stein statt. Die junge Theatergruppe »Thespiskarren« präsentiert das Stück sodann im Rahmen einer Tournee in vielen österreichischen Orten. 1985 wird »Endstation Zuchthaus« von einem deutschen Verlag neu herausgegeben.

Fast alle Publikationen von Jack Unterweger befassen sich mit der Thematik des Gefängnisses und der Situation der Menschen, die darin und damit leben: So auch die Erzählung »Bagno« (1984), der Lyrikband »Reflexionen« (1985) oder der Roman »Va Banque« (1986). 1985 erscheint im Wortbrücke-Verlag »Wenn Kinder Liebe leben«: Die von Jack Unterweger für Kinder erzählten Geschichten berühren durch ihre Einfachheit und Klarheit. Was kaum jemand weiß: Rund sechzig Beiträge für die Kinder-Gute-Nacht-Sendung des österreichischen Rundfunks, dem »Traummännlein«, stammten von Jack Unterweger. Er half damit Kindern, deren Schicksal dem seinen ähnelte: Der Großteil der Tantiemen ging an das SOS-Kinderdorf-Projekt. Sogar für eine österreichische Rockgruppe namens »Shekinnah« verfaßt er Songtexte: Sie handeln von Liebe und Freiheit.

So bekannt Jack Unterweger in der Kulturszene mittlerweile ist, Lesungen darf er freilich nur im Gefängnis mit Erlaubnis der Anstaltsleitung abhalten. Bei öffentlichen Lesungen hingegen werden seine Texte von Schauspielern oder Schriftstellerkollegen vorgetragen; so las zum Beispiel auch Elfriede Jelinek aus seinen Werken. Bei manchen Veranstaltungen wird ein Videoband mit dem im Kultursaal der Haftanstalt lesenden Unterweger vorgeführt. Im Jänner 1986 schafft Jacks Gesuch um Ausführung alle Hürden: Justizministerium und Anstaltsleitung bewilligen eine Ausführung zu einer Lesung im renommierten Wiener Literaturverein »Alte Schmiede«.

1988 wird der autobiographische Roman »Fegefeuer« vom bekannten österreichischen Regisseur Willi Hengstler verfilmt. Unterweger schreibt dazu selbst das Drehbuch, den Film lehnt er jedoch ab, da er »mit der Romanvorlage nichts mehr zu tun« habe. »Mir hat an Unterweger dieses Nicht-Aufgeben, Sich-nicht-unterkriegen-Lassen imponiert. Wir waren nie Freunde, aber das wollten wir eh beide nicht«, meint Hengstler später in einem Interview. Und resümiert: »Ein faszinierender und hochintelligenter Mensch. Und doch auch schwierig und neurotisch. Wie immer man mit Unterweger umgeht, es wird immer einen Wickel geben. Aber ein normaler Mensch.« So urteilt Hengstler in der »Kleinen Zeitung« vom 18. Februar 1992, als Jack Unterweger nach dem Haftbefehl gesucht wurde.

Es ist irgendwann in der Nacht. Ich versuche die Uhrzeit zu erraten und finde sie nicht. Um mich herum ist Zeit raumlos, nur ein Vergehen bis auf ein Morgen, das ich noch nicht kenne, dem meine Hoffnungen, Sehnsüchte und Träume gelten.

Ich könnte aufstehen, auf den Stuhl klettern und von meinem Fenster im dritten Stock die Grashalme im Hof unten zählen, so stark sind die zwölf Scheinwerfer am Turm. Nie herrscht wirkliche Nacht in meiner Zelle, der vor der Tür blickt trotzdem durch das Guckloch in der Tür, es ist sein Beruf, mein Wunsch nach Eigenleben existiert nicht in seiner Dienstvorschrift.

Er hat mich gesehen, zusammengekrümmt unter der Decke, meinen Kopf am Kissen, die Augen geschlossen, darunter flatternder Druck –, aber den hat er nicht mehr entdeckt. Ich war noch da, lebend, ruhig und im Bett, mehr wollte und muß er nicht erfahren. Das Licht verlöscht, ich reiße die Augen auf, starre gegen die Decke und sehe die Vergangenheit. […] Und ich liege im Bett, unter der Decke vor überwachenden Blicken verborgen, seitlich, in der rechten Hand das pochende, heiße Glied umklammernd, mit nackten Frauen vor Augen. […] Vor meinen Augen beginnen Blitze die Wirklichkeit abzulösen, Stöhnen dringt aus meiner Kehle, auf die Lippen tropft stoßweise salziger Schleim der blondgelockten Pussy, ihr Becken zuckt und kreist auf der Spitze meiner Zunge, meine Lende bäumt sich der Schwarzen entgegen, ich höre sie mehrmals spitz aufschreien –, dann sinke ich schwer atmend zurück …

Und alles war nur Vorstellung, die Frauen nur meine Hand, so ist es jeden Tag, auch am Geburtstag, mein Wunschschrei bleibt ungehört, kaltwerdendes Sperma in meiner Wolldecke wird zum Ekel, zum Gefühl einer verhaßten Leere.

(Aus »Fegefeuer«)

Für den österreichischen Strafvollzug haben Gefangene keine sexuellen Bedürfnisse. Auch bei den stets überwachten Besuchen sind intime Kontakte streng verboten. Als Folge muß sich die Sexualität andere Kanäle suchen, was zu Selbstbefriedigung, Homosexualität, aber auch zu Vergewaltigungen jugendlicher Mitgefangener führt. Beziehungen zerbrechen bei längeren Haftstrafen fast immer.

Der wichtigste Kontakt nach draußen bleiben Briefe. Die Bandbreite der brieflichen Kontakte, die Jack im Gefängnis pflegt, ist äußerst vielfältig: Da sind jene, die sich für seine Literatur interessieren. Und dann die vielen Briefe von Frauen, die sich für ihn als Menschen und Mann interessieren. Anfang der achtziger Jahre verlobt sich Jack sogar. Als die Frau die Beziehung beendet, ist auch das Sparbuch mit den Einnahmen aus seinen literarischen Werken fort, denn als Häftling konnte Jack kein eigenes anlegen. Er hat nie über diesen Vorfall gesprochen, weder über die Frau noch über deren Veruntreuung des Geldes.

1989 erhält Jack Unterweger eine Einladung zum internationalen Publizistik-Wettbewerb in Klagenfurt, der er allerdings nicht Folge leisten kann: Das Justizministerium erteilt diesmal keine Ausgangserlaubnis mehr. Dafür wird sein justizkritischer Text »Im Namen der Republik« von einem Schauspieler verlesen – und erhält einen Preis.

Kurz vor seiner Entlassung 1990 veröffentlicht Jack Unterweger den Roman »Kerker«, der stark autobiographische Züge aufweist, und das Theaterstück »Aids – Schrei der Angst«.
Inzwischen ist Jack Unterweger in Künstler- und Intellektuellenkreisen als Paradefall eines dank humanen Strafvollzugs erfolgreich Resozialisierten bekannt geworden. Unter den Fürsprechern, die sich beim damaligen Bundespräsidenten Dr. Kirchschläger für die Begnadigung Jacks stark gemacht hatten, finden sich solch prominente Namen wie Elfriede Jelinek, Peter Huemer, Marga Frank, Uwe Bolius, Ernest Bornemann oder Günther Nenning. »Soweit an Literatur Persönlichkeitsentwicklung ablesbar ist, hat sie Jack Unterweger vollzogen«, meint etwa der bekannte Rechts- und Kriminalsoziologe Univ.Doz. Dr. Arno Pilgram in einem Brief an den Bundespräsidenten aus dem Jahre 1985. Auch der Anstaltsleiter Dr. Schreiner befürwortet die bedingte Entlassung Unterwegers mit Nachdruck. Im Mai 1990 wird Jack Unterweger nach einer sechsmonatigen Entlassungsvorbereitung in der Sonderanstalt Wien-Favoriten bedingt aus dem Gefängnis entlassen. Das Gericht fällte seine Entscheidung auf Grundlage dreier psychiatrischer Gutachten: Der Anstaltsneurologe Prof. Helmut Schultes und die Psychologin Michaela Happala hatten Jack Unterweger schon in der Justizanstalt Stein Entlassungsreife attestiert. Dazu kam ein weiteres Gutachten des Facharztes für Psychiatrie Univ.Prof. Dr. Gerhard Kaiser aus Linz, der Unterweger in Favoriten untersuchte.

»Einen so gut auf die Freiheit vorbereiteten Mörder finden wir nie mehr wieder«, hatte auch der Gefängnisdirektor Schreiner gesagt. Er durfte Jack Unterwegers letzten Schritt in die Freiheit nicht mehr erleben: Er starb kurz nach dessen Überstellung nach Favoriten unerwartet an einer Hirnblutung. »Das ist Jack sehr nahegegangen. Schreiner war eine Art Vaterfigur für ihn«, erzählte mir Jack Unterwegers Bekannte Maria H. später darüber.

Freiheit!

Eine Chance gibt dir niemand aufgrund meiner Erfahrungen, aber ich hab' die Chance, die ich mir selbst gebe.

(Jack Unterweger im Hörfunk-Interview mit Dr. Leo Haffner, ORF-Landesstudio Vorarlberg, Jänner 1991)

Nach seiner Entlassung stürzt sich Jack Unterweger in Arbeit: Zwei- bis dreimal in der Woche ist er irgendwo in Österreich unterwegs, zu seinen Lesungen, die immer mit kritischen Diskussionen über die Praxis des österreichischen Strafvollzugs enden: Er klärt die Zuhörer über die Zustände in den österreichischen Gefängnissen auf und fordert Verbesserungen der Haftbedingungen wie die Erweiterung der restriktiven Besuchszeiten oder eine gezielte Entlassungsvorbereitung, damit ein Haftentlassener nicht, wie so oft, ohne Geld und soziale Kontakte auf der Straße steht. Eine Arbeitslosenunterstützung für Haftentlassene sei unbedingt notwendig, fordert Unterweger. Erst Jahre später, nämlich 1995, wurde diese Forderung in Österreich realisiert.

Auch sonst sind es vor allem die »Außenseiterthemen«, die der Journalist Jack Unterweger ohne Rücksicht auf die Obrigkeit aufgreift: Neben Reports über das unmenschliche Leben von Wiens Obdachlosen, Mißstände im Allgemeinen Wiener Krankenhaus, die Praktiken des Waffenhandels oder den Ausländer-Arbeitsstrich sind es natürlich immer wieder Berichte über die Praxis des österreichischen Strafvollzugs, bei denen er nicht mit harscher Kritik spart.

Und immer noch versteht es Jack, seine Umwelt herauszufordern – mitunter auf sehr plakative Weise: Als er im Juni 1990 in der bekannten Fernseh-Diskussionssendung »Club 2« zum Thema »Resozialisierung von Haftentlassenen« im weißen Anzug und mit roter Seidenblume auftritt, hagelt es empörte Anrufe beim Fernsehen und Leserbriefe in den Zeitungen.

Von seiner USA-Reise im Sommer 1991 nimmt Jack Unterweger vor allem Eindrücke aus Hollywood mit, jener Filmmetropole, in der schon so viele ihren Traum von Erfolg, Reichtum und Ruhm verwirklichen wollten und großteils daran zerbrochen waren. Und er interessiert sich fürs Filmemachen. Schon in Stein schrieb er für die Krimi-Serie »Tatort« das Drehbuch »Nacktes Leben«, demnächst soll sein

Filmdrehbuch »Lieben bis zum Wahnsinn« realisiert werden. Und schließlich ist ein Low-Budget-Film in den USA geplant. All das kostet natürlich viel Geld: Nicht nur aus finanziellen Gründen, sondern auch, um zu interessanten Kontakten in der Musik- und Filmbranche zu gelangen, nimmt Unterweger einen Job als Anzeigenvertreter bei einem Wiener Musikverlag an.

Unterweger schreibt aber auch Reports über das Strichmilieu – was später als »Belastungsindiz« gewertet werden sollte. In der Tat hat er in diesen Reportagen schonungslos die Zustände und Praktiken des Milieus aufgedeckt. In einer Monatszeitschrift ließ er vor allem die enge Verflochtenheit zwischen Milieu und Polizei anklingen. »Umarmungen zwischen Dame und Polizist sind keine Seltenheit«, heißt es dort. Und weiter: »[...] herrschen in Graz die ruhigeren, aber keineswegs harmloseren ›Kaiser‹, die ihre Diplomatie in die Zusammenarbeit mit der Polizei stecken. Lokale Größen wie W. sind für die kleinen Beamten nicht greifbar. Da wird Deckung von oben gegeben. Anders ist es nicht erklärbar, daß er z. B. eine Bewilligung für einen bordellähnlichen Betrieb jenseits der Mur bekommen hat, was keinem anderen gelungen ist.« (»Rote Laterne in Graz«, in: »Basta« 10/90). Ähnlich kritisch äußert sich Unterweger in einem Interview mit dem Journalisten Tobias Micke: »Es sieht so aus, als ob sich da einige Geschäftsleute mit Hilfe gewisser Politiker deppert verdienen werden. Schauen Sie sich doch an, wer einen Großteil der Häuser an die Bordellbesitzer am Gürtel verpachtet. Da stehen Prominente und sogar Banken dahinter. Alle naschen sie am großen Kuchen mit. [...] Man kann zwar nicht laut sagen, daß die Behörden mitspielen, aber es sieht für mich so aus. Ich kann Ihnen heute einige Namen aufschreiben und in ein Kuvert stecken. Wenn Sie das Kuvert in ein paar Jahren öffnen, werden Sie sehen, daß diese Leute dann in der Szene an der Spitze stehen!« (veröffentlicht in »Krone Bunt«, 24.2.1992).

Jack Unterweger interviewt nicht nur die Präsidentin des »Verbandes österreichischer Prostituierter«, die Linzerin »Frau Eva«, sondern auch den Chef des Wiener Sicherheitsbüros Max Edelbacher. Das Thema, das am 5. Juni 1991 in der Radioreihe »Journal Panorama« gebracht wurde, lautet: Die zunehmende Verbrechensrate in der Wiener Rotlichtszene, der die Polizei nach wie vor machtlos gegenübersteht.

Auch künstlerisch mutet Jack Unterweger sich viel zu: Seine Theaterstücke inszeniert er selbst und agiert »nebenbei« auch noch als Schauspieler. Am 11. November 1990 findet die Premiere seines justizkritischen Theaterstücks »Kerker oder im Namen der Republik« im »Theater in Tribüne« statt, das im Keller des Wiener Literatencafés Landtmann untergebracht ist. Eine Wiener Schauspielerin, die damals im Publikum dabei war, erzählte mir später darüber: »Jack stand am Podium in seinem weißen Anzug. Ein fast unwirkliches Bild. Er wirkte so klein, der Anzug war ihm ein bißchen zu groß. Ich werde nie dieses voller Glück strahlende Gesicht vergessen, als ihm die Kulturministerin persönlich unter dem Applaus des Publikums die Hand schüttelte. In seinem Gesicht spiegelte sich das ganze Glück dieser Welt wider ...«

Wenige Monate später, im Februar 1991, folgt die Premiere des Theaterstücks »Aids – Schrei der Angst«, ebenfalls im Tribüne-Theater. Der Reinerlös fließt der Aids-Station des Allgemeinen Wiener Krankenhauses zu.

Mit beiden Theaterstücken und einer kleinen Truppe von Schauspielern tourt Jack Unterweger dann wochenlang quer durch Österreich.

Unterweger arbeitet auch schon an einem neuen Buch, das jedoch unvollendet bleiben sollte. Der Arbeitstitel: »Die Macht der Zwerge«. Es ist ein »Zustandsbericht über einen Menschen, der 16 Jahre aus Medien beobachtet, wie sich das Leben in der Gesellschaft entwickelt hat und der jetzt in diese Gesellschaft zurückkehrt. Und der sieht, was sich in der menschlichen Entwicklung geändert hat. Punkto Kälte, Werte, Miteinanderumgehen ... (Jack Unterweger im Interview mit der »Kleinen Zeitung« am 17. 1.1992).

Ein Traum war für Jack wahrgeworden: Der Traum, es in Freiheit »geschafft« zu haben. Das Gefühl, es aus eigener Kraft geschafft zu haben, war ihm dabei sehr wichtig. »Ich scheiß' auf Mitleid!« sagte er bei einer seiner Lesungen. Und immer wieder betonte er, daß diese beiden Jahre in Freiheit die glücklichsten seines Lebens waren. »Das ganze Leben ist Freude!« sagte er im Interview mit der österreichischen Tageszeitung »Standard« vom 10. November 1990 abschließend.

Nach all den Jahren im Gefängnis hat Jack eines nie verlernt: das Leben zu genießen, und zwar in vollen Zügen. Es ist wohl der wahre Motor seiner Kreativität, der Ausgleich der enormen Disziplin, mit der er seine beruflichen Projekte verfolgt. Und er ist viel unterwegs, nicht nur zu Lesungen, sondern auch privat. Sein Kilometerbuch, das ich später in die Hände bekam, zeugt davon: Von Hamburg bis Rom hatte Jack Orte, von denen er in der Haft geträumt haben mag, besichtigt und sich mit Freunden getroffen, oft Briefbekanntschaften aus seiner Zeit in Stein.

Und Jack wird zum umschwärmten Mittelpunkt vieler Schickeria-Partys, die sich mit dem leicht verruchten Image und dem lässigen Charme des ehemaligen Lebenslänglichen schmücken. Doch er macht sich keine Illusionen, er weiß, daß er mit seiner Herkunft und Biographie in diesen Kreisen vor allem als Exot gefragt ist: »700 Briefe haben mir die Frauen in den Häfen geschrieben. Ich war als Strafgefangener ihr perfekter Seitensprung: Garantiert diskret, weil hinter Gittern. Sobald die schützenden Gefängnismauern zwischen uns weg waren, haben mich diese Frauen ganz schnell fallengelassen. Allerdings erst, nachdem sie probiert haben, wie denn so ein Mörder beim Sex ist« (Jack Unterweger, zitiert in »Wienerin« 3/92).

Jack liebt die Frauen. Er ist einer jener Männer, die in jeder Frau etwas finden, das es wert ist, geliebt zu werden. Aber die Rolle des »Weiberhelden« traf bei ihm keineswegs in der Weise zu, wie sie die Medien später klischeehaft dargestellt haben. Es gab viele Frauen, mit denen ihn ein rein freundschaftliches Verhältnis verband und denen er großes Vertrauen entgegenbrachte. Mit Margit H. führte er etwa stundenlange nächtliche Telefonate. »Wenn ich es zusammenzähle«, berichtet sie, »sicher an die acht bis zehn Stunden in der Woche.« Jack habe in diesen Telefonaten über sein Innerstes gesprochen. »Auch über seine Verbitterung mit den Behörden, die ihn schikanierten. Über seine Triumphgefühle, es ohne staatlich organisierte Hilfe nach der Haft doch geschafft zu haben. Und über seine Frauenbekanntschaften. Einmal sagte er über ältere Frauen, die sich ihm in der »Reiss-Bar« [eine schicke Wiener Innenstadtbar] anboten: ›Hauptsache ein warmer Körper, aber auch sie haben ein Recht auf Liebe.‹ So war er halt. Beinhart zynisch und im nächsten Halbsatz wieder ganz menschlich. Als ob er jedem helfen möchte.« Und sein Verhältnis zu Männern? Für Margit ist klar: »Er mochte Männer nicht. In seinem Leben spielten immer Frauen den entscheidenden Part.« Einmal habe Jack gemeint: »Frauen waren immer meine Komplizinnen. Und die hab' ich nie verraten. Selbst bei meinen Straftaten nicht.«

Jack Unterweger war in ganz anderem, viel tieferem Sinn ein »Frauentyp«. Er reflektierte im Interview mit Peter Huemer in der Justizanstalt Stein 1989 über seine Einstellung zu Frauen als Jugendlicher bis zur Verurteilung: »[…] Oberflächlich betrachtet, wenn das jemand liest oder hört, dann schaut das aus nach Vielweiberei und Potenzprotzerei, und was weiß ich alles, diese Klischeebilder. Die stelle ich aber entschieden in Abrede. Es hat erstens nur Frauenbeziehungen gegeben, das dürfte durch die Kindheit geprägt gewesen sein. […] Jedenfalls, ich hab' mit Männern nicht können. Weder im Gespräch noch … Männer waren für mich nicht vertrauenswürdig, sei es beim Einbruch als Komplize, sei es im Amt. Ich hab' mit Männern nicht können. Es hat sich, gar nicht gezielt, so ergeben, daß am Schluß am Tisch immer die Frau gesessen ist. Und die Frau wiederum, und da bin ich schuld, dieses Weggehen dann von ihr, es waren sehr viele wertvolle Menschen darunter, sind ja praktisch von mir benützt worden als Muttererersatz. […] Und dann, beim Erkennen, daß es nicht die Mutter ist, das Weglaufen. Und dadurch hat es viele Frauen gegeben und keine feste Bindung.«

Die fast kleinbürgerlich anmutende Suche nach der »Frau des Lebens« blieb. Eine Sehnsucht, die in einem eigenartigen Gegensatz zu seinem sonst so unkonventionellen Lebensstil stand. Er glaubt, diese Frau in der Schülerin Bianca gefunden zu haben, die er im November 1991 kennenlernt. Sie ist erst achtzehn, ein stürmisches, natürliches Mädchen. Und dennoch hat sie, bedingt durch schwierige Verhältnisse im Elternhaus, schon früh eine gewisse Reife und Selbständigkeit entwickelt, die Jack an ihr liebt. »Ich habe die starke Frau, die ich immer suchte, im Körper einer Achtzehnjährigen gefunden«, sagt er damals. Schon nach einer Woche zieht Bianca Hals über Kopf bei ihm ein. Sie wollen heiraten und verloben sich schon zu Weihnachten bei seiner Mutter in München …

Doch hinter all dem scheinbar ungebrochenen Glück stand vielleicht schon eine dunkle Ahnung. Eine Ahnung, daß ihn die Vergangenheit eines Tages doch wieder einholen könnte: Freunden gestand

Jack im privaten Gespräch, daß er als bedingt Haftentlassener besonders aufpassen müsse. Denn so mancher warte nur darauf, ihm was anzuhängen. Und ins Gefängnis zurückzumüssen, würde er »nicht mehr aushalten: Das Entsetzlichste, das ich mir überhaupt vorstellen kann«. An diese Worte Jacks erinnert sich der Wiener Schauspieler Kurt Hexmann heute noch.

Indizien

Zensur

Als Jack Unterweger im Februar 1992 in Florida verhaftet wurde, weilte Untersuchungsrichter Wladkowski in unmittelbarer Nähe. Er genoß gerade seinen Urlaub auf Kuba, als ihn die Nachricht durch einen Telefonanruf von Geiger erreichte. Sofort brach er den Urlaub ab und nahm das nächste Flugzeug in Richtung Wien.

Großgewachsen, vollbärtig und etwas schlaksig wirkt er. »Der Wladi«, wie der 44jährige von seinen Kollegen am Straflandesgericht gerufen wird, entstammt einer alteingesessenen Grazer Richterfamilie. Sein Wunschberuf von Jugend an sei aber »Opernsänger« gewesen, pflegt der interviewfreudige Richter den Journalisten mitzuteilen. Doch dafür habe die Stimme nicht ganz gereicht. Wladkowski begann seine berufliche Karriere daher ganz anderswo, nämlich beim Militär. Berufsoffizier wollte er werden. Sein Rückenleiden verhinderte aber auch dies, und so wechselte er dann doch nach der Familientradition in die Justiz, wo er als Staatsanwalt begann. Seinen Hang zum Militär merkt man ihm auch noch als Untersuchungsrichter an: Wladkowski gilt als hart, unerbittlich und ehrgeizig – »a echt beinharter Hund« lobt ihn etwa »Kurier«-Redakteurin Ulli Jantschner und seine »unbürokratische« Art, etwa blitzschnell Hausdurchsuchungsbefehle zu bewilligen: »Der ›Spieß Wladkowksi‹ bricht dann durch, flüstern Exekutivleute, wenn er Erhebungsaufträge am liebsten schon gestern hätte. ›Wenn eine Ermittlung nicht pressiert, geb' ich die Aufträge ohnehin schriftlich‹, schwächt Wladkowski ab« (»Kurier«, 9.8.1992). Seit dem Fall Unterweger, wo er »im Eilzugstempo von knapp drei Wochen 120 Zeugen einvernimmt« (»Kurier«, ebenda), gilt ihm das ungebrochene mediale Interesse. Von der Tageszeitung bis zur Hochglanz-Illustrierten kann niemand am »Herren der Unterweger-Akten« (»täglich Alles«) vorbei. Der gibt bereitwillig Interviews und versteht es, sich »volksnah« zu präsentieren: »Nach dem Lokalaugenschein rennt der Schmäh!« (»Kurier«, ebenda).

Doch Unterweger begegnet diesem Richter, der den Haftbefehl ausgestellt hat und seit Wochen engsten Kontakt mit SOKO-Leiter Geiger hält, von Anbeginn an mit tiefem Mißtrauen. Wladkowski, der »aus Angst vor Anschlägen« sogar privaten Polizeischutz genießt und stets eine Dienstwaffe bei sich trägt, wählt den Ort für seine Verhöre mit dem Häftling Unterweger auch sorgfältig aus: Er läßt ihn dafür eigens in die Räumlichkeiten der Grazer Polizeidirektion verlegen. Eine ungewöhnliche Maßnahme, die der Richter mit dem Satz »Hier habe ich meine Ruhe, im Gericht werde ich dauernd gestört!« begründet. Es versteht sich, daß auch die Grazer Kripobeamten bei diesen Verhören stets dabei sind. Und es kommt schon mal vor, daß die Polizisten nach dem offiziellen Ende des Verhörs und entgegen dem richterlichen Auftrag, den Häftling ins Gefangenenhaus zurückzubringen, ihre Vernehmungen bis in die späten Nachtstunden fortsetzen. Doch Jack schweigt, auch wenn der Spott der Beamten, vor allem das von irgend jemandem erfundene miese Gerücht, seine Freundin Bianca würde es mit seinem Anwalt »treiben«, schmerzt. Seine größte Befürchtung ist die Preisgabe von ungeschützten Zeugen, vor allem Frauen, an die sensationsgeile Presse.

Umgekehrt sucht Jack Unterweger aber selbst Kontakt zur Öffentlichkeit, schreibt immer wieder Briefe an seiner Meinung nach »anständige« Journalisten. Was der Untersuchungsrichter jedoch zu verhindern weiß, indem er diese Briefe mit knapp formulierten Zensurbeschlüssen beschlagnahmt: »... ergibt sich, daß der Beschuldigte offensichtlich versucht, trotz Nichtöffentlichkeit in der Voruntersuchung an die Öffentlichkeit zu gehen, weshalb der Brief zurückzubehalten war.« Solche »militärischen« Schachzüge des Richters verschlechtern das Verhältnis zum Häftling Unterweger nur noch, und es kommt sogar zu Schreiduellen: »Sie haben schon einmal eine Frau ermordet, das reicht mir!«

Und so bleibt Wladkowski nichts anderes übrig, als der neugierigen Presse mitzuteilen: »Unterweger schweigt.« Dafür wird wenigstens der Richter selbst in den Medien zur Genüge zitiert – und auch aus den Unterweger-Akten, so daß man fast den Eindruck gewinnt, die Journalisten hätten volle Akteneinsicht.

Zudem werden die Akten immer dicker, denn jetzt beginnen auch die spurenkundlichen und biologischen Untersuchungen. Im Mai 1992 wird Professor Richard Dirnhofer vom Rechtsmedizinischen Institut der Universität Bern von Untersuchungsrichter Wladkowski offiziell mit der Erstellung eines Gesamtgutachtens im Fall Unterweger beauftragt. Der U-Häftling und sein Anwalt sind zunächst froh über die Bestellung eines vermeintlich »ausländischen Gutachters«, wie Wladkowski betont. Unterweger beantragt selbst, ihm das Probenmaterial für die erforderlichen Untersuchungen so rasch wie möglich zu entnehmen. Er weiß zu diesem Zeitpunkt noch nicht, daß ebendieser Dirnhofer zuvor jahrelang an der Grazer Gerichtsmedizin gewirkt hatte: »Bei Dirnhofer weiß ich, was ich bekomme!« hatte der Untersuchungsrichter noch gemeint …

Am 11. Juni (später ein zweites Mal am 27. Juli) werden dem U-Häftling Unterweger von Prof. Dirnhofer persönlich in Graz Eigenhaar-, Speichel- und Blutproben abgenommen. Die Eigenhaarproben werden zunächst nach Zürich zum Wissenschaftlichen Dienst der dortigen Stadtpolizei geschickt, mit dem Dirnhofer eng zusammenarbeitet. Prof. Walter Brüschweiler soll aufgrund des reichlich vorhandenen spurenkundlichen Vergleichsmaterials – bei den Leichen und in den Personenkraftwagen Unterwegers waren ja Hunderte Haare, Fasern und sonstige Spuren gesichert worden – ein umfassendes spurenkundliches Gutachten erstellen. Jene Haare unter dem Spurenmaterial, die über Wurzeln und damit über ausreichend DNA-Material verfügten, sollten später Prof. Dirnhofer in Bern zur DNA-Analyse übermittelt werden. Unter den Asservaten, die nach Zürich geschickt werden, befinden sich auch Eigenhaarproben von Joy, dem Schäferhund Jack Unterwegers, den dieser kurz nach seiner Entlassung aus dem Gefängnis im Juni 1990 von einer deutschen Bekannten geschenkt bekommen und seitdem in seinen Autos fast überallhin mitgenommen hatte. Brüschweiler konnte aber, wie wir noch hören werden, unter den bei den Opfern sichergestellten Haaren kein einziges Hundehaar finden!

Die »Bombe« aus den USA

Unschuldig!

Der stille Schrei, gefangen in wütender Ohnmacht, eingekerkert seit 123 Tagen, 3 Stunden, 15 Minuten, hallte durch die Kammern von Hirn und Herz. Noch immer am Leben, der Atem hielt das vegetative System aufrecht, das Kismet verhinderte ein Ende der Schizophrenie des Daseins.

Schuldlos!

Innocent!

Plead Innocent!

Die frierenden, unter Sonnenstrahlen zu Eis gewordenen Gefühle klirrten, schrien, tobten, flehten, und niemand hörte zu. Manchmal die Fragen der Verzweiflung, die Mimik, Verzerrungen, Gestik, Worte, von den Lippen geformt, im Spiegel betrachtend, entsprang die Stimme, ihre Laute einer Sprache, die niemand verstand?

(Aus Jack Unterweger, »99 Stunden«)

Erst nach seiner Rückkehr aus den USA mußte Jack Unterweger erkennen, welche Ausmaße die Vorverurteilung gegen ihn inzwischen erreicht hatte. Wie das auf ihn wirkte, zeigen seine Aufzeichnungen:

Bereue meine Rückkehr, da Situation (Stimmung) ärger als erwartet – gemeiner – von JWB [Justizwachebeamten] offene Ablehnung + die Polizei arbeitet allein (mit UR) mit Schilderungen von Dritten, Ex-Geliebten etc. – wie soll ich mich dagegen wehren? Schweigen! Mit den Taten haben alle diese, auf Sexualleben bezogenen Aussagen ohnehin nichts zu tun. (Tagebucheintragung Jack Unterwegers vom 28. Mai)

7.00 - 8.00 1.ter Spaziergang mit anderen Häftlingen – unangenehm! a) einer redet zu anderen, im Vorbeigehen: … mei Taschenfeitl is scho offen … b) … Eierkopf c) u. a. Anspielungen auf Wiener-Artikel v. April: JACK, DIE RATTE! (2. Juni)

… Viele Gedankenbilder – Biancas Leben! Ich liebe sie, habe Angst, sie zu verlieren – aber darf ich sie ›halten‹! Im Moment wäre nur mein Tod die Lösung – aber noch will ich kämpfen …« (3. Juni; kurz nach der Überstellung Unterwegers aus den USA hatte Biancas Mutter ein Besuchsverbot ihrer vor Gericht mit achtzehn noch nicht volljährigen Tochter durchgesetzt, A. W.)

1 Std. spazieren – feeling zwischen anderen Häftlingen und mir ändert sich nicht – die einen biedern sich an – die anderen zeigen ihre Aggression/ Neid etc. offen … ›Death Day‹ total. (5. Juni)

… hoffen, daß es trotz einiger Ungereimtheiten (bisher, SB-Leute) doch zu einem fairen Testverfahren – Schweizer Gutachter – kommt – DNA-Test etc. (8. Juni)

… ohne Visit mit Bianca hat für mich alles keinen Sinn … ich habe keine Lust mehr! (12. Juni)

Entschluß festigt sich immer mehr: Ohne Bianca (Besuch) lebe ich nicht mehr – auch kein Kampf mehr. (15. Juni)

Wie jeden Mittwoch, Vorführung zu Dr. Pump (Psychiater) – ohne mein Urgieren – sage auch ihm: Außer Besuch mit Bianca interessiert mich im Moment nichts. (17. Juni)

[Unter Bezug auf die in Verhören kolportierte andere Beziehung Biancas]: … [würde] für mich die perfekte Niederlage darstellen – noch kann ich dies nicht glauben!! … es wäre schlimmer, als noch einmal verurteilt zu werden. […]

›Beweis‹ = Vlbg. = Schal-Faser: Lt. Gutachter sind es Fasern solcher Qualität wie der Schal, bzw. wie auch beim Schal verwendet wurde … (2 rote + 1 schwarzer in meinem Besitz) (18. Juni)

Kurze Schlafintervalle – aufwachen mit ›Ziehen‹ + ›Hitze‹ in der Brust, Magenkrämpfen und schon aus dem Schlaf gerissen, immer nur die Frage: Bianca! … Psychisch bin ich fertig – seit Tagen keine Rasur, keine Körperpflege – ohne Bianca interessiert mich das nicht mehr! (20. Juni)

Nehme nicht mehr am allgemeinen TV-Videoschauen teil – feeling unter uns (Mithäftlinge) ist nach wie vor sehr gespannt – vor allem wenn im Radio solche Nachrichten von wg. Spuren etc. durchgesagt werden. (22. Juni)

Ende Juni trifft das Ergebnis der in den USA vorgenommenen DNA-Analyse der im Mordfall Exley gefundenen Spermaspuren bei Prof. Dirnhofer in Bern ein. Der faxt die Übersetzung aus dem Englischen an SOKO-Leiter Geiger und an den Untersuchungsrichter: Die Spermaspuren stammten demnach zu 99,6 % von Jack Unterweger! U-Richter Wladkowski gibt das sensationelle Ergebnis sogleich der Presse bekannt. Die Zeitungen jubeln. Der ersehnte Sachbeweis schien endlich erbracht zu sein: 99,6 %, manche Zeitungen machten gar 99,96 % daraus, was spielte das jetzt noch für eine Rolle. »Warum der Bluttest aus Amerika Jack Unterweger schwer belastet«, durfte die »Kronen-

Zeitung« (3.7.1992) jetzt endlich schreiben: »Beim Vergleich platzte die Bombe: das Kettenmuster des ›Häf'npoeten‹ stimmt mit der Blutformel des Verbrechers überein. Haarscharf, bis ins kleinste Detail, nicht die geringste Abweichung.« Die »Enthüllung« des Untersuchungsrichters erlebte Jack Unterweger so:

Richter: ›Wir haben ein DNA-Gutachten, zwar nicht vom April, aber nach der PCR-Methode sind sie zu 99,6 % überführt, das Sperma stammt von Ihnen und in vier Wochen wird auch das Ergebnis der wissenschaftlich 100%igen RFLP-Methode vorliegen. Eine Formsache!‹

Die Katze war aus dem Sack. Grinsen. Genugtuung spiegelte sich in seinem Gesicht.

Ich hatte mit Tricks gerechnet, damit aber nicht. Chaos im Hirn, der Raum begann zu kreisen. Immer schneller. [...]

›Und wollen Sie jetzt reden?‹

In meinem Kopf fanden Explosionen statt, die Splitter drangen ins Herz. War das mein Schicksal? Ich wußte nur, was man mir bestätigte, daß die zweimalige Entnahme von Blut, Haaren und Speichel, die, einmal, angeblich, unverwertbar gewesen war, mißbraucht worden sein mußte und die Sache von G. gesteuert wurde.

›Ich kann es nicht glauben!‹ Panik. Verzweiflung. ›Ich war's nicht!‹

Der Richter grinste.

›Wir können uns morgen damit befassen.‹

›Nachdem, davon bin ich überzeugt, die Zeitungen ihre Schlagzeilen haben.

(Aus »99 Stunden«)

Am 29. Juni gegen fünf Uhr morgens verübt Jack Unterweger einen Selbstmordversuch, indem er sich mit einer Rasierklinge die Vene der rechten Armbeuge aufschneidet. Er ist bereits bewußtlos, als er blutbesudelt von seinem Zellengenossen entdeckt wird. Bis zum Eintreffen des Rettungswagens hat Unterweger soviel Blut verloren, daß er noch vor dem Gerichtsgebäude notdürftig versorgt werden muß. Dann wird er in die Inquisitenstation des Grazer Landeskrankenhauses eingeliefert.

Schon nach zwei Tagen wird er wieder in die Justizanstalt rücküberstellt. In den Einzelhaftraum im Keller, als Strafmaßnahme. Die eigene Kleidung muß er mit einem filzigen Häftlingsanzug wechseln, waschen oder duschen darf er sich nicht. Die Gefängnisleitung ist »in

Alarmbereitschaft: [...] es ist durchaus möglich, daß Unterweger diesen Selbstmordversuch nur inszeniert hat, um leichter flüchten zu können!‹« (»Kronen-Zeitung«, 2.7.1992).

Noch am Tag der Rücküberstellung besteht Untersuchungsrichter Wladkowski auf einer neuerlichen Einvernahme. Als Unterweger, der noch die Infusionsnadel in der Vene hat, beim ersten Mal nicht in die Verhörzelle mitkommen will, schickt der Richter vier Justizwachebeamte, die ihn bei weiterer Weigerung mit Gewalt vorführen sollen. Unterweger geht »freiwillig« mit. Beim Verhör läßt sich der Richter dann, wie so oft, durch zwei Kripobeamte »unterstützen« – einer davon Inspektor Brandstätter.

In der folgenden Nacht verübt Unterweger einen weiteren Selbstmordversuch, indem er sich mit dem Verband an der einzigen Mauerkante des kahlen Kellerraumes zu erhängen versucht. Es mißlingt, er ist zu schwach dazu, und ein Beamter kommt dazwischen. Doch Unterweger hat heimlich ein Schuhband im Toilettenloch in der Ecke der Zelle versteckt und probiert es damit wieder. In den frühen Morgenstunden finden die Beamten einen fast erstickten Häftling: »Einer kniete neben mir, massierte den Hals, während ein anderer das Band am geschwollenen Hals suchte, fand, abschnitt und vom Hals zog, als würde er eine Motorsäge starten. Diese neuen, brennenden Schmerzen waren aber nicht so schlimm, wie die drei Tritte gegen meinen Bauch und Leiste, die mir der eine als Begleitung zu seinen Worten gab: ›Häng' dich in der Nacht auf, nicht in der Früh, wo wir dich erwischen ...‹« (Aus: »99 Stunden«). Jetzt wird Unterweger auch noch »aus Sicherheitsgründen« an Händen und Füßen gefesselt.

Von diesen beiden weiteren Selbstmordversuchen erfährt die Öffentlichkeit jedoch nichts. Dr. Zanger ist empört, daß er erst aus der »Kronen-Zeitung« vom Selbstmordversuch seines Mandanten erfahren hat – die Grazer Justiz hatte ihn nicht einmal verständigt. Nach einem Besuch seines Co-Anwalts Dr. Noll im Grazer Gefängnis berichtet Zanger gegenüber »profil« über die Haftbedingungen in der Kellerzelle: »Das ist eine Zelle ohne Fenster, da ist nur eine Holzpritsche, sonst nichts, keine Decke, kein Leintuch. Er friert, er hat keine Schuhe an, keine Socken, er darf sich nicht waschen, seine Hände sind auf dem Rücken gefesselt, er kann sich nach dem Stuhlgang nicht einmal säubern. Es ist ja absurd, daß jemand für einen Selbstmordversuch bestraft wird. Er wird stündlich geweckt, er beklagt sich, daß er immer wieder geschlagen wird, daß sie ihm die Handschellen erst abnehmen, wenn das Essen kalt ist.« Und Dr. Noll, der Unterweger gesehen hat, sagt: »Er schaut fürchterlich aus. Ich hab' auf seinen Beinen noch Blut von dem Selbstmordversuch gesehen, er hat ein Cut unter dem linken Auge, die linke Augenbraue ist geschwollen, er spricht von einem Tritt.«

Nach Tagen werden Unterweger die Fesseln wieder abgenommen. Doch er ist noch immer im Keller und beginnt jetzt einen Hungerstreik: Er will endlich in seine Zelle zurück. Der Hungerstreik zeigt Wirkung: Nach einigen vergeblichen Umstimmungsversuchen durch den Anstaltspsychiater stattet der Landesgerichtspräsident dem Häftling einen Besuch ab. Tags darauf wird Unterweger in seine Zelle rücküberstellt, nachdem er die von seinem Anwalt gegen die »Foltermaßnahmen« der Justizwachebeamten eingebrachte Beschwerde zurückgezogen hat: »Ich bin weder mißhandelt noch verletzt worden«, wird er in der »Kronen-Zeitung« vom 7. Juli 1992 zitiert. Zanger meint dazu nur knapp: »Mein Mandant muß mit denen in Graz leben ...«

Jack war ein sehr sinnlicher Mensch. Wie könnte es anders sein, daß es die kurze Begegnung mit einer Frau war, die in ihm nach den Selbstmordversuchen zum ersten Mal wieder einen Anflug von Lebenswillen auslöste:

Später, nach einem weiteren Aufenthalt im lichtlosen Tunnel, stand nur mehr eine Frau neben meinem Bett, links, tastete nach dem Pulsschlag, vergeblich und als sie merkte, daß ich erwacht war lächelte sie ...

»Wie geht's?«

Ich schwieg, blickte sie an.

Ihre Augen!

Augensprache! Warum mußten mir in dieser Situation solche Augen begegnen! »Manuela« stand eingestickt auf ihrem Namensschild, das sich über eine üppige, feste Brust spannte.

Sonnenschein. Sommer. Hitze. Ihre Haare hatten einen rötlichen, nein, eher blonden Schimmer. Von meiner Perspektive aus stand sie als Traumbild im Rahmen des strahlend blauen Himmels. Das Fenster und Gitter dazwischen sah ich nicht mehr. Sie war klein, trug unter dem weißen Schwesternkittel nur BH und Slip, aber es war das alles nur Rahmen, wie die frische, sonnengebräunte Haut an Händen, Beinen und im Gesicht, das Zentrum waren und blieben die Augen. Fragend, erfahren, auch traurig. Die Stupsnase verriet Lebenslust und die Lippen Sinnlichkeit. »Ich komme jetzt jede Stunde, wenn etwas sein sollte, dann lassen Sie mich rufen!«

Ich schämte mich! Verrückt.

Traum.

Frau. Warum ausgerechnet jetzt?

Diese, ihre Augen! Denen durfte ich meinen Tod nicht präsentieren.

(Aus »99 Stunden«)

Noch im »profil« vom 6. Juli 1992 wird Pressesprecher Enge zitiert: »In zwei Fällen gibt es Sachbeweise.« Jetzt war klar, was er meinte: eine im Bregenzer Mordfall Hammerer gefundene Faserspur und das DNA-Gutachten aus Amerika.

Erst nach Wochen sollte sich herausstellen, daß die DNA-Bombe eine »Ente« war, wie wir später noch hören werden.

Gerichtspraxis

Die Unabhängigkeit der Justiz ist eine bedeutende Errungenschaft des politischen Liberalismus im Kampf gegen die der Obrigkeit verpflichtete »Kabinettsjustiz«. Zum Schutz vor politischer Einflußnahme sind die Richter in allen Demokratien westlicher Prägung weisungsfrei, unabsetzbar und unversetzbar. Diese Freiheit bedeutet nun aber in der Praxis nicht nur große Verantwortung, sondern offen gesagt – und das gilt vor allem für die Strafrechtspflege – auch Macht. Das wird dem jungen Juristen spätestens während der einjährigen, nach Studienabschluß absolvierten Gerichtspraxis bewußt.

Erfahrungen als Rechtspraktikantin

Als Rechtspraktikantin am Grazer Straflandesgericht war ich[1] einem überaus korrekten Verhandlungsrichter zugeteilt, einem Richter, der vernünftigen Beweisanträgen der Verteidigung stets stattgab, Ange-

1 Das war rund ein Jahr vor dem Fall Unterweger; daher benutze ich im folgenden die Ich-Form.

klagte sowie Zeugen ausreden ließ und sich so um ein erschöpfendes Verfahren bemühte. Offenbar meinte er, daß sein Stil nicht so selbstverständlich sei, denn nicht nur einmal sagte er zu mir: »Hören Sie sich doch einmal eine Verhandlung bei meinem Kollegen H. an ...«

Als der Richter dann eine Woche auf Urlaub war, zitierte mich sein Vertreter unerwartet in sein Zimmer. Weshalb der Beschluß in der Causa Christian K. noch nicht fertig sei, wollte er wissen. Der Häftling hatte einen Antrag auf Entlassung aus der U-Haft gegen Kaution und Gelöbnis, sich wohl zu verhalten, gestellt. Ich möge jetzt aber schleunigst den Beschluß schreiben, und die Ablehnung wie folgt begründen: »Laut Aktenlage zehn einschlägige Vorstrafen.« Erst als ich dann den Akt in Händen hatte, fiel es mir auf: Die Haftprüfungsverhandlung war erst in der folgenden Woche angesetzt. Der Beschluß sollte aber schon vorbereitet im Akt liegen ...

Juristenkollegen bestätigten mir dann, daß meine Erfahrung kein Einzelfall war. Dr. Karl K. etwa hat seine Gerichtspraxis so wie ich am Grazer Straflandesgericht absolviert. Er erzählte mir: »Da saßen zwei Burschen ein, die zahlreiche kleine Einbrüche in Trafiken begangen haben sollen, in der ganzen Steiermark. Ich war damals noch ein idealistischer junger Praktikant und studierte den Akt genau durch. Da fiel mir auf, daß die Taten zum Teil gleichzeitig verübt worden waren! Das ließ mir keine Ruhe, und ich konfrontierte die beiden damit: ›Wie haben Sie das denn gemacht - an verschiedenen Orten gleichzeitig eingebrochen?‹ Erst nach einiger Zeit faßten die Burschen Vertrauen und gaben zu: ›Wir waren das ja gar nicht. Aber der Richter hat gesagt, wenn wir alles gestehen, kommen wir mit weniger Schmalz [Knastausdruck für Strafe] davon.‹« Ein heute namhafter Wiener Strafverteidiger erinnert sich sogar an einen besonders ökonomischen Richter, der die Urteile noch vor der Verhandlung konzipierte.

Für Franky D. sind derlei Gepflogenheiten als 29fach Vorbestrafter offenbar ganz normal: »Der Richter H., der damals noch am Strafbezirksgericht war, schaute in meiner Zelle vorbei und meinte: ›Bei Geständnis bleibt's bei drei Monaten. Sonst fahr' ich über Sie d'rüber.‹«

Um es klarzustellen: Schwarze Schafe gibt es in allen Berufen. Aber ein Richter befindet sich nun einmal in einer besonderen Machtstellung. Das Gesetz erlaubt ihm, bei seinen Entscheidungen von seinem Ermessen Gebrauch zu machen. Damit ist die Verantwortung eines Richters eine besondere: Sind doch richterliche Entscheidungen in der Regel schwerwiegende Einschnitte in menschliche Leben.

Begegnung durch Glas und Gitter

Freitag, 14. August 1992: Dann kam sie. Viertelstunde nur. Eine neue Welt. Strömungen durch Glas, Gitter, wir waren beide nervös, die Gründe waren verschieden, das Resultat wirkte. Seither kam sie 157mal. Gestern war das noch. Kraft kam von ihr, mehr als von mir zu ihr. Astrid Wagner, Juristin, dieses Omen. Sie kam nach den Medienberichten über meine stümperhaften Selbsttötungsversuche. Und sie blieb bis heute. In Luftlinie wohnt sie nur 600 Meter entfernt, so nah, so fern.

(Aus dem Gefängnistagebuch von Jack Unterweger)

Nach meinen Erfahrungen als Rechtspraktikantin verfolgte ich die Ereignisse um den Fall Unterweger mit kritischem Interesse. Ansonsten dachte ich aber wie die meisten Zeitgenossen: Was geht's mich an, ich kann ja hier ohnehin nichts ausrichten. Bis ...

Es war ein lauer Juniabend, der den Anfang eines prägenden Ereignisses in meinem Leben markierte. Ein anstrengender Arbeitstag voller Menschen, die mich in meinem Büro wegen einer Mietrechtsauskunft aufgesucht hatten, lag hinter mir. Wie immer beim Zubereiten des Abendessens schaltete ich das Radio ein. Es wurden gerade die Nachrichten durchgesagt: Der U-Häftling Jack Unterweger hatte sich heute morgen gegen 5.30 Uhr die Armvenen aufgeschnitten und befand sich auf der Inquisitenstation des Grazer Landeskrankenhauses. Da faßte ich den spontanen Entschluß, ihm noch am selben Abend einen Brief zu schreiben. Er sollte wissen, daß es durchaus noch Menschen gab, die sich von der vorverurteilenden Medienhetze distanzierten. Ob und wann er diesen Brief überhaupt bekommen würde, wußte ich nicht.

Erst lange Zeit später vertraute mir Jack Unterweger an, daß er diesen ersten Brief neun Tage unbeantwortet gelassen hatte – aus Mißtrauen. Die Zufälle waren nämlich gar zu seltsam: Ausgerechnet eine Juristin schrieb ihm da, die noch dazu rund ein Jahr zuvor am hiesigen Straflandesgericht ihre Gerichtspraxis absolviert hatte. Und da allgemein bekannt war, daß Jack Unterweger bei Frauen leicht »auftaute«, war sein Mißtrauen gar nicht so unberechtigt. War diese Astrid Wagner vielleicht eine Spionin der Justiz, auf ihn angesetzt, um ihn auszulauschen? Es war ein Widerspruch zwischen Kopf und Bauch, schrieb er mir später darüber. Erst Wochen danach hatte er endgültig Vertrauen gefaßt. Und dann dauerte es nicht mehr lange, bis er mit dem Vorschlag eines Besuchs kam.

An einem Freitag im August um acht Uhr früh holte ich mir in der zuständigen Gerichtsabteilung einen Besuchsschein, auch Sprechzettel genannt. Schon nach rund einer Viertelstunde Wartezeit am Gang wurde ich von einem Justizwachebeamten aufgerufen und betrat das Halbgesperre, wo der Häftling Unterweger schon auf mich wartete.

Mein erster Eindruck? Dieser Jack Unterweger sah viel armseliger aus, als ich es von den bunten Medienbildern her erwartet hatte. Blaß, mit schäbigem T-Shirt. Was mir aber gleich auffiel: Obwohl diese Situation, der überwachte und zeitlich abgestoppte Besuch durch Glas und Fliegengitter, etwas sehr Trauriges an sich hatte, versprühte er immer noch einen offenbar unverwüstlichen Charme. Gerade das, dieses Trotzdem-Mensch-Sein-Wollen, machte die Situation um so melancholischer. Nach fünfzehn Minuten Gespräch hieß es schon: »Besuchsende für Unterweger!« Einen Satz, den ich in den folgenden zwei Jahren sehr oft hören sollte.

Psychiatrische Ferndiagnosen

Obwohl der Staatsanwalt noch nicht einmal Anklage erhoben hatte, beauftragte Untersuchungsrichter Wladkowski im Frühjahr 1993 den alteingesessenen, rund siebzigjährigen Grazer Gerichtspsychiater Dr. Richard Zigeuner mit der Erstellung eines, bei Strafprozessen üblichen, gerichtspsychiatrischen Gutachtens über den Angeklagten.

Doch Unterweger spielte nicht mit. Der Grund: Zigeuner hatte seinen Selbstmordversuch vom Juni 1992 im Grazer Gefängnis gegenüber der »Kronen-Zeitung« unter dem Titel »Unterweger wollte so den Schlußstrich ziehen« mit folgenden Worten kommentiert: »Diesem

Mann, dem fremdes Leben egal ist, bedeutet auch das eigene nichts. Nachdem er erfahren hat, daß ihn der Bluttest in den USA schwer belastet (Die 99,6 Prozent hatten sich dann ja als »Irrtum« herausgestellt, A. W.), könnte das daher der Versuch eines typischen Bilanz-Selbstmordes gewesen sein« (»Kronen-Zeitung«, 2.7.1992).

Durch diese Aussagen des Psychiaters, der ihn offenbar schon von vornherein als schuldig betrachtete, fühlte sich Jack Unterweger vorverurteilt und verweigerte jedes Gespräch mit Zigeuner. Statt dessen beantragte er einen anderen, unbefangenen Psychiater – was ihm vom Untersuchungsrichter mit der Begründung abgelehnt wurde, daß Zigeuner eben der für den Grazer Gerichtssprengel örtlich zuständige Gutachter sei. Zigeuner erstellte daraufhin aus alten Gutachten vom ersten Mordprozeß, dem Abschlußbericht der Sonderkommission und wenigen eigenen schriftlichen Aufzeichnungen Unterwegers ein »Ferngutachten«. In diesem 34 Seiten starken »neuen« Gutachten fanden sich für eine gerichtspsychiatrische »Untersuchung« wahrhaft ungewöhnliche Ausführungen, die mit den Mordfällen überhaupt nichts zu tun hatten. So fand es Zigeuner etwa »unglaublich, wie so ein asoziales Parasitenleben bei dieser maximal kriminellen Vorgeschichte unter den Augen der Öffentlichkeit, zum Teil durch Schutz von Polizei und Ministerium, so lange ohne Schwierigkeiten geführt werden konnte«. An anderer Stelle stellte Zigeuner fest, daß Unterweger »keine produktive Arbeit« liefere und sich »teure und auffallende Kraftfahrzeuge« leiste, mit denen er nach der Haftentlassung »in großer Zahl Verwaltungsübertretungen« begangen habe – womit der Gutachter wohl die insgesamt vier Anonymstrafverfügungen wegen Geschwindigkeitsüberschreitungen meinte. Und überhaupt wiesen die »häufigen und weiten Reisen«, die Unterweger in Freiheit unternommen habe, »auf eine deutliche Unruhe hin, wie sie bei Serientätern häufig zu beobachten« sei. (Dieser Satz kommt fast gleichlautend im Abschlußbericht der »SOKO Unterweger« vor; auch sonst stößt man immer wieder auf ähnliche Formulierungen wie in diesem Bericht). Nicht fehlen durfte auch der ausdrückliche Hinweis auf das »auf Geltungsbedürfnis hinweisende Kennzeichen W-JACK 1«, mit dem Unterweger »ohne Lenkerberechtigung« unterwegs war. »Der anfängliche Erfolg als ›Häf'nliterat‹ hatte bei Jack Unterweger eine enorme Steigerung des Selbstempfindens hervorgerufen, aus dem heraus er glaubte, sich alles leisten zu können«, empört sich der Psychiater. Und wieder einmal mußten die »Weibergeschichten« herhalten: »Auffallend ist die hohe sexuelle Frequenz, allerdings ohne eigentliche Befriedigung.« Wie der Psychiater dazu kam, auch noch die Orgasmusfähigkeit Unterwegers zu beurteilen, bleibt allerdings ungeklärt. »Die eigentliche soziale Anpassung ist nicht erfolgt« und »eine Änderung der Einstellung und des Verhaltens ist in Zukunft nicht zu erwarten, da bei Jack Unterweger weder ein Schuldgefühl noch Reue vorliegen«, hieß es abschließend in diesem »Gutachten«, aus dem später in der Anklageschrift ausführlich zitiert werden sollte. Der außergewöhnliche Ehrgeiz, den Jack Unterweger schon in der Haft in Stein entwickelt hatte, seine zahlreichen literarischen Veröffentlichungen, seine Lesungen und Theateraufführungen im gesamten deutschen Sprachraum, all das wurde vom Psychiater ignoriert.

Für seine Ferndiagnose stellte Dr. Zigeuner ein Honorar von 46 000 Schilling in Rechnung.

Die Anklage: Auf alle Fälle schuldig!

Jack Unterweger war im Mai 1992 nach Österreich überstellt worden. Die Anklage war aber erst mehr als ein Jahr später – nämlich Ende August 1993 – fertiggestellt.

Im folgenden wird die Chronologie des langen Ringens um die Anklageschrift im Fall Unterweger dargestellt.

Die »Sachbeweise« im SOKO-Bericht

Die »Sonderkommission Unterweger« war bereits knapp nach der Überstellung Unterwegers nach Österreich aufgelöst worden. Monate später, am 15. März 1993, lag ihr offizieller Abschlußbericht vor. Die Ermittler waren von der Täterschaft Unterwegers längst überzeugt. Schon in einem mit 15. März 1992 datierten Bericht an den Untersuchungsrichter hatte SOKO-Leiter Geiger geschrieben, daß »die vorgenommene Einzelbetrachtung der Fälle [...] eine deutliche Erhärtung der Beweislage bis zur Gewinnung von Sachbeweisen« zeige und daß die »Beweislage« sich »zusehends verdichtet«. Im selben Schreiben vermeinte der SOKO-Leiter sogar, in einem Fall schon über »Sachbeweise« für die Schuld Unterwegers zu verfügen.

Was war davon ein Jahr später, im Abschlußbericht, übriggeblieben?

Der Abschlußbericht der »SOKO Unterweger« umfaßt 140 Seiten. Gleich in der Einleitung weisen seine Verfasser, SOKO-Leiter Geiger unter Mitarbeit von weiteren vier Kriminalisten des Wiener Sicherheitsbüros sowie der Kriminalabteilung Niederösterreich, auf die »internationale Tragweite« des Falles hin und stellen dezidiert fest: »Den Ermittlungen zu Folge ist diese Serie als einzigartig anzusehen.« Jack Unterweger weise »von seiner frühkindlichen Entwicklung über seine Persönlichkeitsstruktur bis zu seinem Verhalten in Belastungssituationen zahlreiche Parallelen« zu den klassischen »Serienmördern« auf: »Befriedigung durch Machtausübung, Kontrolle und Manipulation scheint das Motiv vieler seiner Handlungen zu sein – bis hin zum Mord.« Dazu ist zu sagen, daß SOKO-Leiter Ernst Geiger wenige Monate zuvor, im Oktober 1992, im texanischen Quantico einen vom »Täterprofil-Experten« des FBI, Gregg McCrary, geleiteten Kurs über »Serientäter und deren Motive« besucht hatte.

Weiter im SOKO-Abschlußbericht: Der erste Abschnitt befaßt sich mit der »Person des Jack Unterweger«. Nach einem kurzen »Lebenslauf« wird es auch schon pikant: Es geht um seine »Beziehung zu Frauen während und nach der Haftzeit«. Über Seiten hinweg werden die zahlreichen Frauenbekanntschaften Jack Unterwegers namentlich aufgezählt und ausführlich kommentiert. Denn gerade sein reges Liebesleben und seine häufig wechselnden Beziehungen waren von der Polizei von Beginn an als »Belastungsindiz« gewertet worden, war er doch offenbar »sexuell hochaktiv und unfähig zu einer stabilen Beziehung«.

Im Kapitel »Lebensgewohnheiten« geht es unter anderem um die Kleidung des Verdächtigen: »Er bevorzugte auffallend weiße Anzüge, rote Fliegen, Krawatten und Schals im Stil der siebziger Jahre. Gerne stellte er seinen Schmuck öffentlich zur Schau und prahlte mit seinen Tätowierungen.« Auch von den »protzigen Autos« ist die Rede: »**Ein Ford Mustang, schon vor der Strafhaft Zielobjekt seiner Wünsche** [dieser Satzteil ist fett hervorgehoben – wohl um zu dokumentieren, daß Jack Unterweger sich nicht »gebessert« habe, A. W.], wurde sein Lieblingsfahrzeug, bevor er es in Italien unter ungeklärten Umständen zurückließ.« Der Motorschaden am Mustang war jedoch aktenkundig. »**Ohne im Besitz einer Lenkerberechtigung zu sein** [wieder Fettdruck, A. W.], fuhr er tausende Kilometer quer durch Europa.« – »Scheinbar ziel- und planlos«, wie betont wird. Und wieder ist von »rasch wechselnden Frauenbeziehungen« die Rede: Unterweger »hielt sich wieder einen Schäferhund und suchte neben seinen Frauenbeziehungen ständig Kontakte zu Prostituierten«. Gerade dieser »Vorwurf« durchzieht den gesamten Bericht, nur einen Absatz weiter heißt es schon wieder: »Rasch wechselnde Frauenbeziehungen, Kontaktanbahnungen bei Lokalbesuchen, Theateraufführungen aber auch über Inserate [dies wäre zwar nicht ehrenrührig, ist jedoch unrichtig, A. W.] waren bezeichnend für ihn. Daneben besuchte er Prostituierte als Kunde, versuchte sich aber auch in geringem Umfang wieder zuhälterisch zu betätigen. Es gelang ihm, junge Mädchen und Frauen aller Altersgruppen für sich zu gewinnen. Viele davon beschrieben ihre Beziehung zu Jack Unterweger als ausgesprochen liebevoll.« Aber was verstehen solche Frauen denn schon von »Täterpsychologie«! Die Ermittler wollten mit all dem offenbar »beweisen«, daß Jack Unterweger dieselbe »kriminelle« Persönlichkeit wie in den siebziger Jahren geblieben war: »Obwohl als Grund für die bedingte Entlassung ein in der Haft stattgefundener Persönlichkeitswandel angegeben wurde, kann in der Gesamtbetrachtung seiner Lebensumstände ein solcher nicht erkannt werden.«

Der nächste Abschnitt ist dann ausschließlich den »Vorstraftaten« des Jack Unterweger gewidmet. Von den kleinen Diebstählen des jugendlichen Herumtreibers bis zum Mord an einer jungen Frau als Gipfelpunkt eines aus den Fugen geratenen Lebens werden sie alle penibel aufgelistet und beschrieben. Das geschieht oft mit effektvoller Dramatik: Da heißt es etwa, Jack Unterweger habe »die von ihm entführte Jugendliche Christine Sch. mit brutalen Mitteln zur Ausübung der gewerblichen Unzucht gezwungen«. Tatsächlich war die Betroffene damals Jacks Freundin. Sie ging wirklich auf den Strich, während er als Kellner arbeitete. Sie tat es aus freien Stücken – von »Gewalt« konnte keine Rede sein. Allerdings war das Mädchen erst achtzehn, Jack aber schon zwanzig, was für eine Verurteilung wegen des Vergehens der »Entführung einer Minderjährigen aus dem Machtbereich der Erziehungsberechtigten« reichte. Auch aus dem Uralt-Gutachten des Gerichtspsychiaters Dr. Jarosch wird in diesem Zusammenhang mehrfach zitiert: Er habe Jack Unterweger nämlich schon 1976 als »gefühlsarmen, explosiven und aggressiven Psychopathen«, »unverbesserlichen Gewohnheitsverbrecher« und einiges mehr eingestuft, bei dem »Rückfälle mit Sicherheit zu erwarten« seien. Für die Ermittler ein klarer Hinweis auf eine Serientäterschaft. Allerdings: Wie wir später noch hören werden, hatte Jarosch Jack Unterweger keiner unmittelbaren, persönlichen Begutachtung unterzogen.

Erst ab Seite 30 befassen sich die Verfasser des Abschlußberichtes mit den Mordfällen. Einleitend wird gleich von »Sachbeweisen« geschrieben: »[...] die Indizien, der Tatverdacht und die Sachbeweise [wurden] den einzelnen Fällen nach beschrieben.« Ab Seite 53 wird über die angeblichen Parallelen zwischen den Morden theoretisiert und immer wieder auf die »Einzigartigkeit« der »Serie« hingewiesen. Auch der Mord an Marica Horvath, den schon der Salzburger Inspektor Schenner Unterweger anzulasten versuchte, wird in die »Serie« einbezogen. Daß in mehreren Fällen nicht einmal die genaue Todesursache der Opfer, geschweige denn der »modus operandi« des Täters bekannt ist, stört offenbar nicht.

Die Seiten 70 bis 77 sind dann ausführlich und voller Lobesworte den polizeilichen »Ermittlungen gegen Jack Unterweger« gewidmet. Für die »Indizien« gegen Unterweger reichen zwei Seiten. Die chronologischen Abläufe und »Verdachtsmomente« werden dann nochmals über rund 20 Seiten ausgebreitet: Das »Verdachtsmoment« im Mordfall Eroglu sei beispielsweise eine bei einer Leiche gefundene Gummihandschuhkuppe – Unterweger habe nämlich bei den Aufführungen seines Theaterstücks »Aids – Schrei der Angst« Gummihandschuhe verwendet. Daß auf dieser Handschuhkuppe ein blutverkrustetes Haar gehaftet hatte, welches im Zuge der Ermittlungen leider verlorenging, bleibt unerwähnt. Im Mordfall Bockova wiederum werde Unterweger durch Hautfetzen belastet, die unter den Fingernägeln der linken Hand des Opfers sichergestellt worden seien. Diese Spuren könne man nämlich der Blutgruppe B, wie sie Unterweger habe, zuordnen. Den unter den Fingernägeln der rechten Hand des Opfers sichergestellten Blutspuren, die im Gegensatz zu jenen an der linken Hand die Blutgruppe A aufwiesen, widmet der Bericht nur einen einzigen kurzen Satz: Diese Spuren ließen, warum auch immer, »keine Rückschlüsse auf den Täter« zu. Auf den Seiten 107 und 108 scheuen sich die Ermittler schließlich nicht, von »Sachbeweisen« in zwei Fällen (nämlich in den Fällen Hammerer und Exley) zu schreiben. Was es mit diesen sogenannten Sachbeweisen tatsächlich auf sich hatte, wird an späterer Stelle aufgezeigt werden.

Sogar den Nebenstraftaten, die Unterweger begangen haben soll, wird ein eigenes Kapitel gewidmet: nämlich »Urkundenfälschung« und »Versicherungsbetrug«, denn anstelle eines echten Führerscheins fand man unter seinen Papieren einen Jux-Führerschein aus einem Paper-Box-Geschäft. Auch die Daten für eine Schadensmeldung an die Kfz-Versicherung hatte er deshalb falsch ausgefüllt. Dann die »Entziehung einer Minderjährigen aus dem Machtbereich einer Erziehungsberechtigten« – gemeint ist die gemeinsame Flucht mit Bianca.

Für die Rechtfertigung des Jack Unterweger genügen ganze zwei Seiten. Und sogar darin gelingt es den eifrigen Ermittlern, »Indizien« zu orten: »Seine Verteidigungsstrategie, die sich in zahlreichen Presse- und TV-Berichten zeigt und in der er immer wieder die Formulierungen verwendet: Es kann keine Beweise geben (...) und wenn ich das getan hätte (...) lassen mit einem hohen Grad an Wahrscheinlichkeit auf eine Täterschaft schließen. Gerade diese Formulierungen wurden nämlich von fast allen Serienmördern, welche interviewt und zu ihrem Verhalten befragt wurden, verwendet«, heißt es wörtlich im Bericht. Jack Unterweger hätte sich also offensichtlich schuldig bekennen müssen, um den Verdacht gegen ihn zu entkräften.

Im vorletzten Kapitel spekulieren die SOKO-Leute wieder über ihr offensichtliches Lieblingsthema, die »Thematik der Serientäterschaft«. Im Schlußkapitel mit der wissenschaftlich klingenden Überschrift »Die Frage des Motivs – eine hypothetische Betrachtung« betätigen sich die Kriminalisten gar als Literaturkritiker. Sie zitieren aus in Jack Unterwegers Wohnung gefundenen Texten, in denen, stilistisch oft hervorragend formuliert, allerlei von Liebe, Haß und Rache die Rede ist: »[...] Eines Tages würde ich mich rächen, das stand fest. Nicht nur strafen wollte ich, auch straffrei bleiben. Ein Unrecht bleibt ungesühnt, wenn den Rächer wiederum Strafe ereilt [...]«. Oder sie sind gar »frauenfeindlich« wie das Zitat: »Es gibt keinen poetischeren Gegenstand als den Tod einer schönen Frau.« Die aus dem Zusammenhang gerissenen Textstellen und Ausschnitte aus Interviews fügen sich zu einem Bild einer perversen, ja irgendwie geheimnisvollen Persönlichkeitsstruktur. Die mühselige bibliophile Arbeit der Kriminalisten hatte nur einen Schönheitsfehler: Kein einziger dieser Texte stammte aus der Feder

Jack Unterwegers! Vielmehr handelte es sich hier um Manuskripte, die von jungen Nachwuchstalenten für die Veröffentlichung in der Literaturzeitschrift »Wortbrücke« eingesandt worden waren – der »frauenfeindlichste« Text darunter kam übrigens ausgerechnet von einer Frau.

Am Schluß widmet sich der Bericht noch der »Frage der medialen Vorverurteilung«, die nach Ansicht der Ermittler keinesfalls gegeben sei. Die Begründung dafür lautet: »Keinem anderen Tatverdächtigen wurde derart Gelegenheit geboten, eine Stellungnahme zum eigenen Fall einer großen Öffentlichkeit darzulegen.«

»Die Suppe ist zu dünn« ...

Rein optisch konnte sich der Strafakt in der Causa Unterweger sehen lassen: Er umfaßte rund 15 000 Seiten – 31 Bände à 500 Seiten. U-Richter Wladkowski wurde darob als »Herr der Unterweger-Akten« (»täglich Alles«, 21.3.1993) tituliert. Allerdings befanden sich zahlreiche »Erhebungsberichte« und »Ermittlungsergebnisse« der SOKO-Mannen gleich mehrfach, nämlich bis zu sieben Mal, in den Akten ...

Für den zuständigen Grazer Staatsanwalt Martin Wenzl reichten diese Ermittlungsergebnisse, deren hervorstechendstes Merkmal in der Mutmaßung einer »Serientäterschaft« lag, jedoch längst nicht aus, um eine juristisch hieb- und stichfeste Anklage auf die Beine zu stellen. Inzwischen waren nämlich auch die Ergebnisse der spurenkundlichen und biologischen Vergleichsuntersuchungen eingetroffen: Auch sie erbrachten keine Hinweise auf Jack Unterweger.

Der 48jährige Dr. Wenzl gilt als sachlicher, um Objektivität bemühter Jurist. Bevor er im Jahre 1987 an die Grazer Staatsanwaltschaft geholt wurde, war er im Justizministerium für internationale Straffälle zuständig gewesen. Auch als Staatsanwalt zeichnete ihn sein sachlicher, emotionsloser Stil aus. Wenzl hielt in seinen Plädoyers nie viel von Effekthascherei und Stimmungsmache.

Diese Haltung nahm er auch im Fall Unterweger ein. Insiderkreise wußten, daß er von einer Anklageerhebung nichts hielt, da er »die Suppe im Fall Unterweger für zu dünn« halte (»News«, 7/93). Später berichtete »News«, daß Wenzl die Mordanklage voraussichtlich »nur« im Fall der in Vorarlberg ermordeten Heide Hammerer erheben wolle – hier gab es zumindest Fasern, die laut Gutachten der Stadtpolizei

Zürich möglicherweise zu Unterweger führen könnten (siehe im übrigen die Chronologie im Fall Hammerer). Am 9. März 1993 berichtete auch die Grazer »Kleine Zeitung«, »daß der Staatsanwalt mit dem Dirnhofer-Gutachten nicht recht glücklich ist und logische, berechtigte Zweifel hegt«.

Daraufhin sahen sich die Beamten der Ex-»SOKO Unterweger« zum Einschreiten veranlaßt. Sie fühlten sich »um die Früchte ihrer Arbeit betrogen«, berichtet »News« (21/93) und zitiert SOKO-Mann Kucera: »Wir haben Wenzl ordentlich ins Gebet genommen. Wenn's der Unterweger nicht war, geb' ich mein Lehrgeld zurück!«

Am 20. Juli 1993 prangte dann plötzlich die Schlagzeile auf dem Titelblatt der »Kronen-Zeitung«: »Jack Unterweger: Mordanklage in 11 Fällen!« Der Hintergrund für diese Aufmachung bestand darin, daß Staatsanwalt Wenzl einem »Krone«-Redakteur in einem Gespräch am Vortag lediglich mitgeteilt hatte, die Anklage gegen Unterweger stehe kurz vor der Fertigstellung. Zu früh gefreut, es war noch nicht soweit: »Anklage – bitte warten. Chaos im Verfahren gegen Jack Unterweger« (»News« 30/93). Aufgrund der Fehlmeldung der »Kronen-Zeitung« sah sich Oberstaatsanwalt Heimo Lambauer veranlaßt, Wenzl einen »Maulkorb« zu verpassen: »Bitte, verstehen S' mich«, äußerte dieser daraufhin, »ich darf Ihnen nicht einmal mehr die Uhrzeit sagen« (Wenzl in »News« 30/93).

... doch dann: Eine Anklage der Rekorde!

Im August 1993 ist die von der »Kronen-Zeitung« schon vorausgesehene »Anklage der Rekorde« dann endlich da: Die Mordanklage wird – entgegen den bisherigen anderslautenden Stellungnahmen des Staatsanwalts – in elf Mordfällen erhoben. Sogar in den drei amerikanischen Mordfällen, in denen der US-Staatsanwalt die Anklageerhebung abgelehnt hatte, wird jetzt, rund eineinhalb Jahre später, in Graz Anklage erhoben!

Inzwischen war von der Grazer Oberstaatsanwaltschaft für den brisanten Justizfall freilich noch ein zweiter Staatsanwalt bestellt worden. Es handelte sich um den als scharfzüngig bekannten, aufstrebenden und mit seinen 37 Jahren noch sehr jugendlich wirkenden Dr. Karl Gasser.

Die Anklage stützte sich im wesentlichen auf das im März 1993 vorliegende »Gesamtgutachten« des Generalgutachters Prof. Richard Dirnhofer. Dieser räumte zwar ein, daß man keine biologische Spur gefunden habe, die zu Unterweger führe. Doch Dirnhofer stellte in seinem Gutachten fest, daß die elf Mordfälle »unübersehbare allgemeine und spezielle Parallelen« bei der Tathandschrift aufweisen würden, und gelangte so zum Ergebnis einer Täteridentität: Alle elf Morde seien »mit einem hohen Grad an Wahrscheinlichkeit« von ein und demselben Täter begangen worden.

Es war im doppelten Sinn eine Anklage der Rekorde: Die in den folgenden Kapiteln beschriebenen elf Frauenmorde wurden Jack Unterweger angelastet: ein Rekord in der österreichischen Justizgeschichte. Das jedoch auf nur etwa 30 Seiten Papier, wovon mehr als die Hälfte gar nicht die Mordfälle betreffen, sondern Unterwegers detailliert beschriebenen Vorstrafen sowie Auszügen aus zwei psychiatrischen Uralt-Gutachten und dem Zigeuner'schen Ferngutachten gewidmet sind. Ein absoluter Minusrekord in der Justizgeschichte. Die Anklage strotzt vor diffus formulierten Sätzen wie »Jack Unterweger fuhr nach Graz, traf Frau Masser und tötete sie vorsätzlich« oder »Jack Unterweger hielt sich im Großraum Wien auf, traf Silvia Zagler und tötete sie vorsätzlich durch Erdrosseln«. Dafür wird etwa ausdrücklich darauf hingewiesen, daß sich Jack Unterweger den Film »Das Schweigen der Lämmer« angeblich zweimal angesehen habe. Es geht in diesem oskargekrönten Kassenschlager bekanntlich um einen sadistischen Massenmörder – ein weiteres »Belastungsindiz« gegen Unterweger.

Psychologisch tat diese Anklage der Rekorde zweifellos ihre Wirkung. Bei der Fülle mußte beim späteren Prozeß einfach etwas hängenbleiben. Vermutlich spielte diese psychologische Spekulation eine große, wenn nicht entscheidende Rolle: Jack Unterweger war schuldig – wenn schon nicht in allen Fällen, so doch »auf alle Fälle« …

Ein Sicherheitsnetz für den Fall des Freispruchs

Doch sogar für den »worst case«, den Fall eines Freispruchs in allen Mordfällen, hatte die Anklage ein »Sicherheitsnetz« eingebaut: Jack Unterweger wurde auch noch wegen einer angeblichen, vorsätzlichen Körperverletzung an der Wienerin Kathrin Z. angeklagt.

Die 28jährige Z. war im schon am 10. September 1991 gegen halb zwei Uhr früh völlig benommen im Wiener Drogenszene-Treff »Tunnel« aufgegriffen worden. Bei der ärztlichen Untersuchung der abgemagerten, verwirrt wirkenden Frau wurde ein Schlüsselbeinbruch diagnostiziert. Sie gab an, unglücklich gestürzt zu sein, wurde ambulant versorgt und dann wieder aus dem Spital entlassen.

Am 17. Februar 1992, bereits zwei Tage nach dem Haftbefehl gegen Jack Unterweger, meldet sich Frau Z. bei der Polizei. Sie war inzwischen in einem der schummrigen Vorstadtlokale auf den Zuhälter Fred H. gestoßen – jenen eifrigen Sammler von Belastungszeuginnen im Rotlichtmilieu. Er hatte die labile Frau getröstet und wohl auch darin »bestärkt«, zur Polizei zu gehen. Jedenfalls ist er beim Verhör im Kaffeehaus – ins Wiener Sicherheitsbüro wollte Frau Z. um keinen Preis – als »Vertrauensperson« dabei. Z. gibt zu Protokoll, daß sie sich ihre Verletzung durch einen Sturz in der Wohnung ihres damaligen Liebhabers Jack Unterweger zugezogen habe: »Die Woche vor dem 9. 9. 1991 habe ich mit Jack keinen Kontakt gehabt, weil er, wie er sagte, nicht gewillt war, zuzusehen, wie sich Leute selbst fertigmachen. Er meinte damit meinen damaligen depressiven Zustand, und ich sollte erst mein Leben in Ordnung bringen. In der Nacht vom 9. 9. 91 zum 10. 9. 91 bin ich dann mit einem Bekannten gegen 23 Uhr zum Wohnhaus des Jack gegangen und hat er mir, nachdem ich mit ihm telefoniert habe, den Haustorschlüssel aus dem Fenster geworfen.[2] In seine Wohnung bin ich alleine gegangen. Ich suchte mit ihm ein versöhnliches Gespräch und hatte Jack auf mich den Eindruck gemacht, als wäre er besonders ›geladen‹.[3] Er wollte mit mir über uns beide nicht reden und forderte mich mehrmals auf zu gehen. Zuletzt stand er bei der Tür, als er die Aufforderung sprach. Ich bin dann zu ihm gegangen, legte ihm meine Hand auf die Schulter und in diesem Moment schlug er gänzlich unmotiviert meine Hand zur

2 Unmittelbar neben dem Haus befindet sich eine Telefonzelle. Nach Angaben des Jack Unterweger hatte sie in dieser Nacht nicht nur einmal, sondern mehrmals in Abständen von 15 Minuten angerufen und dann auch noch an der Haustorglocke Sturm geläutet.

3 Unterwegers Version klingt im Grunde ganz ähnlich: Sie habe sich ausgezogen und ihn bedrängt, mit ihr ins Bett zu gehen. Er aber sei zu müde für ihre anstrengenden Szenen gewesen und habe sie entnervt aufgefordert, die Wohnung zu verlassen. Dann habe sie gedroht, laut zu schreien und damit die Nachbarn aufzuwecken, die ihrerseits die Polizei verständigen würden: »Und was das für einen wie dich bedeutet, ist dir wohl klar!« Da habe er ihr Gewand gepackt und sie aus der Wohnungstüre gedrängt.

Seite. Aufgrund dieses Schlages kam ich zu Sturz und zog mir den Schlüsselbeinbruch zu.«

Doch Kathrin Z. sagt auch, daß Jack ansonsten immer sehr liebevoll war: »Zu mir war er immer liebevoll und hilfsbereit und hatte immer aufrichtende Worte in meinen depressiven Phasen über. [...] Es gab für mich nie einen Grund, ängstliche Zustände in seiner Gegenwart zu bekommen. [...] Beim Sex war er besonders lieb und zärtlich.«

In der Tat hat Unterweger versucht, der hochdepressiven, suizidgefährdeten – schon während ihrer Schulzeit hatte sie sich aus dem Fenster gestürzt – Tochter aus gutem Haus, die unter Magersucht litt und Probleme mit Drogen hatte, zu einem neuen Lebensinhalt zu verhelfen. Er führte stundenlange Gespräche mit ihr, vermittelte ihr ein Radiointerview zum Thema »Selbstmord«, vor allem aber wollte er sie aus dem Junkee-Milieu herausbringen. Wie auch immer der Vorfall vom September 1991 sich abgespielt haben mag, Kathrin schrieb Jack weiterhin Briefe und läutete an seiner Türe Sturm. Bis November: Da zog Bianca bei Jack ein.

Nur zehn Tage nach ihrer polizeilichen Aussage »packt« Kathrin Z. bei einer Illustrierten aus. Der reißerische Titel der Story »Die letzte Geliebte des Jack Unterweger: Ich war ihm hörig!« (»Die ganze Woche«, 27.2.1992). Die neue Version ist schon viel brutaler und geiler: »Wenn ich mich beim Sex weigerte, seine perversen Wünsche zu erfüllen, ist er total ausgerastet. [...] Einmal hat er mir meinen Arm so brutal nach hinten gedreht, daß mein Schlüsselbein gebrochen wurde.« Die schmutzige Geschichte endet mit zwei Sätzen aus Jack Unterwegers Erzählband »Mare Adriatico«: »Ihr Aufstöhnen verschafft ihm neue Geilheit, ihr ist es Qual. Hoch lebe die Lust des Mannes!« Und der Redakteur kommentiert dazu: »Kranke Gedanken eines Psychopathen, der für seine seelischen Taten an der Studentin Kathrin Z. sich nie vor einem Richter wird verantworten müssen.« – Ein wahres Schulbeispiel für journalistische Verdrehungskunst: Die völlig aus dem Zusammenhang gerissenen Sätze entstammen der Erzählung »Beschneidung in Omdurman«, in der Jack Unterweger anhand des Schicksals eines jungen Mädchens mit ergreifenden Worten den grausamen Ritus der Beschneidung von Frauen im Orient anprangert.

Am 7. April 1992 darf Frau Z. dann auch sehr wohl vor U-Richter Wladkowski aussagen. Ihre bislang letzte Version klingt ganz anders als vor der Polizei: Jack hätte sie »sexuell belästigt«, sie sich »verweigert«, woraufhin er zornig geworden sei und sie habe hinausschmeißen wollen. Als sie ihn an den Schultern genommen habe, um ihn zu »beruhigen«, habe er sie gegen die Wand gestoßen, worauf sie zu Boden gefallen sei und sich das Schlüsselbein gebrochen habe.

Frau Z. wandte sich mit ihrer Geschichte noch an weitere Illustrierte: Das ging soweit, daß sich ihre offenbar schon verzweifelte Mutter bei einem Journalisten mit der Bitte meldete, nur ja nichts über ihre Tochter zu bringen, denn die wisse nicht mehr, was sie da tue!

Schon in der Anzeige an die Staatsanwaltschaft Graz vom 27. Februar 1992 heißt es: »Im Falle einer rechtskräftigen Verurteilung wegen dieses Faktums wird die bedingte Entlassung des Jack Unterweger zu widerrufen sein.« Das bedeutet: Die bedingte Entlassung Jack Unterwegers wäre auch allein durch eine Verurteilung wegen vorsätzlicher Körperverletzung als einer »auf der gleichen schädlichen Neigung beruhenden Straftat« widerrufen worden. Lebenslang – auch bei Freispruch in allen Mordfällen!

»Vergiß des, Burli!«

Jacks achtzehnjährige Freundin Bianca war genau das, was man als »freche Göre« bezeichnet. »Eine selbstsichere, eloquente, um nicht zu sagen ›goscherte‹ Achtzehnjährige«, urteilte Trude Sagmeister in der »Kronen-Zeitung« vom 4. März 1992. Sie hatte aber noch mehr zu bieten: Kurven, die sie medial in Szene zu setzen verstand und wofür sie kräftig zu kassieren wußte. Als sie der erste Reporter nach ihrer Rückkehr aus Miami mit einer läppischen fünfstelligen Summe zu einem Interview überzeugen wollte, bekam er die gehörige Antwort: »Vergiß des, Burli!« Dieser eine Satz enthüllt schon einen Teil ihrer Persönlichkeit. Wurde aber ordentlich bezahlt, bekamen die Zeitungsleute nicht nur Fotos von ihren atemberaubenden Kurven, sondern auch allerlei intime Details über das Liebesleben eines mutmaßlichen Prostituiertenmörders zu hören: »Die erste Nacht mit ihm war wunderschön. Nur Zärtlichkeit. Der wilde Sex ist erst später gekommen.

Jack hat so schöne, gepflegte Hände. Mit denen konnte er sehr zärtlich sein. Ich kann mir nicht vorstellen, daß er mit denselben Händen jemanden umgebracht hat«, plauderte Bianca in der »Kronen-Zeitung« (4. März 1992), die sich das mehrtägige, als Serie veröffentlichte Exklusivinterview ganze 300 000 Schilling kosten ließ. Der letzte Artikel der Serie erschien, aufgemotzt mit bunten Farbbildern aus Jacks Wohnung, in der Wochenendausgabe »Krone bunt« vom 8. März 1992. Auf dem Titelblatt: Bianca mit langem, offenem Haar und unschuldigem Lolitablick, eine »Krone« mit Unterweger-Schlagzeilen in der Hand, daneben der Aufmacher »Biancas unheilbare Liebe«. Als sich Bianca beim letzten Interviewtermin die letzte »Camel« anzündete und noch einmal zu einem großartigen Liebesschwur ausholte – »Wenn ich Jack aufgebe, gebe ich mich auf!« – meinte Redakteurin Sagmeister ganz mütterlich: »Reden wir in zehn Jahren weiter. Vielleicht auch schon in einem.« Im Moment war Bianca aber noch verliebt wie am ersten Tag. Der deutschen Illustrierten »Bunte« verriet sie: »Jack ist zärtlich, einfühlsam, eifersüchtig. Der Mann, bei dem ich meinen ersten Orgasmus bekam.« Ob sie ihn denn aus den drei Monaten gut genug kenne, wollte der Redakteur wissen. Bianca erwiderte: »Ich habe ihm in dieser Zeit oft Grund gegeben, mir eine runterzuhauen. Aber er schlug nicht einmal zu. Genügt das?« (»Bunte«, 5/92).

Im Oktober 1992 erschien dann im Nachrichtenmagazin »News« ein erstes Interview mit mir. Es war mir ein Anliegen gewesen, die Rolle von Polizei und Medien in diesem Fall in Frage zu stellen. Auch wenn der Redakteur vielleicht auf etwas anderes aus war, mehr als ein »Liebe ist Privatsache« brachte er aus mir nicht heraus. Bianca jedoch kochte geradezu über – aus Eifersucht. Oder war es nur die Angst, nicht mehr allein als die »Unterweger-Geliebte« im öffentlichen Rampenlicht zu stehen? Jack erhielt einen wütenden Brief.

Eine Woche später erlebte ich beim Öffnen eines Briefes, der dem Kuvert nach an mich adressiert war, eine böse Überraschung: Es handelte sich um einen Brief von Jack an seine Bianca. Dafür war jener Brief, den er mir geschrieben und zur selben Zeit zur Zensur abgegeben hatte, bei Bianca in Wien gelandet. U-Richter Wladkowski, der Jack Unterwegers gesamte Post zensurierte und daher auch Biancas Eifersucht kannte, hatte die beiden Briefe nach der Zensur falsch kuvertiert. »Irrtümlich« natürlich, wie er mir am nächsten Tag, an seiner Pfeife nuckelnd, versicherte. In dem Brief an mich hatte Jack Unterweger, wie ich später erfuhr, von seiner Enttäuschung über Bianca und ihre Art, sich an die Medien zu verkaufen, geschrieben. Ausgerechnet dieser Brief war »verwechselt« worden. Biancas Reaktion aus Wien bestand in einem zynisch gemeinten »Dankschreiben« an den U-Richter und in einem noch wütenderen Brief an Jack. Auch eine Zeitung hatte dank ihrem entrüsteten Anruf bei Anwalt Zanger von der Sache erfahren. Für den Journalisten war klar, daß es sich bei Unterweger nur um einschlägige Post gehandelt haben kann: »Unterweger: Gericht vertauschte Liebesbriefe« (»Kurier«, 2.11.1992).

Doch Biancas Liebe kühlte bald ab. Die Besuche nach Graz wurden immer seltener. Längst zahlten die Zeitungen nicht mehr so viel für ihre Interviews, und die Einladungen zu Talkshows waren rarer geworden. Möglich, daß sich das in schlechter Laune niederschlug: Ein Häftling, der mit Jack Unterweger in U-Haft saß und einige Male gemeinsam mit ihm Besuch hatte, erzählte mir später, daß Bianca bei ihren Besuchen im Grazer Gefängnis ziemlich lieblos mit Jack verfahren sei. Er habe dann zu Jack gemeint, daß die Dame eigentlich ein paar Ohrfeigen verdienen würde. Dieser habe gelassen reagiert und bloß geantwortet: »Die ist noch sehr jung und hat den plötzlichen Medienrummel um ihre Person nicht verkraftet. Und sie kriegt von Zuhause nichts und muß sich daher an die Medien verkaufen ...« Auch mir gegenüber äußerte Jack Unterweger immer wieder, man müsse sie verstehen, sie sei ja noch so jung. Er bat mich, ihre Freundschaft zu gewinnen, um sie von den falsch-freundlichen »Glitzerkreisen« wegzubringen. Ich spürte, daß er innerlich an ihrem Verhalten litt, da er sie sehr liebte. Auch so etwas wie ein »väterliches« Verantwortungsgefühl für dieses Mädchen, das es nie leicht gehabt hatte, war dabei. In seinen Briefen bat er sie, die Abendmatura nachzuholen. Jack Unterwegers Mutter erzählte mir später, daß er sie in der Zeit ihres Beisammenseins nicht nur neu eingekleidet, sondern ihr sogar ein Sparbuch angelegt hatte.

Als ich Bianca dann nach einem ihrer Besuche bei Jack traf, war ihre »große Liebe« längst einer kritischen Distanz gewichen. So schilderte sie mir mit spöttischem Augenzwinkern, was für ein »Weiberheld« er doch gewesen sei: Als sie damals bei ihm eingezogen war, sei der Anrufbeantworter voller Nachrichten von Frauen gewesen ... Wenn ich ihr so zuhörte, glaubte ich zu verstehen, was Jack an ihr so fasziniert hatte: Dieses junge Ding war unbekümmert naiv und raffiniert zugleich. Das viele Geld, das sie mit ihren Zeitungsinterviews und TV-Auftritten verdient hatte, legte sie ausschließlich in Schmuck und Kleidung an. Für so alltägliche Belange wie Miete, Gas und Strom war nichts übriggeblieben, so daß die Post das Telefon inzwischen gesperrt hatte. Daß Jack die stattlichen Rechnungen im Fall eines Freispruchs nachzahlen müßte, beunruhigte sie wenig: »Ach, der schafft das schon. Dann fängt ja erst das große Geschäft an!«

Einstweilen saß Unterweger aber noch im Gefängnis und mußte durch einen anonymen Brief erfahren, daß Bianca seine Wohnung inzwischen mit einem anderen Mann teilen sollte. Bald schrieb sie ihm, daß sie ihm nicht mehr die Treue halten könne und ihr junges Leben unbeschwert genießen wolle.

Ihr letzter Besuch bei Unterweger erfolgte im April 1993. Jack war überrascht, denn sie hatte ihn schon seit Wochen nicht mehr besucht. Er erfuhr von ihr kein Wort darüber, daß draußen ein deutsches Fernsehteam wartete, um eine Story über »Bianca besucht ihren Jack« zu drehen …

Die Medien kommentierten Biancas Schlußstrich wohlwollend. Jetzt kam sie auch hin und wieder in den Gesellschaftsspalten der Klatschblätter vor und immer mit Beisätzen wie »hat mit dem einsitzenden Häf'npoeten nichts mehr am Hut« (»Adabei«, »Kronen-Zeitung«, 27.10.1993).

Am 7. November 1993 beherrschte die Schlagzeile »Jack hat mich doch geschlagen!« das Titelblatt der Sonntagsausgabe der Billigzeitung »täglich Alles«. Sie bezog sich auf eine Ohrfeige, die ihr Jack verpaßt und auf eine Cola-Dose, mit der er nach ihr geworfen haben sollte – beides während der Flucht in Miami. Das dramatische Vokabular im Vorspann – »Wie sie hörig gemacht wurde«, »latenter Frauenhaß« – weckt geschickt erste Erwartungen. Der doppelseitige Artikel bringt dann »sensationelle Enthüllungen« über das wahre Gesicht des Mordverdächtigen durch Bianca: »Ich durfte nicht mehr in meine Lokale gehen, er hat mir meine Freundschaften vermiest.« Von der Schule weg in ein »Nachtlokal« habe er sie gesteckt, und betrogen habe er sie obendrein, »mit so einer Tussi«. (Gemeint war jene Irene P., mit der Jack aus Miami telefoniert hatte. Ob der Vorwurf, sie in ein »Nachtlokal« gesteckt zu haben, Biancas Fantasie oder jener des Journalisten entsprang, ist unklar – er ist jedenfalls falsch). Krönender Abschluß der nach allen Regeln des Boulevards perfekt geschriebenen Story: »Und hin und wieder hat er ›Scheiß-Weiber‹ gesagt – und so hintergründig gelächelt dabei!« Auch das Datum des Artikels war hintergründig gewählt: Der 7. November ist Biancas Geburtstag.

Jack bekam das »Geburtstagsgeschenk«, das sich Bianca selbst bereitet hatte, expreß zugestellt. Noch am Tag seines Erscheinens – völlig unüblich im Gefängnis – brachte ihm ein Justizwachebeamter den Artikel in geschenkgemäßer Aufbereitung in die Zelle: Das billige Zeitungspapier war durch Karton verstärkt und in Zellophanfolie eingeschweißt. (Inhaltlich habe ich mit Jack kaum über den ihn zutiefst verletzenden Artikel gesprochen. Nur den Vorfall mit der Cola-Dose schilderte er mir dann aber doch mit leicht ironischem Augenzwinkern: Er habe der hitzig streitenden Dame schäumendes Cola ins Gesicht gespritzt ...)

Ein paar Wochen danach kam dann Biancas reuevoller Brief an Jack: Nichts von dem, was in dem Artikel stand, habe sie auch so gesagt. Sie sei vom Journalisten hineingelegt worden. Schlimmer noch: Er hatte Bianca die »große Liebe« vorgespielt, um an sie und eine zugkräftige Story heranzukommen. Als er sie dann im Bett und die Geschichte im Kasten hatte, machte er sich aus dem Staub – und die erfundene Geschichte zu Geld.

Die Reue kam zu spät: Bianca war auf den Artikel hin schon vom Grazer Gericht beantragt worden – als Zeugin der Anklage. Damit war sie auch für die Medien wieder interessant.

Der Richter und sein Häftling

Es war wie ein böses Omen: Der verurteilte Mörder Karl Otto Haas stand nach jahrzehntelanger Haft kurz vor der Entlassung. Da ermordete er während eines Freiganges im November 1993 den Sohn seiner Freundin, ehe er selbst auf der Flucht erschossen wurde. Der Boulevard schäumte, eine Staatsanwältin platzte in eine TV-Diskussionssendung und forderte: »Lebenslang muß lebenslang bleiben!« Alsbald wurde sie sogar Parlamentsabgeordnete einer politischen Partei, die solch strammen Grundsätzen huldigt.

Der 58jährige Richter Kurt Haas, der lediglich den Nachnamen mit dem Rückfalltäter Otto Haas teilte, hatte bei der Justiz als Sprengelrichter in steirischen Bezirksstädten begonnen. Ende der sechziger Jahre wurde er zum Strafrichter am Grazer Landesgericht ernannt. Da er sich dort einen Ruf als »Hardliner« erwarb, schien er als Richter für den Fall Unterweger wie geschaffen.

Tatsächlich wurde Dr. Haas der brisante Akt im Dezember 1993 zugeteilt. Seiner Bestellung war ein höchst eigenartiger Vorfall vorausgegangen: Nach der Geschäftsordnung wäre ein anderer Richter, nämlich der als korrekt, ja penibel bekannte Dr. Bourcard zuständig gewesen. Ihm wurde der Akt vom Oberlandesgerichtspräsidenten jedoch wegen angeblicher »Befangenheit« entzogen: Man hatte nämlich erfahren, daß die »Unterweger-Vertraute« Astrid Wagner bei ihm einst zwei Monate ihrer Gerichtspraxis absolviert hatte. Als ob Kontakte zwischen Richtern und Anwälten in einer mittelgroßen Stadt wie Graz etwas Ungewöhnliches wären ...

Als ich mir am Montag nach der Bestellung von Dr. Haas in der zuständigen Gerichtsabteilung einen Besuchsschein abholen wollte, wurde mir dort von der diensthabenden Beamtin in knappen Worten mitgeteilt, daß auf Anweisung des Richters »bis auf weiteres« nur mehr Verwandte zum Besuch zugelassen seien. Der Richter selbst war für mich nicht zu sprechen. Da Jack Unterweger aber keine Verwandten hatte, die ihn besucht hätten, bedeutete das faktisch Besuchsverbot.

Nach zwei Wochen der Ungewißheit und einigen Interventionen beim Richter wurde ich wieder ins Halbgesperre eingelassen. Zu meinem Erstaunen erfuhr ich jetzt, daß Richter Haas Jack Unterweger inzwischen fast täglich in der Verhörzelle aufgesucht hatte. Damit nicht genug: Es schien zwischen den beiden ein geradezu joviales Verhältnis entstanden zu sein – so glaubte es zumindest Jack Unterweger. Vor allem schien der neue Richter sich brennend für dessen literarische Werke zu interessieren und ließ sich mehrere Bücher von ihm mitgeben. Jack Unterweger vertraute diesem Richter. Ich aber spürte sofort, daß es Dr. Haas vor allem darauf ankam, seinen Angeklagten einschätzen zu lernen. Als ich Jack Unterweger dann vor der »harten Linie« des neuen Richters warnte, stellte er klar: »Ich fürchte keinen strengen

Richter, denn ich bin unschuldig. Ich brauche nur einen fairen Richter und ein faires Verfahren!«

Jack Unterweger ließ sich weiterhin von Richter Haas in der Verhörzelle »empfangen«. Die beiden schienen sich manchmal prächtig zu unterhalten, etwa wenn sie sich darüber mokierten, daß Anwalt Zanger auf dem Wiener Opernball tanzte und die Klatschspalten darüber berichteten.

Jack Unterweger machte lediglich etwas mißtrauisch, daß der neue Richter offenbar ein weit besseres Verhältnis zu den Medien hatte als sein Vorgänger, der bescheiden zurückhaltende Schreibtischarbeiter Bourcard. Schon wenige Tage nach seiner Bestellung präsentierte Dr. Haas die Unterweger-Akten medienwirksam am Titelblatt der »Kronen-Zeitung«.

Richterliches Ermessen

Wenige Wochen vor Prozeßbeginn wurde Richter Haas seinem Ruf als »Hardliner« auch in juristischer Hinsicht gerecht. Nach der österreichischen Strafprozeßordnung liegt es im Ermessen des Richters, welche Zeugen beim Prozeß einvernommen werden. Haas lehnte einen Großteil – rund einhundert – der von der Verteidigung beantragten Zeugen ab. Sie seien als bloße »Bekundungszeugen« für die Wahrheitsfindung nicht relevant und dienten bloß einer »Verschleppungstaktik« der Verteidigung. Neben Zeugen, die für die Widerlegung von Zeugenaussagen und Darstellungen der Staatsanwaltschaft wichtig gewesen wären, waren unter den abgewiesenen Zeugen Frauen, die von einem positiven, oft nicht einmal sexuell gefärbten Kontakt zum Angeklagten hätten berichten können. Oder es handelte sich um Männer, die mit ihm zusammengearbeitet hatten und oft kurz nach einem ihm angelasteten Mord mit ihm zusammengewesen waren: Sie konnten sich alle nicht vorstellen, daß dieser ausgeschlafene und konzentriert arbeitende Mann in der Nacht zuvor einen Mord begangen haben sollte. Umgekehrt hielt Richter Haas aber die von der Staatsanwaltschaft beantragten zahlreichen »Profilzeugen« offenbar sehr wohl für relevant: Diese »Stimmungszeugen« der Anklage konnten zwar nichts zu den Morden aussagen, dafür aber etwas »Negatives« über den Charakter des Angeklagten berichten.

Kurz vor Prozeßbeginn wartete der bekannte Grazer Rechtsanwalt Dr. Hans Lehofer mit einem Knalleffekt auf: Er kündigte auf dem Titelblatt der Grazer »Kleinen Zeitung« an, daß er beim Prozeß die Verteidigung Jack Unterwegers übernehmen werde – allein. Es handelte sich jedoch um ein Mißverständnis, denn Zanger hatte niemals vorgehabt, den Fall ganz abzugeben. Vielmehr konnte er als vielbeschäftigter Wiener Anwalt nicht an jedem Prozeßtag persönlich anwesend sein und hatte daher zu seiner Entlastung einen zweiten ortsansässigen Verteidiger für den Prozeß gesucht. Der rund 60jährige Lehofer war ihm als alteingesessener Strafverteidiger empfohlen worden und hatte sich auch spontan dazu bereit erklärt.

Als Reaktion auf den Zeitungsartikel trat eine erste Verstimmung zwischen den Anwälten zutage. Erst eine Woche später, in einem kritischen Dreiergespräch gemeinsam mit Jack Unterweger in der Grazer Justizanstalt, einigte man sich über die Verteidigungslinie, die da hieß: Beide Anwälte sind gleichberechtigt. Doch dieser »Friedenspakt« sollte sich schon am allerersten Prozeßtag als trügerisch erweisen.

Medien-Hysterie

Platzkarten für den »Jahrhundert-Prozeß«

Schon Wochen vor Prozeßbeginn wurde im »Großen Schwurgerichtssaal« des »Landl«, wie die Grazer ihr Straflandesgericht nennen, eifrig gehämmert, gestrichen und poliert: Von den Zuschauerbänken bis zum großen goldenen Republiksadler hoch über dem Richtertisch sollte der Saal für den »Jahrhundert-Prozeß« auf Hochglanz gebracht werden. Auch die grauen Mauern erhielten einen frischen Anstrich, und für die hohen Fenster wurden schwere, dunkelrote Samtvorhänge angeschafft, um dem Ganzen einen würdigen Rahmen zu verleihen. Der »Ehrenplatz« in der Mitte des Prozeßsaales war für eine große, vom Gutachter

Dirnhofer angefertigte Schautafel mit den grausigen Leichen-Farbfotos reserviert. Ein Tischler wurde mit der Herstellung eines Holzrahmens beauftragt, was sich die Justiz 2 000 Schilling kosten ließ.

Das Foyer wurde indessen in einen repräsentativen Empfangssaal mit verzierten Absperrungen aus Messing umgestaltet. Im Parterre wurde ein neues, vergrößertes Pressezimmer mit eigener Telefonanlage eingerichtet. Und auch für das körperliche Wohlbefinden war gesorgt: Das kleine Café »Paragraph« gegenüber dem Landesgericht, das jahrelang zugesperrt vor sich hingedämmert hatte, wurde neu hergerichtet und pünktlich zu Prozeßbeginn wiedereröffnet.

Der Aufputz war nötig, rückte der »Jahrhundert-Prozeß« das Grazer Gericht doch in den Blickpunkt des internationalen Medieninteresses. Das Gerichtspräsidium machte die in- und ausländischen Medien in einem Rundschreiben ausdrücklich darauf aufmerksam, daß die Pressekarten aus organisatorischen Gründen mindestens einen Monat vor Prozeßbeginn bestellt werden müßten. Auch für den erwarteten Ansturm von Schaulustigen und Gerichtskiebitzen hatte sich die Justiz etwas noch nie Dagewesenes einfallen lassen: Platzkarten für den Schwurgerichtsaal. Hier waren Vorbestellungen aber ausgeschlossen.

Für jene aber, die nicht »live« dabeisein konnten, gibt es die reißerisch aufbereiteten Storys und Serien zum »Jahrhundert-Prozeß«-Spektakel in den Tageszeitungen.

Der Startschuß für die neue, große Medienhatz erfolgt genau einen Monat vor Prozeßbeginn, am 20. März 1994, durch die Sonntagsausgabe der billig-bunten, in Österreich weit verbreiteten Massenzeitung »täglich Alles«, die an diesem Tag an den überall herumstehenden Zeitungsständern erhältlich ist. Der sinnige Leitspruch am Titelblatt lautet: »Kritisch gegenüber den Mächtigen, hilfreich den Schwachen, den Tatsachen verpflichtet«. Was davon zu halten ist, führt Redakteur Michael Holzer mit seiner groß aufgemachten Story »Der Prozeß« eindrucksvoll vor Augen. Schon seinen Vorspann beginnt er mit einer ausführlichen, aber falschen Beschreibung des Mordes an Margret Schäfer aus dem Jahre 1974 (»erdrosselte sie mit ihrem Büstenhalter«). »Erniedrigung / Mißhandlung / Fesselung / Edrosselung / entblößte Leichen ist auch der (blut-)rote Faden im spektakulärsten Kriminalfall unseres Landes. Exklusiv, ein Monat vor Prozeßbeginn: Die enge Indizienkette um J. U.« Nachdem Holzer die beteiligten Hauptdarsteller, allen voran den »souveränen Richter Dr. Kurt Haas« und Staatsanwalt Karl Gasser vorgestellt hat, macht er aus seiner geradezu inbrünstigen Überzeugung, daß Unterweger der Massenmörder schlechthin sei, keinen Hehl. Vor den Kriminalisten scheint er auf Knien zu liegen: »Noch nie waren die Ermittlungen gegen einen mutmaßlichen Mörder so kompliziert, so umfangreich, so international und so wissenschaftlich ausgerichtet. [...] Die Beamten der Sonderkommission haben unter der Leitung des Chefs der Wiener Mordkommission, Dr. Ernst Geiger, in Zusammenarbeit mit sechs kriminologisch-wissenschaftlichen Instituten in Europa und in den USA eine erdrückende Indizienlast zusammengetragen.« Welche »Institute« das gewesen sein sollen, schreibt er freilich nicht, Hauptsache, es klingt recht »wissenschaftlich«. Es folgt ein Resümee der Geschehnisse von der Flucht bis zur Verhaftung Unterwegers, und »seither wartet er – sich in Selbstmitleid zerfließend und als Opfer einer Verschwörung betrachtend – auf seinen Prozeß«. Unter dem Titel »Unterwegers Psychogramm: Was er mit Serienkillern gemeinsam hat« werden unter Heranziehung von Schlagworten aus dem »FBI-Gutachten« die »einzigartigen Parallelen« der elf angeklagten Morde aufgezählt und wieder ausführlich beschrieben: Alle waren »Prostituierte«, alle wurden »erdrosselt« und waren, »soweit eruierbar, stets gefesselt«. Das ist zwar wieder völlig falsch, wird aber durch allerlei »neueste wissenschaftliche Erkenntnisse über Serienmörder« aufgewogen: »Der Umstand, daß für die Morde kein Motiv erkennbar ist, außer einer krankhaften Lust am Töten. In Summe vom FBI tausendfach gemachte Erfahrungen, die sich in den elf Prostituiertenmorden widerspiegeln und sich aus diesen wiederum ableiten lassen ...« Als schmückendes Beiwerk werden in einem eigenen Kasten reißerisch klingende Schlagworte aus dem Uralt-Ferngutachten jenes Psychiaters Jarosch zitiert, der bei Unterweger eine »gefährliche Aggressivität gegenüber Frauen« diagnostiziert hatte. Umrahmt wird alles von den Bildern der Mordopfer und ihres »mutmaßlichen Mörders« Unterweger. Der Schlußsatz kündet von der Vorfreude der Journaille auf das große Justizspektakel: »Noch ein Monat bis zum Prozeß. Jack Unterweger rüstet mit zwei Anwälten – sein Wiener Anwalt wird von einem Grazer unterstützt – für seine letzte Chance auf Freiheit. Für einen blassen Hoffnungsschimmer ...«

Rund eine Woche vor Prozeßbeginn reisten dann die Journalisten in Scharen aus Deutschland und der Schweiz an, und auch einige amerikanische Fernsehanstalten wie CNN hatten Kamera- und Reporterteams ausgeschickt, so daß auch die Grazer Hotellerie kräftig vom Justizspektakel profitieren konnte. Die Kleinbusse der ausländischen TV-Stationen, die mit ihren Antennen und Satellitenschüsseln rund ums Gerichtsgebäude postiert waren, vermittelten internationales Flair. Auch die Gastronomie freute sich: Die Gaststätten in Gerichtsnähe sahen sich sogar veranlaßt, ihre Öffnungszeiten zu erweitern.

Allmählich wurde die ganze Stadt vom Unterweger-Rummel erfaßt. Reporterteams schwärmten aus, um an den Würstelbuden am Grazer Hauptplatz Straßenumfragen zum Thema »Jack Unterweger – schuldig oder unschuldig?« zu machen. Ich war selbst einmal aus Neugier dabei und war überrascht, daß doch einige, vor allem junge Leute auf »unschuldig« tippten – vielleicht aus einer Emotion heraus, vielleicht lag es aber auch an einem gewissen Mißtrauen dieser Justiz gegenüber: Seit der Medienhetze nach Jack Unterwegers Flucht waren mehr als zwei Jahre U-Haft vergangen, die nicht viel Neues gebracht hatten. Vielleicht hatte das einige nachdenklich gemacht. Ich ahnte noch nicht, daß die Medienhetze rechtzeitig zu Prozeßbeginn starten sollte.

Der im Jänner 1994 neu gekürte Präsident des Grazer Straflandesgerichts, Dr. Friedrich Kicker, meinte in einem Zeitungsinterview anläßlich seines Amtsantritts, der Prozeß gegen Jack Unterweger diene »nur der Sensationslust« (»der neue Grazer«, Jänner 1994). Die Vertreter der Medien fühlten sich von solcher Kritik aber gar nicht betroffen: »Ich kenne fast alle Unterweger-Berichte, die hierzulande erschienen sind. Aber mir ist kein Fall einer ›Vorverurteilung‹, also ein Verstoß gegen die gesetzlich verfügte ›Unschuldsvermutung‹, an die sich jeder Journalist zu halten hat, bekannt. Wäre das der Fall gewesen, hätte Unterwegers wendiger Advokat sicherlich die härteste Bestrafung des rabiaten Zeitungsschreibers erreicht.« (»täglich Alles«, 24.4.1994). Der kühne Chefredakteur und Leitartikler, der dies schrieb, verschwieg vornehm, daß er in seinem Massenblatt bereits einmal einen Unterweger-Bericht wegen Verstoßes gegen die Unschuldsvermutung hatte entgegnen müssen. Zudem war wegen des Artikels vom 20. März eine weitere Zanger-Klage anhängig. Aber was bedeuten Gerichtsurteile und Klagen für einen gestandenen Boulevard-Redakteur schon, der unbeirrt an der Schuldvermutung festhält und resümiert: »Also darf man wohl die Vermutung anstellen, daß es Herr Unterweger mit der Wahrheit nicht annähernd so genau nimmt wie Zeitungen und Magazine mit dem scharfen Pressegesetz.«

Über die Auswahl der Geschworenen zeigte sich der Gerichtspräsident befriedigt: Er sei erleichtert darüber, daß überwiegend männliche Geschworene ausgesucht worden waren, denn, so sponn auch er die Klischees der Medien weiter: »Unterweger hat ja so eine Wirkung auf Frauen!« Unter den zwölf Geschworenen waren vier Frauen, drei davon nur als Ersatzgeschworene, die dann bei der Urteilsfällung nicht dabeisein sollten.

Auch was die Parkplatznot betrifft, hatte die Justizverwaltung Vorsorge getroffen und gegenüber dem Gerichtsgebäude zwölf Parkplätze eigens für die Geschworenen des Unterweger-Prozesses reservieren lassen. So ein nettes Extra-Service für die Laienrichter hatte es noch nie gegeben. Der aus Wien anreisende Anwalt Zanger mußte sich freilich selber um einen Parkplatz für seinen flotten Jaguar kümmern.

Die Geschworenen waren schon Wochen vor Prozeßbeginn durch den Richter von ihrer Berufung zu diesem ungewöhnlichen Prozeß verständigt worden. Sie hatten damit genug Zeit, sich über die Stimmungsmache in den Medien ihr Vor-Urteil über den Angeklagten zu bilden. Für den 24. März, also rund einen Monat vor dem Prozeß, hatte sie Richter Haas zu einem »Vorgespräch« geladen. Gleich danach suchte er wieder einmal »seinen« Angeklagten auf – diesmal nicht in der Verhörzelle, sondern sogar in dessen Haftzelle. Der Besucher befand sich in einer ungewöhnlich guten Stimmung. Das stellte Jack Unterweger fest, der aber inzwischen längst mißtrauisch geworden war, weil der Richter ja einen Großteil der Zeugen der Verteidigung abgewiesen hatte. Unterweger deutete die gute Laune des Richters und den überraschenden wie ungewöhnlichen Besuch in der Haftzelle daher als schlechtes Zeichen.

Doch er war entschlossen zu kämpfen: »Ich werde meine Unschuld beweisen!« schrieb er mir nicht nur einmal. Denn er wollte nicht nur den Freispruch, sondern volle Rehabilitierung: Monate vor Prozeßbeginn hatte er mir noch mitgeteilt, daß ein Freispruch mit 6 zu 2 für ihn schon eine »persönliche Niederlage« bedeuten würde. Er hatte sein Leben in der kurzen Zeit der Freiheit inzwischen minutiös rekonstruiert, um beim Prozeß vor den Geschworenen Rechenschaft ablegen zu können. Ich erinnere mich noch, wie er mir stolz, ja fast schon mit einem Anflug von Überheblichkeit, die beiden dicken Ordner mit seinen Tagesaufzeichnungen präsentierte. Dabei ließ er die saloppe Bemerkung fallen, daß er sich nach dem Freispruch als erstes einen weißen Anzug aus der Pfandleihanstalt besorgen würde, um die Spießbürger zu provozieren. Vorerst mußte er sich aber mit dem dunkelgrauen Zweireiher begnügen, den ich ihm für den Prozeß besorgt hatte.

Es beginnt im Licht der Medien

Mittwoch, 20. April 1994. Das Jahrhundert-Prozeß-Spektakel gegen Jack Unterweger kann beginnen. Und es beginnt mit einem gewaltigen medialen Auftakt. Die ersten Schaulustigen hatten schon seit drei Uhr früh, wegen der noch recht frostigen Nachttemperaturen mit Decken und Thermoskannen ausgerüstet, vor dem Gerichtsgebäude campiert, um auf jeden Fall Platzkarten zu bekommen. Doch das »Kartenbüro« für das Prozeßspektakel, nämlich die Portiersloge, wo die Karten für die rund einhundertzwanzig Zuschauersitzplätze im Schwurgerichtsaal erhältlich waren, öffnete erst um acht Uhr morgens.

Kurz nach acht Uhr trifft als Erster Richter Kurt Haas ein, erholt und braungebrannt, denn er ist eben erst von einem zweiwöchigen Skiurlaub in den französischen Alpen zurückgekehrt. Überlegen wirkt er und trotzdem lässig mit seinem eleganten weißen Bärtchen und dem teuren englischen Anzug. Das zeigt sich etwa, wenn er seine eckige, kleine Lesebrille aufsetzt, um die ihn darstellende Karikatur eines Gerichtssaalzeichners zu begutachten. »Gut getroffen, nur ein bißchen mehr Weiß in die Haare«, lautet sein gnädiges Urteil vor laufender Kamera. Das Massenblatt »täglich Alles« lobt denn auch: »Der Souveräne zeigt sich völlig unbeeindruckt von der Dimension des Prozesses.« Auch vom Computer des Anwalts Zanger, der bereits im Gerichtssaal steht – die Büroangestellten der Kanzlei Zanger waren monatelang damit beschäftigt gewesen, den gesamten Unterweger-Akt einzugeben –, zeigt sich der Herr Vorsitzende kaum beeindruckt: »Das alles hab' ich im Kopf!« wirft er den Journalisten mit einer lässigen Handbewegung hin.

Die Stimmung zwischen dem Richter und Anwalt Zanger ist nach der Abweisung der Beweisanträge auf einem neuen Tiefpunkt angelangt. Nachdem ein TV-Band mit einem Interview des inhaftierten Unterweger irgendwie an die deutsche Fernsehstation SAT 1 gelangt war, zeigte Richter Haas Anwalt Zanger deswegen prompt beim Disziplinarrat der Anwaltskammer an. Er selbst war aber Filmplänen offenbar nicht abgeneigt: Sollte der Prozeß verfilmt werden, stelle er sich für seine Rolle den Hollywood-Star Clint Eastwood vor, meinte Haas gegenüber dem »Kurier«.

Inzwischen ist die Menschenmenge vor dem Gerichtsgebäude gewaltig angewachsen. Zuschauer, Journalisten, Gerichtsbeamte und Anwälte lassen sich bald nicht mehr voneinander unterscheiden: »Laßt mich durch, ich bin der Anwalt«, muß sich Zangers junger Co-Anwalt aus Wien, Dr. Noll, gewaltsam durch die Menschenmenge zwängen. Dr. Zanger hingegen trifft erst gegen halb neun Uhr ein. Mindestens zwanzig Kameras folgen ihm, als er mit seiner Gattin das Gerichtsgebäude betritt.

Erst kurz vor neun Uhr wird der Prozeßsaal geöffnet. Eine Menschenmasse strömt durch die Kontrollpunkte der Polizeisondereinheit hindurch in den Saal. Der ist bald zum Bersten voll, und es ist unerträglich heiß da drin. Jetzt warten alle nur mehr auf ihn …

[…] Ist es noch eine Stunde? Ja. Fast. Sie holen mich früher. Visitation. Alexander, ein gewissenhafter Beamter, Aufseher, nicht negativ, er ist nur so, läßt mich bücken, schaut ins Arschloch, schließlich, ja, was eigentlich? […] Nicht lachen, die mich durchsuchen, meinen es ernst, es ist ihre Aufgabe, Pflicht sogar. Vorgeführt in Handschellen, umgeben von gut einem Dutzend Polizisten der Spezialeinheit. Kann ich fliegen? Bestehen meine Atome aus Uran? Ach ja, das Tier durch das Spalier getrieben, für die Medien aufbereitet.

(Aus dem Prozeßtagebuch von Jack Unterweger)

Endlich, Punkt neun Uhr, der von allen mit Spannung erwartete Höhepunkt des Tages: Jack Unterweger wird vorgeführt. Hinter einem Gitter, zu seinem Schutz. Auch wenn man sich unwillkürlich an die Vorführung eines wilden Tieres erinnert fühlt. Vor der Anklagebank bleibt Unterweger stehen. Auch vor dieser hat man ein gitterartiges

Metallgerüst aufgestellt, um die Pressefotografenmeute wenigstens ein paar Schritte auf Distanz zu halten.

Der erste Akt des Jahrhundert-Prozeß-Spektakels kann beginnen: Der vorsitzende Richter gibt das Zeichen, und schon geht ein Blitzlichtgewitter über den Angeklagten nieder. Es dauert wohl fünfzehn Minuten, ohne Unterbrechung. Die findigen Kameraleute der deutschen Privatsender haben sogar hohe Leitern im Saal aufgestellt und filmen herunter auf das Geschehen. Daniel Glattauer vom »Standard« beschreibt es wie folgt: »Und Jack Unterweger? Er geht normal, er blickt treuherzig, er wirkt sympathisch. Er stellt sich geduldig dem ersten Fototermin als elffacher Mordangeklagter, dem wohl grausamsten Eröffnungszeremoniell des Prozesses. Sein Gesicht bleibt entspannt und weich im hellen Kameralicht. Die Augen glänzen. ›Herr Unterweger, hierher schauen‹, ruft ein Fotograf noch schüchtern. ›Jack, da schau her‹, zischt es plötzlich lautstark von allen Seiten. Jetzt sind sie auf Du mit ihm. Jetzt haben sie ihn. Und er dreht sich, wohin sie wollen.« (»Standard«, 21.4.1994.)

Der Angeklagte schildert das Szenario aus seiner Sicht:

Neun Uhr. Eintritt in den Saal. Grausam. Römische Arena, abgesperrt mit Eisengitter, zu meinem Schutz. Reporter, Kameras, zum Kotzen ihre Zurufe: Jack daher, Jack dorthin!

Ich lächle, fühle mich leer, spüre keine Nervosität, was ist los mit mir? Haben sie mich zur Maschine degradiert? Ich sehe viele Gesichter, Augen, Schweißperlen auf deren Stirn, ekelhafte Fratzen, sie üben ihren Beruf aus, ich erkenne zwei, die seit zwei Jahren Unmengen mit alten Fotos von mir verdient haben, und ich lächle nicht mehr, ich grinse, ich bin jetzt Tier: Löwe, Wolf, Katze, Schlange, ich weiß es selbst nicht so genau.

Hände, ich greife zu, ich erinnere mich, es war ausgemacht, die Anwälte, zuerst Lehofer, dann Noll, zuletzt Zanger, kann ich noch lächeln, etwas empfinden? Der Richter versprach, nur vier, fünf Minuten würden die Fotografen dürfen, was sie sich wünschen, es dauert 10, 15, vielleicht noch länger, ich spüre nichts, mich auch nicht mehr. Irgendwann vorbei, die Gitter weg, die zwölf Laienrichter treten ein. Vier Frauen, acht Männer, vier werden vor der Urteilsfindung nach Hause geschickt. Sie mustern mich, ich sie, der Richter lächelt, es kann beginnen …

(Aus dem Prozeßtagebuch von Jack Unterweger)

Die Bilder in den Zeitungen am nächsten Tag zeigen einen schmalen Angeklagten im dunkelgrauen Anzug, umgeben von einer Kulisse zahlloser schwarzer Kameras, zwischen denen einige fratzenartig verzerrte Gesichter hervorspringen. Jack Unterweger wirkt verloren, fast ratlos angesichts des Walls von aufblitzenden Kameras, Stativen und Mikrophonen. Auf manchen Bildern lächelt er aber und scheint sich, die Hände in den Hosentaschen, über die Pressemeute zu mokieren. Die Schlagzeilen des Boulevards triefen voll Hohn und Spott: »Jack Unterweger vor Gericht eiskalt«, titelt die »Kronen-Zeitung« und bringt neun Seiten Bildbericht. Auch die »Prozeßsplitter«-Glossen mit den originellsten Sagern des Tages dürfen nicht fehlen: »Klein is' er, der Unterweger, da is' ja gar nix dahinter!« meint eine enttäuschte Prozeßzuschauerin. Auf dem Titelblatt des Konkurrenzblattes »täglich Alles« prangt an diesem Tag die fette Schlagzeile »Er kam, sah und grinste« – darunter eine bunte Bleistiftzeichnung vom Gesicht des Angeklagten in Großformat. Der Gerichtssaalzeichner war exklusiv für das Massenblatt aus London eingeflogen worden.

Aber weder Zeichner noch die grobkörnigen Zeitungsfotos zeigen die Spuren, die sich nach zwei Jahren U-Haft in Jacks Gesicht gegraben haben, und den manchmal ganz traurigen Glanz seiner Augen.

»Kraftprobe zwischen Richter und Verteidiger«

Ein Geschworener ist es, der für die erste Schlagzeile dieses Prozesses sorgt: Als sich das Eröffnungsplädoyer des Verteidigers Dr. Zanger in die Länge zieht, meldet er sich zu Wort: Er wolle bis zum Beginn des »eigentlichen Prozesses« hinausgehen! »Den Geschworenen reicht es jetzt schon!« heißt es tags darauf auf dem Titelblatt der Grazer »Kleinen Zeitung«. Aus diesem Grund kommt es schon an diesem ersten Tag zu einem neuerlichen Zerwürfnis zwischen den beiden Anwälten. Lehofer war nämlich dagegen gewesen, daß Zanger seine ausführliche, rund zwei Stunden dauernde »Gegenanklagerede« vorträgt: Er befürchtet, die Geschworenen könnten damit überfordert sein. Während Zanger akribisch die zahllosen Widersprüche und Schwachstellen der Anklage herausarbeitet, schüttelt Lehofer immer wieder mißbilligend den Kopf. Und sogar gegenüber der Presse verbirgt er seinen Unmut über seinen Wiener Kollegen nicht: »Zangers Strategie sei sinnlos, es würden nur die Laienrichter irritiert, kommentierte Lehofer. ›Wenn es schon so weit ist, daß die Geschworenen bitten, hinausgehen zu dürfen, dann ist das arg.‹ Ein Geschworener hatte dies nach eineinhalbstündigem Monolog Zangers beantragt.« (»Standard«, 21.4.1994). Der Vorsitzende des Schwurgerichtshofes, Richter Haas, ist hingegen der Meinung, daß ein derartiges Eröffnungsplädoyer eines Verteidigers in der Strafprozeßordnung nicht vorgesehen sei, und versucht immer wieder, Zangers Redefluß zu stoppen und ihm das Wort zu entziehen – vergeblich. Der Anwalt, der zum ersten Mal vor einem Schwurgericht agiert und wegen seiner plötzlich aufgetretenen Heiserkeit nur mehr krächzen kann, stellt einen Beweisantrag nach dem anderen, zählt penibel die einzelnen Nichtigkeitsgründe des Verfahrens auf – insbesondere die nicht ordnungsgemäße Besetzung des Gerichtes mit Richter Haas. (Die Geltendmachung dieser Nichtigkeitsgründe durch den Anwalt war jedenfalls die prozessual einzig richtige Vorgangsweise: Nach der österreichischen Strafprozeßordnung müssen Nichtigkeitsgründe nämlich sofort gerügt werden, ansonsten können sie in einer späteren Nichtigkeitsbeschwerde nicht mehr geltend gemacht werden). Das Titelblatt der »Kronen-Zeitung« spricht tags darauf von einer »Kraftprobe zwischen Richter und Verteidiger«.

Am Nachmittag hängt dann eine einsame schwarze Robe über dem zweiten Verteidigersessel. Dr. Lehofer war an diesem Tag nicht mehr gekommen. Die Spannung zwischen den Anwälten blieb leider während des gesamten Prozesses erhalten. Die beiden waren von allzu verschiedenem Naturell: da der intellektuell-impulsive Zanger, der mit modisch-roter Brille und in den Prozeßpausen mit Handy am Ohr eher unkonventionell im hehren Gerichtsambiente wirkte, dort der bärtigkauzige, etwas behäbige Lehofer.

Am zweiten Prozeßtag, nach den Anträgen der Verteidigung und der Staatsanwaltschaft, kommt Jack Unterweger im Rahmen der ihm zustehenden Stellungnahme zu den Vorwürfen der Anklage erstmals selbst zu Wort. In seinem Prozeßtagebuch schreibt er darüber:

Ich rede, nein, ich kämpfe, konzeptlos, zeige Unterlagen, verwende Worte, an die ich vorher nie dachte, nie ein Kreislauf, ist es laut im Saal? Still? Hört mir jemand zu? Ich weiß es nicht, nur keine Ablenkung, kein Beobachten der anderen, nur noch das Ego im Kampf gegen sich selbst. Neunzig Minuten. Ich bedanke mich für die Aufmerksamkeit, und weiß nicht, ob es die gegeben hat. Ist in mir Leben, Wüste, Eismeer? Wie stand ich diese Phase durch? Nach mehr als zwei Jahren Wartezeit, neunzig Minuten Abstreifen von angeworfenen Schleim der Gegner.

Jetzt?

Der Richter: ›Vorstellung beendet!‹

Klare Worte, für ihn ist es eine Vorstellung, bewußte Relativierung meines Anliegens, vielleicht will er lächerlich machen, nur er meint es ehrlich. Das Bewußtsein nimmt dies auf, keine Wut mehr, nur noch Erkennen eines logischen Ablaufes.

Dr. Haas beginnt sofort mit der Angeklagtenbefragung, und wieder einmal alle meine Sünden und Untaten aus frühester Kindheit, Jugendzeit [...]

(Aus dem Prozeßtagebuch von Jack Unterweger)

Einige Journalisten scheinen beeindruckt von Jack Unterwegers Auftreten – aber voll Mißtrauen: Unter dem Titel »Ein Meisterstück der Selbstdarstellung« schreibt »Standard«-Redakteur Daniel Glattauer: »So souverän und couragiert wie Jack Unterweger hat wohl noch nie ein Mordangeklagter zu Prozeßbeginn agiert. [...] Unterweger selbst zwingt die Beteiligten dazu, von seiner Unschuld auszugehen [...] Zunächst scheidet er seine kriminelle Vergangenheit aus dem Verfahren aus: ›O. K., ich habe gelebt wie eine Ratte.‹ Dann das verblüffende Angebot an die Geschworenen, ihn bei einer einzigen überführten Lüge schuldig zu sprechen. Damit kann er sich – mit Ausnahme von Unwahrheiten – alles leisten. Tut er auch. Er ist gereizt, frech, zynisch – wie jemand, dem schlimmes Unrecht widerfahren ist. Staatsanwalt Gasser hat gewarnt: ›Unterweger ist ein Meister der Selbstdarstellung.‹ Das Grazer Gericht – seine bislang beste Bühne.«

Jetzt wird auch klar, was es mit dem literarischen Interesse des Richters Haas für Jack Unterwegers Bücher auf sich hatte. Er werde sich über die literarischen Qualitäten des Jack Unterweger im Laufe des Prozesses schon noch äußern, meint Haas vielsagend gegenüber Journalisten (»Kronen-Zeitung«, 24.4.1994). Im Rahmen der Angeklagtenbefragung hält er Unterweger dann einen angeblich frauenfeindlichen Text vor, der schon im Abschlußbericht der »SOKO Unterweger«

zitiert worden war: »›Es gibt nichts Poetischeres als den Tod einer schönen Frau‹ – ist das von Ihnen, Herr Unterweger?« Damit handelt sich der Herr Vorsitzende allerdings gleich ein »Eigentor« ein: Unterweger klärt ihn darüber auf, daß das Zitat von Nietzsche stamme – was übrigens auch falsch ist: Es stammt vom amerikanischen Dichter Edgar Allen Poe. Doch der Richter gibt nicht so schnell auf: Er liest die »Klappentexte« von einigen veröffentlichten Werken von Jack Unterweger laut vor und versucht dabei nachzuweisen, daß er sich selbst beschönigend dargestellt habe. Allerdings stammten diese Texte gar nicht vom Autor selbst, sondern – wie üblich – vom Verlag.

Rechtzeitig zu Prozeßbeginn erscheint auch Jack Unterwegers letztes, während der Grazer U-Haft geschriebenes Buch, »99 Stunden«:

[...] es geschehen Wunder, kein Verriß, kein Angriff, gewisse Schreiberlinge schweigen, der Inhalt dürfte ihnen peinlich sein. Eher noch die Wut, daß dieser Unterweger noch immer nicht zerstört ist, wirkt, wieder einmal aufgestanden ist, er lag doch längst am Ringboden! Bis neun, ihr Reproduzierer. Für eigene Kreativität fehlen euch Geist, Kraft, Durchhaltevermögen. Bierglas und Schwanz eintauchen ist euer Alltag, dazwischen den Kot über andere werfen. [...] D., S., P. [Anm.: Journalistinnen diverser Massenblätter, die sich durch eine besonders bissige Schreibweise hervortaten], gibt es Spiegel, in denen ihr euren Geifer beobachtet? [Es folgen einige sehr emotionalisierte Worte, dennoch schließt Unterweger:] Traurig. Kein Haß, nur Mitleid mit euch. Täglich eine Kolumne und kein Eigenerleben.

(Aus dem Prozeßtagebuch von Jack Unterweger)

»Jack-Fan«

Die Geschehnisse lassen niemanden kalt: In den Redaktionen der Tageszeitungen laufen die Telefone heiß. Während des Prozesses müssen dort zusätzliche Telefonleitungen installiert und Telefonistinnen engagiert werden, um täglich Hunderte Anrufe zum Thema Jack Unterweger entgegenzunehmen.

Wer es aber wagt, die vorfabrizierte »öffentliche Meinung« nicht zu teilen, wird abgestempelt – vor allem dann, wenn es sich um eine Frau handelt. Eine Jura-Studentin unter den Prozeßzuschauern wird in der

»Kronen-Zeitung« kurzerhand zum »Jack-Fan«, und die allwissende Kolumnistin hat auch gleich die richtige Erklärung parat: »Ein Gefängnispsychologe behauptet, daß Verbrechen, insbesondere Morde, etwas sehr Erotisches seien.« Und schon kommt sie auf meine Person zu sprechen – eine Frau, die sich öffentlich für Fairneß gegenüber dem »Mörder, den die Frauen liebten« (»Stern« 18/94) einsetzt, kann nur Opfer seines teuflischen Charmes sein: »Charismatische Leute wie Jack Unterweger haben offenbar keine Schwierigkeiten mit erotischem Nachschub. [...] Eben wieder hat eine nette junge Frau ihr Herz, wenn nicht gar ihren Verstand an den berühmten Angeklagten verloren. [...] Damit er das Köpfchen nicht hängen läßt, schreibt sie ihm aufmunternde Briefe in die Zelle. Menschen, die Unterweger mißtrauen, findet sie alle ziemlich gemein. Mit den verklärten Augen einer merkwürdigen Liebe wird auch Unterwegers Vergangenheit, insbesondere der Mord, den er begangen hat, zu einer Kleinigkeit. [...]« (Marga Swoboda in der »Kronen-Zeitung«, 24.4.1994).

Prozeß-»Schmankerl« am Rande: Der große Papiersack mit der deutlich lesbaren Aufschrift einer exklusiven Uhrenfirma, der in den ersten Prozeßtagen mitten auf dem Richtertisch und dann auf den Zeitungsfotos prangte. »Keine Werbung, da sind nur meine Akten drin«, versicherte Richter Haas, selbst Träger eines teuren Modells dieser Marke. Anwalt Zanger, dem die gute Bekanntschaft des Richters zu einem Innenstadt-Juwelier zu Ohren gekommen war, sah das anders: »Wo kommen wir da hin, wenn im Gerichtssaal Werbung gemacht wird!« Dementsprechend reichte er gegen den Richter, der ihn eben erst bei der Anwaltskammer angezeigt hatte, eine Beschwerde beim Gerichtspräsidenten ein.

Eine mörderische Chronologie

Ausgangspunkt: Graz

Im folgenden werde ich die einzelnen Indizien der Anklage, aber auch die zahlreichen Widersprüche und Ungereimtheiten des Falles Unterweger darlegen. Alles ist durch Dokumente, Protokolle, Gutachten und von mir schriftlich festgehaltene Zeugenaussagen belegt.

Graz ist der Ausgangspunkt: Hier wurde der Haftbefehl gegen Jack Unterweger ausgestellt – vier Tage nachdem der örtlich zuständige Wiener Staatsanwalt den von Chefermittler Geiger beantragten Haftbefehl abgelehnt hatte. Die steirische Landeshauptstadt Graz, mit ihren rund 260 000 Einwohnern die zweitgrößte Stadt Österreichs, hat für ihre Größenverhältnisse eine erstaunlich belebte Rotlicht-Szene. Die einschlägigen Etablissements und Bars prägen einen ganzen Stadtteil jenseits der Mur. Ganze Straßenzeilen gehören nachts den »Damen«, die dort ihre Dienste anbieten.

Aber da sind auch die Schattenseiten dieses »Wirtschaftszweiges«: Schon seit 1986 ist in Graz die 38jährige Prostituierte Ingrid Tschreschnig abgängig. Im Jänner 1988 verschwindet die 26jährige Prostituierte Silvia Kohlhauer spurlos. Sie wurde am Abend des 22. Jänner 1988 zuletzt gesehen, als sie in einen weißen PKW einstieg (so wie übrigens drei Jahre später die Prostituierte Elfi Schrempf). Im Milieu ist man sich sicher, daß Tschreschnig und Kohlhauser ermordet worden sind. Schon deshalb, weil sie ihren gesamten Schmuck zurückgelassen haben, was eine Prostituierte, die »springt« – der Milieu-Ausdruck für »abhauen« – nie tun würde.

Ein Jahr später, am 10. Jänner 1989, wird die 42jährige Gertrud Seger in ihrer Wohnung mit einem Elektrokabel erdrosselt, in der Nacht zum 27. Oktober 1989 ereilt die 25jährige Prostituierte Gerlinde »Sissy« Rosenkranz das selbe Schicksal; sie wird mit einem Strumpf erdrosselt.

Die Leichen der ermordeten Prostituierten sind bei ihrer Auffindung völlig nackt, alle wurden erdrosselt, aber nicht mißbraucht. Die Grazer Kripo spricht von »auffälligen Parallelen«: War es vielleicht ein Serienmörder?

Ein Jahr nach dem Mord an Rosenkranz verschwindet die 39jährige Grazer Prostituierte Brunhilde Masser. Auch dieser Mord fügt sich für die Polizei zunächst in die »Serie« der Grazer Prostituiertenmorde ein. In der »Kleinen Zeitung« vom 11. Jänner 1991 sehen die Kriminalisten Zusammenhänge: »Nicht nur, daß die Opfer Gertrude Seger (42), Gerlinde Rosenkranz (25) und Brunhilde Masser (39) erdrosselt wurden und vollkommen entkleidet waren, als man sie fand – es fehlen in allen drei Fällen die Wohnungsschlüssel.« Sogar auffällige Ähnlichkeiten bei den zeitlichen Abläufen wollen die Ermittler herausgefunden haben: »Gerlinde Rosenkranz und Brunhilde Masser wurden jeweils an einem Freitag ermordet, Gertrude Seger an einem Mittwoch abend. In der Nacht auf einen Freitag verschwand auch die Prostituierte Sylvia Kohlhauser (26) spurlos. Der Mord an Seger wurde fast ein Jahr nach dem Verschwinden Kohlhausers verübt, das Verbrechen an Masser auf den Tag genau nach Gerlinde Rosenkranz.« (»Grazer Mordserie: Neue Parallelen«, »Kleine Zeitung«, 11.1.1991).

Interessante Theorien. Aber dennoch kein Mörder in Sicht. Bis zum »heißen Tip« aus Salzburg und Wien ...

Mordfall Masser: Verstecktes »Liebesplatzerl«

Die letzte Zeugin, die die 39jährige Straßenprostituierte Brunhilde Masser in der regnerischen Nacht zum 26. Oktober 1990 um 0.15 Uhr an ihrem Standplatz am Grazer Entenplatz sieht, ist eine Taxlerin. Masser hatte sie für diese Zeit bestellt, um sich nach Hause bringen zu lassen. Da die Prostituierte in dieser Nacht erst einen einzigen Kunden gehabt hatte, schickt sie das Taxi gleich wieder weg: Sie müsse, erzählt sie der Taxlerin im Spaß, ihrem Sohn noch die »Jausensemmel für den nächsten Schultag« verdienen.

Leicht hat es die schwergewichtige Masser wirklich nicht: Für das »horizontale Gewerbe« ist sie schon zu alt, die Freier lassen auf sich warten. Dafür besitzt sie Stammkunden, unter denen sich auch ein prominenter Grazer Unternehmer befindet, der mit ihr stets zum selben »Liebesplatzerl« in den Wald fährt. Die etwas eigenartigen Sex-Praktiken des Mannes, für den sie etwa nackt im Scheinwerferlicht des Autos tanzen muß, während er am Steuer onaniert, stören sie offenbar nicht.

Ansonsten ist die erfahrene Prostituierte aber vorsichtig. In das Auto eines Freiers, den sie nicht kennt, steigt sie erst gar nicht ein. Das bewahrte sie aber nicht davor, als Mordopfer zu enden. Am 26. Oktober kehrt sie nicht mehr nach Hause zurück, woraufhin ihr Mann und Zuhälter sie als vermißt meldet. Dieser tröstet sich jedoch schnell. Schon wenige Wochen nach Massers Verschwinden nimmt ein neues, erst zwanzigjähriges hübsches »Zugpferd« deren Platz am Grazer Straßenstrich ein.

Massers unbekleidete, mit Geäst und Laub bedeckte Leiche wird am 5. Jänner 1991 von zwei Schülern im Bach eines Waldstücks bei Gratkorn (Graz-Umgebung) gefunden, ca. 8 Kilometer nördlich vom Ort des Verschwindens der Prostituierten entfernt. Sie befindet sich in linker Seitenlage, ein Arm ist nach oben, der andere nach unten entlang des Körpers ausgestreckt. Die Kleidung ist verschwunden, doch unmittelbar neben der Leiche liegt eine gebrauchte Haarbürste, die mit dem Mord in Zusammenhang stehen dürfte. Die auf der Bürste haftenden Haare werden labortechnisch untersucht. Das Ergebnis: Sie stammen nicht von Masser – und daher möglicherweise von ihrem Mörder.

Der unwegsame, schwer zugängliche Auffindungsort läßt nach der damaligen Meinung der Kriminalisten auf einen ortskundigen Täter schließen (so auch die »Kleine Zeitung« vom 10.1.1991). Zeugen aus dem Milieu bestätigen den Verdacht: Es ist das »Liebesplatzerl« jenes Grazer Unternehmers und Stammkunden der Masser, der auch heute noch für seine ziemlich abartigen Sexualpraktiken milieubekannt ist. Eine Prostituierte meldet sogar bei der Polizei, daß sie von diesem Mann so lange gewürgt worden sei, bis sie das Bewußtsein verlor. Diese Tat wird später in der »Kronen-Zeitung«, die in dicken Lettern von einem »Würgeopfer« des »Mordpoeten« zu berichten weiß, fälschlicherweise Jack Unterweger zugeordnet.

Der Unternehmer hingegen wird von der Grazer Kripo mit Glacéhandschuhen angefaßt: Er muß nicht einmal zum Verhör ins Amt kommen, sondern die Beamten erscheinen zu einem diskreten Gespräch in seiner schmucken Villa mit Stadtblick. Was dort aufgewartet wurde, ist nicht bekannt. Der Unternehmer wurde nicht weiter behelligt.

Brunhilde Massers Leiche ist bereits in einem Zustand, der laut Obduktionsbericht des Grazer Gerichtsmediziners Dr. Leinzinger keinerlei Rückschlüsse auf die Todesursache (Todesart) mehr zuläßt. Äußere Verletzungen sind aufgrund des Verwesungszustandes nicht mehr feststellbar bzw. lassen sich von Tierfraß nicht mehr unterscheiden. Auch der genaue Todeszeitpunkt ist nicht bestimmbar. Ein Detail, das zumindest zur Eingrenzung des Tatzeitraumes sehr aufschlußreich hätte sein können, wurde bei der Obduktion bedauerlicherweise nicht untersucht: Wie aus einer Ambulanzkarte des Unfallkrankenhauses Graz vom 25. Oktober 1990, dem Tag des Verschwindens der Masser, hervorgeht, war sie dort an diesem Tag wegen einer Nagelbetteiterung am rechten Mittelfinger in ärztlicher Behandlung gewesen. Tatsächlich wird im Obduktionsbericht ein Pflaster an der rechten Hand der Toten erwähnt. Eine Untersuchung der Wunde ist jedoch unterblieben, obwohl aus dem Heilungsverlauf Rückschlüsse auf den Tatzeitpunkt hätten gezogen werden können.

Nur wenige Wochen nach Auffinden der Leiche der Masser, am 26. Jänner 1991, wird eine andere Frau auf einem Grazer Großparkplatz am hellichten Tag Opfer eines brutalen Mordversuchs. Die 44jährige Hausfrau Sigrid M. kommt gerade vom Einkaufen und will in ihr Auto einsteigen, als sie von hinten von einem unbekannten Mann überfallen wird. Der Täter fesselt sein Opfer an Händen und Füßen, stößt es in sein Auto und entführt es nach Thal bei Graz. Dort angekommen, zückt er plötzlich ein Messer und schlingt der Frau eine Schnur um den Hals. Er zieht solange zu, bis sie das Bewußtsein verliert. Vermutlich in der Annahme, daß sie bereits tot sei, wirft sie der Verbrecher in der Thalstraße am Waldrand aus dem Wagen und braust davon. Den Kriminalisten fallen sofort Parallelen zu den ungeklärten Prostituiertenmorden auf, so daß sie davon ausgehen, daß der gleiche Täter am Werke gewesen sein könnte. Wenige Wochen später kann der Fall aber geklärt werden: Ein gewisser Wilfried F. stellt sich der Polizei und legt ein umfassendes Geständnis ab, nachdem es für ihn nach einem Raubüberfall, bei dem eine Personenbeschreibung vorlag, eng geworden war. Die Mordabsicht bestreitet er allerdings – er habe nur sichergehen wollen, daß die Frau »nicht schreit«, bevor er weg sei …

Szenenwechsel: Jack Unterweger hatte am Abend des 25. Oktober in seiner Wohnung gemeinsam mit seiner Freundin Rosa U. Plakate für sein justizkritisches Theaterstück »Kerker – oder: Im Namen der Republik« beschriftet, das am 15. November in Villach aufgeführt werden soll. Gegen 22.30 Uhr sind sie fertig; Frau U. fährt nach Hause, während sich Jack noch »auf einen Sprung« in sein Stammlokal »Florianihof« gleich neben seiner Wohnung begibt. Dort trifft er auf seine Bekannte Martina P., was diese später zeitlich auch genau bestätigen konnte. Gegen Mitternacht geht er nach Hause, was sich ebenfalls mit den Zeugenaussagen der beiden Kellner deckt. Gegen vier Uhr früh des 26. Oktober, des Nationalfeiertags, bricht er mit seinem anthrazitfarbenen und nicht mehr ganz neuen BMW 728 (Baujahr '79) mit Kennzeichen »W-JACK 1« ins kärntnerische St. Veit an der Glan auf, um Vorbereitungen für die geplante Theateraufführung zu treffen.

Hätte Jack Unterweger in der Nacht, in der Brunhilde Masser das letzte Mal gesehen wurde, in Graz gewesen sein können? Rein theoretisch ja. Er hätte einen Umweg machen müssen, was jedoch in Anbetracht der für eine Entfernung von fast 400 Kilometern ziemlich knappen Zeitspanne ziemlich unwahrscheinlich erscheint. Es fand sich auch kein Zeuge, der sich erinnert hätte, ein Fahrzeug mit dem auffälligen Kennzeichen in der fraglichen Nacht in Graz gesehen zu haben. Wie die Pensionsangestellen später als Zeugen klar bestätigen, kommt Unterweger gegen acht Uhr morgens in der Pension »Stern« in St. Veit an, um dort zu frühstücken. Dann macht er sich auf zum Plakatieren. Er fährt zunächst hinein ins Wimitztal, dann nach Liebenfels, den Stationen seiner Kindheit. Dort und in Klagenfurt besucht er Bekannte, auch Freunde aus Kindheit und Jugend, die alle erfreut versprechen, zu seinem Theaterstück zu kommen. Weiter geht es über Landskron nach Villach. Jack Unterweger ist den ganzen Tag unterwegs. Abends, wieder in St. Veit, besucht er einen Freund aus der Lehrzeit, der sich inzwischen mit einer eigenen Kneipe selbständig gemacht hat. Bis spät in die Nacht hinein tauschen sie ihre Jugenderinnerungen aus.

Ein Detail am Rande sei vermerkt: Jack Unterweger hätte im Fall Brunhilde Masser sogar ein »bombensicheres« Alibi haben können. Er hatte nämlich das Zimmer zwei Wochen zuvor bereits ab 25. Oktober reservieren lassen. Die Tochter der Pensionsbesitzerin war sich sogar sicher gewesen, daß der angesagte Gast schon an diesem Abend angekommen sei. Darüber hinaus hatte er auch die Rechnung vom 25. bis 27. Oktober bezahlt. Beide Fakten hätten ihn entlastet. Jack Unterweger verzichtete jedoch auf dieses möglicherweise rettende, aber falsche Alibi. Tatsächlich hatte er ursprünglich vorgehabt, noch am

Abend des 25. nach Kärnten aufzubrechen. Da es aber sehr spät geworden war, fuhr er – Unterweger war ein notorischer Frühaufsteher – erst im Morgengrauen des 26. Oktober los und kam gerade rechtzeitig zum Frühstück in die Pension. Wie es im Hotelgewerbe üblich ist, mußte er trotzdem für die reservierte, aber nicht in Anspruch genommene Nächtigung bezahlen. Die Polizei dankt ihm die Ehrlichkeit nicht und unterstellt ihm, sich durch die Ausstellung einer Rechnung vom 25. auf den 26. Oktober ein falsches Alibi verschafft zu haben. Erst durch die Aussagen der Pensionsangestellten beim Prozeß, wonach für reservierte Nächtigungen immer zu bezahlen sei, konnte die Unterstellung widerlegt werden.

Nach Unterwegers Verhaftung werden alle Spuren in Hinblick auf ihn als Verdächtigen überprüft, wobei die neben der Leiche gefundene Haarbürste nach wie die wichtigste ist. Die Polizei konfrontiert Unterwegers Bekannte mit dem bedeutsamen Fundstück, die es aber nicht als ihm gehörend erkennen. Endgültige Klarheit bringt das Ergebnis der labortechnischen Vergleichsuntersuchung mit dem Eigenhaar Unterwegers: »Die auf einer Bürste sichergestellten Haare unterscheiden sich von den Eigenhaaren von J. Unterweger als auch von ihren eigenen.« (Gutachten des Wissenschaftlichen Dienstes der Stadtpolizei Zürich, Seite 19). In der Folge hört man nichts mehr von diesem Indiz.

Auch sonst fanden sich keine Spuren, die Unterweger mit dem Mord an Brunhile Masser in einen Zusammenhang hätten bringen können. Die Spuren auf den angeblichen Autositzen seines BMW, die im März 1992 in Oberösterreich sichergestellt worden sein sollen, erwiesen sich als ungeeignet. Darauf wird zurückzukommen sein. Die Masser muß jedenfalls – tot oder lebendig – in einem PKW transportiert worden sein, da ihre Leiche kilometerweit entfernt von ihrem letzten Standort gefunden wurde.

Zur Todesart, der ebenfalls große Bedeutung zukam, heißt es erstmals im Gesamtgutachten Dirnhofers vom März 1993, daß bei Masser auch ein »Strangulationstod möglich« gewesen wäre, da »in den Halsweichteilen dunklere Bezirke« festgestellt worden seien. In der Anklageschrift gegen Unterweger hört es sich dann schon so an: »Der Tod der Brunhilde Masser trat als gewaltsamer Tod durch fremde Hand – am ehesten durch Erdrosseln – ein.« Mit dieser »kleinen« Korrektur der Tötungsart paßte der Mord an Masser in die »Serie« der Unterweger angelasteten Morde.

Im Juni 1993 wird wieder eine Grazer Prostituierte Opfer eines Mordversuchs. Die 50jährige Gisela St. steigt am Grazer Entenplatz in das Auto eines bis heute unausgeforschten Freiers – genau dort war vermutlich auch Brunhilde Masser ihrem Mörder in die Hände gefallen. Der Unbekannte fährt mit der Prostituierten auf ein anliegendes Firmengelände, wo er ihr die Handtasche entreißt und sie mit dem Riemen drosselt. Gisela St. entkommt aber gerade noch knapp dem Tod: Der Täter läßt abrupt von ihr ab, als sich ein Beamter des österreichischen Wachdienstes nähert, der die Frau dann mit dem um den Hals geschlungenen Riemen bewußtlos und nur noch leise röchelnd auffindet. Das nach den Angaben des Opfers angefertigte Phantombild eines schmächtigen blonden Burschen wies übrigens eine starke Ähnlichkeit mit einem Phantombild auf, das wenige Jahre zuvor im Fall Masser kursiert war. Obwohl die Frau vermutlich erstickt wäre, wenn man sie nicht rechtzeitig gefunden hätte, glaubte die Grazer Kripo aber »nicht an einen Mordversuch« (»Kronen-Zeitung«, 12.8.1993) – saß doch der »Prostituiertenmörder« Jack Unterweger zu dem Zeitpunkt schon in U-Haft …

Mordfall Schrempf: Wo blieb der weiße Golf mit den roten Streifen?

»Es war a irgendwie unheimliche Nacht, als die Elfi verschwunden ist. So a pechschwarzer Himmel«, erzählte ihre Standplatzkollegin und Freundin später.

Wie immer steht die »Elfi«, die 35jährige Grazer Prostituierte Elfriede Schrempf, auch an diesem düsteren Abend des 7. März 1991 an ihrem Platz in der Grazer Volksgartenstraße und buhlt gemeinsam mit zwei Kolleginnen, Andrea H. und Carmen R., um die Gunst der Freier. Das Bild wird vom schmutziggrauen, schmucklosen Hochhaus hinter dem angrenzenden Volksgarten-Park überragt, auf dessen Dach sich eine überdimensionale Uhr aus weißen Leuchtstoffröhren ständig im Kreis dreht. Sie zeigt etwa 22 Uhr, als Carmen R., die auf der schräg gegenüberliegenden Straßenseite steht, und Andrea H. einen weißen Golf mit roten Seitenstreifen beobachten, der in eine Parklücke einfährt. Ein Polizeifahrzeug? Elfriede Schrempf scheint den Fahrer zu kennen. Sie geht sofort auf das Auto zu und spricht den Lenker an, der das Licht ausschaltet. Plötzlich wird das unbeleuchtete Fahrzeug verkehrt aus der Parklücke gesteuert und verursacht beinahe einen Zusammenstoß mit einem vorbeifahrenden PKW. Durch den Lärm der quietschenden Reifen werden auch eine Anrainerin, die pensionierte Zahnärztin Helga H., die die Schrempf vom Sehen kennt, und der wie jeden Abend mit seinen beiden Bobtail-Hunden im Volksgarten-Park spazierende Helmut H. auf das Geschehen aufmerksam. Sie alle beobachten, wie das spätere Mordopfer auf der Beifahrerseite des weißen PKW vom Typ VW-Golf einsteigt, der anschließend wegfährt. Es ist jetzt zirka 22.15 Uhr auf der Leuchtstoffröhren-Uhr. Das war das letzte Mal, daß Elfriede Schrempf lebend gesehen wurde.

Ein Serienmörder?

Die Prostituierten und ihre »Buckl'n«, wie ihre Aufpasser unter den Zuhältern genannt werden, hatten es sich längst zur Gewohnheit gemacht, alle Autonummern von Freiern oder verdächtigen Fahrzeugen feinsäuberlich aufzuschreiben. Ausgerechnet von dem weißen VW-Golf, in den Schrempf zuletzt eingestiegen war, hat man zwar eine genaue Beschreibung, jedoch kein Kennzeichen. Und so werden von der Polizei in mühevoller Kleinarbeit rund 1 000 Personenkraftwagen ausgeforscht, auf die die Beschreibung der Augenzeugen passen könnte. Deren Besitzer werden überprüft. Ohne Ergebnis.

Auch zahlreiche Hinweise auf gefährliche Freier, die Prostituierte gewürgt oder mißhandelt haben sollen, treffen bei der Polizei ein. Da war etwa ein Mann, der bereits 1975 in Graz wegen Tötung einer Prostituierten, deren Leiche er in einem Maisacker versteckt hatte, verurteilt worden war. Er ist wegen seines aggressiven Verhaltens milieubekannt und hat zwei der Mordopfer persönlich gekannt. Der Polizei reicht aber als Alibi die Aussage seiner Ehefrau, daß ihr Mann »nie später als um 22 Uhr« nach Hause komme. Im Protokoll findet sich der Vermerk, daß er mit einiger Wahrscheinlichkeit als Täter auszuschließen sei.

Auf einen anderen Mann wird die Grazer Polizei aufmerksam, weil er eine Prostituierte mit einem Vibrator derart heftig »massiert« hatte, daß ihr Darm platzte. Auch dieser Herr war in einschlägigen Kreisen für seine hochgradig perversen Vorlieben bekannt. Nach einem Verhör kommen die ermittelnden Beamten jedoch zum Ergebnis, daß der gutsituierte Herr Direktor nicht als Täter in Frage komme.

Ein anderer ist Hauptmann beim Bundesheer: Hans M. soll Elfriede Schrempf kurz vor ihrem Verschwinden gefesselt und mißhandelt haben. Der Mann kommt den Ermittlern aber im April 1991 durch Selbstmord abhanden.

Oder ist es doch ein »Serienmörder«, der in Graz bereits mindestens vier Prostituierte auf dem Gewissen haben könnte? Die Grazer Kripo hält dies für möglich, gewisse Parallelen sprechen dafür: Die ermordeten bzw. abgängigen Frauen stammen aus der alleruntersten Kategorie von Prostituierten. Bei Seger und Rosenkranz, möglicherweise auch bei Masser, fand vor der Tötung kein Geschlechtsverkehr statt. Alle Leichen waren aber bei ihrer Auffindung völlig nackt. Seger und Rosenkranz sind nachweislich erdrosselt worden, bei Masser ist dies nicht mehr genau feststellbar, und Schrempf ist noch verschwunden. »Inspektor Breitegger«, der »Platzhirsch« unter den Grazer Polizeireportern, schwächt daher ab: »Anfang der achtziger Jahre hatten wir auch zwei Prostituiertenmorde. Jeder hat an einen Täter geglaubt. Und dann waren es doch zwei.« (»Wiener«, 5/91).

Aufgrund diverser Zeugenaussagen wird ein Phantombild eines verdächtigen Freiers angefertigt. Es zeigt einen untersetzten Mann mit Vollbart und Brille. Somit weist es nicht die geringste Ähnlichkeit mit Jack Unterweger auf.

Dieser hatte am Abend des 7. März 1991 eine Lesung im Jugendclub »KuKu« in Köflach, ca. 40 Kilometer westlich von Graz. Was den Jugendlichen sofort auffiel: Der Literat war mit seinem weißen Ford Mustang vom Typ Mach 1 angereist, einem richtigen »Ami-Schlitten« – Baujahr 1972, 260 PS – › einem alten »Jugendtraum«, den er sich schon kurz nach der Entlassung günstig beschafft hatte. Nach dem Motorschaden am BMW fuhr Jack Unterweger auch die weiten Strecken mit seinem Mustang. Das Kennzeichen war geblieben: das unverwechselbare »W-JACK 1«. Nicht minder auffallend war auch die Innenausstattung: Tapezierung und Sitze ganz aus rot-schwarzem Leder. »Der muß aber viel Benzin schlucken!« meinten einige der jungen Bewunderer beim Anblick des großen Gefährts.

Der Beginn der Lesung war für zwanzig Uhr geplant. Da zu dieser

Zeit aber noch kaum Besucher da waren, wartete man bis gegen 20.15 Uhr. Nach der Lesung kam es noch zu einer angeregten Diskussion, die bis ungefähr 22.45 Uhr dauerte. Dann konsumierte Unterweger noch ein Getränk an der Theke. Er verließ das Lokal erst gegen 23 Uhr, vielleicht sogar noch später.

Zu dieser Zeit war Elfriede Schrempf aber schon in den mysteriösen weißen Golf mit den roten Seitenstreifen eingestiegen und im Dunkel der Nacht verschwunden.

Ein weiteres interessantes Detail besteht darin, daß die Freundin und Standplatzkollegin der Ermordeten in den Wochen nach derem Verschwinden eigenartige, obszöne Anrufe erhalten haben will, die auf den Mord Bezug nahmen. Zu den Zeitpunkten der Anrufe hatte Jack Unterweger, wie sich später herausstellte, nachweislich Theaterproben.

Mit dem Verschwinden der Elfriede Schrempf sind nun in Graz seit Mitte der achtziger Jahre insgesamt mindestens drei Prostituierte abgängig. Drei weitere sind nachweislich ermordet worden. Es gibt Verdächtige, es gibt Phantombilder, es gibt Spuren und Hinweise auf gefährliche Freier und verdächtige Fahrzeuge. Allerdings fehlt der Mörder.

Am 5. Oktober 1991 entdeckt ein Pilzsucher im Dickicht einer entlegenen, schwer zugänglichen Waldstelle in Lichendorf bei Wildon, etwa 20 Kilometer südlich von Graz, eine weitgehend skelettierte, bis auf Socken unbekleidete und lose mit Laub und Erde bedeckte Leiche. Das Skelett befindet sich in Bauchlage. Die gerichtsmedizinische Untersuchung bringt Gewißheit: Es ist die seit einem halben Jahr abgängige Elfriede Schrempf. Doch aufgrund der weitgehenden Skelettierung sind weder Todesursache noch Todeszeitpunkt noch irgendwelche äußerlichen Verletzungen feststellbar.

Da jetzt gewiß ist, daß Schrempf ermordet wurde, werden die Ermittlungen wieder forciert. Es wird jedem kleinsten Hinweis nachgegangen, darunter auch dem Fax des pensionierten Kriminalisten aus Salzburg, der ja den ehemaligen Lebenslänglichen Jack Unterweger als österreichweiten Prostituiertenmörder verdächtigte. Die Grazer stellen eine Anfrage an ihre Wiener Kollegen. Der zu diesem Zeitpunkt mit den Ermittlungen betraute Bezirksinspektor Hoffmann vom Wiener Sicherheitsbüro überprüft routinemäßig, ob Unterweger jemals mit einem weißen VW-Golf unterwegs war, auf den die Beschreibung der Zeugen passen könnte. Er befragt sämtliche Fahrzeugvermieter in Wien und Umgebung und fährt selbst in die Firma der verheirateten Freundin Unterwegers, um die dortigen Firmenfahrzeuge und Fahrtenbücher zu überprüfen. Das Ergebnis ist negativ. Auch dort findet sich kein Fahrzeug, auf das die Beschreibung passen würde. Laut Fahrtenbüchern wurde mit den Firmenfahrzeugen zur fraglichen Zeit auch keine Fahrt außerhalb von Wien unternommen (Bericht der Bundespolizeidirektion Wien vom 18.11.1991 zu II-5.710-SB/91).

Im Dezember 1991 wird in Wien Ernst Geiger mit den Ermittlungen zu den ungeklärten Mordfällen beauftragt. Geiger ist im Gegensatz zu seinen Vorgängern offenbar persönlich davon überzeugt, daß der alte Salzburger Kriminalbeamte recht hat …

»I versteh' die Bianca!«

Mitte Jänner 1992 beginnt die Grazer Polizei ebenso wie die Wiener systematisch nach Prostituierten zu suchen, bei denen Jack Unterweger Kunde gewesen sein soll. Tatsächlich findet sich eine Prostituierte, die sich ganz genau erinnert: Der fesche Mann mit weißem Sakko und roter Fliege, der sie damals im Oktober 1991 an ihrem Standplatz in der Grazer Rösselmühlgasse angesprochen und gefragt hatte, ob sie mit ihm nach Mariatrost fahre, einem Randbezirk im Nordosten von Graz, denn in der Stadt sei er »zu bekannt«, das war niemand anderer als der jetzt des vielfachen Prostituiertenmordes verdächtige Jack Unterweger! Michaela G., damals achtzehn, war gerade erst drei Monate »im Geschäft«. Unterweger kam von einer Präsentation eines Buches der Schauspielerin Marisa Mell im Grazer Casino, daher die schicke Aufmachung. In der Nähe des Mariatroster »Blümelhofs«, einem Heim für schwererziehbare Mädchen – viele, die von dort ausreißen, landen am Strich –, haben sie dann ein Liebesstündchen verbracht, das beiden gefallen haben dürfte: »Es war a rechte Hetz, mit ihm zu reden. Wenn i den in ana Disco triff, i gangert mit ihm ohne Geld.« Und der Sex mit ihm? »Die Leut' aus der besten Grazer Gesellschaft san viel ärger!« erzählt sie wenige Monate später, im Februar 1992, dem damaligen »profil«-Journalisten Klaus Candussi, der auf den Spuren der Polizei im Rotlichtmilieu ermittelt. Sie empfindet immer noch Sympathien für ihren damaligen Kunden: »I versteh' die Bianca!« (»profil« 12/92).

Jack Unterweger wird bei seiner Einvernahme durch die Grazer Kripo am 17. Jänner mit dieser Aussage konfrontiert und bestätigt alles. Auf die Frage, was er in der Nacht des 7. März 1991, in der Schrempf verschwunden war, gemacht habe, gibt er gegenüber Kripo-Chef Brandstätter an: »Ich glaube, daß ich in Wien war. Wenn ich in Wien war, dann habe ich am Nachmittag meine damalige Freundin Sabine R. von der Schule abgeholt.«

»Zeugeneinvernahmen« per Telefon

Erst Wochen später erfährt die Polizei durch einen Zeitungsredakteur von der Köflacher Lesung. Für sie stellt sich die Situation jetzt so dar, daß Unterweger die Lesung bewußt »verschwiegen« und der Polizei mit Sabine R. sogar eine »falsche Alibizeugin« genannt habe.

R., eine achtzehnjährige Schülerin, wird erst viel später von der Wiener Polizei einvernommen und widerlegt das »Alibi« ebenfalls. Nur hatte Jack Unterweger sie nie als »Alibizeugin« genannt, sondern der Kripo lediglich mitgeteilt, sie zu dieser Zeit in der Regel nachmittags von der Schule abgeholt zu haben. Im übrigen wurde die Beziehung bereits am 16. März 1991 beendet; Unterweger hat Frau Sabine R. seitdem nie mehr kontaktiert – schon gar nicht, um für ihn ein »falsches Alibi« zu bestätigen. Die »Kronen-Zeitung« dürfte dann einer Verwechslung aufgesessen sein, wenn sie in ihrer Ausgabe vom 25. Februar 1992 davon schreibt, daß eine »Liebesnacht mit einer prominenten Dame der Grazer Gesellschaft« zum Alibi für Jack Unterweger werden könnte. Später mußte die »Krone« auch dies entgegnen.

Die Kriminalisten sind jetzt offenbar so von der unumstößlichen Schuld Unterwegers überzeugt, daß langwierige Ermittlungen oder »kleinliche« Details nicht mehr wichtig sind: Damit es zeitlich auch aufgeht, wird der Beginn der Lesung mit 19 Uhr festgelegt. Dann werden einige der damaligen Zuhörer, die man gerade eben erreichte, als »Auskunftspersonen« angerufen und unter Vorhalt der falschen Beginnzeit »interviewt«. In einem Fall genügt die Aussage übers Autotelefon. Auf diese Weise gelangt die Kripo zum Ergebnis, daß Unterwegers Lesung schon um 21 Uhr beendet gewesen sei. Damit hätte er zur angenommenen Mordzeit in Graz gewesen sein können. Das reicht für den »dringenden Tatverdacht«. Am 14. Februar erwirkt Inspektor Brandstätter bei U-Richter Wladkowski telefonisch einen Haftbefehl gegen Jack Unterweger.

Da ermittelten manche Journalisten schon genauer: Im »profil« (9/92) beschwerte sich der damalige Lesungsveranstalter Gerhard Sch., daß er der Polizei entgegen den Medienberichten am Telefon mitgeteilt habe, daß Unterweger das Lokal »erst gegen 23 Uhr« verlassen habe. Auch ein mittlerweile in der Schweiz lebender Lesungsteilnehmer gab an, die Veranstaltung habe »eher gegen 23 Uhr oder noch später« geendet. Noch am Erscheinungstag von »profil« tauchen die erzürnten Kriminalisten im Büro des Veranstalters auf: »Wieso informieren Sie die Presse anders als uns?« Sie legen ihm das kurze »Protokoll« seiner telefonischen Aussage als »Auskunftsperson« vor. Die aber war mit den Angaben gegenüber »profil« identisch.

Erst nach dem »profil-Bericht« halten es die Kriminalisten für angebracht, einige der Lesungszuhörer nun doch genauer zu »interviewen«. Allerdings wird diese schwierige Aufgabe nicht von den Kriminalisten selbst erledigt, die offenbar Berührungsängste mit der »Kulturszene« haben. Dafür bedienen sie sich lieber des Pizzakochs, Cafetiers und Herausgebers des in Köflach erscheinenden »Weststeirers« als »Kommunikator«. Der kommt seiner Aufgabe mit entsprechender weststeirischer Frische nach, so daß eine Dame ob der turbulenten Szenerie gar nachfragt: »Seid's g'soffn?«

Elf Tage nach der Ausstellung des Haftbefehls streitet Veranstalter Gerhard Sch. mit den Kriminalisten noch immer über die Zeit für den Beginn der Lesung: »Es ist doch nicht sinnvoll, eine für 20 Uhr angesetzte Lesung eine Stunde früher zu beginnen«, versucht er die Herren zu überzeugen. Bis es ihm zu blöd wird und er das Lesungsplakat ins Grazer Mordgruppendezernat faxt. Darauf ist's klar und deutlich zu lesen: Beginn 20 Uhr.

Die Hauptfigur, der dieses ganze Spektakel galt, ist inzwischen unbekannten Aufenthalts geflüchtet. Seinen schnittigen Mustang hat die Polizei später in einer Werkstatt bei Padua sicherstellen können. Das Fahrzeug, das nach einem Auffahrunfall einen irreparablen Getriebeschaden hat, wird nach Vorarlberg verfrachtet und auf dem Gelände des dortigen Landesgendarmeriekommandos in Bregenz abgestellt. Dort sollte es für die nächsten zwei Jahre bleiben. Die Kriminalisten saugen alles ab und können dabei hunderte Haare und sonstige Mikrospuren asservieren. Doch die in Zürich durchgeführte Spurenauswertung ergab keine Hinweise, die Unterweger in Zusammenhang mit dem Mordfall Schrempf gebracht hätten. Obwohl Schrempf, deren Leichnam ja 20 Kilometer von ihrem Standort gefunden wurde, wohl oder übel mit einem PKW dorthin verfrachtet worden sein muß.

Höchst fraglich ist darüber hinaus, ob Unterweger mit diesem tiefsitzenden Sportwagen überhaupt zum Leichenfundort hätte gelangen können. Ein Lokalaugenschein mit Fahrtest wäre zur Aufklärung angebracht gewesen, wurde aber nie durchgeführt. Allerdings nahm man Erdproben vom Fundort und verglich diese mit den auf den Fußmatten bzw. am Fahrzeugboden des Mach 1 sichergestellten Spuren – ohne Ergebnis. Auch sonst ergeben sich keine tatverdächtigen Hinweise auf Jack Unterweger.

»Angst«

Auch für die von der Polizei immer wieder behaupteten engen Kontakte Unterwegers zum Grazer Rotlichtmilieu läßt sich keine Bestätigung finden. Die Journalisten Robert Buchacher und Klaus Candussi vom Nachrichtenmagazin »profil« führten eine regelrechte Umfrage am Grazer Strich durch. Außer Michaela G. erinnert sich aber keine Prostituierte an Unterweger oder dessen Ford Mach 1. Auch die Standplatznachbarin der Ermordeten, Andrea H., sagt, sie habe Unterweger nie gesehen. Niemals hätten Schrempf oder eine andere Kollegin von ihm berichtet. Weder Unterwegers Ford Mach 1 noch das Kennzeichen »W-JACK 1« seien ihr je aufgefallen – auch nicht in der Mordnacht.

Der Polizei sind die Recherchen der Reporter bald unangenehm. Als dann die steirische Ausgabe der »Kronen-Zeitung« am 10. März 1992 die längst schon vergessene Geschichte vom mysteriösen weißen Golf, in den die Ermordete laut Zeugen eingestiegen sein soll, ausgräbt und in ziemlich großer Aufmachung darüber berichtet, sind »de Kieberer haaß wie Feia« (»die Polizisten heiß wie Feuer«); so äußert sich eine Prostituierte gegenüber den »profil«-Redakteuren Robert Buchacher und Klaus Candussi. Im Bericht der »Steirerkrone« erzählt die von der Polizei als »Alkoholikerin« abgestempelte Carmen R. über ihre Beobachtungen in der Mordnacht und ihre anschließenden

Erfahrungen mit der Grazer Kripo: »... hatte ich den Eindruck, daß die beiden Beamten meine Aussage nicht ernstnahmen. Sie meinten immer wieder, daß ich mich wohl geirrt habe. Dann habe ich von ihnen nichts mehr gehört.« Die Zeugin befürchtet Repressalien: »Ich habe große Angst. Wenn der Lenker des Golf Schrempf umgebracht hat, könnte er auch mich ermorden, weil ich ihn ja verraten habe. Auch von seiten der Exekutive hat man mich unter Druck gesetzt. Zwei andere Gendarmen haben mir gedroht, daß es mir so gehen wird wie der Schrempf, wenn ich nichts sage. Das ist mir zuviel gewesen, ich habe am nächsten Tag beim Wachzimmer [...] Anzeige gegen die beiden erstattet. Doch ich glaube, daß mittlerweile alles unter den Tisch gekehrt worden ist [...] Im Grazer Prostituiertenmilieu ist es ein offenes Geheimnis: Gewisse Polizisten lassen sich auch während des Dienstes von uns betreuen. Beamte sind schon mehrmals mit dem Dienstwagen zu einem Schäferstündchen ausgerückt.«

In den folgenden Tagen ist der Grazer Straßenstrich wie leergefegt. Die polizeilichen Ordnungshüter haben die Mädchen vertrieben.

Dafür sind einige Journalisten umso neugieriger geworden. Robert Buchacher und Klaus Candussi von »profil« wollen jetzt mehr über den mysteriösen weißen Golf erfahren. Der damalige Polizeidirektor gibt sich aber zugeknöpft: Alle Einsatzfahrzeuge trügen die deutlich erkennbare Aufschrift »Polizei«, versichert Hofrat Karl Müller. Doch dann tritt wieder einmal »Inspektor Zufall« auf den Plan: Noch am selben Tag entdecken die Journalisten ein parkendes Einsatzfahrzeug der Grazer Polizei – mit roten Seitenstreifen, aber die Aufschrift »Polizei« fehlt. Die beiden stoßen bei ihren Recherchen noch auf andere, seltsame »Zufälle«: So bekommen sie heraus, daß kurz nach dem Mord an Schrempf ein Fahrtenschreiber eines Polizeiautos spurlos verschwunden ist. Die Eintragungen in der Mordnacht lassen sich daher nicht mehr nachvollziehen. Ebenfalls von einem »Insider« wird ihnen »zugesteckt«, daß kurz nach dem Mord ein weißer Polizei-Golf verschrottet worden sei – auch das ist nicht mehr überprüfbar. Dafür sprechen die beiden Journalisten, ohne Wissen der Kripo, mit der Zeugin Carmen R.: Diese ist sich auch nach einem neuerlichen, vierstündigen Verhör bei Mordgruppenchef Brandstätter immer noch sicher, daß Schrempf in ein Polizeifahrzeug eingestiegen sei. Auf jeden Fall habe Schrempf den Lenker gekannt!

Die Grazer Kripo sieht das anders: Trotz offizieller »Nachrichtensperre« sickert durch, daß Carmen R. »in einem Anfall von Verwirrung falsch ausgesagt« hätte (»Kronen-Zeitung«, 12.3.1992).

Inzwischen hatte sich aber auch bei der Polizei herumgesprochen, daß die Köflacher Lesung länger gedauert hatte als angenommen. Noch im August 1993, nach Anklageerhebung gegen Jack Unterweger, bekommen einige der Augenzeugen, wie Schrempfs Standplatzkollegin Andrea H., wieder Besuch von der Kripo, die »nachfragen« läßt, ob Schrempf nicht doch etwas später eingestiegen sei …

»Alles vergessen«

Mehr als drei Jahre nach dem Mord beginnt der Unterweger-Prozeß in Graz. Die wichtige Zeugin Carmen R., die beobachtet hatte, wie die später Ermordete in den weißen Golf mit roten Seitenstreifen eingestiegen war, und dies auch vor der Polizei bestätigt hatte, wirkt bei ihrer Zeugenaussage völlig eingeschüchtert. Sie zittert und stammelt nur, daß sie »alles vergessen« habe. Die pensionierte Zahnärztin Helga H., die seinerzeit dieselbe Beobachtung bei der Kripo zu Protokoll gegeben hatte, kommt infolge angeblicher »Altersschwäche« erst gar nicht zum Prozeß. Von ihr findet sich im Gerichtsakt nicht einmal ein Vernehmungsprotokoll!

Ausgeblieben waren auch jene Prostituierten, die die Grazer Polizei kurz vor dem Haftbefehl gegen Unterweger aufgetrieben hatte. Nur Michaela G. kam – auf ihre aufregenden Schilderungen werde ich später zurückkommen.

Die Prostituierte Andrea H. und Herr Helmut H., der nach wie vor allabendlich mit seinen Hunden im Volksgarten-Park spazierengeht, bestätigen aber ihre damalige Beobachtung, wonach Schrempf in einen weißen Golf mit roten Seitenstreifen eingestiegen sei.

Die übrigen Zeugenaussagen der Lesungsteilnehmer und vor allem des Veranstalters verschaffen Jack Unterweger in diesem Fall dann ein unumstößliches Alibi: Sie stellen klar, daß er jedenfalls nicht vor 23 Uhr aus Köflach abgereist ist.

Gerichtsberichterstatterin Doris Piringer macht sich tags darauf über das »Läusemelken« beim Unterweger-Prozeß lustig: »Aber wer sagt, daß Frau Schrempf nicht erst um 22.45 Uhr in das Auto des Angeklagten stieg? Oder um 23 Uhr?« (»Recht betrachtet«, 10.5.1994).

Im Mordfall Schrempf wird Jack Unterweger von den Geschworenen einstimmig freigesprochen. Es ist ironischerweise ausgerechnet jener Fall, in dem der Haftbefehl gegen ihn ausgestellt worden war, und zwar mit derselben Begründung, die rund zwei Jahre später zum Freispruch in diesem Fall führte: Nämlich, daß er zum Zeitpunkt, als in Graz eine Prostituierte verschwand, eine Lesung in Köflach hatte.

Doch inzwischen hatte die Polizei die Routen des Jack Unterweger nachvollzogen und bruchstückweise zehn andere Morde zusammengetragen – Unterweger soll ein »Serienkiller« sein …

Mythos Serienkiller

Von den Ermittlungsbehörden wird die Spur eines Reisenden um die ganze Welt rekonstruiert. In einem vielleicht hundert Kilometer breiten Band beiderseits der Reiseroute werden ungeklärte Frauenmorde gesucht und gefunden. Die Tat- und Reisezeiten werden miteinander verglichen und bei möglicher Nähe auf den rechten Stoß geordnet. Der linke Stapel wandert ins Archiv. Auf einer Weltkarte werden die Tatorte durch Fähnchen mit Angabe der Tatzeit markiert. Die Reiseroute wird durch einen Wollfaden nachgezogen. Das resultierende Bild ist für Außenstehende bestechend klar. Das Sortierkriterium wird zur unsichtbaren Klammer der aufgelisteten Verbrechen und zum stärksten Indiz. (Josef Zaussinger über den Fall Unterweger, »forum«, 12/94)

Der Generalgutachter

Prof. Richard Dirnhofer, der Generalgutachter im Fall Unterweger, stammt aus Hof bei Salzburg. Nach seinem Studium war er jahrelang Dozent am Grazer Institut für gerichtliche Medizin. Den großen Karrieresprung machte er aber im Ausland: 1990 wechselte er als neuer Vorstand des Rechtsmedizinischen Institutes nach Bern. 1992 erfolgte dann der Ruf aus der Heimat: Der Grazer Untersuchungsrichter hielt im prominenten Kriminalfall Unterweger die Bestellung eines »ausländischen« Gutachters für angebracht. Noch in der kurz vor Prozeßbeginn erschienenen Ausgabe des Nachrichtenmagazins »profil« vom 16. April 1994, in dem Dirnhofer unter dem Titel »Wissenschaftliche Spürhunde« ein ausführliches Porträt gewidmet war, hieß es: »Der Grazer Untersuchungsrichter Wolfgang Wladkowski spricht von optischen Gründen, die ihn veranlaßt hätten, die Spurenanalyse im Fall Unterweger an ausländische Stellen zu vergeben.«

Dirnhofer selbst brachte ein Auftrag in einem derart brisanten Kriminalfall zweifellos großen wissenschaftlichen Prestigegewinn. Auf dem Gebiet der Täterprofil-Erstellung hatte er aber als gelernter Gerichtsmediziner so gut wie keine Erfahrung. Diese völlig neuartige Methode, erst Ende der achtziger Jahre in den USA entwickelt, war in Europa zur Zeit des Unterweger-Prozesses noch eine völlige Novität. Dirnhofer hatte bis zum Unterweger-Gutachten noch keine einzige wissenschaftliche Arbeit auf diesem Gebiet erstellt. Er gibt dies in einem an den Untersuchungsrichter Wladkowski gerichteten Schreiben vom 3. September 1992 indirekt auch selbst zu: »Sie haben mir schon öfters angedeutet, daß Sie in Zusammenhang mit der Begutachtung i. S. Unterweger möglicherweise die Erstellung eines Kriminalprofils wünschen. Ich habe mich deshalb in der Zwischenzeit nach den auf diesem Gebiet erfahrensten Experten umgesehen. Zu diesen Experten zählen zur Zeit Alan C. Brantley und Robert Hazelwood vom Federal Bureau of Investigation, FBI-Academy.« Im September 1992 war Dirnhofer also erst so weit, daß er dem Untersuchungsrichter mögliche Experten auf dem Gebiet des »Täterprofilings« vorschlug. Nur wenige Monate (!) danach, im Februar 1993, hatte er selbst ein derartiges Gutachten erstellt – und wurde dadurch zu der zentralen Schlüsselfigur im Fall Unterweger. Ohne sein Gutachten, das der Republik mehr als eine Million Schilling wert war, hätte es keine Anklage gegen Jack Unterweger gegeben – und wohl auch keine Verurteilung.

Statt biologischer Spuren finden sich »Parallelen«

Prof. Dirnhofer kann keine einzige biologische Spur finden, die zu Jack Unterweger als Täter führt: »Bei den spurenkundlichen Untersuchungen waren in zehn der elf in Voruntersuchung gezogenen Fällen keine biologischen Spuren (z. B. Samenspuren, Blutspuren oder Haarspuren) vorhanden, die unmittelbar geeignet gewesen wären, eine mit der Tat in Zusammenhang gebrachte Person identifizieren zu können. Lediglich in einem Fall (Shannon Exley) waren biologische Spuren vorhanden (Samenspuren in Scheide und After). Bei diesen Spuren ist der Tatverdächtige zwar als Spurenverursacher nicht auszuschließen, die biostatische Untersuchung ergab jedoch, daß ca. 20 % der Bevölkerung als potentielle Spurenverursacher in Betracht kommen.« So lautet das Resümee auf Seite 72 seines »Gesamtgutachtens zum Fall Johann Unterweger«, das dem Gericht am 3. März 1993 vorliegt.

Das war irreführend: Denn es konnte keine Rede davon sein, daß in den elf Mordfällen keine biologischen Spuren vorhanden waren. Es war vielmehr so, daß in den einzelnen Mordfällen sehr wohl Sperma-, Haar- und andere Spuren vorhanden waren, die aber alle nicht zu Jack Unterweger führten. Die Vergleichsuntersuchungen mit seinem DNA-Profil waren negativ ausgefallen.

Dafür will Dirnhofer aber »unübersehbare allgemeine und spezielle Parallelen« zwischen den Mordfällen festgestellt haben, die auf ein einheitliches »Täterprofil« schließen ließen. »Unterweger-Gutachten: Elfmal derselbe Mörder, keine biologische Spur zu Jack«, titelt der »Standard« vom 5. März 1993. Doch damit nicht genug: Dirnhofer findet sogar »Parallelen« der Morde zu jenem Mordfall, den Jack Unterweger nachweislich im Jahr 1974 verübt hat und für den er zu lebenslanger Haft verurteilt worden war. Zur Untermauerung seiner Theorie erstellt der Gutachter eine überdimensionale Schautafel: Darauf sind elf schauerliche Farbfotos der Frauenleichen an ihren jeweiligen Fundorten – zumeist im Wald oder Gestrüpp – rund um ein Schwarzweißfoto vom Mordopfer von 1974 bei seiner Auffindung in einem Waldstück bei Herborn platziert, womit die »Parallelität« der Morde effektvoll illustriert – oder womöglich vielmehr suggeriert? – werden sollte.

Damit wurde Dirnhofers Gutachten zum alles zusammenhaltenden Grundgerüst für die Anklage. In keinem einzigen der Mordfälle hätten die Indizien für eine Anklageerhebung ausgereicht. Nur das Sortierkriterium einer »Serie« ermöglichte es, daraus ein Indiz gegen Jack Unterweger abzuleiten.

Hier liegt aber schon das erste Problem: Bei der »Täterprofil«-Methode handelt es sich um eine relativ junge Errungenschaft der amerikanischen Kriminalpsychologie. Dabei wird anhand gemeinsamer Tatbildmerkmale ein abstraktes Täterbild erstellt, um einem noch unbekannten Täter auf die Spur zu kommen. Das, was Dirnhofer im Fall Unterweger machte, war jedoch genau umgekehrt: Er stimmte einzelne Tatbildmerkmale auf eine bereits bekannte Person ab.

Welche Kriterien waren es nun, die Dirnhofer in seinem Gutachten als »gemeinsame Tatbildmerkmale« einer angeblichen »Serie« ins Treffen geführt hat?

- Als quasi stärkstes gemeinsames Tatbildmerkmal ging der Generalgutachter davon aus, daß sämtliche Mordopfer Prostituierte gewesen seien.
  Allerdings darf nicht verwundern, daß Prostituierte in bezug auf Gewaltverbrechen die meistgefährdete Bevölkerungsgruppe darstellen: »Am meisten hab' ich bei denen verdient, wo's haarscharf am Tod vorbeiging«, berichtet Sylvia L., eine 38jährige Grazer Prostituierte, da gab's einen, der's von hinten wollte und mich dabei würgte. Das wurde von Mal zu Mal ärger. Zuletzt war es schon so weit, daß ich beinahe ohnmächtig geworden bin. Da hab' ich dann Schluß gemacht, denn sonst wär' garantiert was passiert ...«.
  Dennoch hatten nicht alle Opfer der vermeintlichen »Serie« diesen Beruf: Die Pragerin Bockova war Verkäuferin in einem Lebensmittelgeschäft.
- Als weiteres Merkmal der »Serie« führte Dirnhofer in seinem Gutachten die Tötungsart »Erdrosselung« an.
  Auch diese »Parallele« ist in Wirklichkeit nicht stichhaltig, da die tatsächliche Todesursache der Opfer in rund der Hälfte der angeklagten Fälle gar nicht feststellbar war. Die beiden Grazer Opfer Masser und Schrempf waren bei ihrer Auffindung bereits in einem Zustand, der keinerlei Rückschlüsse mehr darauf zuließ, wie die Frauen zu Tode gekommen waren – wenngleich nach dem Auftreten des Verdachts gegen Unterweger bei Masser plötzlich die Variante auftauchte, daß sie »am ehesten« (Anklageschrift gegen J. Unterweger) erdrosselt worden sei. Dasselbe galt für die ermordete Wienerin Silvia Zagler, deren Todesursache nicht mehr festgestellt werden konnte. In der Anklageschrift gegen Unterweger heißt es aber »wahrscheinlich durch Erdrosselung«, ohne daß diese Behauptung bewiesen oder auch nur indiziert wäre. Die Leiche der

Wienerin Regina Prem war bei ihrer Auffindung sogar schon skelettiert, so daß es ebenso wie im Fall Schrempf nicht mehr möglich war, nachträglich die Möglichkeit der Erdrosselung als »wahrscheinlichste« Variante ins Kalkül zu ziehen. Hinzu kommt, daß die Bregenzerin Heidemarie Hammerer sogar nachweislich nicht erdrosselt, sondern mit einem kombinierten Würgegriff erstickt wurde. Dort, wo die Todesursache hingegen eindeutig Erdrosselung war, wiesen die Tatwerkzeuge eine sehr unterschiedliche Natur auf (Strumpfhose, BH, Bodytrikot oder feste, dünne Schnur). Bemerkt sei an dieser Stelle im übrigen, daß Erdrosselung ganz allgemein die bei Prostituiertenmorden vom Täter am häufigsten angewendete Tötungsart ist.

- Die Verletzungsbilder bei den Opfern waren völlig unterschiedlich: Bei einigen Opfern (Bockova, Masser, Eroglu, Exley) fanden sich am Körper Spuren zusätzlicher Gewalteinwirkung, bei anderen hingegen nicht. Die Mißhandlungen waren teilweise auf mit einem stumpfen Gegenstand ausgeführte Gewalteinwirkung zurückzuführen; in zumindest einem Fall muß es hingegen dezidiert ein scharfer Gegenstand, wahrscheinlich ein Messer, gewesen sein, da die Pragerin Bockova am Gesäß eine eindeutige Stichverletzung aufwies.

  Die bei den Opfern festgestellten Verletzungen begründen zudem die Annahme, daß ihrem Tod ein unerbittlicher Kampf mit dem Mörder vorausgegangen sein muß. Es gab jedoch keine Zeugen, die sich je an irgendwelche »verdächtigen« Verletzungen bei Jack Unterweger erinnert hätten.
- Auch das Kriterium der angeblich »fehlenden Bekleidung« der Toten, das ebenfalls als »Serienmerkmal« herangezogen wurde, erweist sich als nicht stichhaltig. Mehrere Opfer waren bei ihrer Auffindung zwar völlig nackt, was bei Sexualverbrechen nicht weiter verwundern darf. In einigen Fällen waren sie jedoch teilweise (Bockova, Schrempf, Moitzi und Exley) und in drei Fällen (Hammerer, Prem, Long) sogar vollständig bekleidet. In den Fällen, in denen die Leichen nackt waren, war die Bekleidung zumeist verschwunden; in zwei Fällen (Moitzi, Eroglu) lag sie hingegen in unmittelbarer Nähe des Fundorts verstreut.
- Als besonders typisches Merkmal der »Serie« hob Dirnhofer hervor, daß sich die »Auffindungssituationen« der Leichen in allen Fällen

gleichen würden, zumal die Opfer allesamt im Dickicht von Waldgebieten oder in Buschwerk versteckt, mit Erde, Laub oder Ästen bedeckt und großteils in »Bauchlage« gefunden worden seien. Das ist unrichtig: Nur die Leichen der beiden Grazerinnen Brunhilde Masser und Elfriede Schrempf wurden mitten im Wald an entlegenen Stellen (Masser in einem Bachbett) versteckt gefunden. Die Wiener Opfer Zagler, Prem und Eroglu fand man hingegen unweit von Waldwegen, die tote Sabine Moitzi bei einem Parkplatz. Das Prager Mordopfer Bockova lag in einem Bachbett unmittelbar neben einer Bundesstraße. Die Leichen der Amerikanerinnen lagen in einer Wiese neben einem Parkplatz (Shannon Exley), auf einem Industriegelände unter einem LKW-Anhänger (Irene Rodriguez) oder auf einem bewachsenen Hügel (Sherry Ann Long). Auch die Positionen der Leichen waren unterschiedlich: Sie befanden sich teilweise in Bauchlage, teilweise hingegen in Rücken- oder Seitenlage. Aus dem Lichtbild über die Auffindung der Leiche von Brunhilde Masser geht zum Beispiel eindeutig hervor, daß sie sich in linker Seitenlage befand – Dirnhofer interpretierte dies in seinem Gutachten aber als »Bauchlage«. Die Extremitäten waren teilweise weit nach oben oder unten ausgestreckt, zum Teil hingegen angewinkelt.

Einige der Opfer waren mit Laub, Erde oder Ästen bedeckt, was sich schon aufgrund der langen Liegezeiten im Freien zwangsläufig ergibt. Andere Opfer – nämlich vornehmlich diejenigen, die relativ kurz nach ihrer Ermordung aufgefunden worden waren – lagen weitgehend frei bzw. unbedeckt.

Ganz »aus der Reihe« fiel auch die Auffindungssituation der Leiche der Vorarlbergerin Heidemarie Hammerer, die laut Obduktionsbericht noch Tage nach ihrem Tod umgelagert worden sein muß – was von Dirnhofer in seinem Unterweger-Gutachten allerdings bestritten wurde.

- Aus dem Stichwort »Auffindungssituation« folgerte Dirnhofer auch die angebliche »Ähnlichkeit« des von Jack Unterweger im Jahr 1974 verübten Mordes an Margret Schäfer mit der »Serie«. Die »Ähnlichkeit« beschränkte sich allerdings auf das Foto, das die Auffindung der Leiche der Schäfer in einem Waldstück bei Herborn dokumentiert. Sie lag auf dem Rücken, um den Hals war ein BH geschlungen, aber nicht zusammengezogen (keine Drosselwirkung,

was Dirnhofer aber zu relativieren versuchte, indem er aufgrund zusätzlicher Gewalteinwirkung durch Würgen ein Erdrosseln für »möglich« hielt). Über Hergang und Hintergrund der Tat konnte dieses Foto naturgemäß nichts aussagen.
Beachtet werden muß auch, daß Jack Unterweger seine Tat im Jahr 1974 unter dem Einfluß von Drogen begangen hatte, nach seiner Entlassung jedoch Alkohol und Drogen strikt mied.

- Die kühnste »Dirnhofersche Parallele« jedoch war das angebliche »Fehlen biologischer Spuren«. Denn es gab durchaus zahlreiche biologische Spuren, die aber eben nicht zu Jack Unterweger führten. Und dann existierten noch jene Spuren, die »bedauerlicherweise verlorengegangen« sind ... (dazu später).

Es ist eben unrichtig – so nur kann das Fazit lauten –, daß alle Jack Unterweger angelasteten Taten nach einem »ähnlichen Muster« abliefen. Denn es gibt große Unterschiede in den Details: Es ist eben unrichtig, daß alle Opfer »in Bauchlage« gefunden wurden. Es ist auch unrichtig, daß alle Opfer »entkleidet« waren. Es ist schließlich unrichtig, daß an allen Opfern die gleichen Mißhandlungen vorgenommen wurden; ebenso ist es unrichtig, daß gleiche sexuelle Handlungen im Zusammenhang mit den Taten vorgenommen wurden. Es ist folglich unrichtig, daß aus den Taten auf einen gemeinsamen Täter geschlossen werden kann: Die »Serie« weist mindestens ebenso viele Unterschiede wie Gemeinsamkeiten auf. Und genau das ist auch die eigentliche Schwachstelle von Dirnhofers Arbeit: Er hat es unterlassen, sein Gutachten durch Vergleichsanalysen anderer ungeklärter, aber nicht angeklagter Mordfälle zu objektivieren.

Die »FBI-Expertise«

In den Medien wurde das Bild des »Serienmörders« gierig aufgegriffen, was nicht weiter verwundert. So ein »Serial Killer« strahlt nun einmal etwas höchst Schaurig-Geheimnisvolles aus, das die Verkaufszahlen in die Höhe schnellen läßt. Schon im März 1993 berichtete die Zeitschrift »profil« unter der vielversprechenden Überschrift »Mörderische Ähnlichkeiten« über das Dirnhofer-Gutachten und die dort festgestellten »Parallelen« im Fall Unterweger. Außerdem wird eine »FBI-Expertise« hervorgehoben, die zum gleichen Ergebnis einer Täteridentität gekommen sein soll. Was der Verfasser des Artikels, Paul Yvon, allerdings nicht schreibt: Die »FBI-Expertise« war gar kein Gutachten im Gerichtsauftrag, sondern ein rein polizeiinternes Dokument, das der amerikanische FBI-Experte Gregg McCrary aufgrund von Unterlagen, die ihm der SOKO-Leiter Geiger im Februar 1993 persönlich überbracht hatte, zusammengestellt hatte.

Das mit 14. Februar 1993 datierte FBI-Dokument basierte im wesentlichen auf den Leichenfotos aus der Tatbildmappe und den vom SOKO-Leiter persönlich übermittelten Informationen: »Diese Analyse basiert auf einer Überprüfung der übermittelten Materialien und einer Konsultation mit Dr. Ernst Geiger und Mag. Thomas Müller [der Kriminalpsychologe des Wiener Sicherheitsbüros, A. W.]«, heißt es auch gleich in der Einleitung. In seiner »Opferstudie« analysiert McCrary die »Tathandschrift« des Mörders. Das Kernstück seiner Analyse der österreichisch-tschechischen Morde lautet: »Alle acht dieser Opfer haben sehr viel gemeinsam. Sieben waren Prostituierte, die achte war sexuell promiskuitiv (bekannt dafür, Sex gegen Gefälligkeiten auszutauschen). Bei allen handelte es sich um erwachsene Frauen (19 bis 35 Jahre alt). Alle hatten ein erhöhtes Risiko, aufgrund ihrer Lebensweise Opfer eines Gewaltververbrechens zu werden. Zu beachten ist, daß keines der Opfer in dieser Serie männlich war, noch handelt es sich um Kinder und auch keine Frauen, welche man als »geringes Risiko«, Opfer eines Gewaltverbrechens zu werden, betrachtet (z. B. eine Hausfrau, welche zu Hause war, etc.) Alle befanden sich alleine im Freien, meistens an ihrem üblichen Standort, zwecks Ausübung der Prostitution und wurden zuletzt gesehen zwischen 21 Uhr abends und 1 Uhr morgens. Es geschah in dieser üblichen Umgebung, daß diese ähnlichen Opfer ihre Wege mit dem Täter kreuzten.«

In bezug auf die US-Morde befand es McCrary nicht für notwendig, vor der Erstellung seiner »Expertise« mit den zuständigen US-Cops in L. A. Rücksprache zu halten oder sich zumindest die dortigen Polizei-Akte zu beschaffen. Seine kühne Schlußfolgerung lautete: »Während es einige Abweichungen zwischen diesen Gruppen (Österreich, ČSSR, Los Angeles) gibt, gibt es eine größere Anzahl von Ähnlichkeiten. Diese Ähnlichkeiten inkludieren – sind jedoch nicht beschränkt auf –: weibliche Prostituierte zwischen 19 und 35 Jahren, welche ohne Widerstand entführt, durch Strangulierung ermordet und in nacktem oder teilweise nacktem Zustand, mit nur einem kläglichen Versuch die

Leichen zu bedecken, im Freien deponiert worden sind.« – »Überraschend seltene« Ähnlichkeiten, wie McCrary meint.

Wenigstens gab der FBI-Mann selbst zu, daß seine »Expertise« nur eine »halbe Sache« war, indem er einschränkte: »Es handelt sich dabei um keinen Ersatz für eine gründliche, gut geplante Ermittlungsarbeit und sollte nicht als alles beinhaltend betrachtet werden.« An anderer Stelle heißt es: »Diese Analyse basiert auf Wahrscheinlichkeiten [...] Diese Analyse beinhaltet Informationen vertraulicher und heikler Art und wurde zur Unterstützung Ihrer [angesprochen ist Geiger, A. W.] Ermittlungen vorbereitet. Sie sollte nicht verbreitet werden, außer an Kriminaldienststellen, welche ein legitimes Interesse in Form von Ermittlung oder strafrechtlicher Verfolgung in dieser Angelegenheit haben.« Dennoch gelangte das Dokument schon im März 1993 unter nicht mehr verifizierbaren Umständen an die Medien – nämlich, wie schon erwähnt, an die Zeitschrift »profil«, die es dann als »FBI-Expertise« der Öffentlichkeit präsentierte. Andere Zeitungen schrieben ab, und auch in der Anklage wird das Privatdokument zum »Gutachten« hochstilisiert.

Erst viel später, nämlich beim Prozeß, sollte sich herausstellen, daß die Informationen, aufgrund derer McCrary sein »Täterprofil« zusammengestellt hatte, zum Teil völlig falsch waren. So mußte der FBI-Polizist beim Prozeß nach Befragen durch Anwalt Zanger zugeben, daß ihm Unterwegers Mord aus dem Jahr 1974 als »Sexualmord« an einer achtzehnjährigen »Prostituierten« dargestellt worden war – was eben falsch ist, da das Opfer, wie schon ausgeführt, keine Prostituierte gewesen war. Zudem hatten sexuelle Motive keine Rolle gespielt. Doch solche sachlichen Fakten spielten in der allgemeinen Mörder-Hysterie längst keine Rolle mehr. Fast hatte es den Anschein, als seien die Österreicher stolz, auch ihren Serienkiller nach amerikanischem Vorbild zu haben.

Vierundzwanzig Morde

Verfolgt man die Chronologie der polizeilichen Ermittlungen im Fall Unterweger, so gelangt man zur verblüffenden Erkenntnis, daß der mutmaßliche Täter in insgesamt vierundzwanzig Mordfällen im In- und Ausland unter Tatverdacht stand! Einige dieser Fälle ereigneten sich in Deutschland. So war am 17. September 1990 in Regensburg die

35jährige Prostituierte Panagiotta Kleine erdrosselt worden. Die Grazer »Kleine Zeitung« berichtete in ihrer Ausgabe vom 4. Juli 1992 von diesem »neuen Verdacht« gegen Jack Unterweger, der sich zum Tatzeitpunkt in Deutschland aufgehalten haben soll. Als sich der Verdacht als falsch herausstellte, vermeldeten die Zeitungen nichts davon, offenbar nach dem altbekannten Motto: Nur Belastendes wird berichtet, niemals Entlastendes.

Auch im Fall der in der Nacht vom 24. auf den 25. Juni 1991 in der Nähe von Hamburg ermordeten 22jährigen Prostituierten Emel Ulas wurde Jack Unterweger verdächtigt. Ulas wurde am nächsten Tag in der Nähe der Autobahn A 1 im Buschwerk erdrosselt aufgefunden. Sie war unbekleidet und lag in Bauchlage – so wie einige der Opfer, die man Unterweger anlastete. Nur war dieser nicht einmal in theoretischer Tatortnähe! Als Jack Unterweger übrigens während der Verhandlung einmal auf diesen Fall hinwies, schaltete sich sofort Richter Haas ein: Dieser Fall könne nicht mit den anderen verglichen werden, da das Opfer »in der Nähe einer Autobahn« gefunden worden sei.

Außer vier Fällen in Los Angeles (drei davon wurden angeklagt) wurden Unterweger in den USA weitere acht Frauenmorde im 30 Kilometer entfernten Riverside angelastet.

Schließlich stellte man Verbindungen zu unaufgeklärten Morden in Tschechien und der Slowakei her. Das Rotlichtmilieu der tschechischen Hauptstadt Prag ist von Zuhälterterfehden und Prostituiertenmorden geprägt. Allein während des Aufenthalts von Jack Unterweger ereigneten sich hier Morde an drei Prostituierten (Capova, Hyncicova, Pawlina) – natürlich wurde Unterweger auch wegen dieser Morde überprüft. Die Medien hoben vor allem beim Mordfall an der 22jährigen Olga Stekla, die am 30. November 1990 nordöstlich von Bratislava im Freien erdrosselt gefunden wurde, die »starken Parallelen« zu den anderen Jack Unterweger angelasteten Frauenmorden hervor. Die »Kleine Zeitung« titelte am 16. Mai 1992 bereits triumphierend: »Die Parallelen sind nicht zu übersehen!« Auch der Mord an der Tschechin Tatjana Lulic wurde wegen der »Parallelen« in die »Serie« einbezogen.

Da Jack Unterweger in all diesen Fällen, wie sich später herausstellte, nicht einmal in theoretischer Tatortnähe gewesen war, mußten sie stillschweigend wieder aus der »Serie« ausgeschieden werden.

In der Schweiz lastete man Jack Unterweger den Mord an der 22jährigen Prostituierten Brigitte Didie im Dezember 1990 an. Aber er hatte, wie er später nachweisen konnte, zum Tatzeitpunkt eine Theateraufführung in Lienz/Osttirol besucht.

In Norditalien wurden Jack Unterweger, der in Tarvis ein kleines Appartement gemietet hatte, insgesamt sieben ungeklärte Morde an Prostituierten angelastet. Ein Täter, ein 26jähriger Italiener, wurde noch vor der Anklageerhebung gegen Jack Unterweger überführt (»Kurier«, 10.8.1992) und rund ein Jahr vor dem Unterweger-Prozeß für fünf dieser Morde zu lebenslanger Haft verurteilt. Die beiden anderen Morde wurden später einem Grazer Zuhälter angelastet.

Schließlich überprüfte man Jack Unterweger in Österreich auch wegen des Mordes an der erst neunjährigen Nicole Strau: »Der Mordfall Nicole Strau, begangen am 23. 12. 1990«, so schrieb SOKO-Leiter Geiger an Untersuchungsrichter Wladkowski am 5. März 1992, »wäre in die Untersuchung einzubeziehen. Ein Anfangsverdacht liegt vor.« Aufgrund der Vorgangsweise des Täters, der geringen Entfernung der Tatorte und nicht zuletzt aufgrund eines DNA-Tests war man aber bislang stets davon ausgegangen, daß der Mörder der Strau schon ein Jahr zuvor ein anderes Kind ermordet hatte (»Kronen-Zeitung«, 24.12.1990) – da war Jack Unterweger aber noch in Stein inhaftiert gewesen. Auch für den Tatzeitpunkt im Fall Strau konnte Unterweger ein Alibi (eine Nacht mit einer Freundin) beibringen.

Übrig blieben also jene Fälle, in denen Jack Unterweger wegen einer zeitlichen und örtlichen Nahebeziehung als Täter in Frage kam – unter der unüberprüften Annahme, daß die Frauen unmittelbar nach ihrem Verschwinden ermordet worden seien (was allerdings gerade bei einer Berufsgruppe wie jener der Prostituierten nicht immer so selbstverständlich angenommen werden kann). Die ermittelnden Beamten haben ja selbst angegeben, ausschließlich nach Unterwegers jeweiligem Aufenthaltsort nach seinen Opfern gesucht zu haben.

Schließlich geschahen auch während der U-Haft Unterwegers Prostituiertenmorde, die in die »Serie« gepaßt hätten: So wurde etwa im Februar 1993 die Leiche einer 37jährigen Gelegenheitsprostituierten aus dem Wienfluß geborgen (»Kurier«, 18.2.1993). Im April 1993 entdeckte man in einem Gebüsch bei Eisenstadt die unbekleidete, erdrosselte Leiche einer ca. 25jährigen Prostituierten (»Standard«, 19.4.1993).

Damit genug: Wer Zeitung liest, wird gewiß weitere Fälle finden, die sich bestens in die »mörderische Unterweger-Serie« fügen würden!

Das »Täterprofil« – wissenschaftlich angewandt

Wie schon erwähnt, wird die in den USA entwickelte Methode, ein Täterprofil zu erstellen, dort auch seriös angewandt. Verschiedene Tatbildmerkmale werden herausgearbeitet und systematisiert, um ein abstraktes Täterprofil zu gewinnen und dadurch einem noch unbekannten Täter auf die Spur zu kommen. Die US-Kriminalisten haben dabei einige interessante psychologische Erkenntnisse gewinnen können.

Ein wichtiges kriminalpsychologisches Ergebnis der »Profiling«-Forschung in den USA ist etwa die Tatsache, daß der typische Serienkiller eine sogenannte »graue Maus« ist. Er stammt fast immer aus geordneten Verhältnissen, ist unbescholten und nach außen hin »anständig« – ein biederer Familienvater zum Beispiel, dem die Nachbarn irgendwelche perversen Eigenarten niemals zutrauen würden. Ein solcher Mensch, der sich im normalen Leben besonders unauffällig zeigt, wächst gerade in seinen Taten über sich hinaus. Darin besteht die Besonderheit dieses Tätertyps. Er lebt seine sexuelle Psyche, die er im Alltag unterdrücken muß, dadurch aus, indem er in seinem »zweiten Ich« nie für möglich gehaltene Gewalthandlungen begeht.

Ein typisches Beispiel für einen derartigen Täter ist der amerikanische Massenmörder Ted Bundy. Der unauffällig und schüchtern wirkende, 35jährige Jura-Student ermordete in den siebziger Jahren mindestens achtzehn Frauen, wurde 1980 von einem US-Gericht zum Tode verurteilt und später hingerichtet. Zwei der überlebenden Frauen sagten im Prozeß als Zeuginnen aus.

Der 34jährige Joel Rifkin aus New York erdrosselte mindestens 17 Prostituierte, ehe er 1993 gefaßt wurde. Die Nachbarn hatten ihn noch als scheuen Teenager in Erinnerung, der später zu dem biederen jungen Mann heranwuchs. Er gab ihnen »eine gewisse Sicherheit«, wenn sie einmal spätabends nach Hause kamen.

Jack Unterweger dagegen war Mittelpunkt von Schickeria-Partys; er mag auf manchen vielleicht sogar exaltiert gewirkt haben – jedenfalls war er das genaue Gegenteil einer »grauen Maus«. Er war erfolgreich bei Frauen und im Beruf. Er konnte seine sexuelle Psyche voll ausleben und bedurfte keiner sogenannten Zweitwelt, um sich auszutoben.

Aus dieser Persönlichkeitsstruktur des Jack Unterweger zog Anwalt

Zanger eine Schlußfolgerung, die dem Täterprofil eines Serienmörders widerspricht. Unterweger galt nach einhelliger Beurteilung der Psychologen als »Narziß«, als Mensch also, der in seiner Umgebung Aufmerksamkeit erregen will. Ein typisches Beispiel dafür war wohl sein Auftritt in einer Fernsehdiskussion mit weißem Anzug und roter Rose. »Wenn dieser Mann die ihm angelasteten Morde begangen hätte«, erklärte Anwalt Zanger, »dann hätte er jeden Mord so gekennzeichnet, daß von vornherein kein Zweifel bestünde, daß es sich um eine Kette von Morden handelt, somit um Serientaten. Er hätte an jedem Tatort irgend etwas Markantes fallengelassen beziehungsweise die Opfer in irgendeiner Form gekennzeichnet, damit die Öffentlichkeit sofort erkennt, es handelt sich um einen Serientäter.« »Die narzißtische Psyche des Jack Unterweger hätte es sicherlich nicht zugelassen, quasi unerkannt zu bleiben«, setzte der Anwalt seine Argumentation im Eingangsplädoyer fort. Der oder die Mörder im Fall der Jack Unterweger angelasteten Morde waren aber bestrebt, die Verbrechen durch Verstecken der Opfer im Wald, Buschwerk oder unter einem LKW-Anhänger möglichst vor der Öffentlichkeit zu verbergen – diese Vorgangsweise ist das genaue Gegenteil von Narzißmus.

Für den »klassischen« Serientäter ist es weiterhin typisch, daß seine Opfer alle demselben Frauentyp angehören. Bei Ted Bundy waren es junge, auffallend hübsche Frauen, die ausnahmslos lange, dunkle Haare trugen. Rifkins Favoritinnen waren kleine, dunkelhaarige Frauen mit aufreizender Aufmachung wie großen Ohrringen, klimpernden Ketten und engen schwarzen Halsbändern. Die Kriminalpsychologen vermuten als Erklärung ein Schlüsselerlebnis in der Jugendzeit der Täter: In den siebziger Jahren, als Rifkin zur Schule ging, waren große Ohrringe, auffallender Schmuck und glattes, langes Haar modern.

Zu beachten ist ferner, daß die Täter bei der Opferwahl stets bei Angehörigen der gleichen Rasse bleiben.

All das trifft bei Jack Unterweger nicht zu. Die ihm zur Last gelegten Frauenmorde betrafen höchst unterschiedlichste Frauentypen, in einem Fall sogar eine andere Rasse (Irene Rodriguez). Die Beschreibung der Opfer mutet tatsächlich wie eine reine Zufallsauswahl aus dem Durchschnitt der weiblichen Bevölkerung an: Schon das Alter der Opfer variiert zwischen 21 (Shannon Exley) und 39 (Brunhilde Masser), liegt jedoch im Durchschnittsalter von Prostituierten. Auch Haarfarben und Frisuren der Opfer waren völlig unterschiedlich: Vom blonden Kurzhaarschnitt (Silvia Zagler) über dauergewellte und blondierte Locken (Regina Prem) bis zu langen dunklen Haaren (Irene Rodriguez) ist alles vorhanden. Die schwergewichtige und massiv gebaute Brunhilde Masser (Körpergewicht 80 Kilo bei einer Größe von 1,76 Meter), die kräftige Sherry Long (Körpergewicht 80 Kilo bei einer Größe von 1,80 Meter) oder die eher stämmige Karin Eroglu (Körpergewicht 76 Kilo bei einer Größe von 1,58 Meter) hatten im übrigen mit den zart gebauten Prostituierten Sabine Moitzi (Körpergewicht 41 Kilo bei einer Größe von 1,58 Meter) oder Irene Rodriguez (Körpergewicht 50 Kilo bei einer Größe von 1,65 Meter), einer dunkelhäutigen Hispano-Amerikanerin, wenig gemein. Die blonden Amerikanerinnen Sherry Long und Shannon Exley waren mit 1,80 Meter überdurchschnittlich groß, die Grazerin Elfriede Schrempf mit 1,52 Meter oder die Wienerin Sabine Moitzi mit 1,58 Meter hingegen unterdurchschnittlich klein.

Hinsichtlich des körperlichen Aspekts ist auch der Blick auf den angeblichen Täter interessant. Jack Unterweger war nämlich für einen Mann relativ zart gebaut. Mit einer Körpergröße von rund 1,70 Meter war er körperlich sogar kleiner als viele seiner angeblichen Opfer. Es ist fraglich, ob er gegen eine erfahrene Prostituierte, die bei Übergriffen von Freiern nicht zimperlich ist, sondern »ihre Frau steht« und tatkräftig zuschlägt, überhaupt eine Chance gehabt hätte – vor allem dann, wenn sie so kräftig gebaut war wie Brunhilde Masser oder »Basketballer-Maße« wie Sherry Long oder Shannon Exley hatte. Eine erfahrene Prostituierte läßt es nicht zu, daß ein Freier gegen ihren Willen mit ihr in den Wald fährt, sondern greift ihm in einem solchen Fall sofort ins Steuer.

Auch darüber, wo, wann und wie oft Serientäter zuschlagen, gibt es genaue Untersuchungen. Am Anfang sind die Phasen zwischen den Morden lang – ein, zwei Jahre. Mit der Zeit werden die Intervalle jedoch immer kürzer: Bei Rifkin verringerten sich die Zeitabstände, in denen er seine Taten beging, von einem Jahr auf zunächst sechs, dann drei und schließlich auf nur noch zwei Monate. Auch diese Erkenntnis der amerikanischen Spezialisten trifft bei Jack Unterweger, der nach seiner bedingten Haftentlassung nur knapp zwei Jahre in Freiheit gelebt hat, nicht zu.

Mittels der »Kreis-Hypothese« bestimmt man den mutmaßlichen

Wohnort des Täters: Zieht man demnach einen Kreis, der genau alle Tatorte einschließt, so wohnt der Täter mit 80prozentiger Wahrscheinlichkeit in der Mitte des eingekreisten Gebietes, wiederum ein Merkmal, das bei Jack Unterweger, dem ja auch Morde im Ausland angelastet wurden, nicht zutraf.

Serientäter werden im übrigen fast immer durch überlebende Opfer überführt, welche die Täter identifizieren können. Die Anklage hat Jack Unterweger elf Morde vorgeworfen: Bei dieser Zahl ist es sehr wahrscheinlich, daß es auch überlebende Opfer gibt; nicht zuletzt deshalb, weil gerade Prostituierte über eine gewisse Berufserfahrung im Umgang mit gewalttätigen Freiern verfügen. Trotz bemühter Ermittlungen der Polizei im sexuellen Lebensbereich des Verdächtigen und aufgebauschter medialer Aufrufe fand man aber keine einzige Frau, die von einem gewalttätigen sexuellen Übergriff oder gar einem Mordversuch durch Jack Unterweger hätte berichten können.

Im Prozeß: Doch keine Serie!

Der Auftritt des Generalgutachters Prof. Dirnhofer war als Höhepunkt für die vorletzte Woche des Prozesses geplant und wurde mit großer Spannung erwartet. Schon Tage vor seinem Auftritt, ab 13. Juni – dem Tag der zeugenschaftlichen Einvernahme des SOKO-Leiters Geiger – wohnte er dem Prozeß als Zuhörer auf der für die Justiz reservierten Galerie des Schwurgerichtssaals bei. Auch Dr. Zanger fieberte dem großen Tag entgegen. Er hatte sich vor allem auf Dirnhofers »Täterprofil« vorbereitet und konfrontierte den Generalgutachter mit einer Reihe von Mordfällen, die allesamt in das Täterprofil (Opfer ist Prostituierte, Erdrosselung, Auffindungssituation im Wald) gepaßt hätten – mit einem wesentlichen Unterschied: Jack Unterweger war nicht einmal in theoretischer Tatortnähe gewesen und schied daher als Täter von vornherein aus.

Allerdings machte Dirnhofer bei seinem zweitägigen Prozeßauftritt am 15. und 16. Juni 1994 selbst einen unerwarteten Rückzieher. Als ihn Anwalt Zanger zum Mordfall Schäfer aus dem Jahr 1974 befragte, den Dirnhofer ja unter Hinweis auf »Ähnlichkeiten« und »Parallelen« in sein »Täterprofil« einbezogen hatte, antwortete er, daß er »die Umstände dieser Tat« gar nicht kenne. Es ist jedoch aktenkundig, daß

Dirnhofer den gesamten Akt vom Untersuchungsrichter angefordert und in seinem Gutachten auch verwertet hatte, indem er schrieb: »Unter Ausklammerung aller anderen Tatumstände und Ermittlungsergebnisse« gäbe es »im Fall Schäfer Parallelen«. Die »Parallelität« beschränkte sich allerdings auf das Foto von der Auffindung des damaligen Opfers im Wald, das Dirnhofer eindrucksvoll in die Mitte seiner Bilderschautafel plaziert hatte.

Doch damit nicht genug: Im Prozeß ließ Dirnhofer sogar seine These vom Serientäter fallen! Es könnte durchaus sein, meinte er, daß einige dieser Morde von »Trittbrettfahrern« verübt worden seien. Diese Relativierung begründete er mit »diszipliniertem Denken«. Mit seiner diesbezüglichen Aussage widersprach Dirnhofer nun aber nicht nur dem FBI-Polizisten und Täterprofil-Experten McCrary, sondern auch seinem eigenen Gutachten vom März 1993, in dem er ja dezidiert die These von einem einzigen »Serientäter« vertreten hatte. Und genau dieser »Kunstgriff« hatte die Rekordanklage in elf Morden überhaupt erst ermöglicht! Andererseits: Hätte die Anklage die These vom »Serientäter« weiterhin so hartnäckig vertreten wie McCrary, hätte ein Entlastungsbeweis in einem einzigen Fall Freisprüche auch in allen anderen Fällen bedeuten müssen.

In den Medien wurde von der Kehrtwendung des Unterweger-Generalgutachters kaum Notiz genommen. Ganz im Gegenteil, die Grazer »Neue Zeit« zum Beispiel titelte am 16. Juni 1994 unbekümmert: »Schäfer-Mord paßt ins Gesamtbild«.

Im übrigen galt die Aufmerksamkeit vor allem einem Haar ...

Mordfall Bockova: An einem Haar...

Die Anklage war auf angeblichen »Parallelen« aufgebaut und wurde von einem einzigen Haar zusammengehalten, das von der ermordeten Pragerin Blanka Bockova stammen soll. Die Chronologie dieser »haarigen« Geschichte verdient es, näher unter die Lupe genommen zu werden.

Die Pragerin Blanka Bockova ist zweifache Mutter und arbeitet als Verkäuferin in einem Lebensmittelgeschäft. Sie ist also keine Prostituierte – auch wenn sie SOKO-Leiter Geiger in seiner Anzeige an das Grazer Landesgendarmeriekommando vom Juni 1992 als solche bezeichnet hat. Im SOKO-Abschlußbericht heißt es dann, daß Bockova »häufig Männerbekanntschaften wechselte« und sich gegenüber Taxifahrern »statt der Bezahlung auf einen GV eingelassen haben soll«. Woher die Kriminalisten das wissen wollten, bleibt unklar. In der Anklage wird Bockova dann – offenbar um sich besser in das »parallele Bild« zu fügen – zur »Gelegenheitsprostituierten«.

Wie auch immer, am Abend des 14. September hält sich Bockova mit ihrem Arbeitskollegen Janis M. in einem Weinlokal in der Nähe des Wenzelsplatzes auf. Nach übereinstimmenden Zeugenaussagen sollen die beiden ziemlich angeheitert gewesen sein. Dann kommt es aber zu einem Streit, woraufhin Bockova und Janis M. gegen 23.45 Uhr das Lokal verlassen. Wie M. später bei der Polizei angibt, trennen sie sich noch vor der Eingangstüre. Bockova sei ihm erzürnt in Richtung V.-Jame-Straße davongelaufen, als er sie küssen wollte.

Jack Unterweger befindet sich an diesem Abend in Prag, um im Auftrag der Zeitschrift »Basta« Eindrücke für eine Reportage von der Moldaustadt fernab vom Touristenklischee zu sammeln. Mit von der Partie sind zwei Frauen aus Wien. Die drei – eine der Frauen ist tschechischer Herkunft – waren schon um zwei Uhr früh mit Unterwegers BMW aus Wien aufgebrochen. Vormittags treffen sie in Prag eine Dolmetscherin, die mit der in Wien lebenden Tschechin bekannt ist. Sie bietet den Gästen ihre Wohnung zum Übernachten an und führt sie anschließend durch die Prager Altstadt, zeigt ihnen das Jan-Pallach-Denkmal und andere Sehenswürdigkeiten. Am Abend ist das Nachtleben in den schummrigen Bars dran. Gegen Mitternacht fährt Unterweger noch allein zum Hauptbahnhof, da die Frauen schon zu müde waren. Dort verschießt er noch vier Filme. Die Bilder, die später an »Basta« gelangten, zeigen Prostituierte, Fixer und was sich sonst noch außer Reisenden auf Bahnhöfen rumtreibt. Dann, so seine spätere Verantwortung, sei er in die Wohnung gefahren, wo die anderen schon schliefen, und müde ins Bett gefallen – nach fast vierundzwanzig Stunden auf der Achse!

Wo und unter welchen Umständen Blanka Bockova in dieser Nacht ihrem Mörder in die Hände gefallen ist, konnte bis heute nicht eruiert werden – Janis M. war der letzte gewesen, der sie lebend gesehen hatte. Ihre bis auf Nylonkniestrümpfe (Dirnhofer schreibt – möglicherweise zur Herstellung einer »Parallelität« zum Fall Schrempf – von »Socken«) unbekleidete, mit einem dicken (möglicherweise herabgefallenen) Ast bedeckte Leiche wird am frühen Morgen des nächsten Tages im Bett des Brezanskybaches nahe einer Fernstraße, rund zwanzig Kilometer westlich von Prag, aufgefunden. Sie liegt auf dem Rücken, mit weit auseinandergespreizten Beinen und ausgebreiteten Armen. Von der restlichen Kleidung fehlt jede Spur.

Die obduzierende Prager Gerichtsmedizinerin Dr. Krumlova stellt fest, daß Bockova mit einer festen, dünnen Schnur – nachweislich mit keinem Kleidungsstück, wie die Medizinerin später auch bei ihrer gerichtlichen Aussage betont – erdrosselt worden ist. Der Tod ist in den frühen Morgenstunden des 15. September eingetreten. Die Blutanalyse ergibt eine mittelschwere Alkoholisierung. Äußerlich weist der Leichnam ausgeprägte Spuren von Mißhandlungen in Form von Hautabschürfungen (vor allem am Kopf), Schnitten (insbesondere eine deutliche Stichverletzung am Gesäß) und Bißwunden am ganzen Körper auf. Die Gerichtsmedizinerin gab daher bei ihrer Aussage vor Gericht an, daß sich Bockova verzweifelt gewehrt haben müsse, wobei auch der Täter mit größter Wahrscheinlichkeit Verletzungen davongetragen habe. Von im Abschlußbericht der »SOKO Unterweger« erwähnten »Fesselspuren an den Unterarmen« ist hingegen im Prager Obduktionsbericht nicht die Rede.

Die beiden Frauen, die mit Jack Unterweger am 15. September um halb neun Uhr frühstücken, sowie die ebenfalls dazugestoßene Gastgeberin berichteten später übereinstimmend von einem gut ausgeschlafenen Jack Unterweger und erwähnten keinerlei Spur von irgendwelchen Verletzungen. Das Trio fuhr übrigens erst am Morgen des darauffolgenden Tages, einem Sonntag, nach Wien zurück.

Einige Wochen nach seiner Pragreise ist Jack Unterweger am 31. Oktober 1990 mit seinem BMW 728 in Oberösterreich unterwegs, als der Motor plötzlich aussetzt. Unterweger kommt gerade noch bis zur Autobahnstation Ansfelden bei Linz, von wo aus er den Mechaniker einer naheliegenden Werkstätte anruft. Der Mechaniker stellt einen irreparablen Motorschaden fest. Unterweger schenkt ihm das fast wertlose Auto an Ort und Stelle und ruft seine damalige Freundin Rosa U. aus Wien an, die ihn abholt. Den Typenschein schickt er später nach.

Als Jack Unterweger bereits in einer Gefängniszelle in Miami sitzt, versucht die Wiener Kripo seine wenigen Monate in Freiheit zu rekonstruieren, um so auf die Spur weiterer Morde zu gelangen. Durch seine Wiener Ex-Freundin erfahren die Ermittler, daß Unterweger seinen dunkelgrauen BMW mit den beigen Sitzen, mit dem er unter anderem auch in Prag gewesen ist, dem Mechaniker einer Werkstätte in Ansfelden geschenkt habe. Daraufhin machen sich Beamte der Mordgruppe der Kriminalabteilung des Landesgendarmeriekommandos Steiermark – und nicht die eigentlich örtlich zuständigen Beamten der Kriminalabteilung Oberösterreich – über Auftrag des Grazer Untersuchungsrichters auf die Suche nach dem BMW. Von jener Werkstätte in Ansfelden aus, dessen Mechaniker das Auto im Oktober 1990 abgeschleppt hatte, verfolgen sie die vermeintliche Spur des BMW über insgesamt vier weitere Besitzer zurück – bis sie, noch im März 1992, auf dem Abstellplatz eines Wohnhauses in Hörsching (Oberösterreich) einen schwarzen BMW ausfindig machen. Es ist aber nicht derjenige Unterwegers. Doch zumindest die darin eingebauten Autositze sollen nach Meinung der Kriminalisten zuvor im anthrazitfarbenen BMW Unterwegers eingebaut gewesen sein. Dessen eigener BMW hingegen sei bereits »verschrottet« worden. Die offizielle, an die Medien weitergegebene Version lautet übrigens anders: Die Sitze seien »auf einem Schrottplatz« gefunden worden (»profil«).

Kehren wir nach Hörsching zurück: Die Grazer Beamten informieren das Wiener Sicherheitsbüro von ihrer Entdeckung. Ein Polizeibeamter, Insp. Friedrich U., fährt daraufhin im Auftrag der »SOKO Unterweger« nach Hörsching und führt dort die Sicherstellung des Fahrzeugs samt den Sitzen durch. Es wird alles nach Wien zur spurenkundlichen Untersuchung verfrachtet. Im Wiener Sicherheitsbüro saugt derselbe Beamte die Sitze ab und stellt neben Staub- und Mikrospuren genau sieben Haare sicher, die gesondert asserviert werden.

Ein »unbrauchbares« Haar wird zum Schlüsselindiz

Erst drei Monate nach der Sicherstellung der Sitze, anläßlich einer Arbeitssitzung im Landesgendarmeriekommando Steiermark am 3. Juli 1992, an der neben dem SOKO-Leiter Geiger auch Generalgutachter

Prof. Dirnhofer, Prof. Brüschweiler und der für die Entdeckung der Sitze zuständige Mordgruppen-Leiter der steirischen Kriminalabteilung teilnehmen, werden die asservierten Haare Prof. Brüschweiler von der Stadtpolizei Zürich zur Spurenauswertung übergeben. Außerdem erhält Brüschweiler ein Papierkuvert mit Vergleichshaaren vom Mordopfer Bockova, das deren Vater wenige Wochen zuvor der Prager Polizei übergeben hatte.

Als Jack Unterweger Ende Juni 1992 von der Sicherstellung der Sitze erfährt, stellt er beim Untersuchungsrichter den Antrag, ihn damit bzw. mit auf diesen Sitzen möglicherweise gefundenen Effekten zu konfrontieren. Dies wurde ihm jedoch trotz wiederholter diesbezüglicher Ansuchen vom Richter verweigert.

Brüschweiler stellt indes an drei der sieben Haare Haarwurzeln fest. Diese seien aber derart beschädigt, daß sie für weitere spurenkundliche Untersuchungen unbrauchbar seien.

Im Gesamtgutachten Dirnhofers, das ein Jahr nach der Sicherstellung der BMW-Sitze am 3. März 1993 vorlag, werden diese Haare nicht einmal erwähnt. Wie schon ausgeführt, fand Prof. Dirnhofer in allen elf in Voruntersuchung gezogenen Fällen keine einzige biologische Spur, die zu Jack Unterweger führt. Vielmehr waren alle Vergleichsuntersuchungen der sichergestellten Sperma- und Haarspuren mit dem DNA-Profil des Verdächtigen negativ ausgefallen.

Trotz oder vielmehr wegen dieses enttäuschenden Ergebnisses der ersten DNA-Analysen wird weitergesucht. Nur einen Monat nach Vorliegen des Gesamtgutachtens, das ursprünglich als Abschluß der gerichtsmedizinischen Untersuchungen geplant war, reist SOKO-Leiter Geiger nach Prag, um dort zusätzliche »Vergleichshaare« für weitere DNA-Untersuchungen zu beschaffen. Die »Vergleichshaare« werden schließlich gefunden: Laut bezughabenden SOKO-Vermerk auf dem Kopfpolster der Ermordeten – fast drei Jahre nach ihrem Tod. Rätselhaft bleibt nur, weshalb nach weiteren »Vergleichshaaren« gesucht wurde, wo doch solche schon im Juli 1993 dem Gutachter Brüschweiler übergeben worden waren und außerdem die angeblich aus dem PKW Unterwegers stammenden Haare ohnehin nicht über genügend Zellmaterial verfügten.

Nun werden auch die Vergleichshaare vom Kopfpolster zur weiteren Analyse nach Zürich geschickt. Das Ergebnis der spurenkundlichen Untersuchungen von Prof. Walter Brüschweiler ist in seinem

Gutachten vom 2. Juli 1993 zusammengefaßt. Zum Fall Bockova führt er aus: »Ihre Vergleichs-Kopfhaare sind von hellblonder bis blonder Farbe und weisen eine normale farbliche Variationsbreite auf.« Dabei stellt Brüschweiler zwar eine Ähnlichkeit der Eigenkopfhaare der Bockova mit den drei angeblich von den BMW-Sitzen Unterwegers stammenden Haaren fest: Es sei »in Betracht zu ziehen, daß die fraglichen drei Haare aus dem Fahrzeug ›BMW‹ des J. Unterweger von B. Bockova stammen«. Doch der Gutachter macht allzu große Erwartungen der Anklage gleich wieder zunichte, indem er weiter schreibt: »An den uns vorliegenden Kopfhaaren von B. Bockova finden sich keine farblichen oder morphologischen Merkmale, anhand derer eine Zuordnung beweisend sein könnte.

Bereits mit Sendung vom 15. April 1993 wurden die drei angeblich von den BMW-Sitzen Unterwegers sichergestellten, bewurzelten Haare samt Vergleichshaaren vom Wissenschaftlichen Dienst der Stadtpolizei Zürich dem Rechtsmedizinischen Institut Bern übermittelt. Insofern ist es eigenartig, daß Prof. Dirnhofer mit Schreiben vom 19. April 1993, also vier Tage nach der Sendung aus Zürich, beim Mordgruppenleiter der steirischen Kriminalabteilung, der für die Auffindung der Sitze in Hörsching verantwortlich war, »vor der Durchführung der DNA-Analyse« weitere Vergleichskopfhaare von Blanka Bockova anfordert.

Am 1. Juli 1993 liegt ein erstes Ergebnis in Form eines »vorläufigen Gutachtens« aus Bern vor: »Aus den Wurzelanteilen der drei Kopfhaare konnte DNA aus der Wurzel eines Haares isoliert und am genetischen Merkmal HLA-DQ typisiert werden. Die Wurzelanteile der beiden anderen Haare enthielten zuwenig DNA für eine Typisierung an diesem genetischen Merkmal.«

Im September 1993 stellt Dirnhofer in einem ersten »Nachtragsgutachten« fest, daß die isolierte DNA aus der Wurzel des angeblich am Autositz Unterwegers gefundenen Haares mit einer »Wahrscheinlichkeit von 1:13« von der ermordeten Blanka Bockova stamme.

Zur selben Zeit werden die Sitze, die angeblich aus dem BMW Unterwegers stammen, über Auftrag des Grazer Untersuchungsrichters – so die offizielle Version – im Wiener Sicherheitsbüro amtlich vernichtet. Die Vernichtung wird später damit begründet, daß die Sitze (infolge der kriminaltechnischen Untersuchung) zerschnitten und daher »unbrauchbar« gewesen seien …

Am 20. Oktober 1993 äußert sich Dirnhofer anläßlich einer internationalen Kriminologentagung in Salzburg: »Wir haben nach wie vor Probleme mit Haaranalysen. Wir haben hingegen etwa 80 % Erfolg bei Samenspuren, bis zu 70 % Erfolg bei Blutspuren.« Die im Fall Unterweger vorhandenen Samenspuren führten allerdings, wie schon erwähnt, nicht zu Jack Unterweger. Weiter meinte Dirnhofer damals in bezug auf Haarspuren: »In drei, vier Jahren werden wir hier ebenfalls Aussagen machen können« (»Salzburger Nachrichten«, 30.11.1993).

Dann war es aber offenbar schon viel früher soweit. Denn nur wenige Monate danach, kurz vor Prozeßbeginn und rechtzeitig zur letzten Haftprüfungsverhandlung Jack Unterwegers, der zu diesem Zeitpunkt schon fast zwei Jahre in U-Haft saß, trifft eine regelrechte »Bombe« aus dem Berner Institut ein: In einem vorerst geheimgehaltenen, an Richter Haas persönlich adressierten weiteren Nachtragsgutachten Dirnhofers vom 2. Februar 1994 kommt er zu folgendem Ergebnis: »[...] Das hellblonde, von den Vergleichshaaren der Blanka Bockova nicht unterscheidbare Kopfhaar aus dem PKW ›BMW‹ des Johann Unterweger stimmt nicht nur, wie bereits im Gutachten vom 1. 7. 1993 mitgeteilt, am genetischen Merkmal HLA-DQ alpha mit den Vergleichskopfhaaren der Blanka Bockova überein, sondern es besteht darüber hinaus an fünf weiteren Merkmalen, d. h. an insgesamt sechs Merkmalen eine exakte Übereinstimmung zwischen diesem Haar und den Vergleichskopfhaaren der Blanka Bockova.« Die »gutachterliche Schlußfolgerung« lautete: »[...] das heißt, daß 99,96 % der Gesamtbevölkerung eine andere Merkmalskonstellation aufweist.«

Doch auch das war noch nicht das letzte Wort des Gutachters: Anläßlich des Prozeßbeginns im April 1994 erfährt Anwalt Zanger nicht nur aus Journalistenkreisen, sondern auch durch eine unmißverständliche Bemerkung des Staatsanwalts Gasser, daß inzwischen ein weiteres Gutachten vorliegen soll, das die Wahrscheinlichkeit der Übereinstimmung des Haares noch näher an die 100-Prozent-Marke heranführe. Darauf angesprochen, leugnet der vorsitzende Richter Haas ein derartiges Gutachten jedoch: »Es gibt so ein Gutachten nicht!«

Doch Mitte Mai 1994 müssen tatsächlich neue Untersuchungen in Bern durchgeführt worden sein. Denn nur zwei Wochen vor seinem Auftritt im Prozeß am 17. Juni liefert Dirnhofer am 31. Mai 1994 ein – wiederum an Richter Haas persönlich adressiertes – »Ergänzungsgutachten« zum zweiten »Nachtragsgutachten«, in dem er ausführt:

»Am 24. Mai 1994 wurde mittels DNA-Analyse am Kopfhaar aus dem PKW ›BMW‹ des Johann Unterweger eine Geschlechtsbestimmung vorgenommen. [...] Das Kopfhaar aus dem PKW ›BMW‹ des Johann Unterweger zeigt somit die für das weibliche Geschlecht charakteristischen Merkmale.«

In diesem »Ergänzungsgutachten« zum zweiten Nachtragsgutachten von Prof. Dirnhofer bestätigten sich die gerüchteweisen Voraussagen vom April haargenau. Denn das Haar sei laut Dirnhofer nun auch mit den DNA-Merkmalen der Eltern der Bockova verglichen worden, woraus sich drei weitere genetische Übereinstimmungen des Haares mit den genetischen Merkmalen der Eltern ergeben hätten: »Dabei zeigte sich, daß das Kopfhaar aus dem PKW ›BMW‹ des Johann Unterweger jeweils eines jener Merkmale aufweist, die Fr. Emilie H. bzw. Herr Stanislav H. besitzen und an ihre Nachkommen vererbt haben könnten. [...] Es gilt somit das aus der Abstammungsbegutachtung stammende Prädikat ›höchst wahrscheinlich‹, daß Fr. Emilie H. und Hr. Stanislav H. die Eltern jener Person sind, deren Kopfhaar im PKW ›BMW‹ des J. Unterweger gefunden wurde. Fr. Emilie H. und Hr. Stanislav H. sind mit einer Wahrscheinlichkeit von 99 % (Prädikat: ›höchst wahrscheinlich‹) die Eltern jener Person, deren Kopfhaar im PKW ›BMW‹ des J. Unterweger gefunden wurde.« Dirnhofer zieht daraus die nunmehr »endgültigen gutachterlichen Schlußfolgerungen«: »Das hellblonde, von den Vergleichskopfhaaren der Blanka Bockova nicht unterscheidbare Kopfhaar aus dem PKW ›BMW‹ stimmt nicht nur, wie bereits im Gutachten vom 2. 2. 1994 mitgeteilt, an sechs genetischen Merkmalen mit den Vergleichskopfhaaren der Blanka Bockova überein, sondern es besteht darüber hinaus an drei weiteren verschiedenen genetischen Merkmalen und an einem Geschlechtsmerkmal, d. h. an insgesamt zehn DNA-Merkmalen exakte Übereinstimmung.« Dirnhofers »Zusammenfassung und Schlußfolgerung« lautet: »Die Eltern der getöteten Blanka Bockova sind mit einer Wahrscheinlichkeit von 99 % (Prädikat: ›höchst wahrscheinlich‹) die Eltern jener Person, deren Kopfhaar im PKW ›BMW‹ des J. Unterweger gefunden wurde. [...] Das Kopfhaar aus dem PKW ›BMW‹ des Johann Unterweger zeigt die für das weibliche Geschlecht charakteristischen Merkmale.« Und jetzt heißt es plötzlich auch: »Die an dem Kopfhaar aus dem PKW ›BMW‹ des Johann Unterweger ermittelte, aus zehn DNA-Merkmalen bestehende Merkmalskonstellation ist extrem selten. Es besteht an allen diesen zehn DNA-Merkmalen exakte Übereinstimmung mit den Vergleichskopfhaaren der getöteten Blanka Bockova.« Mit einer scheinbar nebensächlichen, auch im späteren Prozeß nicht thematisierten Formulierung nahm Dirnhofer übrigens schon eine Beweiswürdigung vorweg: Das fragliche Haar stammte eben nicht »aus dem PKW ›BMW‹ des Johann Unterweger«, sondern, zumindest nach Darstellung der SOKO, von den in Oberösterreich sichergestellten Autositzen – mehr dazu später.

Dirnhofer schließt das »Ergänzungsgutachten« mit folgendem Satz ab: »Die ermittelte, aus zehn DNA-Merkmalen bestehende Merkmalskonstellation kommt lediglich in 1 Person von etwa 2,1 Millionen unverwandten Personen weiblichen Geschlechts vor.« Das Haar stamme demnach mit »99,99 %iger« und damit »an Sicherheit grenzender« Wahrscheinlichkeit von der ermordeten Blanka Bockova.

99,99 % lautete also der unantastbare »Urteilsspruch« aus dem Munde eines unantastbaren Gutachters. Aus einem ursprünglich »unbrauchbaren« Härchen war ein »Volltreffer« für die Anklage geworden.

Ein Anschein unzweifelhafter Evidenz

Auch die Medien erfüllen ihre Aufgabe: Sie strotzen zur Zeit des Unterweger-Prozesses von wissenschaftsgläubigen Artikeln, als sei die DNA-Methode gerade als neuer »Stein der Weisen« erfunden worden. Prof. Dirnhofer wird ohnehin nur mehr »Professor DNA« genannt.

Nun ist die DNA-Methode, auch »genetischer Fingerabdruck« genannt, in den letzten Jahren tatsächlich zu einem wichtigen Hilfsmittel in der Kriminologie geworden. Das Verfahren basiert auf der in allen biologischen Spuren – das sind Zellmaterial enthaltende Teilchen in fester oder flüssiger Form – enthaltenen Erbinformation. Diese drückt sich in einem speziellen »DNA-Profil« aus, das ist jenes mit einer speziellen elektrischen Längensortierung (»Elektrophorese«) sichtbar werdendes Muster, das sich aufgrund der Anordnung verschiedener Längen von DNA-Strängen ergibt. Dieses »DNA-Profil« wird sodann mit der Erbinformation des möglichen Verursachers verglichen. An dieser Stelle liegt ein heikler Punkt der DNA-Gutachten: nämlich die statistischen Daten, die der Berechnung der Wahrscheinlichkeit, mit der ein bestimmtes Muster bei einem anderen Individuum auftritt, zugrunde gelegt werden. Prof. Dirnhofer hat für die Ermittlung seiner Werte eine aus hundert Schweizern und Schweizerinnen bestehende Vergleichsgruppe herangezogen. Nun unterliegt die Häufigkeit einzelner Genmerkmale (Allele) aber beträchtlichen lokalen Schwankungen – nach einer von K. N. Sullivan im International Journal for Legal Medicine, Band 105, veröffentlichten Untersuchung sind es bis zu 300 %. Die international besetzte DNA-Kommission, deren Ziel die Schaffung einer einheitlichen Nomenklatur und einheitlicher Qualitätsstandards bei DNA-Gutachten ist, verfügt über Unterlagen von 22 Erhebungen in verschiedenen europäischen Ländern. Sechs verschiedene Ausprägungen von Allelen werden dort aufgelistet. Ein Beispiel: Die Häufigkeit des Allels 1.3 schwankt zwischen 2,3 % (Sardinien) und 12,7 % (Spanien); dieses genetische Merkmal ist also in Spanien etwa sechsmal so häufig zu finden wie in Sardinien.

Auch die Allelfrequenzen, das ist die Häufigkeit der Konstellation bzw. Paarung solch genetischer Merkmale, unterscheiden sich nach wissenschaftlichen Erkenntnissen je nach lokalem Untersuchungsgebiet stark voneinander. In Dirnhofers Gutachten finden sich nun zwar Angaben über die Allelfrequenzen der von ihm erstellten Schweizer Vergleichsgruppe, doch keine Ausführungen über jene der tschechischen Population, aus der das Mordopfer stammte. Unter diesem Aspekt erscheint die Aussage des Sachverständigen interessant, wonach die Merkmalskonstellation des untersuchten Haares »extrem selten« sei. Wie die Verteidigung später in der Nichtigkeitsbeschwerde ausführte, ergab nämlich die Untersuchung der DNA-Merkmale der – miteinander ja nicht verwandten – Eltern des Mordopfers, daß auch diese über eine höchst zufällige, Dirnhofer zufolge »extrem seltene« Vielzahl von Gemeinsamkeiten verfügten. Dies könnte dadurch erklärt werden, daß die von Dirnhofer für die Schweizer Vergleichsgruppe ermittelte Merkmalskonstellation für die Beurteilung der Prager Population eben nicht zutreffend war; freilich aber auch damit, daß die Eltern möglicherweise aus derselben Ortschaft stammten und somit doch zumindest weitläufig verwandt sind.

Für einen Angeklagten kann es jedenfalls sehr wesentlich sein, ob eine bestimmte genetische Struktur auf jeden zweiten oder jeden fünften zutrifft – es können sich daraus mathematisch Wahrscheinlichkeitsschwankungen von bis zu 30 % ergeben! Monate nach dem Unterweger-Prozeß versuchte etwa der Wiener Mathematiker Josef Zaussinger in einem Beitrag für die – hervorragende, aber leider nur in gehobenen Bildungskreisen verbreitete und inzwischen eingestellte – Zeitschrift »forum« (12/94) darzulegen, daß die DNA-Wahrscheinlichkeitsrechnung Dirnhofers im Fall Unterweger aus mathematischer Sicht nicht haltbar sei.

Aber auch simple Fehlerquellen dürfen nicht unterschätzt werden – etwa die Gefahr von Verunreinigungen des sensiblen Materials durch fremdes DNA. Noch kurz vor Beginn des Unterweger-Prozesses zogen die Universitätsprofessoren Peter Donnelly und David Balding in der britischen Wissenschaftszeitung »Nature« die Verläßlichkeit der Methode wegen der zahlreichen Fehlerquellen und Unsicherheiten in Zweifel: Die DNA-Methode werde meist dann eingesetzt, wenn andere Sachbeweise fehlen. Damit werde dem Verfahren ein »künstliches Gewicht« verliehen (»Nature«, 24.3.1994).

Im angloamerikanischen Raum ist die anfängliche »DNA-Euphorie« ob zahlreicher aufgedeckter Fehlschläge inzwischen etwas gedämpft worden. Der US-Molekularbiologe Simon Ford meinte sogar einmal: »Was hier passiert, fällt unter genetische Kaffeesudleserei!« (»profil« 20/92). Die US-Justiz hat reagiert: Um etwa die Gefahr von verzerrten Ergebnissen bei DNA-Gutachten möglichst gering zu halten, wird die Berechnung der Übereinstimmungswahrscheinlichkeiten inzwischen von Statistikern vorgenommen.

Nun soll hier keineswegs die wissenschaftliche Kompetenz des Dirnhofer-Gutachtens im Fall Unterweger in Frage gestellt werden. Was in Frage gestellt werden soll, ist vielmehr der offenbar unbeirrbare Glaube des Laien in die Unfehlbarkeit der Wissenschaft und ihrer Vertreter. Dabei darf aber nicht vergessen werden, daß die DNA-Forschung seit dem Fall Unterweger beträchtlich weiterentwickelt und verfeinert worden ist. Die Kritik ist dennoch geblieben: Anerkannte US-Genetiker forderten im Februar 1998 in einer Resolution, daß die Gerichte sich in ihren Urteilen nicht ausschließlich auf eine Gen-Analyse stützen dürften. Das deutsche Bundesverfassungsgericht hielt dieselbe Forderung sogar in einem Urteil für die deutsche Rechtsprechung fest.

Einen erheblichen, wenn nicht gar entscheidenden Einfluß auf die Urteilssprechung hat im übrigen die Art und Weise der Präsentation von genetischen Beweisstücken vor Gericht. Das hat der US-Psychologe

Jonathan Koehler in einer Studie festgestellt. Dieser zufolge neigten Geschworenengerichte eher dazu, Angeklagte zu verurteilen, gegen die ein DNA-Gutachten spricht. DNA-Gutachten vermitteln eben den Anschein einer unzweifelhaften Evidenz. Wird in einem Gerichtsverfahren dagegen auf die biomathematische Wahrscheinlichkeit der Übereinstimmung von DNA-Spuren und genetischen Fingerabdrükken hingewiesen, würden Geschworene einem Gen-Beweis nicht mehr dieselbe Bedeutung beimessen. Psychologe Koehler beriet übrigens das Verteidigerteam im Strafprozeß gegen den ehemaligen Footballstar O. J. Simpson, der freigesprochen wurde, obwohl der DNA-Code von Blutspuren am Tatort mit seinem eigenem genetischen Fingerabdruck übereinstimmte (»Der Standard«, 4.5.1998).

»Professor DNA«

Der Anschein der unzweifelhaften Evidenz eines DNA-Beweises kam auch in der Medienberichterstattung zum Ausdruck. Schon Wochen vor dem Prozeß-Auftritt Dirnhofers hatte man begonnen, das »wissenschaftliche Renommee« des Herrn »Professor DNA« zu mystifizieren. Seine DNA-Forschungen wurden mit regelrechten Werbeslogans wie »Schweizer Präzisionsarbeit« (z. B. in der »Kleinen Zeitung« vom 16.6.1994) umworben. Unter dem Titel »DNA: Der letzte Krimi« – daneben eine bunte Abbildung einer überdimensional vergrößerten DNA-Bande – drückte der Redakteur Paul Yvon seine Begeisterung für die offenbar unfehlbare neue Methode aus: »Wenn sie so weitermachen, weisen die Gen-Forscher bald auch unsere Gedanken auf Röntgenfilm nach.« (»profil« 16/94).

Als Dirnhofer dann im Juni 1994 vor Gericht mit seinen 99,99 % aufwartete, war sein Gutachten faktisch längst unantastbar geworden. Sein Auftritt vor den Geschworenen dauerte eineinhalb Tage – und war ein Volltreffer für die Anklage. Die Medien feierten in DNA-euphorischen Artikeln die »Überführung« Jack Unterwegers: »DNA-Analyse: Das Maximum an Ermittlungsarbeit« (»Kurier«, 12.6.1994), »DNA-Spezialist Dirnhofer: Neues Gutachten schafft Gewißheit« (»profil«, 14.6.1994), »Das Haar: Noch näher an 100 Prozent« – Untertitel: »So exakt gelang die Spurenauswertung noch nie: Ein Haar in Unterwegers Auto stammt mit praktischer Gewißheit vom Prager Mordopfer«

(»Kurier«, 17.6.1994). Die in Graz weit verbreitete und meinungsbildende »Kleine Zeitung« titelt an diesem Tag: »DNA: Das verräterische Lebensgeheimnis« und bringt im Blattinneren ausführliche, mit bunten Grafiken untermalte Artikel und Kolumnen über die »schlüssigen Erläuterungen« Dirnhofers. Am nächsten Tag wird in derselben Zeitung ein anläßlich einer Verhandlungspause aufgenommenes Foto veröffentlicht, das Anwalt Zanger im Gespräch mit Dirnhofer zeigt. Die Bildunterschrift lautet: »In hohe Sphären der Wissenschaft wurde Anwalt Zanger von Gerichtsmediziner Dirnhofer eingeführt.« Im »Standard« vom 17. Juni 1994 ist Dirnhofer unter dem Titel »Scharfes Denken macht die Arbeit so interessant« der »Kopf des Tages«. Und die »Kronen-Zeitung« titelt an diesem Tag triumphierend: »Ein Haar führt zu Unterweger«.

In dieser Jubelstimmung wirkte es fast schon blasphemisch, als die Verteidigung die päpstliche Unfehlbarkeit Dirnhofers anzuzweifeln wagte. Anwalt Zanger erlaubte sich, einen zweiten DNA-Test durch den DNA-Spezialisten Prof. Brinkmann aus Münster zu beantragen. Solche Kontrollgutachten sind in ganz gewöhnlichen Vaterschaftsprozessen üblich. Dasselbe gilt aber nicht in Strafprozessen, wo das Gericht ein Zweitgutachten ohne viel Aufhebens ablehnen kann. Es genügt, wenn den Richtern das erste Gutachten »schlüssig« genug erscheint. Und so teilte auch der Antrag auf Überprüfung des gerichtlichen DNA-Gutachtens das Schicksal der übrigen Anträge der Verteidigung im Unterweger-Prozeß: Er wurde abgeschmettert.

Damit war Jack Unterweger zu 99,99 % der Täter.

Wie bedenklich der Ausschluß von Kontrolle sein kann, zeigte sich etwa fünf Jahre später an einem anderen Fall. Der 55jährige Wiener Walter W. wurde im März 1999 des mehr als 20 Jahre zurückliegenden Sexualmordes an der elfjährigen Gabi Karpischek »überführt«: Ein an der Leiche des Kindes sichergestelltes Haar stammte angeblich mit einer Wahrscheinlichkeit von 99,99 % von ihm. Wieder einmal sorgte ein »Fahndungserfolg« für Jubel in den Boulevardmedien. Monate später mußte der Mann allerdings aus der U-Haft entlassen werden, weil das von seinem Anwalt durchgesetzte Zweitgutachten die angeblich an Sicherheit grenzende Wahrscheinlichkeit widerlegte. Der Grund bestand in »Schlamperei bei der Spurensicherung«. Die Kriminalisten, so die Gerichtsmediziner, hätten das Haar mit bloßen Händen angefaßt, wodurch es mit fremdem DNA-Material verunreinigt und damit für eine Untersuchung unbrauchbar geworden sei (»Die Presse«, »Kurier« und andere Medienberichte vom 6.7.1999).

Die haarige Geschichte eines Haares

Damit wären wir, fernab von den hohen Sphären der Wissenschaft, auch schon wieder in den »Niederungen« des kriminalistischen Alltags angelangt. Ich habe im November 1995 an Ort und Stelle auf den Spuren der Kriminalisten, die in Oberösterreich die Autositze aus dem BMW Unterwegers ausfindig gemacht haben wollen, folgendes recherchiert: Der erste Nachbesitzer nach Jack Unterweger, der den anthrazitfarbenen BMW von diesem nach dem Motorschaden geschenkt bekommen hatte, war rasch ausfindig gemacht: Thomas B., ein Mechaniker, ist ein Bekannter von Jack Unterwegers Tochter. B. war bekanntlich nach Unterwegers Anruf von der Werkstätte, in der er arbeitete, zur Autobahnstation Ansfelden gefahren, um das defekte Fahrzeug abzuholen. Er erzählte mir, daß er Jack Unterweger noch dabei geholfen habe, das Autoradio auszubauen. Ich fragte Herrn B., ob auf den Sitzen Schonbezüge vorhanden gewesen seien, was er ausdrücklich verneinte – daran hätte er sich gewiß erinnert. Hingegen erinnere er sich noch genau an die Farbe der Sitze: Sie seien hellbeige und ohne Muster gewesen. »Das Anthrazit war sicher nicht die Originalfarbe des BMWs«, meinte der offenbar in solchen Dingen beschlagene B. über die Farbe der Karosserie. Er habe dann vergeblich versucht, das Fahrzeug mittels eines Austauschmotors wieder in Gang zu bringen. Da dies nicht gelingen wollte, schenkte er den BMW nach wenigen Tagen seinem Arbeitskollegen August B. weiter. Der baute einen anderen Austauschmotor ein und fuhr das Auto damit rund zwei Monate, bis auch dieser Austauschmotor versagte.

Es muß im Jänner 1991 gewesen sein, als der BMW des Werkstättenleiters Thomas Sch. völlig ausbrannte. Der Zweitbesitzer nach Unterweger, August B., stellte seinen BMW daraufhin seinem Chef zur Verfügung. In der Werkstätte stand damals ein weiterer, dunkelgrüner BMW, dessen intakten Motor der Werkstättenleiter und nunmehrige dritte Nachbesitzer nach Jack Unterweger in den anthrazitfarbenen

BMW einbauen ließ. Dafür waren ihm die vom Schäferhund Unterwegers zerkratzten Sitze des BMW zu schäbig, weshalb er die gesamte Innenausstattung entfernen ließ und durch Ledersitze ersetzte. Was dann mit den Sitzen aus Unterwegers BMW geschah, wollte ich von Sch. wissen. Dieselbe Kernfrage war ihm im März 1992 von den Beamten der steirischen Kriminalabteilung gestellt worden. Er antwortete: Die habe er »gleich danach« samt der restlichen Innenausstattung zum Billigtarif verkauft. Wem, wisse er nicht mehr. Ob er den BMW Unterwegers immer noch fahre? »Der ist längst im Hochofen!« erwiderte Thomas Sch. mit einer abwehrenden Handbewegung. Also verschrottet.

Es war wiederum Thomas B., der mich auf eine neue Spur brachte. Er wisse von einem Geschäft, das ein Rudi F. vermittelt habe. »Ein schwarzer BMW älteren Baujahres« sei damals nach Hörsching bei Linz verkauft worden.

Es gelang mir, auch diesen Vermittler ausfindig zu machen, der mir wiederum den Namen und die Adresse eines Mannes in Hörsching mitteilte, der den BMW gekauft haben soll. Es war der Richtige: Thomas H. bestätigte mir, den schwarzen BMW für 3 000 Schilling gekauft zu haben – nur eine Woche, bevor das Auto bei ihm mitsamt den Sitzen von den Kriminalbeamten beschlagnahmt wurde!

Doch Thomas B. stellte eines klar: Der dunkelgrüne BMW, der damals zum Ausschlachten in der Werkstätte stand, war ein größeres Modell der Type 735. Er sei sich »absolut sicher«, daß es die Sitze dieses BMW – und nicht die aus dem dunkelgrauen BMW Unterwegers – gewesen sind, die mitsamt besagtem schwarzen BMW dem Herrn H. aus Hörsching verkauft worden seien!

Ich ersuchte daher alle Besitzer um Beschreibung der Sitze. Und siehe da, die von mir befragten ersten drei Besitzer des BMWs beschrieben sie einhellig als hellbeige und ohne Muster. Genau solche Sitze waren auch nach Beschreibung von Bekannten Jack Unterwegers in dessen dunkelgrauen BMW eingebaut gewesen.

Demgegenüber äußerte der Letztbesitzer aus Hörsching: Die Sitze, welche der Polizeibeamte aus Wien bei ihm abgeholt hätte, seien seiner Erinnerung nach »bräunlich« und »in sich gemustert« gewesen. So erfuhr ich, daß die ermittelnden Beamten die einzelnen Besitzer niemals mit den in Hörsching sichergestellten Autositzen konfrontiert hatten! Eine einzige Einvernahme der einzelnen, insgesamt vier (!)

Besitzer ohne Gegenüberstellung mit den beschlagnahmten Sitzen genügte den Kriminalisten also, um sich ihrer »heißen Spur« sicher zu sein …

Die Aussagen der von mir befragten Personen sind niederschriftlich bzw. auf Tonband festgehalten. Ich enthalte mich bewußt einer Kommentierung, Schlußfolgerungen sind vielmehr dem Leser vorbehalten. Hier noch einmal die reinen Fakten:

- Die einzelnen BMW-Besitzer sind kein einziges Mal mit den in Hörsching sichergestellten BMW-Sitzen konfrontiert worden. Eine einzige Einvernahme durch die Beamten der Mordgruppe der steirischen Gendarmerie genügte. Auch im Prozeß waren die BMW-Besitzer nicht als Zeugen geladen.
- So braucht es nicht zu verwundern, daß der erste Nachbesitzer hellbeige und glatte, der Letztbesitzer hingegen bräunliche und in sich gemusterte Sitze beschrieb.
- Auch die Verteidigung hatte keine Möglichkeit, die Herkunft und Machart der Sitze zu überprüfen: Weder der Anwalt noch Jack Unterweger wurden je mit den mysteriösen Sitzen konfrontiert. Im September 1993, noch lange vor Prozeßbeginn also, wurden die Sitze dann über gerichtlichen Auftrag vernichtet. Die offizielle Begründung lautete: Sie seien zerschlissen und daher »unbrauchbar« gewesen. Auf den einzigen Lichtbildern, die von den Sitzen (nicht aber von der Sicherstellung) vorliegen, sind noch sehr gut erhaltene Sitze zu sehen. Dies könnte sogar ein Beweis dafür sein, daß es die falschen Sitze waren: Die aus dem BMW Unterwegers waren nämlich von den Pfoten seines Hundes »Joy« aufgekratzt gewesen!

Und die Hundehaare?

Ausgerechnet dieser Langhaar-Schäferhund ist schließlich die »haarigste« Facette dieser haarigen Geschichte. Jack Unterweger hatte seinen »Joy« kurz nach seiner Entlassung im Juni 1990 geschenkt bekommen und seitdem – auf dem Beifahrersitz, oder wenn er in Begleitung fuhr, auf dem Rücksitz – fast überallhin mitgenommen. Jeder Hundebesitzer weiß, wie stark so ein Tier haart. Da hilft auch regelmäßiges Staubsaugen nichts. Wie der Erstbesitzer nach Jack

Unterweger, Thomas B., angab, waren auch keine Schonbezüge auf den Sitzen gewesen.

Die deutsche Polizei hatte im Auftrag der SOKO büschelweise Vergleichshaare des Schäferhundes, der zu diesem Zeitpunkt in der Münchner Wohnung der Mutter Jack Unterwegers untergebracht war, sichergestellt. Das Anliegen lag auf der Hand: Ein einziges Hundehaar hätte den Hundebesitzer Jack Unterweger überführt. Schon Monate vor Prozeßbeginn machte die Verteidigung keinen Hehl daraus: Auf den angeblich aus dem BMW Unterwegers stammenden Sitzen war nicht nur kein Haar von Unterweger selbst oder einer ihm nachweislich bekannten Person, sondern auch kein einziges Hundehaar gefunden worden!

Im Juni 1994 referierte der Textilsachverständige Brüschweiler lang und breit über die in diversen Fahrzeugen Unterwegers gefundenen Haare: Im Passat hatte man welche sichergestellt, ebenso im schnittigen Ford Mustang, auf den Vordersitzen einige, mehr noch auf den Rücksitzen, aber auch im Kofferraum. Und, siehe da: Auch »im BMW« des Unterweger, so Brüschweiler, seien »Wollhaare« gefunden worden. Festlegen wollte sich der Sachverständige aber nicht: Es habe sich um »Tierhaare« gehandelt, »möglicherweise von einem Hund« oder auch »von einem Hasen«.

Das hätte sich exakt feststellen lassen. Allerdings hatte Brüschweiler – ebenso wie Dirnhofer – lediglich die von der Polizei sichergestellten Asservate zur Analyse erhalten. Ihm oblag es also nicht, deren Herkunft zu beurteilen. Dies erklärt jene irreführende Formulierung, die zur Vorverurteilung beitrug: Das Haar stammte eben nicht aus dem BMW, der ja längst verschrottet war! Brüschweiler betonte schließlich noch, daß sich Hundehaare nach so langer Zeit ja nicht zwingend finden müßten. Andererseits waren aber zweieinhalb Jahre nach dem Tod des Mordopfers Bockova auf dessen Kopfpolster »Vergleichshaare« sichergestellt worden – für weitere DNA-Untersuchungen, wie es dazu hieß.

Eine weitere originelle, wahrhaft an den Haaren herbeigezogene »Erklärung« für das Fehlen der Hundehaare bestand in der »besonderen Reinlichkeit«, die Jack Unterweger laut seiner Ex-Freundin, der Unternehmersgattin Rosa U., an den Tag gelegt haben soll. Andere Bekannte Unterwegers erinnern sich aber, daß man sich erst einmal abputzen mußte, wenn man aus dem Auto Jack Unterwegers ausstieg.

Die Sitze waren vorne wie hinten voller hellbrauner bis weißer Hundehaare, die unweigerlich an der Kleidung anhafteten.

Der Mythos vom »Serientäter« machte es möglich: Neun Schuldsprüche gründeten sich auf ein einziges Haar. Was, wenn dieses Haar gar nicht vom möglicherweise »falschen« Sitz des Unterweger-BMW stammte, sondern von ganz woanders – möglicherweise vom »richtigen« Polster des Mordopfers?

Blutspuren unter den Fingernägeln

Soviel zur »haarigen« Geschichte. Andere tatverdächtige Spuren, die auf Jack Unterweger hingewiesen hätten, hat es im Fall Bockova nicht gegeben – dafür eine biologische Spur, die allerdings von ihm wegführte: Die Prager Gerichtsmediziner hatten nämlich schon bei der Obduktion im Jahre 1990 zahlreiche Spuren von menschlichem Blut und Hautreste unter den Fingernägeln des Mordopfers gefunden. Wie aus dem Obduktionsbericht der Prager Gerichtsmedizin hervorgeht, wies das Blut unter den Fingernägeln der linken Hand des Opfers die Blutgruppe B, jenes unter den Nägeln der rechten Hand hingegen die Blutgruppen AB, A und B auf. Jack Unterweger hatte Blutgruppe B – ebenso wie Bockova selbst. Das Blut an der linken Hand, mit der sich das Opfer möglicherweise vor den (an der Leiche auch nachgewiesenen) Schlägen auf den Kopf hatte schützen wollen, dürfte daher von seinen eigenen Verletzungen stammen.

Hingegen kann wohl davon ausgegangen werden, daß das Blut und die Hautreste unter den Nägeln der rechten Hand von einer Abwehrhandlung des Opfers herrühren, das den Täter gekratzt haben muß. Der überaus heftige Todeskampf ist ja auch aufgrund der übrigen Verletzungen an der Leiche der Bockova erwiesen. Das Blut der Blutgruppe A unter den Nägeln der rechten Hand, die ja gewöhnlich für Abwehrhandlungen verwendet wird, dürfte also von niemandem anderen stammen als vom Täter.

Dem Abschlußbericht der »SOKO Unterweger« Seite 32 zufolge ließe jedoch die »Blutgruppenbestimmung keine Rückschlüsse auf den Täter zu«. Auf Seite 86 heißt es dann aber dezidiert: »Die Hautspuren unter den Fingernägeln der Leiche stammen vom Täter.« Natürlich sind hier ausschließlich die Spuren der Blutgruppe B, wie sie

Unterweger hat, gemeint. Den Einwand, daß auch Bockova die Blutgruppe B hatte, die Spuren daher vom Opfer selbst stammen könnten, versuchten die Kriminalisten übrigens mit dem Argument zu entkräften, daß die »Leiche keinerlei Hautdefekte« aufgewiesen habe. Das ist aber falsch, da die schwere Stichverletzung im Gesäß sowohl im Prager Obduktionsbericht als auch später in Dirnhofers Gutachten eindeutig dokumentiert ist.

Für Staatsanwalt Gasser war alles noch viel einfacher: Es handle sich um »Schweineblut«, quittierte er die Einwände der Verteidigung mit kühlem Lächeln, denn Bockova habe ja als Fleischverkäuferin gearbeitet. Nicht nur im tschechischen Obduktionsbericht, sondern auch im gerichtsmedizinischen Gutachten von Prof. Dirnhofer ist jedoch eindeutig von »menschlichem Blut mit den Eigenschaften AB, A und B« die Rede. Dirnhofer, der das Opfer gar nicht selbst obduziert hatte, schwächt allerdings gleich wieder ab: »Das Resultat einer Bestimmung von ABO-Blutgruppenmerkmalen an unter Fingernägeln vorhandenem Material ist vom Beweiswert nach dem heutigen Stand der forensischen Wissenschaften als sehr unsicher und zweifelhaft – diese Worte hebt Dirnhofer fett hervor – zu bewerten, da gerade die ABO-Blutgruppenmerkmale ein für Verunreinigungen besonders anfälliges System darstellen« (Seite 5 des Gutachtens). Es scheint tatsächlich so, daß alles, was Jack Unterweger zu entlasten drohte, im Gegensatz zu den »an Sicherheit grenzenden Wahrscheinlichkeiten« dieses Falles plötzlich »unsicher« und »zweifelhaft« wurde.

Man hätte die Prager Untersuchungsergebnisse auch nachprüfen können – durch Exhumierung der Leiche. Aber auch dieser Beweisantrag der Verteidigung wurde abgewiesen.

»Toast Hawaii«: Gutachten auf Bestellung

Mißtrauen schadet nie – auch oder gerade wenn es um »Experten« geht. Ausgerechnet das Rechtsmedizinische Institut der Universität Bern hatte einmal wegen eines gefälschten Gutachtens Aufsehen erregt. Das geschah allerdings – das sei hier klargestellt – noch bevor Dirnhofer als dortiger Leiter tätig war.

Der Schweizer Bruno Zwahlen war 1987 in Bern wegen Mordes an seiner Ehefrau zu lebenslangem Zuchthaus verurteilt worden. Maßgeblich für den Schuldspruch war das Gutachten des Berner Instituts gewesen. Zwahlen soll nämlich mit seiner Frau am fraglichen Abend des 26. Juli 1985 »Toast Hawaii mit Ananas« gegessen haben. Also wurde das Rechtsmedizinische Institut der Universität Bern beauftragt, im Mageninhalt der Toten nach »Toast Hawaii mit Ananas« zu suchen. Prompt fanden die Berner den »bestellten« Toast Hawaii, der, wie erwünscht, appetitlich mit Käse und Ananas zubereitet worden war. Als der Angeklagte sagte, es müsse aber Birne gewesen sein, fand sich im Mageninhalt, als sei er im Restaurant bestellt worden, auch Birne ...

Erst Jahre später, im April 1991, wurde dank des Unbehagens einiger Geschworener und der Beharrlichkeit eines Redakteurs der »Weltwoche« das erste Urteil aufgehoben und ein neuer Prozeß ausgeschrieben. Die Rechtsmediziner der Universität München, die Professoren Wolfgang Eisenmenger und Wolfgang Spann, die im zweiten Verfahren gegen Zwahlen zugezogen wurden, fanden im Gegensatz zu den Berner Rechtsmedizinern weder Käse noch Ananas, noch sonstiges Obst. Der »Toast Hawaii« war also allein von den »Köchen« des Rechtsmedizinischen Instituts in Bern »zubereitet« worden! Allerdings auf wenig appetitliche Weise: der Gutachter hatte sich in ein Restaurant begeben und dort »Toast Hawaii« konsumiert, um die Mahlzeit dann wieder zu erbrechen – zu »wissenschaftlichen Zwecken«, versteht sich.

Mordfall Hammerer: Vier Zeugen gegen einen »Kronzeugen«

Die Straßenprostituierte Heidemarie Hammerer (31) ist eine gebürtige Steirerin: Sie stammt aus Gratkorn bei Graz. Es mutet schon wie ein Zynismus des Schicksals an, daß ausgerechnet in der Nähe dieses Ortes die Leiche ihrer ermordeten »Kollegin« Masser gefunden wurde.

Doch Hammerer lebt schon seit Jahren in Vorarlberg, wo sie auf der »Goldmeile« in der Nähe des Bregenzer Bahnhofes ihrem Gewerbe nachgeht. Sie gilt als vorsichtige, aber schlagkräftige Prostituierte, die bei rabiaten Freiern schon mal zuschlägt oder ihnen ins Steuer greift, wenn es plötzlich in eine nicht ausgemachte Fahrtrichtung geht.

In der Krampusnacht vom 5. zum 6. Dezember 1990 kehrt sie jedoch nicht mehr auf ihren Standplatz zurück. Wer in dieser Nacht ihr letzter Freier war, ist bis heute ungeklärt.

Ihre auf dem Bauch liegende, unbedeckte und bis auf eine Rötung an der Außenseite des linken Handgelenks äußerlich unverletzte Leiche wird am 31. Dezember 1990 in einem Waldstück im sogenannten »Lustenauer Ried« aufgefunden. Die Arme sind nach oben angewinkelt, die ausgestreckten Beine leicht nach innen angewinkelt. Sie ist fast vollständig bekleidet: Weißer Wollpulli, schwarze Hose mit geöffnetem Schlitz, weiße Stiefeletten und über den Kopf gestülpte rosafarbene Stofflumber-Jacke. Nur Hammerers Strumpfhose bleibt unauffindbar – die Stiefeletten steckten an den nackten Füßen. Möglicherweise war die Leiche vom Täter wieder angezogen worden.

Der Leichenfundort liegt rund 5 Kilometer vom Strichgebiet, aber nicht weit von ihrem eigenen Wohnhaus entfernt. Inmitten des Lustenauer Rieds befindet sich außerdem die stark frequentierte Diskothek »Sender«. Die Waldstelle, an der die Leiche gefunden wurde, ist aber relativ schwer zugänglich. Nach kriminalistischer Erfahrung ist daher mit hoher Wahrscheinlichkeit von einem ortskundigen Täter auszugehen.

Als Todesursache stellt der obduzierende Gerichtsmediziner Dr. Puffer Erstickung mit dem eigenen, vom Täter zerrissenen oder zerschnittenen Slip, der noch im Mund der Leiche steckte, kombiniert mit einem festen Klammergriff am Hals fest. Die Rötung an der Außenseite des linken Handgelenkes wird im Obduktionsbericht als Folge des »Anlegens von Handschellen« erklärt. In einem solchen Fall hätte sich aber der Druck der Handschellen wohl auf beide Handgelenke ungefähr gleich stark verteilen und durch Rötungen auswirken müssen. Die Verletzung könnte daher ebensogut auch Folge einer Abwehrhandlung gewesen sein; eine diesbezügliche Stellungnahme fehlt im Obduktionsbericht jedoch. Weiters wurde festgestellt, daß der Täter mit dem Opfer vor dessen Tod Analverkehr gehabt haben muß.

Nach dem Auftreten des Verdachts gegen Jack Unterweger wurden daher sämtliche Intimfreundinnen zu möglichen Neigungen des Verdächtigen in diese Richtung befragt. Es kam nichts dabei heraus.

Wie der Gerichtsmediziner außerdem feststellt, muß die Tote mehrere Tage nach Ausbildung der Totenflecken noch einmal umgelagert worden sein – vermutlich vom Täter. Diese Feststellung im Obduktionsbericht wird von Dirnhofer in seinem Unterweger-Gesamtgutachten allerdings in knappen zwei Sätzen bestritten: »Derartige Totenflecken können dadurch entstehen, daß das Blut im Bereich dieser auf die Haut drückenden Kleidungsteile nicht ungehindert nach unten abfließen kann. Daraus kann nicht der Schluß des Erstgutachtens gezogen werden, daß es zu einer Umlagerung der Leiche nach Ausbildung von Totenflecken gekommen sein muß.« Die Feststellung von der Umbettung der Leiche durch den Täter hätte sich jedenfalls schwerlich mit der These vertragen, daß Unterweger zur Tatzeit am Tatort gewesen sei.

An der Leiche der Hammerer werden mehrere Haare gefunden: Auf ihrem weißen Wollpullishirt werden ein Büschel von insgesamt 13 abgeschnittenen braunen Kopfhaaren und weitere fünf braune und fünf fast farblose Kopfhaare sichergestellt, wovon drei bewurzelt sind. Auf ihrem Stofflumber können sieben, auf ihrer schwarzen Hose sechs Körperhaare sowie ein weiteres Kopfhaar, und an ihrem Rücken weitere sieben abgeschnittene braune Haare asserviert werden.

Womöglich hatte die Hammerer kurze Zeit vorher einen Friseur besucht oder sich in einem Friseurladen aufgehalten.

An den Stiefeletten der Toten finden sich ausgeprägte Spuren eines weißen Autolacks. Sie deuten darauf hin, daß Hammerer im Zuge der Gegenwehr heftig gegen das Fahrzeug des Täters gestoßen sein dürfte. Nach Ansicht der Kriminalisten ist es eine ganz heiße Spur zum Täterfahrzeug.

Auch im Mülleimer des Wohnhauses der Ermordeten, das sich ja unweit des Leichenfundorts befindet, wird gesucht und gefunden: neun Taschentücher und drei Stück gebrauchte Präservative mit Samenflüssigkeit.

Anderen möglicherweise aufschlußreichen Spuren und Hinweisen geht man aber nicht nach. Laut Aussage der Zeugin Dorothea D. hatte Heidemarie Hammerer nämlich kurz vor ihrem Verschwinden noch Kaffee getrunken. Tatsächlich fand sich bei der Obduktion im Magen der Toten eine bräunliche Flüssigkeit. Ob es sich allerdings wirklich um Kaffee gehandelt hat, wurde nicht näher untersucht, obwohl dieses Detail zur Ermittlung der Zeitspanne zwischen Kaffeekonsum und tatsächlicher Todeszeit hätte aufschlußreich sein können.

Außerdem waren im PKW der Toten Fingerabdruckspuren gesichert worden. Am Tag der Obduktion wurde dem Büro des Kriminaltechnischen Erkennungsdienstes der Bundespolizeidirektion Wien mitgeteilt, daß diese Fingerabdruckspuren nicht mehr benötigt werden, da die »Leiche der Hammerer bereits gefunden und agnosziert« worden sei (Aktenvermerk vom 31.12.1990 der Kriminalabteilung des Landesgendarmeriekommandos für Vorarlberg). Eine Zuordnung dieser Fingerabdrücke aus dem Auto der Hammerer ist somit unterblieben.

Wir nehmen einen Szenenwechsel vor. Jack Unterweger war schon am frühen Nachmittag des 5. Dezember 1990 mit seinem weißen Ford Mach 1 von Wien nach Dornbirn aufgebrochen. Während der Fahrt setzten kurz vor der Autobahnraststätte Mondsee heftige Schneefälle ein. Unterweger war noch froh, daß er vorsorglich neue und extrabreite Winterreifen hatte montieren lassen. Erst gegen halb zehn Uhr abends kommt er in Dornbirn in der Pension »Andreas Hofer« an, um sein reserviertes Zimmer zu beziehen. Wie die Schwiegertochter der Pensionsbesitzer, Wilhelmine S., später angibt, wirkt er zwar nach der langen Fahrt etwas übermüdet, macht aber in seinem hellbeigen Mantel einen sehr gepflegten Eindruck. Ihr geht es bis heute nicht in den Kopf, daß dieser Mann damals gerade kurze Zeit zuvor einen Menschen ermordet haben soll. An diesem Abend bleibt Jack Unterweger in der Pension, um sich für den nächsten Tag vorzubereiten und auszuschlafen, da ab acht Uhr früh mehrere Termine beim ORF-Landesstudio Vorarlberg geplant sind. Am Vormittag wird er mit Schauspielern aus Wien ein Hörspiel produzieren, am Nachmittag ist er Gast in der Live-Sendung »Die aktuelle Stunde«, um mit anrufenden Hörern zu diskutieren.

Nach übereinstimmenden Zeugenaussagen vom Redakteur, Moderator, Tonmeister bis zum Beleuchter machte Jack Unterweger am Morgen des 6. Dezember einen frischen, gut ausgeschlafenen Eindruck. Dr. Leo Haffner, der damalige Leiter der Abteilung »Kulturelles Wort« des ORF-Landesstudios Vorarlberg, vertraute mir später an, er könne sich immer noch nicht vorstellen, daß dieser »konzentriert arbeitende, voller Zukunftspläne steckende und von positiver Energie strotzende Mann« noch in der Nacht zuvor eine Prostituierte umgebracht haben soll. Ihm erzählte man bei seiner polizeilichen Einvernahme übrigens, Unterweger hätte eine Geburtstagsfeier bei ihm als »Alibi für die Mordnacht« angegeben. Das stimmte zwar keineswegs, führte jedoch bei Herrn Dr. Haffner verständlicherweise zunächst zu einer Verunsicherung.

Auch die Schauspieler Aap Lindenberg und Thomas Stolzetti, die Unterweger am selben Tag traf, erinnern sich an einen konzentrierten, positiv wirkenden Menschen. Ebenso äußert sich der Bergbauer Eduard S. aus dem Silbertal im Montafon, bei dessen Familie Unterweger dann nächtigte. Dieser glaubt bis heute nicht, daß derselbe Mann, der mit ihm und seiner Frau Rosemarie bis in den späten Abend in der Küche beisammensaß und angeregt diskutierte, in der Nacht zuvor eine Frau ermordet haben soll. »Ich seh' ihn heute noch vor mir«, so erzählt Eduard S., »wie er dasaß und mit uns freiweg über Gott und die Welt diskutiert hat. Ich hab' keinen schlechten Menschen in Erinnerung. Ich kann das nicht glauben.«

Beim Prozeß dreieinhalb Jahre danach lehnte das Gericht leider die Anhörung der meisten dieser Zeugen mit der Begründung ab, daß sie als bloße »Bekundungszeugen« für die Wahrheitsfindung nicht relevant seien.

Nach dem Mord an Hammerer ermitteln die Kriminalisten vor allem im Bregenzer Rotlichtmilieu. Man vermutet einen Racheakt, denn die Zuhälterfehden hatten arg zugenommen, seit immer mehr türkische Zuhälter auf den »Markt« drängten. Rund ein halbes Jahr vor dem Mord hatte Hammerers Freund und Zuhälter sogar einen türkischen Kunden, der den Liebeslohn schuldig geblieben war, im Streit erstochen. Er wurde dafür zu zwanzig Jahren Haft verurteilt. Doch die Ermittlungen im undurchsichtigen türkischen Zuhältermilieu verlaufen bald im Sande.

Auch ein einheimischer Zuhälter wird in Zusammenhang mit dem Mord an Hammerer dringend verdächtigt. Er soll sich sogar unter Alkoholeinfluß der Tat gebrüstet haben.

Die Arbeit der Kriminalisten wurde dadurch erleichtert, daß die Prostituierten und ihre »Aufpasser« auch in der Nacht vom 5. auf den 6. Dezember 1990 alle Kennzeichen der Fahrzeuge von Freiern oder sonstwie »verdächtigen« Fahrzeugen notiert hatten. Der auffällige, an ein Wiener Zuhälterauto erinnernde Ford Mach 1 mit dem Kennzeichen »W-JACK 1« war nicht dabei.

Dennoch sollte der Hauptverdächtige zwei Jahre später Jack Unterweger heißen. Dieser sitzt bereits in der Grazer Untersuchungshaft, als er von sich aus beim Untersuchungsrichter die Abnahme von Probenmaterial für spurenkundliche Vergleichsuntersuchungen beantragt. Die am 11. Juni und am 7. Juli 1992 Unterweger abgeschnittenen Haare werden gemeinsam mit den an den Leichen sichergestellten Haaren und Haarproben von seinem Schäferhund »Joy« dem Wissenschaftlichen Dienst der Stadtpolizei Zürich zur Spurenauswertung übermittelt. Wie es im Gutachten von Prof. Walter Brüschweiler vom 2. Juli 1993 einleitend zum Fall Hammerer heißt, ist der weiße Wollpulli der Toten als »guter Spurennehmer« anzusehen. Das bedeutet, daß ihr Mörder darauf wahrscheinlich Spuren in Form von Haaren oder Stoffasern hinterlassen haben muß. Das Ergebnis seiner spurenkundlichen Untersuchung aus Zürich lautete: »Die 13 braunen, abgeschnittenen Körperhaare auf dem Stofflumber und der Jeanshose lassen sich von den Körperhaaren von J. Unterweger unterscheiden« (Seite 24 des Gutachtens). Die sieben abgeschnittenen Haare vom Rücken der Toten lassen sich »nicht von den Schamhaaren des Opfers unterscheiden«. Lediglich hinsichtlich der abgeschnittenen Kopfhaare, die als Büschel am Pullishirt des Opfers aufgefunden wurden, sei »in Betracht zu ziehen, daß sie von J. Unterweger stammen«. Allerdings räumt Brüschweiler dabei auch ein, daß diese Kopfhaare »in ihrer Gesamtheit ebenfalls eine gute Übereinstimmung zu denjenigen von J. O. [der Zuhälter der Hammerer, A. W.] und von H. W. [weiterer Tatverdächtiger, A. W.]« aufweisen (Seite 24 des Gutachtens). Was die drei bewurzelten Haare betrifft, so kommt Brüschweiler zum im Gutachten nicht weiter ausgeführten Ergebnis, daß »ihr Beweiswert unwesentlich« sei.

Die Vergleichsuntersuchungen an den zwei abgeschnittenen, hellbraunen Körperhaaren am Pullishirt des Opfers führen schließlich »zu keinem Ergebnis« (Seite 25 des Gutachtens).

Was Brüschweiler in seinem Gutachten nicht erwähnt: Unter den an der Leiche gefundenen Haaren befand sich kein einziges Hundehaar. Das ist in Anbetracht der mit Hundehaaren übersäten Innenausstattung von Unterwegers Auto schon recht seltsam. Wäre Hammerer in dieses Auto eingestiegen, hätten sich an ihrer Bekleidung zwingend Hundehaare finden müssen. Daß sie in einem Fahrzeug transportiert wurde, steht jedenfalls außer Zweifel, zumal ihre Leiche ja kilometerweit vom Ort ihres Verschwindens gefunden wurde.

Alle inkriminierten Haare ohne Wurzeln werden am 23. März 1993 zusammen mit Vergleichshaaren des Verdächtigen Unterweger (nicht aber anderer Tatverdächtiger) ans Landeskriminalamt Niedersachsen zur Keratinuntersuchung übermittelt. Dort wird mit Gutachten vom 19. Mai 1993 in den Haaren der Keratin-Phänotyp K 1 festgestellt, den drei von vier Angehörigen der weißen Rasse aufweisen.

Bereits zuvor, am 2. November 1992, waren sieben der am Pullover der Hammerer sichergestellten Haare (drei braune und vier farblose) nach Bern zu Prof. Dirnhofer zur DNA-Analyse geschickt worden. Der konnte aber angeblich an keinem der Haare DNA isolieren: »Eine Individualisierung der am Pullover der Leiche der Heide Hammerer sichergestellten Haare war nicht möglich.« Dieses unbefriedigende Ergebnis erstaunt, da sich an drei unbeschädigten Haaren noch Wurzeln befunden hatten. Im Fall Bockova war es Dirnhofer jedenfalls gelungen, aus einer einzigen beschädigten Haarwurzel DNA zu isolieren.

Auch die auf den neun Taschentüchern und den drei Präservativen aus dem Mülleimer des Wohnhauses der Hammerer sichergestellte Spermaflüssigkeit wurde mit der DNA Unterwegers verglichen – mit negativem Ergebnis: »Die DNA-Profile zeigen keine Übereinstimmung mit dem DNA-Profil Unterwegers. Die Samenflüssigkeit stammt somit von anderen Personen, mit Sicherheit nicht von Unterweger.« (Dirnhofer-Gutachten vom März 1993).

Auch die Spurenauswertung aus Jack Unterwegers PKW Mach 1 brachte keine Hinweise (Haare oder Faserspuren), daß Hammerer darin transportiert worden sei. Ebenso negativ verläuft der labortechnische Vergleich der Erdproben vom entlegenen Fundort mit den auf den Fußmatten bzw. am Fahrzeugboden des Mach 1 sichergestellten Erdspuren. Der PKW wird auch in Hinblick auf die seinerzeit auf den Stiefeletten der Toten vorgefundenen weißen Lackspuren untersucht. Bis zur Sicherstellung des (ebenfalls weißen) Mach 1 galten diese Lackspuren nämlich als eines der Hauptindizien, wie die Kriminalisten gegenüber den Medien betonten. Im April 1992 wird der Mach 1 gefunden, und die Spuren werden verglichen. Das Ergebnis: Der Lack auf den Stiefeletten stammt nicht vom Mach 1! Und jetzt heißt es auf einmal, die Lackspuren stammten von Hammerers eigenem Mazda. Der war aber laut Aktenlage rot und nicht weiß …

Jack Unterweger 1975, kurz nach seiner Verhaftung vor dem U-Richter (Fotos: privat, Repro: Schiel)

1975-1985: Vom Schwerkriminellen (links nach der Verhaftung in Basel) zum Gefängnisliteraten (rechts), der Mißstände im Strafvollzug anprangert (Fotos: privat, Repro:Schiel)

Nach der Lesung in der Wiener »Alten Schmiede«, 1986 (Foto: privat, Repro:Schiel)

Präsentation von »Fegefeuer« bei den Österreichischen Filmtagen, 1988 (Foto: Zoom/bert)

Anläßlich seiner Entlassung hielt Jack Unterweger am 22. Mai 1990 eine Lesung in Wien. (Foto: Jagendorfer)

»Wer mit mir etwas macht, muß eine gute Kondition haben. Ich atme meist schneller, als andere denken.« [Unterweger in einem Brief an Willi Hengstler] (Foto: Votava)

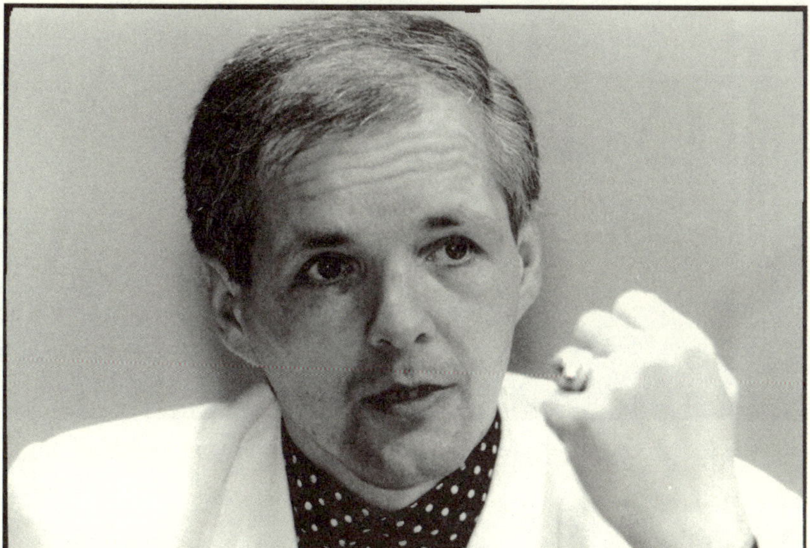

Als Schauspieler in seinem Stück »AIDS - Schrei der Angst« (Foto: Heide)

Graz, 17. Jänner 1992: Nach dem Polizeiverhör im Interview mit einem Redakteur der »Kleinen Zeitung« (Foto: Sommer)

Miami, 28. Februar 1992: Der verhaftete Jack Unterweger wird vorgeführt (Foto: APA)

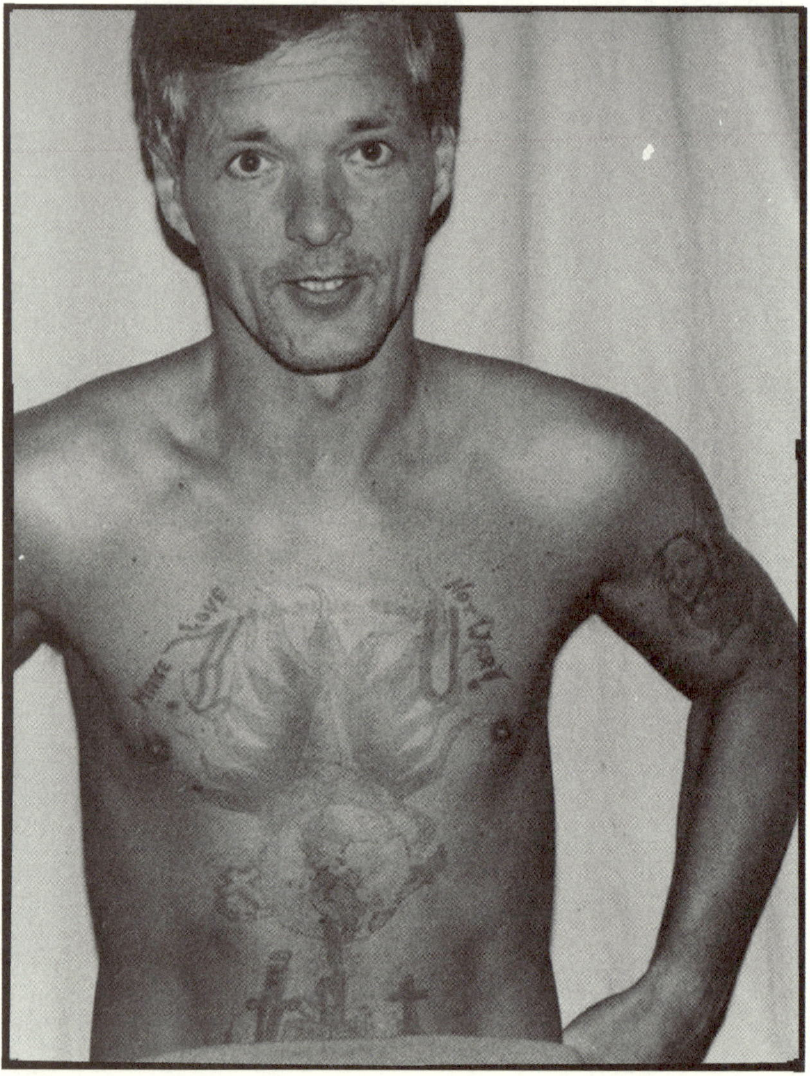

Ein beliebtes Motiv der Sensationspresse: Unterwegers Knast-Tätowierungen
(Foto: privat; Repro: Schiel)

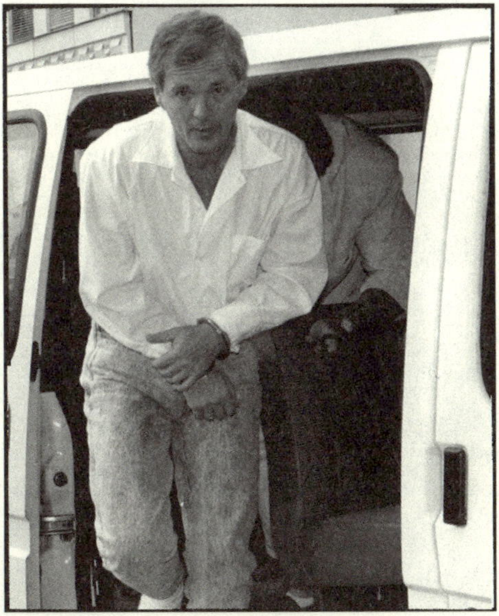

Jack Unterweger wird nach Graz überstellt …
(Foto: Pauritsch)

… wo ihn Untersuchungsrichter Wladkowski schon erwartet (Foto: Lohr)

Reportermassen vor dem Schwurgerichtssaal (Foto: Lohr)

(Foto: Lohr)

Vorsitzender Richter Dr. Kurt Haas (Foto: Lohr)

Der Prozeß ist ausverkauft! (Foto: Lohr)

Die Staatsanwälte

Dr. Martin Wenzl (Foto: Sommer)

Dr. Karl Gasser (Foto: Lohr)

Die Verteidiger

Dr. Georg Zanger (Foto: Lohr)

Dr. Hans Lehofer (Foto: Plankenauer)

ANGEKLAGT: 11 MAL MORD *(Fotos: Polizei)*

Blanka Bockowa

Brunhilde Masser

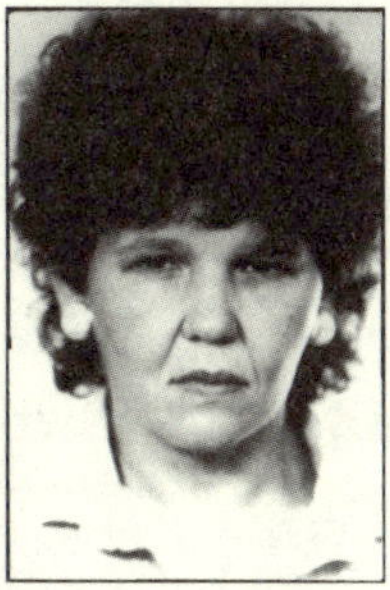

Heidemarie Hammerer

Elfriede Schrempf

Silvia Zagler

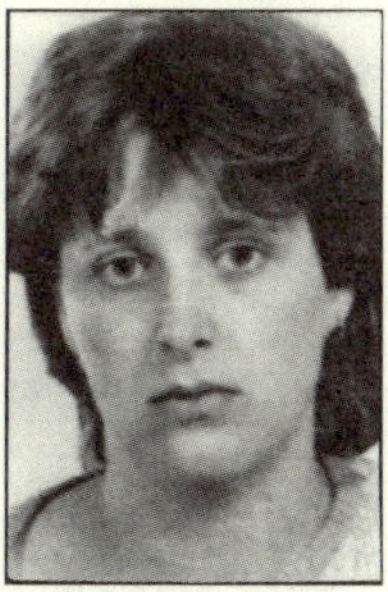

Sabine Moitzi

Regina Prem

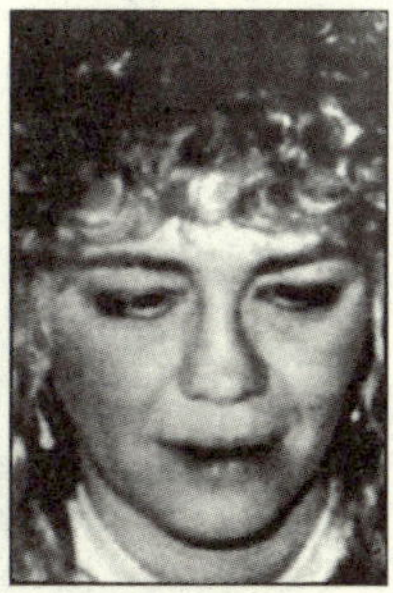

Karin Eroglu

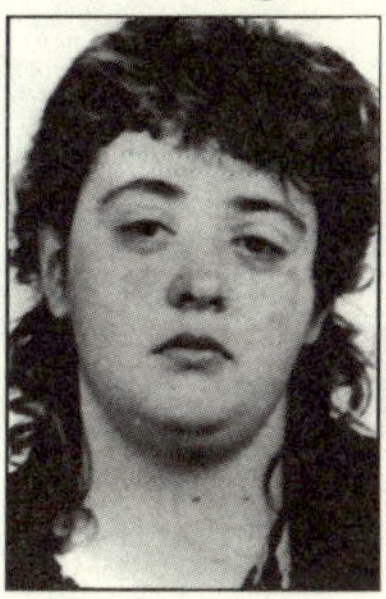

Shannon Exley

Irene Rodriguez

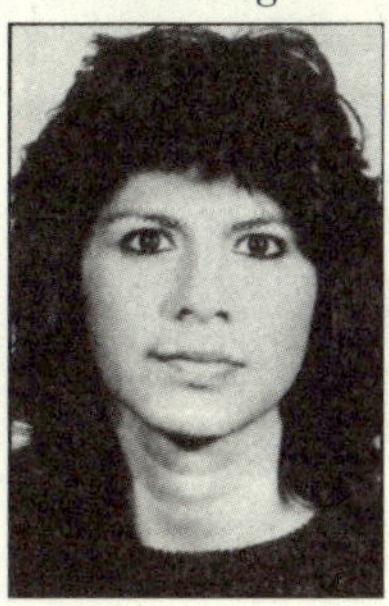

Sherry Ann Long

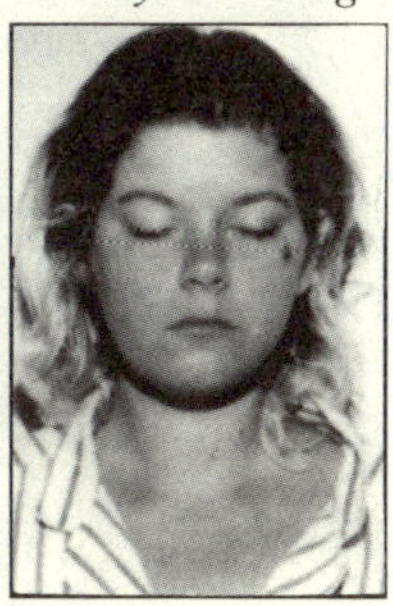

Polizei Fahndet nach weißem Golf

Im Zusammenhang mit dem Verschwinden der Grazer Prostituierten Elfriede Schrempf (34) fahndet die Grazer Polizei nach einem weißen Golf älteren Baujahres, mit auffallend riten, zehn Zentimeter breiten Seitenstreifen. Das Auto hat ein altes, mehrstelliges Kennzeichen. Hinweise an Mordgruppe Brandstätter, Tel. 888/22 45 oder den Journaldienst, 888/21 21 (Foto Polizei)

Anzeige vom 18.3.1991, »Kleine Zeitung«, Seite 8

Keine Ähnlichkeit mit Jack Unterweger: Phantombild des Grazer Prostituiertenmörders (Grafik: Polizei)

Jack Unterwegers Ford Mach 1 »W-JACK 1« (Foto: MoMa)

Auf dem Abstellplatz vor diesem Wohnhaus wurden die BMW-Sitze beschlagnahmt. (Foto: privat)

Jack Unterwegers Schäferhund »Joy« (Foto: privat)

Neue Kronen Zeitung
UNABHÄNGIG

Opfer wurden mit Strumpfhosen erdrosselt:

Polizei verhört Sadisten schon zu 4 Frauenmorden

Konrad K. (52) aus Leonding (OÖ) hat neun Sexattentate verübt – auch vier Bluttaten? Jedenfalls war der Sadist bereits 1975 zum Mord an Wilhelmine Sieß (72) in Bludenz (Vbg) und 1989 zum Mord an Angela Fritsch (80) in Steyr (OÖ) verhört worden. Jetzt wird er außerdem verdächtigt, zwei Vorarlberger Prostituierte getötet zu haben. Alle vier Opfer wurden mit Strumpfhosen erdrosselt.

K. war vor zwanzig Jahren vom Salzkammergut ins „Ländle" übersiedelt, wo er drei Frauen vergewaltigte. Im Mai 1975 wurde in Vorarlberg die Kräutersammlerin

VON RICHARD SCHMITT UND ROBERT THOMA

Wilhelmine Sieß von hinten überfallen, mißbraucht und erdrosselt. Der Vorbestrafte K. kam gleich ins Verhör, doch Beweise fehlten.

Im April 1976 wurde die Bregenzer Prostituierte „Hansi" Holzhammer (32), die für Fesselspiele bekannt war, vergewaltigt und erdrosselt. Ehe Parallelen auffielen, setzte sich K. nach Oberösterreich ab, wo er drei Frauen überfiel, verletzte, fesselte und würgte. Dafür saß er bis 1982 in Haft.

Im Oktober 1988 überfiel K. eine 28jährige Gmundnerin mit einem Messer, im Juni 1989 stand er wieder unter Mordverdacht: die Steyrer Polizei verhörte ihn zum Sexualmord an Angela Fritsch, die mißhandelt und erdrosselt worden ist. Aber der abnorme Triebtäter erhielt von einer Freundin ein eher zweifelhaftes Alibi. Am Nikolotag 1990 wurde die Bregenzer Prostituierte Heide Hammerer (31) mit einer Strumpfhose erdrosselt – so wie das Steyrer Opfer . . .

Am 16. Dezember fesselte und mißbrauchte K. ein 14jähriges Mädchen, am 12. Jänner schließlich eine Sechzehnjährige vom Linzer „Babystrich". Nun ist er in U-Haft.

Erdrosselt: Angela Fritsch

Erdrosselt: Heide Hammerer

Fotos: „Krone"

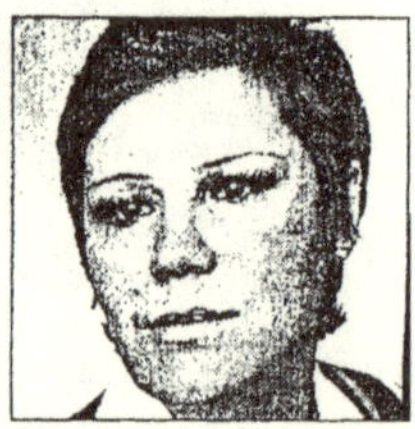

Erdrosselt: Hansi Holzhammer

Der Mord an Heide Hammerer wurde ursprünglich in Zusammenhang mit anderen Mordfällen gesehen - ein Beispiel, wie willkürlich »Parallelen« konstruierbar sind.

Die Zelle 130, in der Unterweger die U-Haft verbrachte. Links im Bild die Trennwand zum WC- Bereich mit den Metallhaken, an denen noch die Schnur befestigt ist, mit der Unterweger sich erhängte. (Foto: Gerichtsakt)

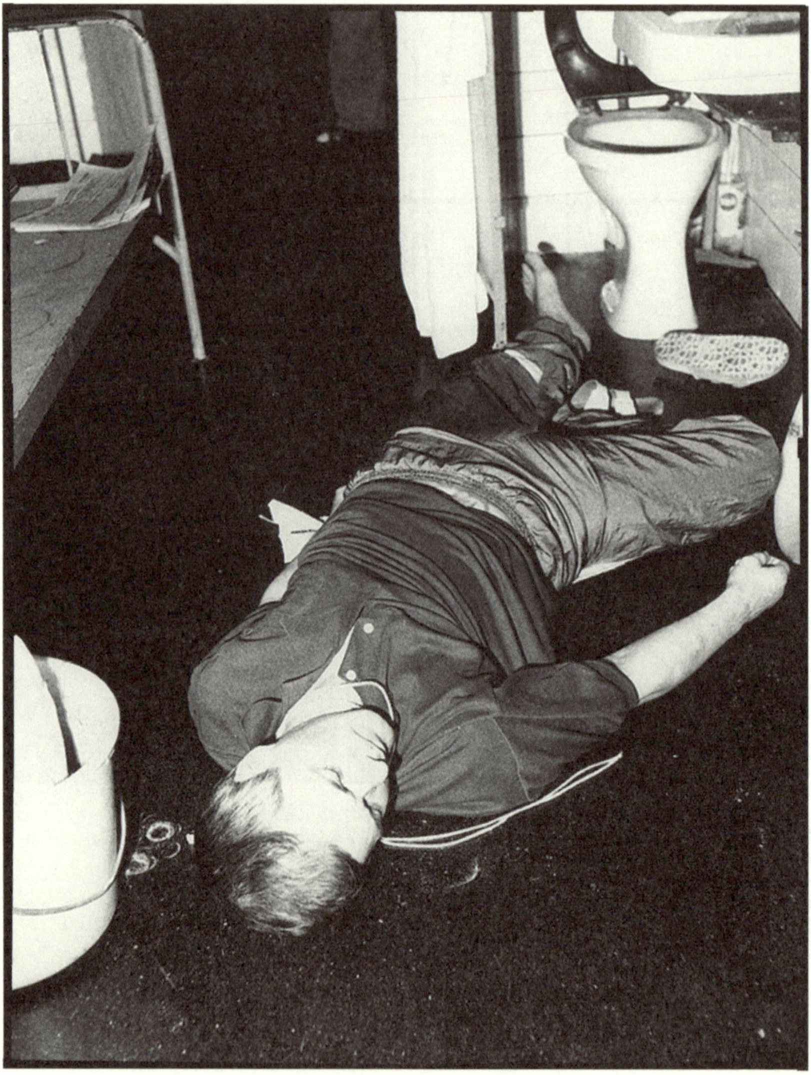

Leiche Jack Unterwegers (Foto: Gerichtsakt)

»Es konnte ein Sachbeweis erbracht werden«

Trotz dieser enttäuschenden Ergebnisse der spurenkundlichen Untersuchungen schien die Anklage gerade im Fall Hammerer als einzigem der angeklagten Fälle über handfeste Indizien gegen Jack Unterweger zu verfügen.

Das Stichwort heißt im kriminalistischen Fachjargon »Leitspur«: Es handelt sich um Textilfasern, die mittels labortechnischer Ausmessung der Farbspektralkurven analysiert und einem bestimmten Fasertyp zugeordnet werden, was nach Kurvenvergleich verschiedener Fasern zur Aufklärung eines Verbrechens führen kann.

Im Fall Hammerer wurden grüne, rote sowie braune Stoffasern als »Leitspuren« ausgemacht. Nach Unterwegers Flucht beschlagnahmt die Polizei daher sämtliche farblich »verdächtigen« Kleidungsstücke in seiner Wohnung. Fasern und »verdächtige« Kleidungsstücke werden dem Wissenschaftlichen Dienst der Stadtpolizei Zürich zum labortechnischen Faservergleich übersandt.

Schon im März 1992, kurz nach der Verhaftung Unterwegers, mußte dann eine derartige Faserspur als »Sachbeweis« im Fall Hammerer herhalten. So schrieb SOKO-Leiter Geiger in einem Bericht an den Untersuchungsrichter vom 5. März 1992: »Es konnte ein Sachbeweis erbracht werden. Bei der Hausdurchsuchung wurde eine braune Lederjacke sichergestellt, an der Faserspuren gesichert werden konnten. Nach Feststellung des Wissenschaftlichen Dienstes der Stadtpolizei Zürich stimmen die Faseranhaftungen an der Jacke des Unterweger zu 100 % mit den Faserspuren, die an der Leiche der Hammerer gesichert wurden, überein. Es konnte somit ein eindeutiger Sachbeweis erbracht werden.« Geiger schlußfolgerte daraus: »Im Fall Hammerer ist die Beweiskette derzeit am stärksten.« Und sogar: »Im Fall Hammerer scheint die Beweiskette geschlossen.«

Das Gutachten des Wissenschaftlichen Dienstes der Stadtpolizei Zürich sollte aber erst mehr als ein Jahr später vorliegen. Warten wir ab, was darin von den hundertprozentigen Übereinstimmungen übrigblieb.

Auch die Arbeit der Vorarlberger Kriminalisten wird im erwähnten Bericht Geigers vom 5. März 1992 mit Lob bedacht: »Durch Ermittlungen der KA Vorarlberg konnten die Bewegungsabläufe des Jack Unterweger zur tatkritischen Zeit exakt nachvollzogen werden.« Nach der Flucht Unterwegers war in den Zeitungen ein Aufruf an die Bevölkerung mit Fotos des Verdächtigen und seinem auffälligen Mach 1 veröffentlicht worden, sich mit »sachdienlichen Hinweisen« an die Polizei zu wenden. Ein solcher Aufruf mit Foto und genauer Personenbeschreibung erschien auch in der Vorarlberger Lokalzeitung »Wann & Wo« am 14. Februar 1992. Am 17. Februar meldet sich daraufhin ein Herr F. bei der Bregenzer Kriminalabteilung. Laut Protokoll sagt er aus, er habe Heide Hammerer gegen Mitternacht des 5. 12. in einer Tiefgarage in Bregenz in Begleitung eines Mannes gesehen, der genauso ausgesehen habe wie der gesuchte Unterweger. Der Mann habe einen »roten Schal« und zumindest einen »auffälligen Ring« getragen – ganz so wie auf dem im »Wann & Wo« veröffentlichen Fahndungsfoto – sowie »eine Lederjacke«, von der aber auf besagtem Foto nichts zu sehen war. Wie wir wissen, war in Jack Unterwegers Wohnung unter anderem auch eine Lederjacke sichergestellt worden. Unterweger nahm sie im Winter stets im Auto mit, so auch damals in Vorarlberg. Da es um berufliche Termine ging, war er aber, wie mehrere Zeugen (etwa die Schwiegertochter der Pension »Andreas Hofer« oder der Chef der Abteilung »Kulturelles Wort« vom Landesstudio Vorarlberg, Dr. Leo Haffner) später bestätigten, zumindest am Abend des 5. 12. und am 6. 12. mit einem hellbeigen, ziemlich eleganten Mantel bekleidet gewesen.

Viel eigenartiger war aber etwas anderes: Herr F. war nicht nur ein Wohnungsnachbar der später Ermordeten, sondern auch persönlich mit ihr bekannt gewesen. Wieso meldete er eine derart bedeutsame Beobachtung – schließlich schien er der letzte gewesen zu sein, der Hammerer lebend gesehen hatte – erst zwei Jahre nach ihrem Tod?

Dennoch wurde Johann F. zu einer Art »Kronzeugen« für die Anklage im Fall Hammerer.

Zunächst aber muß noch ein anderer Zeuge, Herr L., erwähnt werden. Er meldete seltsamerweise erst im Juli 1992 bei der Kriminalabteilung, daß er in der fraglichen Nacht »zwischen 21.20 Uhr und 21.40 Uhr« in der Nähe des Bregenzer Bahnhofes »ein auffallend großes, amerikanisches Auto« bei Hammerer vorbeifahren gesehen habe. Auch Herr L. hatte das Mordopfer persönlich gekannt. Aber er beschrieb deren Kleidung am fraglichen Abend völlig falsch: Sie sei »ganz in Weiß« gekleidet gewesen. Darüber hinaus stand er mit seiner Beobachtung im Widerspruch zu mehreren anderen Zeugen. Zum einen waren da die Standplatzkolleginnen auf der »Goldmeile« und einige Zuhälter, die Hammerer stundenlang an ihrem Standplatz beobachtet hatten, ohne je einen »weißen Ami-Schlitten« mit dem im »Ländle« um so auffälligeren Wiener Kennzeichen »W-JACK 1« wahrzunehmen. Außerdem stand er im Widerspruch zur Aussage der Schwiegertochter der Besitzer der Pension »Andreas Hofer« in Dornbirn, die Jack Unterweger um dieselbe Zeit als ihren Gast empfangen hatte. Unterweger hätte also an zwei Orten gleichzeitig sein müssen …

Ein roter Schal als Indiz?

Wenden wir uns wieder Herrn F., dem »Kronzeugen«, zu. Seine angebliche Beobachtung gewann in Zusammenhang mit der erwähnten Faserspur besonderes Gewicht. Laut einem Aktenvermerk vom 28. Februar 1992, der aufgrund einer telefonischen Mitteilung des Sachbearbeiters Dr. Peter Rey vom Wissenschaftlichen Dienst der Stadtpolizei Zürich an Untersuchungsrichter Wladkowski angefertigt wurde, soll es sich beim untersuchten Fasermaterial eines in Unterwegers Wohnung beschlagnahmten roten Schals um »seltene Ware« handeln, welche eine »100 %ige Übereinstimmung« mit den an der Leiche gesicherten, roten Fasern aufweise. Der kurz darauf eintreffende schriftliche Kurzbericht vom 7. März 1992 ist aber in seiner Aussage schon deutlich schwächer: Die Übereinstimmung sei nur »farblich«, im übrigen handle es sich um »Massenware«.

Ein Jahr später, im März 1993, heißt es im Abschlußbericht der »SOKO Unterweger«, daß die Fasern des Schals »hinsichtlich ihrer Einfärbung 100 % ident mit den an der Leiche gesicherten roten Leitspuren« seien. Für die Ermittler reichte das schon zum »Sachbeweis«

(Seite 107 des Berichts). Als »Beweismittel« wird das Gutachten des Wissenschaftlichen Dienstes der Stadtpolizei Zürich angeführt – das allerdings erst am 2. Juli 1993 offiziell bei Gericht einlangte.

Bis dahin dürften aber zwischen Ermittlern, Gutachtern und der Presse die Telefone heißgelaufen sein. In der Zeitschrift »profil« vom 15. März 1993 (Nr. 11) wird der Gutachter Brüschweiler zitiert: »Wenn sich drei verschiedene Spuren bei zwei Personen überkreuzen, multipliziert sich die Wahrscheinlichkeit, daß sie Kontakt hatten. Gäbe es dagegen nur eine Übertragung, wäre die Wahrscheinlichkeit gering.«

Ab da wird es erst richtig spannend: Nur drei Tage vor dem »profil«-Bericht hatte die Kriminalabteilung Bregenz dem Gericht nämlich einen mit 12. März 1993 datierten Bericht übermittelt, wonach es im Fall Hammerer neben den roten und grünen plötzlich auch schwarze und beige Leitspuren gäbe. Bis dahin waren diese angeblichen schwarzen und beigen Leitspuren aber in keinem einzigen Bericht erwähnt worden. Sogar die Wiener SOKO-Kollegen sind diesmal nicht auf dem laufenden und erwähnen in ihrem Abschlußbericht vom 15. März 1993 nur die roten und grünen Fasern.

Erst am 2. April 1993 wird eine in der Wohnung Unterwegers sichergestellte schwarze Cordhose an den Wissenschaftlichen Dienst der Züricher Polizei übermittelt. Das Ergebnis der spurenkundlichen Untersuchungen ist im Gutachten Prof. Brüschweilers vom 2. Juli 1993 zusammengefaßt: »Über 100 rote Polyacrylnitril-(PAC)-Fasern ab dem Lammfellfutter (vor allem aus dem Kragenbereich) der Lederjacke des J. Unterweger konnten [...] nicht unterschieden werden von den roten PAC-Eigenmaterialfasern des roten Schals vom Tatverdächtigen, wie demzufolge auch nicht von den roten PAC-Fremdfasern ab dem Stofflumber, der Jeanshose und dem Pullishirt des Opfers.« Keine Rede also mehr von »100 %igen Übereinstimmungen« oder gar »Sachbeweisen«. Bezüglich der »neuen« schwarzen Fasern sei »in Betracht zu ziehen«, daß die schwarze Hose Unterwegers »in Kontakt mit den Kleidern der Hammerer« gestanden sein könnte. Den beiden Fasern käme aber wegen ihres »monotonen Kurvenverlaufs« ein nur »geringer Beweiswert« zu.

Bemerkt werden muß, daß auch Hammerer bei ihrer Auffindung eine schwarze Hose anhatte. Diese schwarze Hose war bereits am 12. Dezember 1991, also noch lange vor dem Verdacht gegen Jack

Unterweger, von der Gerichtsmedizin an die Kriminalabteilung retourniert worden. Die Fasern dieser Hose wurden fasertechnisch nie analysiert.

Was die seinerzeitigen grünen Leitspuren an der Kleidung Hammerers betrifft, so führt Prof. Brüschweiler in seinem Gutachten aus, »daß wir bei allen unseren Untersuchungen in Zusammenhang mit Textilien von J. Unterweger die grüne Wollfaser nicht vorfanden« (Gutachten, Seite 19). Und so bleibt ungeklärt, woher die grünen Leitspuren stammten. Die seinerzeitigen braunen »Leitspuren« bleiben im Gutachten überhaupt unerwähnt – offenbar wurden auch hier keine passenden Textilien in Unterwegers Wohnung gefunden.

Übrigens fand Brüschweilers Faseranalyse in Fachkreisen keineswegs ungeteilte Zustimmung. Das Züricher Labor behauptete nämlich, die Fasern einer Infrarot-Spektroskopie unterzogen zu haben. Dabei wird das Material mit Infrarot-Strahlen beschossen und je nach Durchlässigkeit einem ganz bestimmten Farbbereich zugeordnet. Mit einem zugeschalteten Mikroskop kann die Farbe dann für das menschliche Auge sichtbar gemacht werden. Allerdings beschränken sich sämtliche dem Bericht beigefügten Spektralkurven auf den Sichtbereich zwischen 240 und 740 Nanometer. Der Infrarotbereich beginnt aber erst bei zirka 750 Nanometer. Die brisante Schlußfolgerung des Vorstandes des Österreichischen Textilinstituts Prof. Wilhelm Herzog heißt deshalb: »Die dortigen Farbspektralkurven zeigten nicht mehr und nicht weniger, als ›daß rote Fasern rot sind und blaue Fasern blau‹. Das Gutachten lasse daher keineswegs den Schluß zu, daß es sich bei den verglichenen Fasern um identische Fasern handle. Vielmehr wird Verwunderung darüber geäußert, daß eine derartige Untersuchung als Beweis bzw. Indiz dienen soll.« (Besprechungsnotiz von Dr. Zanger vom 20.1.1994). Zusätzlich erfolgt eine technische Kritik von seiten des Textilinstituts: »Jemand, der sich professionell mit Infrarot-Analyse beschäftigt, gibt als Meßeinheit sicher keine Nanometer an. Die Untersuchung ist rein formell falsch.« (Prof. Herzog, zitiert in »News« 7/94). Nach Meinung des Wissenschaftlers hätte sich das Ergebnis nur durch weitergehende Untersuchungen, wie etwa mittels Durchführung einer Molekularanalyse der verglichenen Fasern, einer Farbstoffanalyse, einer sogenannten sekundären Ionenmassenspektroskopie sowie einer thermischen Depolarisationsanalyse, präzisieren lassen.

Eine Herausgabe der Faserprobe zur Erstellung einer Kontrolluntersuchung durch die Verteidigung wurde vom Gericht jedoch, wie im Fall Bockova, abgelehnt. Übrigens, ob Zufall oder nicht, ist der zeitliche Konnex allemal interessant: Nur eine Woche nachdem Anwalt Zanger mit dem Gegengutachten der Wiener Experten zur Faseranalyse Brüschweilers an die Öffentlichkeit gegangen war (»News« 7/94), schlug die Anklage mit Dirnhofers Gutachten zum Fall Bockova (wonach ein Haar zu 99,96 % vom Opfer stammen soll) zurück.

Der »Kronzeuge« der Anklage ist gar keiner!

Zwei Jahre lang, bis zum Prozeß, wird die Aussage des Zeugen Johann F. für die Begründung des »dringenden Tatverdachts« gegen Jack Unterweger herangezogen. Auch der Oberste Gerichtshof bezieht sich in seiner Ablehnung der von Anwalt Zanger eingebrachten Grundrechtsbeschwerde vom 11.1.1993 ausdrücklich auf die Aussage dieses »Kronzeugen«, die den »dringenden Tatverdacht« untermauere und die Untersuchungshaft daher rechtfertige (Urteil vom 11.3.1993, 12 Os 19, 20/93-9).

(In dieser Entscheidung werden außerdem Namen von Prostituierten aufgezählt, mit denen der Beschuldigte Umgang gehabt haben sollte. Obwohl zahlreiche Prostituierte ihre Aussagen inzwischen widerrufen hatten, wurden diese immer noch als »Belastungsindiz« gewertet. Eine der aufgezählten Frauen war zudem gar keine Prostituierte, sondern eine Brieffreundin, die Jack Unterweger schon nach Stein geschrieben hatte.)

Inzwischen war aber bis zur Verteidigung vorgedrungen, daß der Zeuge F. einem ihm bekannten Richter vom Landesgericht Feldkirch anvertraut hatte, er habe sich aufgrund des Zeitungsfotos von Unterweger wohl »geirrt«. Der Richter habe daraufhin gemeint, er könne seine Aussage ja immer noch beim Prozeß widerrufen. Doch die weite Fahrt nach Graz hätte Herr F. sich am liebsten erspart: Er beantragt bei Richter Haas, ihn von der Zeugenaussage zu entbinden! Richter Haas gibt dem nicht statt: F. hat zu seiner Aussage am 30. Mai zu erscheinen.

Am 27. Mai 1994 ist noch alles in bester Ordnung: An diesem Tag zieht der Vorarlberger Mordgruppenleiter Inspektor Obergschwandtner mit seiner ausgezeichneten Rhetorik alle in den Bann. Der mit seinem Zwirbelbart sehr seriös wirkende Kriminalist tritt äußerst selbstbewußt auf und legt sein »dichtes Indiziennetz« gegen Unterweger überzeugend dar. Allen voran sei da der »Kronzeuge« Johann F.; außerdem gibt's ja noch einen Zeugen, der Unterwegers auffälliges Auto in der fraglichen Nacht in Bahnhofsnähe gesehen haben will, und zwar jetzt sogar »zwischen 21 Uhr 30 und 23 Uhr«. Schließlich, so der Kriminalist, habe man ja am Pullishirt des Opfers Haare gefunden, die sich nicht von den Eigenhaaren Unterwegers unterscheiden ließen! Zum krönenden Abschluß weist er auch noch darauf hin, daß der Beifahrersitz des von den Vorarlberger Kriminalisten untersuchten Ford Mach 1 so »gereinigt« gewirkt hätte ... Das macht offenbar Eindruck, und die Gerichtsberichterstatterin des »Kurier« ortet auch gleich ein ganz neues Indiz: »Haare, wie sie Unterweger hat? – Kriminalist zog die Geschworenen in seinen Bann« (Ulli Jantschner im »Kurier«, 27.5.1994). Unerwähnt bleibt natürlich, daß der in den Haaren vorkommende Keratintyp laut Brüschweiler-Gutachten bei drei von vier Angehörigen der weißen Rasse vorkommt; unerwähnt bleiben auch die vielen anderen Haarspuren an der Kleidung des Opfers, die eindeutig nicht von Unterweger stammten. Die begeisterte Schlagzeile der »Kronen-Zeitung« nach dem Auftritt des Kriminalisten lautet dennoch: »Kriminalist berichtet vom dichten Netz der Indizien« (28.5.1994).

Es ist jedoch ausgerechnet der »Kronzeuge«, der bei seiner gerichtlichen Aussage am 30. Mai 1994 der Anklage einen dicken Strich durch die Rechnung macht. Johann F. gibt dort an, niemals ausgesagt zu haben, Jack Unterweger in der Nacht vom 5. auf den 6. Dezember 1990 mit Hammerer gesehen zu haben. Er habe lediglich ausgesagt, das spätere Opfer »in den letzten Tagen vor ihrem Verschwinden« einmal in Begleitung eines Mannes gesehen zu haben. Ob dieser Mann nun der hier angeklagte Jack Unterweger sei, könne er aber nicht mehr so genau sagen. Der Richter verlangt vom Angeklagten aufzustehen, damit der Zeuge ihn mustern kann. Nein, er sei sich wirklich nicht sicher, stellt F. fest, und fügt hinzu: Der Mann in der Tiefgarage habe jedenfalls »negativer« ausgesehen als der hier sitzende Angeklagte. Auch von im Polizeiprotokoll aufscheinenden Details distanziert sich F. jetzt merklich: Der rote Schal, den man ihm jetzt wieder vorhält, kommt ihm etwas »zu rot« vor. Und an einen Ring kann er sich auch nicht mehr erinnern. In der Tiefgarage war es ja recht dunkel ... F.

betont jetzt, daß er schon bei seinen Aussagen vor der Kriminalabteilung und vor dem U-Richter stets auf seine Unsicherheit in bezug auf die Identität des Mannes hingewiesen habe. In den Protokollen steht aber nichts davon. Im Gegenteil: In allen Protokollen, U-Haftbeschlüssen und in der OGH-Entscheidung ist als Datum der angeblichen Beobachtung des Zeugen F. ausdrücklich die Nacht des 5. auf den 6. Dezember angeführt. Genau darauf stützt sich dann auch der »dringende Tatverdacht« gegen Jack Unterweger.

Unglaublich, aber wahr: Jack Unterweger war diesem Zeugen trotz mehrfacher, an das Gericht gestellter Anträge niemals gegenübergestellt worden!

Nach den vagen Aussagen des Herr F. setzen jetzt alle auf den zweiten »Augenzeugen«, Herrn L., der auch an diesem Tag zu Wort kommt. Wie schon von Obergschwandtner angekündigt, dehnt Zeuge L. seine angebliche Beobachtung gleich aus: Es sei in der fraglichen Nacht »zwischen 21.30 Uhr und 23 Uhr« gewesen, als er gesehen habe, wie der auffällige Ami-Schlitten in Bahnhofsnähe herumkurvte: »Ich dachte mir, das ist wohl ein Zuhälter aus Wien!« Noch vor dem Untersuchungsrichter war von einer Zeit »zwischen 21 Uhr 20 bis 21 Uhr 40« die Rede gewesen. Das hätte aber nicht zur Aussage der Schwiegertochter der Pensionsbesitzer gepaßt … Und auch von einem »Vorbeifahren an Hammerer« ist jetzt nicht mehr die Rede, hatte er doch ursprünglich deren Kleidung falsch beschrieben.

Die Beweisanträge der Verteidigung auf Vernehmung der Standplatzkolleginnen der Ermordeten und einiger weiterer Augenzeugen – insgesamt hatte die Verteidigung rund zwanzig solcher Augenzeugen namhaft gemacht – waren aber von Richter Haas schon bei der Ausschreibung des Prozesses abgewiesen worden. Ihnen allen war in der fraglichen Nacht so ein protziger Ami-Schlitten, der mit seinem Kennzeichen – da hatte der Zeuge recht – an ein Zuhälterauto aus Wien erinnerte, gar nicht aufgefallen, obwohl gerade die Prostituierten stets genau auf »verdächtige« Fahrzeuge und Nummerntafeln geachtet hatten.

Andere Zeugen passen nicht ins Konzept – und andere Verdächtige auch nicht

Das vage Konstrukt der Anklage im Mordfall Hammerer bricht dann aber mit der gerichtlichen Aussage von vier weiteren Zeugen endgültig zusammen. Diese Zeugen – drei Hausfrauen und der Ehemann einer von ihnen, die sich damals auf der Heimfahrt von einem Casinobesuch befunden hatten – sagen übereinstimmend beim Prozeß aus, das spätere Mordopfer noch um ca. 1 Uhr 15 des 6. Dezember 1990 – also lange nach der angeblichen Beobachtung des Zeugen F. – wohlbehalten an ihrem Standplatz auf der Bregenzer »Goldmeile« gesehen zu haben. Die Frauen sind sich schon deshalb ganz sicher, da zwei von ihnen Heide Hammerer aus der Zeit, als diese noch in einer Textilfabrik gearbeitet hatte, persönlich kennen. Sie können auch deren Kleidung in dieser Nacht exakt beschreiben.

Es kommt aber noch dicker: Die Zeugen hatten ihre Beobachtung schon am 8. Dezember 1990, also zwei Tage nach dem Tod der Prostituierten und damit zwei Jahre vor dem Verdacht gegen Jack Unterweger, bei der Kriminalabteilung des Landesgendarmeriekommandos für Vorarlberg zu Protokoll gegeben. Doch diese Aussagen hatten weder in einen Bericht der »SOKO Unterweger« noch in den Gerichtsakt Eingang gefunden! Die Zeugen ergriffen vielmehr von sich aus die Initiative und meldeten sich bei der Verteidigung, nachdem sie kurz vor Prozeßbeginn in einer Zeitung von der angeblichen Beobachtung des Kronzeugen Johann F. gelesen hatten. Auch die Anklage war überrascht. Der einsilbige Kommentar der Unterweger-Ankläger: »Diesen Akt kannten wir tatsächlich nicht« (»News« 38/93).

Als die Verteidigung den Vorarlberger Mordgruppenleiter dann beim Prozeß befragt, weshalb die Beobachtungen dieser Zeugen ignoriert worden waren, meint der selbstbewußt: »Auf uns wirkten diese Frauen unglaubwürdig. Wir sind zum Schluß gekommen, daß sie sich nur wichtig machen wollten. Oder sie haben sich eben geirrt.«

Als die Zeugen davon hören, reagieren sie empört: »Ich kann einen Irrtum hundertprozentig ausschließen!« sagt eine von ihnen. »Wir haben unsere Beobachtung gleich dem untersuchenden Gendarmen mitgeteilt. Wir waren schockiert, daß unsere Aussagen nicht berücksichtigt worden sind. Denn wir sind unbescholtene Staatsbürger!«

Den Medien paßte dieser 30. Mai, an dem ein »Kronzeuge« quasi

»umgefallen« und vier weitere Zeugen das waghalsige polizeiliche Zeit-Weg-Diagramm arg in Frage gestellt hatten, überhaupt nicht ins Konzept. Da nicht sein kann, was nicht sein darf, lautet die Schlagzeile von »Krone«-Redakteur Gerhard Polzer am 31. Mai in fetten Balkenlettern: »Habe Unterweger mit Ermordeter gesehen!« Obwohl Herr F., wie erwähnt, ausdrücklich erklärt hatte, sich in bezug auf Unterweger keineswegs sicher zu sein und sich überdies zeitlich nur »auf die letzten Tage vor ihrem Verschwinden« eingrenzen konnte. Von den »neu aufgetauchten«, von der Polizei verschwiegenen Zeugen wird hingegen in den Medien kaum Notiz genommen. Die »Krone« zitiert in einer kleinen Überschrift Inspektor Obergschwandtner: »Die Frauen wollen sich nur wichtig machen.« Doris Piringer von der »Kleinen Zeitung« erwähnt diese Zeugen gar nicht – dafür aber Herrn L., an dessen Aussage es »wirklich nichts zu rütteln« gab, wie sie in ihrer Kolumne »Recht betrachtet« schreibt.

Nach mehreren Zeugenaussagen hatte Hammerer in der fraglichen Nacht noch gegen 23 Uhr einen Kaffee im »Vorarlberger Hof« in Bregenz getrunken. Zum selben Zeitpunkt hielt sich auch ein gewisser Manfred M. in diesem Lokal auf. Dieser Manfred M., ein Zuhälter, war schon 1991 zu drei Jahren Haft verurteilt worden, weil er eine Prostituierte unter der Androhung, er werde sie sonst umbringen, zum Analverkehr genötigt hatte. Im Milieu war er geradezu berüchtigt für seine sehr aggressive Art gegenüber Frauen und die Vorliebe für Analpraktiken. Ausgerechnet dieser Manfred M. hatte sich schon seit Wochen an Heide Hammerer herangemacht, indem er sie mehrfach an ihrem Standplatz aufsuchte und sich nach ihrem Befinden erkundigte. Wie Josef O., Hammerers Freund und Zuhälter, später angab, hatte sich diese sehr über die Kontaktanbahnungsversuche des M. geärgert, der sie ganz offensichtlich »abwerben« wollte. Als Hammerer dann am fraglichen Abend das Lokal verließ, folgte ihr kurz darauf M. – so die Aussage der Kellnerin Magdalena D. Was dann geschah, ist nicht bekannt: M. hatte jedenfalls kein eindeutiges Alibi für die weiteren Nachtstunden, da seine Lebensgefährtin nicht mehr genau angeben konnte, wann er heimgekommen war.

Die zweite Episode dieser seltsamen Geschichte um den Zuhälter Manfred M. folgte rund sechs Wochen nach dem Verbrechen, am 13. oder 14. Jänner 1991. Da tauchte M. wieder im »Vorarlberger Hof« auf, trank sich Mut an – und brüstete sich gegenüber der Kellnerin Magdalena D. mit dem Mord an Hammerer! Dabei brachte er unappetitliche Details über die Tatausführung ans Licht, die damals in der Öffentlichkeit noch gar nicht bekannt waren: Es handelt sich um die Tatsache, daß Hammerer mit ihrem Slip erstickt und ihr dieser Slip anschließend in den Mund gestopft worden war. Die Zeitungen hingegen hatten damals fälschlicherweise berichtet, das Opfer sei »erwürgt« worden, und den im Mund steckenden Slip gar nicht erwähnt. Das letzte Detail wurde erst mit dem Auftreten des Verdachts gegen Unterweger genannt, und auch nur in einer einzigen Tageszeitung. Hinzu kommt, das an der Leiche der Hammerer Analpraktiken nachgewiesen worden waren, was zumindest M.'s sexuellen Vorlieben entsprechen würde.

Im Zuge einer Hausdurchsuchung wurde in der Mülltonne des M. dann eine Strumpfhose sichergestellt, die nicht seiner Dirne und Lebensgefährtin gehörte. Einem vom Landeskriminalamt München durchgeführten DNA-Gutachten zufolge seien die darauf haftenden Haarabreibungen von den Körperhaaren des Mordopfers »nicht zu unterscheiden«. Zur Erinnerung: Bei der Auffindung der Leiche Hammerers war deren Strumpfhose nicht mehr auffindbar gewesen! Eine Vergleichsuntersuchung der Strumpfhose aus der Mülltonne des Manfred M. mit solchen aus dem Besitz des Mordopfers – Damenstrümpfe werden ja oft kostengünstig in der Mehrfachpackung angeboten – wurde jedoch nicht durchgeführt. Wie schon erwähnt, konnte Manfred M. bei seiner polizeilichen Einvernahme kein Alibi anbieten.

Dennoch wurden die Ermittlungen gegen Manfred M. eingestellt – exakt zeitgleich mit dem Auftreten des Verdachts gegen Jack Unterweger, von dem das Landesgendarmeriekommando Vorarlberg mit Aktenvermerk vom 31. Mai 1991 (Zl.II-5770/SB/91) in Kenntnis gesetzt wurde. Man sei zum Schluß gekommen, daß er sich nur »wichtig gemacht« habe und daher nicht der Täter sei, hieß es dazu drei Jahre später beim Prozeß gegen Jack Unterweger. Seine genauen Informationen über die Tat könnte er ja auch aus dem Zuhältermilieu, in dem er verkehrte, erhalten haben, meinte Inspektor Obergschwandtner.

Neben den Zeugen entlastete auch der Kriminalgutachter Prof. Brüschweiler den Angeklagten bei seiner Aussage am 15. Juni weitgehend. Er hatte sich nicht auf das von der Polizei übermittelte Vergleichsmaterial verlassen, sondern »aus persönlichem Interesse« selber zwei rote Schals in Bregenz und Zürich eingekauft. Einen dieser gekauften Schals hatte er sogar nach Graz zum Prozeß mitgenommen, um ihn dem Gericht vorzulegen. Dann berichtete der Schweizer Sachverständige dem staunenden Grazer Gericht vom Ergebnis seiner Faser-Analyse: Auch die Kunstfasern dieser neu gekauften Schals seien von den Fasern am Fundort »nicht unterscheidbar«, zumal es sich um »Massenware« handle.

Die Medien sahen das anders, stand es doch schon seit Monaten fest, daß die an der Leiche sichergestellten Fasern von Jack Unterwegers rotem Schal stammten. Typisch dafür war ein Bericht in den Fernsehnachrichten zum Prozeßauftakt, in dem als Indiz »so nebenbei« die »bei einem Mordopfer gefundenen Fasern von Unterwegers rotem Schal« genannt wurden. Diese Darstellung war schlicht falsch, denn Prof. Brüschweiler hatte niemals behauptet, daß es sich um idente Fasern handle. Dieser leichtfertige, ja schlampige Umgang mit »Indizien« war nur ein Symptom für die allgemeine Vorverurteilung. Auch die Gerichtsberichterstatterin Doris Piringer von der »Kleinen Zeitung« schrieb in ihrer Kolumne »Recht betrachtet« vom 28. Mai 1994, daß die beim Opfer gefundenen roten Textilfasern »von einem Schal aus Unterwegers Wohnung« stammten. Gerade an solchen Nebenbemerkungen, die vielleicht gar nicht einmal bewußt so formuliert wurden, erkannte man die allgemeine Vorverurteilung. Die von Anwalt Zanger gegen die Journalistin der »Kleinen« wegen Verstoßes gegen das Mediengesetz eingebrachte Strafanzeige – zuständig war das Grazer Straflandesgericht … – tat der auflagenstärksten steirischen Tageszeitung kaum weh und vermochte an der vorverurteilenden Wirkung dieser Berichte überhaupt nichts zu ändern. Der Anwalt hätte mindestens zehn weitere Journalisten verklagen können, die ähnliche Falschinformationen verbreitet hatten. Doch die Berichte von Journalisten, die sich über den Boulevard erhaben geben, können sich weitaus verheerender auswirken als die der deklarierten Billigblätter. Auch Piringer gibt sich in ihren Kolumnen gern »kritisch«: Wenn gerade sie von der Schuld des Angeklagten offenbar so überzeugt war, so mußte doch etwas »d'ran« sein.

Als dann auch noch der Gutachter persönlich den »Faserbeweis« relativierte, durfte das nicht sein. »Grün ist nicht gleich Grün und Rot ist nicht gleich Rot«, titelte etwa die »Kronen-Zeitung« am 16. Juni etwas einfallslos. Die spektakuläre Aussage des Gutachters von der Massenware wurde einfach weggelassen.

Mordfall Zagler: Spurlos

Die 24jährige Wiener Straßenprostituierte Silvia Zagler wird von ihrer Kollegin Brigitte C. zuletzt am Abend des 8. April 1991 gegen 22.45 Uhr an ihrem Standplatz in der Hütteldorfer Straße nahe des Wiener Stadthallenbades lebend gesehen.

Ihre unbekleidete, oberflächlich mit Erde, Laub und Geäst bedeckte, mit leicht gespreizten Beinen und leicht vom Körper abgewinkelten Armen in Bauchlage befindliche Leiche wird erst Monate später, am 4. August 1991, in einem Wald im Gemeindegebiet Wolfsgraben unweit eines Waldweges von Spaziergängern aufgefunden. Weder Todesursache noch Todeszeitpunkt können aufgrund des fortgeschrittenen Verwesungszustandes festgestellt werden. In der Anklageschrift gegen Jack Unterweger heißt es »[...] wahrscheinlich durch Erdrosselung [...]«, ohne daß diese Behauptung allerdings begründet wird – denn auch im Dirnhofer-Gutachten, auf das sich die Anklage ja stützte, heißt es eindeutig und ohne Einschränkung: »Todesursache nicht mehr feststellbar«. Auch äußere Verletzungen sind an der Leiche nicht mehr feststellbar.

Der Fundort befindet sich 22 Kilometer vom letzten Standort der Zagler entfernt. Demnach muß das Opfer in einem Fahrzeug transportiert worden sein. In Jack Unterwegers PKW (zu dieser Zeit ein grüner VW-Passat, Baujahr '78; Kennzeichen wie gehabt: »W-JACK 1«) finden sich jedoch keine Spuren oder tatverdächtige Hinweise.

Ebenso negativ verläuft die spurenkundliche Untersuchung der beschlagnahmten Bekleidung des Verdächtigen.

Kurz nach dem Auftreten des Verdachts gegen Unterweger meldet sich eine in Linz lebende Bekannte Unterwegers, Frau Karin F., bei Gericht: Sie habe Jack Unterweger in der fraglichen Nacht des 8. April 1991 (und damit eine gute Stunde nach dem Zeitpunkt, an dem Silvia Zagler letztmals an ihrem Standplatz gesehen worden war) in dessen Wiener Wohnung erreicht und ein längeres, ein- bis zweistündiges Gespräch mit ihm geführt. Es sei dabei um nichts besonderes gegangen, sondern einfach um den belanglosen Austausch von Neuigkeiten und um die alltäglichen Freuden und Sorgen. Frau F., die nach eigenen Angaben öfter zur Nachtzeit telefoniert, weil es da billiger ist, legt dem Gericht auch gleich ihr Tagebuch vor, aus dem dieses nächtliche Telefonat vom 8. April 1991 eindeutig hervorgeht. Rund eine Woche später finden sich zwei Kriminalbeamte bei ihr ein. Sie glauben ihr nicht so recht. Frau F. hatte den Verdächtigen schon während seiner Haftzeit in Stein durch eine gemeinsame Bekannte kennengelernt und war später, als er in Freiheit war, einige Male mit ihm intim gewesen, wie sie unumwunden zugibt. Ein böser Verdacht steht im Raum: Hat Unterweger Frau F. zu einer Falschaussage angestiftet? Doch Jack Unterweger saß zu der Zeit immer noch im Miami und hat sich gar nicht gemeldet. »Er hat sich geschämt für das alles, was da passierte, und wollte nur ja keine Freunde mit reinziehen«, meinte Frau F. dazu später.

Das durch die Aussage der Frau F. gestützte Alibi kümmerte die Anklage wenig: »In dieser Nacht tötete der Beschuldigte Silvia Zagler vorsätzlich [...], ohne daß die näheren Umstände des Zusammentreffens des Beschuldigten mit der genannten Prostituierten noch näher konkretisiert werden könnten«, heißt es in der Anklageschrift wenig einfallsreich.

Beim Prozeß fand sich dann eine in diesem Fall altbekannte Methode, um das Alibi zu entwerten. Über Befragen des Richters gab Frau F. bei ihrer Aussage am 27. April nämlich auch an, daß Jack »ein liebevoller Mensch« und »überdurchschnittlich zärtlicher Liebhaber« gewesen sei. Das genügte: Die Geschworenen schmunzelten ob der vermeintlichen Naivität dieser Zeugin. Leider hatte die wenig gerichtserfahrene Frau dann auch noch die gutgemeinte Idee, beim Verlassen des Gerichtssaales vor aller Augen ein Büchlein mit tröstlichen Sinnsprüchen auf den Tisch des Angeklagten zu legen. Genug Stoff für höhnische Berichte des Boulevards, daß die Zeugin Jack Unterweger ein »Alibi aus Liebe« (»täglich Alles«) verschafft habe. Aber auch der

Gerichtsberichterstatter Paul Yvon (»profil«) beschreibt die Szene mit geradezu genüßlicher Süffisanz und schließt: »›Danke‹. Der Auftritt der Zeugin ist beendet.«

Dank dieser »journalistischen Beweiswürdigung« war die Zeugin somit als »unglaubwürdig« abgehakt.

Mordfall Moitzi: Zerschnipseltes Beweisstück

Sabine Moitzi (25), eine Deutsche aus Lübeck, war nach ihrer Heirat mit einem Wiener Kellner vor sieben Jahren nach Wien gezogen. Sie verstand es, das Familiengehalt aufzubessern. Tagsüber arbeitete sie fallweise als Kellnerin und als Aushilfskraft in einer Bäckerei. Abends jedoch suchte sie ihren Standplatz im Bereich Fenzlgasse/Johngasse in Wien-Penzing auf. Dort wird sie auch am Abend des 16. April 1991 gegen 23 Uhr von ihrer Standplatzkollegin Ilse H. letztmals lebend gesehen. Der Ehemann will von dem nächtlichen »Nebenjob« seiner Gattin gar nichts gewußt haben. Erst als sie am nächsten Tag nicht zu einem ausgemachten Treffen erschien, habe ihm eine Bekannte davon erzählt, woraufhin er bei der Polizei die Abgängigkeitsanzeige erstattete.

Die Abgängige könnte aber auch noch 22 Tage später, in den Nachtstunden zum 8. Mai, am Leben gewesen sein, denn als Suchtgiftfahnder den Drogenszene-Treff »Flash« in der Fünfhausgasse in Wien-Schmelz routinemäßig kontrollierten, wurde auch eine Frau perlustriert, die sich mit dem Personalausweis Moitzis auswies. Die Daten wurden festgehalten. Einiges spricht dafür, daß es sich bei der Frau um Moitzi selbst gehandelt haben dürfte.

Ihre nur mit einem Body bekleidete, unbedeckte Leiche wird am 21. Mai 1991 auf einem Parkplatz nahe dem Kreuzeichenwiesenweg im Schottenwald, Bezirk Wien-Hernals (8,6 Kilometer von ihrem letzten Standort), gefunden und kann anhand des unmittelbar neben dem Fundort liegenden Personalausweises identifiziert werden. Für die Kriminalisten steht fest, daß der Täter über »perfekte Ortskenntnisse« verfügt (»Kurier«, 24.5.1991). Moitzi liegt auf dem Bauch, mit gespreizten Beinen und nach oben angewinkelten Armen. Sie war mit ihrer schwarzen, fünfmal um den Hals gedrehten und im linken Halsbereich fest verknoteten Damenstrumpfhose erdrosselt worden. An der Leiche sind jedoch keine äußeren Verletzungen feststellbar. Die Kleidung, der Schmuck, ihre zerrissene Handtasche, in der sich neun Stück Präservative befinden, und eine Spritze mit Heroinresten liegen in unmittelbarer Nähe des Fundorts verstreut. Die gesamte Auffindungssituation läßt in Anbetracht des zerrissenen Zustands der Kleidung, des Verstreutseins diverser Dinge und der aufgezogenen Spritze auf einen heftigen Kampf mit dem Mörder schließen. Offenbar geschah das Verbrechen im Suchtgiftmilieu: Auch bei der Obduktion werden im Körper der Toten Spuren von Morphin – das ist umgewandeltes Heroin – gefunden. Ein weiterer Hinweis darauf, daß es sich bei der im »Flash« perlustrierten Frau tatsächlich um Sabine Moitzi gehandelt haben könnte.

Außerdem wird neben dem Opfer ein benütztes Präservativ mit gelblicher Flüssigkeit, wahrscheinlich Sperma, sichergestellt. Dieses wird aus unerfindlichen Gründen jedoch nicht mit den Kondomen aus der Handtasche der Toten verglichen, sondern in der Folge bei der Spurensicherung im Wiener Sicherheitsbüro derart zerschnipselt, daß es für eine weitere gerichtsmedizinische Untersuchung unbrauchbar ist – womit auch eine DNA-Untersuchung der Spermaflüssigkeit unmöglich gemacht wurde!

Aus dem Mageninhalt der Toten ergab sich ein weiteres Indiz, daß Sabine Moitzi noch Wochen nach ihrer Abgängigkeit gelebt haben dürfte. Die Zeugin Ilse H., die Moitzi zuletzt gesehen hatte, hatte nämlich bei ihrer Einvernahme vor der Polizei am 21. Mai 1991 zu Protokoll gegeben, mit ihr noch kurz zuvor ein Wurstbrot und eine Dose Cola verzehrt zu haben. Im Magen fanden die Gerichtsmediziner aber gut erhaltene Speisereste von deftigem Geselchtem und Knödel. Eine weitere Zeugin, Sabine H., schloß bei ihrer Einvernahme am 22. Mai 1991 sogar völlig aus, daß Moitzi an diesem Abend vor ihrer Abgängigkeit Geselchtes mit Knödel gegessen habe. Somit muß Moitzi nach ihrem Verschwinden nach 23 Uhr auf jeden Fall noch eine Mahlzeit – mit ihrem späteren Mörder? – konsumiert haben. Dieses Detail hätte sehr aufschlußreich sein können, wurde aber nie untersucht. Das Datum dieser letzten Mahlzeit könnte sich nach Meinung des obduzierenden Gerichtsmediziners Dozent Dr. Johann Missliwetz nämlich mit jenem decken, an dem die Frau im »Flash« perlustriert wurde (so schrieb der »Kurier« am 22. Mai 1991 – noch vor dem Verdacht gegen Unterweger, versteht sich).

Man hätte den Tatzeitraum auch auf andere Weise eingrenzen können: Wie nämlich die Zeugin Ilse H. weiters vor der Polizei angab, hatte sich Sabine Moitzi nur einen Tag vor ihrem Verschwinden von Sabine G. die Haare schneiden lassen. Die gerichtsmedizinische Untersuchung, ob die Haare des Opfers frisch geschnitten oder schon nachgewachsen waren, als die Tote aufgefunden wurde, ist jedoch unterblieben.

Ein Jahr später werden nach der Verhaftung Jack Unterwegers spurenkundliche Vergleichsuntersuchungen in bezug auf ihn als Verdächtigen durchgeführt. Sie bleiben ohne Ergebnis. An der Bekleidung der Toten finden sich keine Spuren oder Hinweise auf Jack Unterweger – auch keine Hundehaare von seinem Schäferhund. Umgekehrt finden sich auch an der beschlagnahmten Bekleidung des Verdächtigen keine Hinweise, die ihn mit diesem Mordfall in Zusammenhang hätten bringen können.

Lediglich die Vergleichsuntersuchung der von den Tatortbeamten aus den Fahrzeugen Jack Unterwegers sichergestellten Haare bringt im Fall Moitzi (als einzigem der elf angeklagten Mordfälle) ein dürftiges Ergebnis: Demnach ließen sich vier Haare aus dem grünen VW-Passat des Jack Unterweger vom Eigenhaar der Moitzi »nicht unterscheiden«; es sei daher »in Betracht zu ziehen«, daß sie von ihr stammen (Prof. Brüschweiler in seinem Gutachten vom 2. Juli 1993). Eine DNA-Analyse wird aber nicht durchgeführt, da die Wurzelanteile der vier Haare laut Dirnhofer »zuwenig DNA für eine DNA-Typisierung« enthalten (Erstes Nachtragsgutachten vom 1. Juli 1993).

Der Verdächtige Jack Unterweger selbst gab nach Befragung durch die Polizei für die Nacht des 16. April an, bis ca. drei Uhr früh mit seiner Bekannten Silvia K. zusammengewesen zu sein. Diese bestätigt drei Jahre später beim Prozeß zwar Uhrzeit und die Tatsache, daß es ein Wochentag im April war (da war nämlich ihr Sohn auf Schullandwoche). Sie kann sich dann aber nicht auf den Tag genau festlegen, da sie kein Tagebuch führt. Da Silvia K. nur ein einziges Mal so lange mit Jack Unterweger zusammengewesen war, wurde dessen Alibi zwar sehr glaubwürdig, aber eben nicht hundertprozentig. Daß Moitzi aber mit weitgehender Sicherheit noch rund drei Wochen nach ihrem Verschwinden gelebt hat und der tatsächliche Todeszeitpunkt gerade in diesem Fall völlig ungewiß ist, wurde seit dem Auftreten des Verdachts gegen Unterweger erst gar nicht mehr erwähnt. In der Anklageschrift gegen Jack Unterweger hieß es dann lapidar, daß »der Zeitraum der Abgängigkeit der Sabine Moitzi der Anwesenheit des Beschuldigten entspricht«.

Mordfall Prem: Mysteriöses Tagebuch

Der letzte, der die 33jährige Prostituierte Regina Prem gesehen hat, ist ihr Gatte und Zuhälter Rudolf. Wie er später der Polizei erzählt, hat er sie am Abend des 28. April 1991, einem regnerischen Sonntag, gegen 21.30 Uhr zu ihrem Standort in der Linzer Straße/Ecke Flachgasse gebracht. Um 22 Uhr dieses Abends stand nämlich wieder ein Rendezvous mit ihrem »burgenländischen Weinhändler« auf dem Programm. Der suchte sie alle vierzehn Tage dort auf und soll ganz besonders großzügig gewesen sein. Wer dieser Weinhändler war und ob er tatsächlich zu dem Treffen kam, kann später nicht mehr eruiert werden. Der Mann hat sich nie bei der Polizei gemeldet und konnte auch nicht ausgeforscht werden.

Regina Prem kann jedenfalls nicht lange an ihrem Standplatz gewesen sein: Gegen 22 Uhr kommt ihre »Kollegin« Erika H. an den Ort, den sie seit 12 Jahren mit Regina teilt, ohne sie an diesem Abend anzutreffen. Auch am Vortag hatte sie schon »gefehlt«. Vorerst macht sich Erika keine Gedanken darüber. Sie vermutet, daß sich Regina ein paar Tage frei genommen habe. Gegen 23 Uhr entschließt sich Erika dann aber doch, sicherheitshalber bei den Prems anzurufen und sich nach Regina zu erkundigen. Rudolf Prem setzt sich daraufhin sofort ins Auto. »Die Regina is' nie wo rausgefahren, nur die Flachgasse rauf ins Hotel ›Rudolfshöhe‹. Mir is' das komisch vorgekommen und ich bin wieder runtergefahren!« erklärt er später. Gemeinsam mit Erika H. sucht er seine Frau in der Umgebung und fragt in den Stundenhotels nach, darunter im Stundenhotel »Rudolfshöhe«. Doch nirgendwo findet sich eine Spur von Regina.

Als seltsam ist auf jeden Fall eine Frage festzuhalten: Weshalb soll sie bei einem anderen Freier eingestiegen sein, wenn sie doch angeblich auf den zahlungskräftigen Weinhändler wartete?

Rund einen Monat später, am 21. Mai, sorgt die Prostituierte »Gitti«, die ihre Dienste an derselben Kreuzung anbietet, von der Prem verschwunden war, für Entführungsalarm: Sie war zu einem Mann ins Auto gestiegen, der plötzlich ein anderes Ziel ansteuerte, als ausgemacht war. Als »Gitti« daraufhin aussteigen wollte, gab der unheimliche Freier Vollgas und brauste Richtung Stadtgrenze los. Die Frau schaffte es aber noch, aus dem fahrenden Wagen zu springen, wobei sie sich mittelschwere Verletzungen zuzog. Nach dem Mann, von dem eine gute Personenbeschreibung vorlag, wurde auch über die Medien (z. B. »Kurier«, 23.5.1991) gefahndet. Er konnte jedoch nie ausgeforscht werden.

Regina Prem jedenfalls bleibt spurlos verschwunden. Ihr Gatte hält dafür die Medien auf Trab. Vor allem die »Türkenmafia« hat er in Verdacht: »Meine Frau wird in einem Sexclub festgehalten!« sagt er etwa zur »Kronen-Zeitung« (18.7.1991). In der Prostituiertenszene der Linzer und Felberstraße macht sich indes Spott bemerkbar: Regina, so heißt es, habe daheim kein leichtes Leben gehabt, und Gatte Rudolf habe schon acht Tage nach ihrem Verschwinden ein neues »Pferdchen« an ihre Stelle gesetzt. Wenn der so etwas hört, gerät er außer sich vor Zorn: »De Gfrasta kennan si net vurstell'n, daß jemand helfen tuat!« Eine Prostituiertenkollegin habe einfach ihre Hilfe angeboten und sei aus desolaten Wohnverhältnissen zu ihm gezogen. Sie kümmere sich jetzt um den elfjährigen Sohn und verdiene ihr Geld wie bisher (»profil« 23/1991).

Auch Jack Unterweger recherchiert zu diesem Zeitpunkt gemeinsam mit dem ORF-Journalisten Tommy Rotenberg im Wiener Rotlichtviertel. Thema des Beitrags, der in der Radioreihe »Journal Panorama« gebracht werden soll, sind die ungeklärten Wiener Prostituiertenmorde. Am 3. Juni treffen die beiden Journalisten im »Club 28« in der Felberstraße auf Rudolf Prem und sprechen ihn an. Unterweger lädt ihn sogar zu einer ORF-Live-Diskussionssendung aus der Radioreihe »Zick-Zack« ein. Er übergibt ihm zudem seine olivgrüne Visitenkarte … Tags darauf wird der Beitrag wie geplant im »Journal Panorama« gebracht.

Wenige Monate später schaut alles ganz anders aus: Aus dem Journalisten Unterweger ist ein Mordverdächtiger geworden, dessen Bild in allen Zeitungen zu sehen ist. Auch im »Mittagsjournal« vom 15. Februar 1992 wird ausführlich über die Flucht Unterwegers berichtet. Darin sendet man auch eine kurze Passage aus jenem Beitrag über die Prostituiertenmorde, den Unterweger noch wenige Monate zuvor gestaltet hatte. »Da hat's mich direkt vom Sessel gerissen!« erzählt Rudolf Prem später. »Diese Stimme kenn' ich ja: Das war ja der anonyme Anrufer, der mich in den Nächten nach dem Verschwinden der Regina angerufen hat!«

Das Titelblatt des »Kurier« zeigt an diesem 15. Februar ein besonders »kriminell« anmutendes Unterweger-Foto: Mit dunkler Sonnenbrille und dicker Goldkette am Hals grinst er von der Terrasse des Cafés Landtmann in die Kamera, daneben sein Schäferhund. »Kurier«-Redakteur Ernst Bieber ist ganz stolz, daß die Unterweger-Fotos seines »Kurier« »authentischer, weil jüngeren Datums« als die der Polizei seien (»Kurier«, 18.2.1992). Als Prem das Bild mit der Sonnenbrille sieht, will er sich plötzlich erinnern können: Genauso habe ein Kunde seiner Regina ausgesehen! Erst jetzt fällt ihm auch ein, daß seine Gattin ihm kurz vor ihrem Verschwinden von einem Kunden erzählt habe, der »Schriftsteller« sei …

Am 3. März 1992, Unterweger sitzt gerade in Miami ein, erstattet SOKO-Leiter Geiger U-Richter Wladkowski einen Zwischenbericht über den Stand der Erhebungen. Im Fall Prem kann er mit hochinteressanten literarischen »Indizien« aufwarten: »Es konnten bei der HD mehrere Schriftstücke vorgefunden werden. Die Passage ›Jack betritt den Hades' ist als Überschrift eines Zeitungsartikels zu finden. Im Manuskript ›Die Milchstraße‹ befinden sich die Textstellen ›gerechte Strafe‹ und ›der Ort ihrer Strafe und Sühne‹. Im Manuskript ›Das Begräbnis‹ die Textstelle: ›Mit dem Stock eine Acht in die Luft zeichnen‹ ... ›und zog mit seinem gesamten Körper in der Luft und mit den Füßen auf der Erde eine Acht‹.«

Diese geheimnisvollen »literarischen Indizien« verhalfen auch Herrn Prems Gedächtnis auf die Sprünge. Jetzt erinnere er sich ganz genau, der geheimnisvolle nächtliche Anrufer habe auch so ähnliche Sätze verwendet: »Ich bin ein Vollstrecker. Ich habe sie der gerechten Strafe zugeführt. Sie liegen alle am Sühneplatz mit dem Gesicht zum Hades. Wenn der Achter im Zenit steht, ist es wieder soweit.« Schaudernd fügt P. hinzu: »Ich werde diese monoton singende Stimme nie vergessen!« Und noch etwas fällt ihm erst jetzt ein: Seine Gattin habe 56 000 Schilling mitgehabt, als er sie zu ihrem Standplatz brachte.

Für den Wiener »Kurier« fügt sich bereits ein Indiz zum anderen. »[...] Bei der routinemäßigen Sichtung und Lektüre von Jack Unterwegers schriftlichen Ergüssen stießen sie [die Kriminalisten, A. W.] auf das gleiche Zitat«, freut sich Ernst Bieber in der Ausgabe vom 25. März 1992. Das Geheimnis um eine »astrologische Zeichnung«, die ebenfalls bei der Hausdurchsuchung in Unterwegers Wohnung »sichergestellt« worden war, konnte zwar nicht durch die Astrologin, dafür aber durch einen »Kartenleser« gelüftet werden. Es handelte sich um eine handgefertigte Schablone zum leichteren Auffinden von Ortsnamen in einem Autofahrer-Atlas.

Rudolf Prem ist jetzt derart von der Schuld Unterwegers überzeugt, daß er für seinen elfjährigen Sohn eine Unterhaltsklage gegen ihn einbringen läßt. Prem fordert nicht nur eine monatliche Geldrente von 6 500 Schilling, sondern auch »Honorarkosten« für »Psychiaterbesuche«. Das Pflegschaftsgericht versagt aber die Genehmigung der Klage bis zum Ausgang des Strafverfahrens.

Tagebuch einer Hure?

Im April 1992, ziemlich genau ein Jahr nach dem Verschwinden der Prem, wird es dann zur traurigen Gewißheit: Ein Spaziergänger entdeckt unweit eines Waldweges im Wienerwald skelettierte Leichteile. Wie die Kriminalisten feststellen, sind diese auch über einen größeren Raum im freien Waldgebiet verstreut. Der Schädel bleibt aber unauffindbar. Die Identität der Toten kann aber anhand eines Schmuckanhängers und einer Zahnprothese festgestellt werden: Es ist die ermordete Regina Prem. Die Leiche war aller Wahrscheinlichkeit nach vollständig bekleidet gewesen, denn in der Umgebung des Fundortes finden sich auch Teile der Strumpfhose und eines Strumpfbandgürtels, der Stretch-Minirock sowie ein Absatz der weißen Stöckelschuhe der Toten.[5] Todesursache und Todeszeitpunkt sind naturgemäß nicht mehr feststellbar.

5 Dirnhofer konzediert in seinem späteren Gutachten im Sinne seiner Parallelentheorie dann nur mehr, daß die Leiche »zumindest teilweise bekleidet« war.

Im Mai 1992 wird es noch spannender. Wieder erscheint Rudolf Prem im Wiener Sicherheitsbüro. Er will »hinter dem Schlafzimmerkasten«, von dem sich »zufällig« eine Furnierleiste löste, nun auch noch das maschinengeschriebene Tagebuch seiner ermordeten Frau gefunden haben! Besonders dick ist es aber nicht: Es umfaßt genau acht DIN-A4-Seiten. Die ersten sieben davon befassen sich mit angeblichen Kunden aus Politik, Wirtschaft und Fernsehen. Die »prominenten« Herren werden aber nur mit Vornamen genannt, alles andere bleibt streng geheim. Dazwischen befinden sich immer wieder weitschweifige, fast schon philosophische Ausführungen über das Dasein als Hure und die Doppelmoral der Gesellschaft. Stil und Wortschatz sind dabei für eine Straßenprostituierte mit minderem Schulabschluß ziemlich ungewöhnlich: »Ich versuche immer meine Tätigkeit als Beruf hinzustellen, doch verglichen wird man stets mit einem perversen, geilen, männerfressenden Ungeheuer, das mit geldgierigen Augen auf Fang geht, und das wird sich im Staate Schilda mit Doppelmoral kaum bald ändern. Überhaupt herrscht derzeit in unserem Land bei gewissen Politikern ein Trend, sich als Saubermacher der Nation in sämtlichen Medien feiern zu lassen.«

Erst auf Seite 8 taucht plötzlich ein »Komiker« auf: »[...] er erklärte, er sei Schriftsteller. Ich fuhr mit ihm in eine Seitengasse, wo wir normal schnelle Kunden erledigen. Als es soweit war, lehnte er sich zurück, quatschte von seinen Vorlesungen und Büchern, nach 20 Minuten gab er mir 1 500 Schilling, bedankte sich bei mir und erklärte, er hätte sich zur vollsten Zufriedenheit entspannt. Kein GV, nichts, das ist sehr selten und auch angenehm.« Nur ein paar Absätze später taucht er schon wieder auf. Während die anderen, angeblichen Strichkunden nur unscharf als »Fritz, der Spinner« oder als »Arnulf« aufscheinen, dessen Wohnung »voller Hitlerbüsten« sein soll, wird bei einem einzigen Kunden gleich eine genaue Personenbeschreibung unter Angabe der Adresse mitgeliefert: »Heute kam der Schriftsteller wieder. Ich war bei ihm auf Hausbesuch in der Florianigasse. Der Kerl hat einen Handschellentick und dürfte pervers obendrein sein. Diesmal hatte ich einen Verkehr mit ihm und nachher erzählte er andauernd von seinen Filmprojekten und Vorlesungen. Am meisten jammert er über seinen Schäfer, den er krankheitshalber in Pflege geben mußte. Über seine Tätowierungen auf Brust und Oberarmen ist er auch ganz stolz, das verstehe ich nicht, Rudi ist auch tätowiert und verflucht es.« Nur noch ein paar belanglose Eintragungen, dann endet das »Tagebuch« …

Für die Boulevardpresse ist das »Tagebuch« das »Indiz« schlechthin. Und nicht nur die Schriftsteller-Passage sorgt für Aufregung: Vielleicht könnte sich so mancher »prominente Kunde« wiedererkennen? Doch die diesbezüglichen Nachforschungen verlaufen ergebnislos.

Dafür steht Rudolf Prem nun endgültig im Mittelpunkt des medialen Interesses. Gerne läßt er sich von den Pressefotografen ablichten. Die wissen, worauf es ankommt: Der Witwer mit dem vernarbten Gesicht eines alternden Zuhälters, mit viel Gold am Hals und aufgekrempelten Ärmeln, damit die vielen Tätowierungen auch gut sichtbar sind, hält auf den Fotos ein zartes Aquarellbild seiner ermordeten Frau oder umarmt seinen elfjährigen Sohn. In der Zeitschrift »Wiener« (5/92) wird Rudolf Prem in einem mehrseitigen Artikel gar als »Kronzeuge« kolportiert. Auch dort verhehlt er nicht: Für ihn heißt der Mörder Jack Unterweger. Für die Todesstrafe sei er nicht, erklärt Prem, wohl aber dafür, daß die Einnahmen aus der literarischen Tätigkeit des Mörders der Familie des Opfers zugute kommen.

»Warum lieben Frauen Mörder?«

Der Zeitschriftenverleger Gert Schmidt war es gewesen, der Unterweger im Februar 1992 mit einer »Story« in die Falle gelockt hatte, die zu dessen Verhaftung führte und seiner Zeitschrift eine tolle Kriminalstory mit ihm selbst als Hauptfigur einbrachte. Dieser »alte Bekannte« mischte an »vorderster Front« im Fall Prem wieder kräftig mit. Im Juli 1992 veröffentlicht »Erfolg« die vermeintlichen Tagebücher der Prem im Originalwortlaut. Der Titel der Story lautet »Schreibende Prostituierte versus schreibender Mörder«.

Im Oktober 1993 erscheint dann ebenfalls im »Erfolg«-Verlag in reißerischer Aufmachung die »erste Dokumentation zur Causa Unterweger« mit dem Titel »Wenn der Achter im Zenit steht«. Diesen Satz soll der geheimnisvolle Anrufer zu Rudolf Prem gesagt haben. Herr Schmidt gibt sich und sein kleines Team zwar als »Autoren« aus, doch tatsächlich lehnt sich die »Dokumentation« eng an den Abschlußbericht der polizeilichen »SOKO Unterweger« an. Zum Teil sind die Textpassagen sogar wörtlich abgeschrieben, ohne allerdings die Quelle anzugeben. Das Ganze wird mit Faksimile-Dokumenten aus dem Akt und Fotos aus Unterwegers Wiener Wohnung aufgemotzt. Wie der Verleger zu diesen interessanten Unterlagen kam, ist natürlich nicht mehr eruierbar. So manches im Schmidt-Buch ist aber schlichtweg falsch: Da wird etwa eine »Theodora B.« zitiert, die bei Jack Unterweger nach seiner Rückkehr aus den USA »viele tiefe, bereits verkrustete Kratzspuren am linken Oberarm« gesehen haben wollte. Auch diese Behauptung tauchte schon kurz nach der Verhaftung Unterwegers in den Medien und dann im Abschlußbericht der »SOKO Unterweger« auf. Sie konnte aber spätestens beim Prozeß eindeutig widerlegt werden. Rosa U., eine damalige Intimpartnerin Unterwegers, die mit ihm bereits drei Tage nach seiner Rückkehr aus Amerika im FKK-Paradies der Wiener, der Lobau, zum Baden war, bestätigte ausdrücklich, damals keine Kratzspuren oder dergleichen an seinem Körper gesehen zu haben. Auch einem anderen alten Gerücht wird ein Kapitel gewidmet: »Unterweger bewertet seine Liebhaberinnen«. Nicht fehlen durften natürlich das vollständig in Faksimile abgedruckte »Prem-Tagebuch« und ein Porträt des Ehemannes: »Rudolf Prem kämpft verbissen um die Aufklärung des Mordes an seiner Gattin.«

In einem besonderen Kapitel befaßt sich Autor Schmidt schließlich mit der interessanten Frage: »Warum lieben Frauen Mörder?« »Während zahllose Singles offensichtlich nicht den richtigen Partner kennenlernen oder keine dauerhafte Beziehung aufrechterhalten können«, so ärgert er sich, »haben wegen Mordes verurteilte Männer ironischerweise kaum Probleme, auf Frauen anziehend zu wirken.« Schmidt weiß auch, warum Frauen, die »nicht den Unterschied zwischen wahrer Stärke und brutaler Gewalt erkennen können«, auf »Serienmörder« abfahren: »[...] weiß sie [die Frau] in ihrem Innersten, daß sie einen brutalen Mörder liebt, und irgendwie erregt sie dieses Wissen.«

Der in den Zeitungen mit eigenem Bestellabschnitt feilgebotene »Bestseller« findet reißenden Absatz. Bald jedoch nur mehr am Schwarzmarkt: Anwalt Zanger erwirkt wegen der unzähligen vorverurteilenden Textstellen und Unwahrheiten ein Verkaufsverbot. Wenige Monate später mußte Gert Schmidt den Konkurs seines maroden Verlags anmelden. Er versucht sich derzeit im privaten Glücksspielgeschäft.

Offenbar war die ganze Tagebuch-Geschichte sogar der Grazer Staatsanwaltschaft zu dick aufgetragen. Denn gar vieles an diesem mit einer älteren Schreibmaschine verfaßten Elaborat war schon ziemlich seltsam: Die »Autorin« hatte zu den jeweiligen Tagen keine Daten eingetragen. Aus dem Zusammenhang ergibt sich aber, daß sich die ersten Eintragungen auf das Jahr 1978 beziehen, als Regina Prem beschlossen hatte, ihren Job als Wurstverkäuferin an den Nagel zu hängen und sich statt dessen am Strich zu versuchen. Auf den folgenden acht DIN-A4-Seiten ist dann zwar allerlei von verrückten prominenten Kunden, der »schönen Zeit« am Strich in Italien und der »Politiker-Doppelmoral« die Rede, von der Heirat mit »Rudi« und der Geburt des Sohnes schreibt die »Autorin« aber gar nichts. Ansonsten kommt »Rudi« aber auffallend gut weg: Sie stritten sich offenbar nie, und es könne schon gar nicht die Rede davon sein, daß sie »kein leichtes Leben« bei ihm gehabt hätte.

Das gesamte Werk, das mit dem Auftritt des »Schriftstellers aus der Florianigasse« endet, ist mit ein und derselben Schreibmaschine älterer Bauart geschrieben. Schon bei oberflächlicher Betrachtung kann man sich des Eindrucks nicht erwehren, daß alles »in einem Zug« durchgeschrieben wurde. Nicht minder seltsam: Bis zum Mai 1992, als sich Rudolf Prem damit an Polizei und Presse wandte, war niemandem aufgefallen, daß Regina Prem ein Tagebuch geführt haben soll. Darüber hinaus hat sie offenbar auch niemals eine Schreibmaschine besessen! Denn ein von Anwalt Zanger beauftragtes Detektivbüro konnte die Protokolle mehrerer Pfändungen aus den Jahren 1983 bis 1991 ausfindig machen, die im Auftrag der Österreichischen Postsparkasse bei den Prems durchgeführt worden waren.[6] Auch im letzten Pfändungsprotokoll vom 30. April 1991, zwei Tage nach der Abgängigkeit der Prem, weist nichts auf den Besitz einer Schreibmaschine hin. Daraufhin fand sich zwar ein Freund von Rudolf Prem, der vor dem Untersuchungsrichter aussagte, daß die Prems eine Schreibmaschine besessen haben sollen. Dennoch taucht das angebliche Tagebuch nirgendwo in der Anklageschrift als Belastungsindiz auf. Die Staatsanwaltschaft befürchtete wohl, daß dieser »Schuß« nach hinten losgehen könnte.

6 Das war im übrigen die einzige Glanzleistung dieses Detektivbüros, das kurz nach dem Prozeß Konkurs anmelden mußte.

Da sich auch sonst im Fall Prem keine Unterweger belastende Spuren gefunden hatten – auch die Spurenauswertung aus seinem PKW war negativ verlaufen –, mußte sich die Anklage mit der vagen Behauptung begnügen, daß Jack Unterweger in der Nacht zum 29. April 1991 in Wien war und »unter nicht mehr eruierbaren Umständen« mit Regina Prem zusammentraf. Dabei »stören« die ersten Aussagen des Rudolf Prem und der Erika H., die diese schon im April 1991 vor der Wiener Polizei gemacht haben: Sie hätten Regina auch im Stundenhotel »Rudolfshöhe« gesucht und nicht gefunden. Um eine Täterschaft Unterwegers zeitlich »wahrscheinlicher« zu machen, muß sich die Anklage daher auf eine spätere Aussage der Prostituierten Martina F. stützen, die Regina Prem noch gegen 23 Uhr im Hotel »Rudolfshöhe« gesehen haben will.

Unterweger konnte nämlich für den 28. April 1991 mehrere Alibizeugen anführen. Da war zum einen seine Bekannte, die Studentin Martina P., mit der er an diesem Abend bis zirka 21.30 Uhr im Kino war. Anschließend hielt er sich mit ihr in seinem Stammlokal »Florianihof« unweit seiner Wohnung auf. Gegen 22.30 Uhr verließ Martina P. das Lokal. Unterweger ging in seine Wohnung, um sich umzuziehen und die Jeanskleidung durch einen Trainingsanzug zu ersetzen. Der zweite, wichtige Alibizeuge ist Robert P., Kellner im »Florianihof«. Er verkaufte Unterweger an diesem Abend die Sommerreifen seines Unfallwagens. Herr P. kann sich später auf das Datum genau festlegen, da er die Reifen an diesem Tag aus Kärnten, wo sein Unfallwagen stand, geliefert bekommen hatte. Auch die Uhrzeit stimmt mit Unterwegers Angaben überein, da P. von 21.30 Uhr bis zur Sperrstunde Dienst hatte. P. half Unterweger anschließend dabei, die Reifen in dessen Auto zu verfrachten, was bis zirka 23 Uhr dauerte. Er bestätigt auch, daß Unterweger zu diesem Zeitpunkt mit einem Trainingsanzug bekleidet war – womit die Aussage einer Prostituierten im Akt, die Jack Unterweger in der fraglichen Nacht im Strichgebiet im »schwarzen Abendanzug« gesehen haben will, widerlegt werden konnte.

Martina P. und Robert P. bestätigen ihre Angaben auch beim Prozeß.

Dafür widerspricht sich Rudolf Prem, der sich als »Hausmann« bezeichnet, bei seiner Aussage am 20. Mai selbst: Er sei sich jetzt doch nicht mehr so sicher, ob der anonyme Anrufer Unterweger gewesen sei. Denn es war die Stimme eines »alten Mannes«, der im übrigen in den verschiedensten österreichischen Dialekten gesprochen habe. Als ihm Jack Unterweger dann ernst in die Augen blickt und fragt: »Wieso bezeichnest du mich als Mörder deiner Frau?« stellt P. vor allen Anwesenden klar, daß er den Angeklagten niemals als Mörder seiner Frau bezeichnet habe, denn er könne ja nicht wissen, wer der wirkliche Mörder sei …

Übrigens hätte Unterweger auch für die Nacht vom Freitag, dem 26. April 1991, ein Alibi gehabt, also für den Zeitpunkt, an dem die Standplatzkollegin der Regina Prem, Erika H., diese zuletzt gesehen hatte. Es handelte sich um eine der wenigen Nächte, in denen er bei seiner verheirateten Geliebten Rosa U., deren Ehemann gerade auf Geschäftsreise war, schlief.

Im Mordfall Prem wird Jack Unterweger schließlich einstimmig freigesprochen. Dennoch bleiben viele Fragen offen: Weshalb meldete Herr Prem die bedrohlichen Anrufe, die er nach dem Verschwinden seiner Frau erhalten haben will, nicht schon damals bei der Polizei? Die Stimme des unbekannten Anrufers schien doch solchen Eindruck auf ihn gemacht zu haben, daß er »sie nie vergessen« werde. Beim Prozeß hatte er sie dann aber offenbar doch vergessen.

Wieso »erkannte« er Jack Unterweger nicht bereits am 3. Juni 1991 als angeblichen »Kunden seiner Frau«, als ihn dieser bei seiner Rotlicht-Recherche ansprach? Woher stammt das Tagebuch, dessen Stil eher an einen professionellen Schreiber als an eine Straßenprostituierte erinnert, wirklich? Die daktyloskopische Untersuchung der Schreibmaschinenschrift soll angeblich »ergebnislos« verlaufen sein.

Der Leser hat es sicherlich schon erraten: Bei den geheimnisvollen Textstellen rund um den »Sühneplatz mit dem Gesicht zum Hades« handelte es sich wieder einmal um die literarische Abhandlung eines Nachwuchsautors, die für die Veröffentlichung in der »Wortbrücke« bestimmt gewesen wäre – und nicht für die Kriminalseiten der Boulevardpresse.

Mordfall Eroglu: Ein verschwundenes und ein verschwiegenes Haar

In Anbetracht der Morde und gewalttätigen Übergriffe hatten es sich die Wiener Prostituierten längst zur Gewohnheit gemacht, penibel die Autokennzeichen der Freier zu notieren, mit denen ihre Standplatzkolleginnen mitfuhren. Auch von Sabine Moitzi und Karin Eroglu lagen Aufzeichnungen über Kennzeichen von Freier-Autos vor, deren Besitzer nun von der Polizei ausgeforscht und überprüft wurden. »Peinliche Szenen für Freier« titelt der »Kurier« vom 26. Mai 1991 mit einem Anflug von Schadenfreude.

Doch auch diese Notizen halfen der Polizei nicht weiter. Denn die Umstände des Verschwindens der Wiener Prostituierten Karin Eroglu (25) – der Nachname entstammt der Heirat mit einem Türken – liegen bis heute weitgehend im dunkeln. Die Verschwundene wurde vom Zeugen Kurt W. zuletzt am 8. Mai 1991 gegen 0.30 Uhr an ihrem Standplatz in der Linzer Straße / Ecke Mariahilfer Straße gesehen. Ihr Lebensgefährte erstattete erst nach zwei Tagen die Abgängigkeitsanzeige.

Jack Unterweger war seiner Verantwortung zufolge in der fraglichen Nacht, die keineswegs auch die Mordnacht sein muß, nicht einmal in Wien. Schon am Abend des 6. Mai fuhr er nach München, wo er auch seine Mutter besuchte. Der überließ er als Muttertagsgeschenk seinen Schäferhund »Joy«, in den sich die alte Dame regelrecht verliebt hatte. Unterweger blieb bis zum Abend des 8. Mai 1991. Er führt seine Mutter als Zeugin für dieses Alibi an, doch zwei Jahre später kommt sie nicht einmal nach Graz zu ihrem Zeugentermin. Sie wird daraufhin im Rechtshilfeweg in München einvernommen und gibt dort an, sich an die Daten der Besuche ihres Sohnes in München nicht mehr so genau zu erinnern.

Der Anklage reichte jedenfalls die knappe, durch nichts belegte Feststellung: »Der Beschuldigte hielt sich zu dieser Zeit im Großraum Wien auf, bahnte mit der Prostituierten Beziehungen an und tötete in der Folge Karin Eroglu vorsätzlich in den Morgenstunden des 8. 5. 1991 durch Erdrosseln.«

Die nackte und völlig unbedeckte Leiche der Eroglu wird rund zwei Wochen nach ihrer Abgängigkeit in der Nähe eines Waldweges in einem Waldstück bei Gablitz nahe bei Wien, ca. 17 Kilometer von ihrem letzten Standort entfernt, von einer Spaziergängerin gefunden. Wie auch im Fall Moitzi gehen die Kriminalisten von einer »perfekten Ortskenntnis« des Täters aus (»Kurier«, 24.5.1991). Eroglu liegt ausgestreckt auf dem Bauch, mit fast geschlossenen Beinen und neben dem Körper nach unten gerichteten Armen. Sie kann anhand eines am Gesäß tätowierten kleinen Elefanten sofort identifiziert werden. Der Gerichtsmediziner stellt Tod durch Erdrosseln mit dem eigenen Bodytrikot, der im linken Nackenbereich verknotet war, fest. Zudem finden sich am Leichnam deutliche Spuren von Gewalteinwirkung in Form von zahlreichen blutunterlaufenen Stellen im Bereich des Hinterkopfes, der Schläfen und der Lippen, die von Schlägen mit einem stumpfen Gegenstand herrühren müssen. Die gesamte Auffindungssituation, insbesondere die am Fundort verstreuten Kleidungsstücke und Habseligkeiten des Opfers sowie die Verletzungen, lassen auf einen erbitterten Kampf mit dem Mörder schließen.

Unweit des Leichenfundortes findet man außerdem zwei Damenschuhe sowie den Teil einer Stoßstange und einen schwarzen Plastikdeckel, der ebenfalls von einem Auto stammen dürfte. Möglicherweise hatte der Täter diese Gegenstände verloren, als er die Leiche beiseite schaffte. In der Ausgabe des »Kurier« vom 26. Mai 1991 findet sich unter der Schlagzeile »Führt Stoßstange im Wald zum Prostituiertenmörder?« sogar eine Abbildung der Stoßstange als »erste heiße Spur«.

Als jedoch im Herbst 1991 der Verdacht plötzlich auf Unterweger fiel, war von diesen möglicherweise aufschlußreichen Spuren keine Rede mehr. Die Stoßstange von Jack Unterwegers PKW war jedenfalls stets unbeschädigt gewesen. Auch die Spurenauswertung aus der Innenausstattung des Fahrzeugs sowie von Unterwegers Kleidung bzw. seines Schuhwerks brachte keinen Tatverdacht gegen ihn.

Unmittelbar neben dem Opfer liegen eine Damenbinde und ein Taschentuch, welche Spermaspuren aufweisen. Das Rechtsmedizinische Gesamtgutachten von Prof. Dirnhofer (Seite 66) entlastet Unterweger: »Die Spermien an der Damenbinde und am Papiertaschentuch zeigen Übereinstimmung der jeweiligen genetischen Merkmale. Damenbinde und Taschentuch können daher als zusammengehörig betrachtet werden. Johann Unterweger, der den Typ HLA-DQ Typ 3,4 aufweist, ist mit Sicherheit als Verursacher der Spermien an der Damenbinde und am Papiertaschentuch auszuschließen.« Damit existiert wiederum eine biologische Spur, die eindeutig von Jack Unterweger wegführt, aber weder im Prozeß noch in den Medien erwähnt wird.

Ansonsten finden sich an der Leiche keinerlei tatverdächtige Spuren (Fasern, Haare oder Hundehaare), die auf Jack Unterweger hingewiesen hätten. Ganz im Gegenteil: An der Leiche der Eroglu wurde nämlich auch ein blutverkrustetes Körperhaar gefunden, welches laut Gutachten von Univ. Ass. Dr. Wolfgang Denk und Univ. Prof. Dr. Georg Bauer vom Institut für Gerichtliche Medizin der Universität Wien vom 25. Juli 1991 nicht vom Opfer selbst stammt. Das Haar weise »mehrere morphologische Unterschiede zum Haar des Opfers« auf, heißt es darin. Somit war das Haar zweifelsohne eine echte Täterspur!

Ausgerechnet diese heiße Spur konnte angeblich nicht mehr verwertet werden, weil das Haar »im Zuge der Voruntersuchungen bedauerlicherweise verlorengegangen« ist, wie die Anklageschrift auf Seite 30 trocken feststellt.

Die besondere Perfidie in dieser Sache besteht darin, daß die Anklage zwar den Verlust des Beweismittels zugibt, dies aber zugleich für ihre eigenen Zwecke benutzt. Das Haar habe nämlich auf einer »abgerissenen Gummihandschuhkuppe« gehaftet – ein »Belastungsindiz« gegen Unterweger, der bei seinem Theaterstück »Aids – Schrei der Angst« in der Tat Plastikhandschuhe als Requisiten verwendet hatte. Es wurde jedoch verabsäumt, die bei der Leiche sichergestellte Gummihandschuhkuppe materialmäßig mit diesen Requisiten-Handschuhen zu vergleichen. Zudem hatte die Staatsanwaltschaft nicht bedacht, daß auch Kriminalbeamte und Gerichtsmediziner bei der Sicherstellung einer Leiche derartige Gummi- bzw. Kunststoffhandschuhe verwenden.

Im Prozeß im Mai 1994 hieß es dann plötzlich, das Haar sei nicht verlorengegangen, sondern bei der Untersuchung »aufgebraucht« worden. Es ist schon seltsam, daß derartige »Mißgeschicke« im Fall Unterweger gerade bei entlastenden Spuren vorkamen.

Es kommt aber noch dicker: In der rechten Hand des Opfers ist laut Gutachten des Wissenschaftlichen Dienstes der Stadtpolizei Zürich auch ein hellbraunes Körperhaar sichergestellt worden, dessen Vergleichsuntersuchung mit den Eigenhaaren des Opfers negativ verlief (Seite 9 des Gutachtens). Es könnte sich somit um eine weitere »heiße« Täterspur handeln – die rechte Hand, in der es gefunden wurde, wird ja für Abwehrhandlungen verwendet. Eine Vergleichsuntersuchung mit Haarproben Unterwegers brachte ein eindeutiges Ergebnis: »Beim asservierten Haar aus der rechten Hand handelt es sich um ein hellbraunes Körperhaar. Der Vergleich mit den Körperhaaren von J. Unterweger verlief negativ« (Gutachten, Seite 32). Dieses Haar stammt somit hundertprozentig nicht von Jack Unterweger!

Die Mordfälle in den USA

Jack Unterweger hatte sich vom 11. Juni bis 16. Juli 1991 im Raum Los Angeles aufgehalten. Die Gegensätze dieses Landes faszinierten ihn. Seine Reports, die er für mehrere Zeitschriften schrieb, handelten vom Glanz und Elend der Filmmetropole Hollywood, wo schon viele ihren Traum von Reichtum, Erfolg und Ruhm verwirklichen wollten. Wenige hatten es geschafft, die meisten jedoch waren daran zerbrochen. Ferner berichtete er vom bunten Treiben beim legendären jährlichen Lesben- und Schwulentreffen in Hollywood. Ein völlig anderes Thema war die »Mordhauptstadt« L. A., die mit ihrer explodierenden Kriminalität nicht mehr fertig wird. Für seine diesbezüglichen Recherchen war Unterweger sogar eine ganze Nacht live in einem Streifenwagen der Polizei dabei. Der Report wird später in zwei österreichischen Illustrierten veröffentlicht.

Jack Unterweger nutzte seinen USA-Aufenthalt, um weitere Nachforschungen über seinen Vater anzustellen, von dem er nur wußte, daß er als US-Besatzungsoffizier in Triest stationiert gewesen sein soll. Die Suche blieb leider ergebnislos.

Was seine eigene Zukunft betraf, so hatte er hochfliegende Pläne: Er traf sich wegen eines beabsichtigten Projektes eines Low-Budget-Films mit mehreren Filmproduzenten, unter anderem mit dem in Hollywood lebenden Österreicher Robert Dornhelm. Unterwegers finanzielle Situation war allerdings nicht gerade rosig, so daß er in heruntergekommenen Billighotels inmitten der Dirnenviertel von L. A. wohnte.

Wie viele Prostituierte in der »Mordhauptstadt« L. A. während des USA-Aufenthalts Unterwegers umgebracht worden sind, kann vermutlich nur schwer eruiert werden, da es sich um rund 300 im Jahresdurchschnitt handelt.

Nach Unterwegers Verhaftung ermittelt die von den österreichischen Kollegen alarmierte Polizei von Los Angeles in mehreren Mordfällen gegen ihn. Der Verdacht gegen Unterweger wegen acht Mordfällen an Prostituierten in Riverside, einer rund 30 Kilometer östlich von L. A. gelegenen Nachbarstadt, wird aber bald wieder fallengelassen. Die US-Polizei konnte diese Morde klären. Übrig bleiben die Morde an den Prostituierten Shannon Exley (21), Irene Rodriguez (33) und Sherry Ann Long (27). Diese Morde hatte die US-Polizei aber ursprünglich in Zusammenhang mit einem vierten Mord an der schwarzen Prostituierten Alice Duval gesehen, deren halb bekleidete Leiche am 10. Juni 1991 in Long Beach ermordet aufgefunden worden war. Sie wurde erdrosselt, vermutlich mit einem BH oder einem anderen ihrer Kleidungsstücke, möglicherweise auch mit der Krawatte des Täters. Am Hals fanden sich nämlich Spuren eines weichen Gewebes. Auch sonst spricht der ermittelnde Detective William McLyman von der Mordkommission Long Beach von »auffälligen Gemeinsamkeiten« aller vier Morde, die in einem Abstand von nur etwa zehn Tagen geschahen. Drei der Opfer (Duval, Rodriguez und Exley) wurden in gewerblich genutzten Gegenden aufgefunden, die von Lastwagenfahrern frequentiert werden. So gab es bei einem Treffen der Ermittler auch eine Art Konsens, »daß alle vier Fälle zusammengehören« (McLyman zu »profil« 42/92). Dieser galt bis zur Verhaftung Jack Unterwegers, da hieß es plötzlich, der Fall Duval könne nicht dazugehören, »weil Jack ... ja noch nicht einmal im Land (war), als sie umgebracht wurde« (so der Chefermittler des L. A. Police Department, James Harper, wörtlich zu Robert Buchacher von »profil«). In der Tat wurde Duval genau einen Tag vor der Ankunft Unterwegers gefunden. Harper meinte jetzt sogar, Duval sei im Gegensatz zu den drei anderen Prostituierten »händisch erwürgt« worden ...

Mordfall Exley: Von 99,6 Prozent auf null Prozent

Shannon Exley wird gegen 4 Uhr früh des 20. Juni 1991 von ihrer »Kollegin« Jarina B. dabei beobachtet, wie sie an ihrem Standplatz in der 7th Street in den beigen Lieferwagen eines Schwarzen einsteigt. Ob es ihr letzter Kunde gewesen ist, weiß man nicht. Lastwagenfahrer zählten jedenfalls nach der Aussage einer anderen »Kollegin«, Debbie C., zu ihren Stammkunden, die sie stets mit Kokain und Crack versorgten.

Noch am Abend desselben Tages wird die nur mit einem T-Shirt und blauen Socken bekleidete, im übrigen völlig unbedeckte Leiche der Exley auf einer Wiese in der Nähe eines Parkplatzes in L. A., rund 5 Kilometer vom Strichgebiet entfernt, gefunden. Sie liegt mit leicht gespreizten Beinen auf dem Bauch, die Arme sind nach oben angewinkelt, das T-Shirt bis über die Schultern hochgezogen. Als Todeszeitpunkt ermitteln die Gerichtsmediziner die frühen Morgenstunden des 20. Juni. An der Leiche, vor allem am Kopf, finden sich deutliche Spuren von Mißhandlungen in Form von Hautabschürfungen, Striemen und Blutunterlaufungen, die auf einen heftigen Kampf mit dem Täter zurückgehen dürften. Die Todesursache ist eindeutig: Erdrosselung mit dem eigenen, im rechten Halsbereich verknoteten BH.

Bei der Obduktion der Leiche finden die Amerikaner Spermaspuren in Scheide und After. Dieses Material wird Anfang Mai 1992 mit dem DNA-Material Unterwegers – er hatte diese Untersuchung selbst beantragt – verglichen. Das Gutachten der Amerikaner trifft im Juni 1992 beim gerichtlich beauftragten Gutachter Prof. Dirnhofer in Bern ein, der es an den Untersuchungsrichter Wladkowski und den Leiter der Sonderkommission Geiger weiterleitet. »Legt man zugrunde, daß die Untersuchungen exakt durchgeführt wurden, so kommt aufgrund dieses ersten spurenkundlichen Ergebnisses aus Amerika Herr Unterweger als Spurenverursacher in Frage. Unter einer gleichzeitigen Zugrundelegung einer Häufigkeit der Blutgruppe B von 10 %, ergibt sich in Kombination mit einer Häufigkeit von 4 % für den HLA-DQ Alpha Typ 3.4, daß 99,6 % der Bevölkerung als Spurenverursacher ausscheiden. Bezüglich der Häufigkeit der Kombination HLA-DQ Alpha 3.4 mit Blutgruppe B ist auszuführen, daß jede 250. Person diese Kombination aufweist«, heißt es in dem an den Untersuchungsrichter Wladkowski gerichteten Schreiben Dirnhofers vom Juni 1992. Wladkowski beruft sogleich eine Pressekonferenz ein, um das sensationelle Ergebnis – die Spermaspur stamme mit 99,6 %iger Wahrscheinlichkeit von Jack Unterweger – zu verkünden. Wenige Tage nach den Jubelmeldungen in den Medien unternimmt Unterweger, der keine Chance mehr sieht, einen verzweifelten Selbstmordversuch.

Doch das Schreiben Dirnhofers beruhte auf einer verhängnisvollen Fehlinformation, die der Untersuchungsrichter im nachhinein mit einem »Übersetzungsfehler aus dem Englischen« zu erklären versuchte. Im Gutachten der Amerikaner ist von einer Merkmalsübereinstimmung von 99,6 % mit der DNA Jack Unterwegers keine Rede. Im Gegenteil: Das Gutachten entlastet Jack Unterweger ganz klar. Die Amerikaner hatten Spermaspuren zweier verschiedener Männer festgestellt, wobei Jack Unterweger in einem Fall hundertprozentig als Spurenverursacher auszuschließen war, während im anderen Fall eine geringe Restwahrscheinlichkeit blieb. Die im Gesamtgutachten Dirnhofers vom 3. März 1993 angeführte Analyse der Spermaspuren im Fall Exley klingt daher ganz anders als noch wenige Monate zuvor: »Die in der Scheide vorhandenen Samenspuren stammen von einem unbekannten Mann, mit Sicherheit aber nicht von Johann Unterweger« (Seite 68 des Gutachtens). Was hingegen die im After des Opfers gefundene Spermaspur betrifft, so weist diese eine biologische Struktur auf, die laut Dirnhofer weltweit auf jeden vierten bis fünften Mann zutrifft. »Johann Unterweger« ist demnach »zwar als Spurenverursacher nicht auszuschließen, die biostatistische Berechnung ergab jedoch, daß ca. 20 % der Bevölkerung als potentielle Spurenverursacher in Betracht kommen könnten« (Dirnhofer auf Seite 72 seines Gutachtens). Statistisch genau sind es demnach 22,6 % der männlichen Bevölkerung, die laut Dirnhofer als Spurenverursacher in Betracht kommen (Seite 70 des Gutachtens).

Übrigens: Nachdem die Zeitungen in riesigen Lettern über das angeblich »schwer belastende DNA-Ergebnis« aus den USA berichtet hatten, sucht man Wochen später – nach dem Aufkommen des Übersetzungsfehlers – vergeblich nach Berichten über diese Unterweger entlastenden, wohl weniger spannenden Fakten.

Die Verfasser des Abschlußberichtes der »SOKO Unterweger« sehen es sogar noch im März 1993 anders: Unterweger sei als Verursacher des Analsamens »nicht auszuschließen« – und schon muß diese

Spur wiederum als »Sachbeweis« (Seite 108 des Berichts) herhalten! Wobei man sich nicht scheut, auf das Dirnhofer-Gutachten als »Beweismittel« zu verweisen …

Mordfall Rodriguez: »Nicht zuordenbare« Spuren?

Die Prostituierte Irene Rodriguez wird letztmals am 28. Juni 1991 gegen 20 Uhr von ihrem Quartiergeber Carlos A. lebend gesehen, als sie sich von ihrem Untermietzimmer auf den Weg zu ihrem Standplatz in der 7th Street macht.

Ihre unbekleidete, unbedeckte Leiche wird zwei Tage später unter einem LKW-Anhänger auf einem Industriegelände in Los Angeles, 3,2 Kilometer vom Strichgebiet entfernt, von Obdachlosen gefunden. Sie liegt auf dem Rücken, mit ausgebreiteten Armen und ausgestreckten, gekreuzten Beinen. Daneben liegt ihr verschmutztes T-Shirt. Auch Rodriguez war mit ihrem im rechten Halsbereich verknoteten Büstenhalter und einem Gürtel erdrosselt worden. Am ganzen Körper der Toten (vor allem im Bereich des Bauches, der linken Hüfte, des rechten Oberschenkels, der linken Knieregion, des linken Schienbeins sowie des rechten Ellbogens) finden sich Quetschungen, Striemen und tiefe Hautabschürfungen, die von einem erbarmungslosen Todeskampf zeugen, von dem auch ihr Mörder Spuren davongetragen haben müßte.

Die an der Leiche sowie am LKW-Anhänger gefundenen, nachweislich nicht von Rodriguez stammenden Haarspuren und Kopfhautreste werden in einem US-Labor mit den DNA-Proben Jack Unterwegers verglichen. Das im April 1992 vorliegende Ergebnis ist eindeutig: Jack Unterweger ist als Verursacher dieser Spuren »zu 100 % auszuschließen«! (Protokoll des Bezirksgerichts von L. A., Zeugenaussage von FBI-Mann James Harper, S. 18).

Rund ein Jahr später, im Abschlußgutachten Dirnhofers, sind diese Spuren dann allerdings »nicht zuordenbar« (Seite 67 des Abschlußgutachtens). Jack Unterweger wird – wiederum dank der Theorie der »Parallelität« – auch für diesen Mord verurteilt.

Mordfall Long: Auf unwegsamen Gelände

Die Prostituierte Sherry Ann Long wird zuletzt am 3. Juli 1991 gegen 23 Uhr an ihrem Standplatz in der Vine-Street lebend gesehen. Ihre vollständig bekleidete (Jeans, T-Shirt, Slip, Socken, Sportschuhe), ansonsten völlig unbedeckte Leiche wird nach einer Woche im Gestrüpp eines dicht bewachsenen, steilen Hügels bei Malibu, rund 40 Kilometer von ihrem letzten Standort entfernt, gefunden. Long liegt auf dem Rücken, mit infolge des hochgeschobenen T-Shirts entblößten Brüsten und ausgestreckten, geschlossenen Beinen. Ihr linker Arm liegt am Bauch, der rechte ist nach oben angewinkelt. Sie war mit ihrem eigenen, im rechten Halsbereich verknoteten Büstenhalter erdrosselt worden. An der Leiche konnten jedoch aufgrund der fortgeschrittenen Fäulnis keine äußerlichen Verletzungen festgestellt werden.

Die US-Polizei hatte in den Mordfällen Duval, Exley, Rodriguez und Long (die ja ursprünglich in einem Zusammenhang gesehen wurden) mehrere konkrete Tatverdächtige. Darunter befand sich ein wegen Sexualdelikten vorbestrafter LKW-Fahrer, der ständig im Hurenmilieu verkehrte, dessen Arbeitsstelle sich in der Nähe zweier Fundorte (von Exley und Rodriguez) befand, der zu den tatkritischen Zeiten dienstfrei hatte und der mit seinem LKW auch den steilen Hügel, auf dem Long gefunden wurde, ohne Probleme hätte befahren können. Nach Aussage der Prostituierten Debbie C. sei ihre ermordete Kollegin Shannon Exley immer wieder ins Cockpit zu Lastwagenfahrern eingestiegen. Einer davon könnte ihr letzter Kunde gewesen sein – der schwarze LKW-Fahrer, zu dem sie wenige Stunden vor ihrem Tod eingestiegen war, wurde jedoch nie ausgeforscht.

Nach Unterwegers Verhaftung sah eben alles ganz anders aus …

Unerreichbare Beweismittel

Das weitere ist bekannt: Staatsanwalt Montagna weigert sich, dem Anklagewunsch der Polizei nachzukommen. Unterweger wird am 27. Mai 1992 nach Österreich ausgeliefert. Doch die Österreicher ermitteln auch in den drei US-Mordfällen weiter. Sogar eine weitere Dienstreise wird bewilligt, die Untersuchungsrichter Wladkowski gemeinsam mit dem (mittlerweile Ex-) SOKO-Leiter Geiger und dessen Kriminalistentrupp am 15. Oktober 1992 antritt. Auch der den Fall bearbeitende Staatsanwalt Martin Wenzl und Anwalt Zanger sind dabei. In den USA kommt jedoch ausschließlich Entlastendes für Unterweger zum Vorschein: Der US-Cop Robert Knudson, der im Fall Long einen Ortsaugenschein durchgeführt hatte, stellt bei seiner beeideten Zeugeneinvernahme unmißverständlich klar, daß der steile, unwegsame Hügel, auf dem die ermordete Sherry Long gefunden worden war, nur mit einem »four-wheel-drive«, einem geländegängigen Wagen mit Allradantrieb, befahrbar ist. Jeder herkömmliche PKW würde dort unweigerlich steckenbleiben bzw. abrutschen, wie die praktischen Fahrtests ergeben hätten. Unterweger hatte aber bei seinem USA-Aufenthalt lediglich zwei PKW der Marke »Toyota Corolla« gemietet, die auf keinen Fall geländegängig sind. Das war noch nicht alles: Am Auffindungsort der Long waren Reifenspuren vorhanden gewesen. Diese wurden von der Spurensicherung fotografisch festgehalten und nach dem Auftreten des Verdachts gegen Unterweger mit dem Reifenprofil des besagten Toyota verglichen. Das Ergebnis: Die Profile stimmen nicht überein! Allerdings fügt der leitende Ermittler Harper gleich hinzu, daß die Reifen des Toyota inzwischen gewechselt worden waren, so daß dies kein Entlastungsbeweis sein könne. Ein Vertreter der Autovermietungsfirma, der dies bestätigen oder hätte verneinen können, wird leider nicht befragt. Um jeglichen Zweifel auszuschließen, hätten die Herren von der Grazer Gerichtskommission auch selbst praktische Fahrtests an Ort und Stelle durchführen können. Das halten sie aber nicht für notwendig.

Zanger besteht aber darauf, auch im Fall der vierten Prostituierten Duval die Parallelen zu den anderen Morden zu prüfen. Auf diese Weise kann Harpers These vom »händischen Erwürgen« widerlegt werden: Der stellvertretende Sheriff des Verwaltungsbezirks L. A., Detektive Ronnie Lancaster, klärt die Gerichtskommission darüber auf, daß Duval ebenso wie die anderen Frauen mit einem »weichen Band« erdrosselt wurde.

Nach Graz zurückgekehrt, muß sogar U-Richter Wladkowski auf die Frage der Reporter, ob die Reise »neue Beweise« gebracht hätte, zugeben: »Nein, aber das habe ich auch gar nicht erwartet.« (»Kleine Zeitung«, 24.10.1992). Diese Antwort wirft die Frage auf, wofür solche Dienstreisen vom Justizministerium dann bewilligt werden. Der Pressesprecher des Landesgerichts, Winfried Enge, meint im selben Zeitungsartikel als Schlußsatz dennoch: »Wir sind ein Stück weitergekommen, das Bild hat sich abgerundet.« So manches, das das Bild hätte »abrunden« können, wurde aber verabsäumt: Etwa praktische Fahrtests mit den von Unterweger in den USA verwendeten Mietautos an den Leichenfundorten.

Rund zwei Jahre später dürfen drei US-Cops im Grazer Prozeß aussagen: Der bullig wirkende, farbige James Harper, der als Chefermittler in L. A. eng mit SOKO-Leiter Geiger zusammengearbeitet hatte, der stellvertretende Sheriff von L. A., Ronnie Lancaster, und Stephen Staples, der Unterweger im Sommer 1991 für dessen Recherchen in einem Polizeiauto mitgenommen hatte. Die Ladung anderer wichtiger US-Zeugen, vor allem des US-Cops Robert Knudson, der am unwegsamen Fundort des Mordopfers Sherry Long einen Lokalaugenschein mit Fahrtest durchgeführt hatte, hielt Richter Haas für überflüssig. Staples sagt als erster aus. Er erzählt dem Gericht, daß er Unterweger noch »in sehr guter Erinnerung« habe und daß dieser sich damals besonders für die »Rauschgift- und Drogenszene« interessiert habe. Als nächster ist Lancaster dran: Er bestätigt die Parallelen zwischen den drei angeklagten US-Mordfällen, die auf einen einzigen Täter schließen ließen. Leider konnte Detective William McLyman, der im Fall der ebenfalls in L. A. ermordeten Prostituierten Duval ermittelt hatte und auch hier deutliche Parallelen zu den anderen drei Morden sah, nichts dazu sagen – er war nicht geladen worden. Lancaster erklärt dem Gericht außerdem, den Fundort der Long mit einem Ford Escort ohne Allradantrieb »erklommen« zu haben (womit er im Gegensatz zu den seinerzeitigen Ermittlungsergebnissen steht). Andererseits kann Lancaster die durch nichts belegte Behauptung in der Anklage, Unterweger habe sich zu den tatrelevanten Zeiten stets in Hotels in unmittelbarer Nähe der Standorte der ermordeten Prostituierten aufgehalten, nicht bestätigen. Ganz im Gegenteil: Die Hotels, in denen sich Unterweger aufgehalten hatte, liegen weitab von den jeweiligen Standplätzen der ermordeten Frauen. Die diesbezügliche, völlig unwahre Behauptung in der Anklageschrift diente offenbar nur dazu, die dürftigen Indizien etwas glaubwürdiger erscheinen zu lassen! Es gebe keine Hinweise oder gar Beweise für eine Täterschaft Unterwegers, muß Lancaster daher zugeben. Zuletzt kommt Harper zu Wort, am längsten von allen: Er gibt sich von der Schuld Unterwegers überzeugt, auch wenn er diese Meinung außer mit dem Hinweis auf die »Parallelität« der Morde nicht konkretisieren kann.

Jack Unterweger selbst bietet für die Nächte des Verschwindens der US-Prostituierten, die mit Ausnahme des Falles Exley keineswegs auch die Mordnächte sein müssen, zwei überprüfbare Alibis an. Er hat seinen fünfwöchigen Aufenthalt in Los Angeles inzwischen mühselig rekonstruiert: In der Nacht des 20. Juni 1992 habe er mit seiner Ex-Geliebten Rosa U. aus Wien ein längeres Telefonat geführt. Es sei ein Streitgespräch wegen des Briefes einer Verehrerin gewesen, den Frau U. in die Hände bekommen hatte. Die Frau, die Unterweger kurz nach seiner Rückkehr wegen Bianca verlassen hat, will sich später jedoch nicht so genau erinnern. Eine von Unterweger kurz nach seiner Verhaftung beantragte Telefonüberprüfung wurde nie durchgeführt, so daß das Alibi nicht bestätigt werden kann. Erst beim Prozeß bestätigt die Zeugin Paula S., Jack während seines USA-Aufenthalts täglich, öfters sogar mehrmals, an seinem Mobiltelefon erreicht zu haben, bevor sie mittags zur Arbeit ging. Unter Berücksichtigung des Zeitunterschieds ergibt sich, daß die Telefonate gegen ein bis drei Uhr morgens L. A.-Zeit stattgefunden hatten. Natürlich führte die Frau keine Aufzeichnungen über die Telefonate, so daß dies kein Alibi sein konnte.

Für die Nacht zum 4. Juli 1991 gibt Jack Unterweger an, von 22 Uhr bis 5.30 Uhr morgens mit Luisa E. zusammengewesen zu sein. Luisa, das war eine rassige Südamerikanerin, die an der Rezeption des Hotels arbeitete, in dem Unterweger nächtigte. Die Einladung an die Bar nach Dienstschluß endete in Jacks Zimmer. Doch es wurde mehr daraus: Am 6. August verläßt Luisa L. A. mit einer TWA-Maschine in Richtung Europa, wo Unterweger sie am Flughafen München abholt und mit ihr nach Wien fährt. »Jack war sehr verliebt in Luisa. Er bemühte sich über alle Maßen um sie, war überaus zärtlich. Doch sie wirkte ein bißchen hilflos und unselbständig. Das Problem der beiden war die Sprache: Mehr als für ein ›Give me a kiss‹ reichte Jacks schlechtes Englisch leider nicht«, erzählte mir eine Bekannte später über diese Beziehung. »Und auch Luisa sprach kaum deutsch. Und, was Jack nie zugegeben hätte, sie hatte sich wohl auch mehr von dem ›europäischen Schriftsteller‹ erwartet.« Denn Unterweger mußte für seinen Lebensunterhalt hart arbeiten, war viel zu seinen Lesungen unterwegs und mit seinen Projekten beschäftigt. Er konnte Luisa weder allzuviel Zeit noch besonderen Wohlstand bieten. Bald wird es ihr langweilig in der fremden Stadt. Dazu kommt noch das Heimweh: Das bunte Leben in L. A. fehlt ihr, vor allem dann, wenn es wieder mal regnet in Wien. Und der Herbst steht vor der Tür. Am 1. September bringt der »Kurier« die erste Schlagzeile vom Dirnenkiller »Jack the Struggler«. Unterweger ahnt, was auf ihn zukommt. Er meint jetzt, daß Luisa im Moment bei ihr zu Hause besser aufgehoben sei. Am 4. September, einen Tag nach seiner ersten Einvernahme, bringt er sie zum Wiener Flughafen. »In vier Wochen sehen wir uns wieder!« schwören sie sich beim schweren Abschied. Denn bis dahin will Jack alles geklärt haben.

Doch es sollte ein Abschied für immer sein: Am 30. September ruft Luisa ein letztes Mal gegen halb drei Uhr früh in seiner Wohnung an und erzählt mit tränenerstickter Stimme, daß ihr Mann sie aus der Wohnung ausgesperrt habe und sie dringend wieder Geld brauche. Bevor Unterweger sie fragen kann, an welche Adresse er das Geld schicken soll, legt sie auf. Er fühlt sich, wie er in sein Tagebuch schreibt, »elend wie noch nie«. Seitdem hat er nie wieder von ihr gehört.

Im Februar 1992 forscht das FBI Luisas neue Adresse in New Jersey aus. Sergeant Miller, der trotz seiner freundlichen Haltung gegenüber der österreichischen SOKO in Unterweger nicht zwingend den Täter sah, vernimmt sie kurz über ihre Kontakte zum Mordverdächtigen, doch vorläufig ohne auf potentielle Alibis einzugehen. Da werde sie später vor Gericht noch Gelegenheit haben, meint er.

Als Unterweger Luisa dann aber im April 1994 als Alibizeugin anführt, ist ihre Anschrift angeblich nicht mehr ausfindig zu machen. Wie man hörte, soll sie inzwischen in ihr Heimatland San Salvador zu ihrer kleinen Tochter zurückgekehrt sein. Der Untersuchungsrichter meint nur, die Ausforschung der Zeugin sei »Angelegenheit der Verteidigung«, ebenso wie die Telefonüberprüfung.

Der Termin für die Einvernahme Luisas im Prozeß ist für den 6. Juni 1994 angesetzt. Wie erwartet, erscheint sie nicht. Man hat ihre Adresse nicht ausforschen können. Ein »unerreichbares Beweismittel«, wie Staatsanwalt Gasser süffisant bemerkt.[7]

7 Unterweger war, wie er mir später anvertraute, einerseits enttäuscht, andererseits fast irgendwie »erleichtert« darüber: Denn ihr Anblick hätte zu vieles in ihm »aufgewühlt«.

Sergeant Miller, der Luisa einst einvernommen hatte, war hingegen nicht zum Prozeß geladen worden.

Dagegen versucht Staatsanwalt Gasser weiter für die Anklage zu punkten. Er macht die sternförmigen Einschläge an einer Windschutzscheibe eines von Unterweger in den USA benutzten Leihwagens im Handumdrehen zum »Belastungsindiz«: Nicht das verlorene Ladegut eines LKW, sondern ein sich verzweifelt wehrendes Opfer hätte sie verursacht! Wen stört es angesichts solch abenteuerlicher Thesen schon, daß weder ein zeitlicher Bezug zu einem Mord nachweisbar ist, noch irgendeine kriminaltechnische Untersuchung dieser längst ausgewechselten Scheibe vorliegt. Eine Zeitung erweitert diese »Indizien« der Anklage in einer fetten Schlagzeile auch noch: »Zwei Autoscheiben als Indiz!« (»Neue Zeit«, 26.4.1994).

»Miss Boa«

»Das wirkliche Unheil aber kommt auf leisen Sohlen. Lynn Herold wirkt wie eine gelassene Hausfrau, sie ist freundlich zu jedermann und zeigt würdevolle Nachsicht mit ihrem Gewicht, gerade so viel, wie man mit 41 darf«, beschreibt sie Paul Yvon in »profil« (24/94). Es handelt sich aber um eine gelernte Biologin aus Los Angeles, die sich auch mit Knoten und deren Entwirrung beschäftigt. Sie ist eine »Entdeckung« von US-Cop Harper, der sie liebevoll »Boa« nennt. Schon öfter hat er ihre Dienste in Anspruch genommen, wenn es darum ging, Knoten und Drosselwerkzeuge zu »entwirren«. Auch SOKO-Leiter Geiger stattete ihr am 15. April 1992 im Rahmen seiner USA-Dienstreise einen Besuch ab und ließ sich auch gleich die Knoten der in den US-Mordfällen verwendeten Strangwerkzeuge erklären.

Im österreichischen Jahrhundert-Prozeß hat sie den Auftritt ihres Lebens: als »sachverständige Zeugin« der Anklage. Paul Yvon im »profil« macht sie gar zur »Chefin der Kriminaltechnik«. Doch im Gerichtsakt findet sich kein einziges kriminaltechnisches Gutachten von ihr. Das hatte bereits der Wiener Kriminalistik-Sachverständige Dr. Siska bemängelt: »Eine Vergleichsuntersuchung der verschiedenen Drosselwerkzeuge und ihrer Knoten konnte im vorliegenden Aktenmaterial nicht vorgefunden werden. Damit ist nicht nur eine Asservierung und photographisch/graphische Dokumentation gemeint, sondern eine analytische Untersuchung. Fragen nach der Kategorie der Drosselwerkzeuge und der Rationalität ihrer Anwendung (stand nur ein einziges Drosselwerkzeug aufgrund der Materialbeschaffenheit der am Tatort vorhandenen Gegenstände zur Auswahl oder wurde aus – tiefenpsychologisch vielleicht erklärbaren Gründen – stets ein gleiches Werkzeug, z. B. der Büstenhalter, verwendet?) sind offen. Desgleichen konnte auch kein Bericht über besondere Charakteristika der Knoten gefunden werden.«

Die Verteidigung hatte von Herold nur erfahren, daß die Verknotungen der Büstenhalter der drei ermordeten Amerikanerinnen »unübersehbare Parallelen« aufweisen würden.

Am 9. Juni ist es dann soweit: »Wie viele gute Geschichten war die ihre kurz« (Yvon). Tatsächlich ist diese in ihrem Blümchenkleid und Pantoffeln so gar nicht in diesen Schwurgerichtssaal passende »Miss Boa« nicht zu unterschätzen: »Ich habe mehrere hundert solcher Fälle untersucht, aber diese Art Knoten hatte ich noch nie vorher gesehen. Sie sind absolut unüblich und haben sieben auffallende Gemeinsamkeiten. Also sagte ich, sucht nach demselben Täter für alle drei!« legt sie gleich los. Wie bei den anderen US-Zeugen übersetzt auch hier die Dolmetscherin alles simultan. Doch plötzlich wird es ganz still im Saal. Es folgt eines der bisher makabersten Details dieses Prozesses. »Miss Boa« zerrt aus ihrer mitgebrachten Tasche zerfetzte, zerrissene und verknotete Unterwäschestücke, an denen teilweise sogar noch eingetrocknetes Blut sichtbar ist. Unglaublich: Es handelt sich um die wirklichen Kleidungstücke der ermordeten Frauen! Frauen, die man bisher nur von unscharfen Porträts als Namen und Todesfall kannte. Plötzlich bekommt alles Konturen: Man sieht förmlich, wie diese Frauen sich für ihren letzten Kunden ausgezogen haben, oder hat der es ihnen mit etwas Scharfem heruntergerissen? Man spürt, wie da schon Entsetzen aufgekommen sein muß, wie sie sich verzweifelt gewehrt haben, als sie dem Tod ins Auge blickten … Wie von ferne spricht »Miss Boa« weiter, warum die Büstenhalter »mit sehr hoher Wahrscheinlichkeit vom selben Täter« verknotet worden sind. Während sie dann mit flinken Händen vorzeigt, wie's geht, und alle gebannt zuschauen, ohne zu verstehen, brummelt Anwalt Lehofer, ein begeisterter Hobbysegler, in seinen Bart: »Aber das sind ja einfache Seemannsknoten!«

Nach der beeindruckenden Demonstration fragt Richter Haas: »Sie haben gesagt, man soll bei Rodriguez, Long und Exley nach einem gemeinsamen Täter suchen. Was hätten Sie gesagt, wenn Sie damals auch die Strumpfhose von Moitzi gesehen hätten?« Herold antwortet: »Dasselbe!« Der Richter stößt nach: »Und auch den Body von Frau Eroglu?« »Dasselbe!« kommt, wie gerufen, die knappe und bestimmte Antwort. Am Vortag hatte es nämlich schon ein (inoffizielles) »Vorgespräch« im Büro des Richters Haas gegeben, bei dem er ihr die Fotos der Knoten der beiden österreichischen Mordopfer gezeigt hatte. Der Expertin reichte das schon für ihre unumstößliche Schlußfolgerung: »Alle fünf Knoten sind buchstäblich gleich!« Das kommt dem Anwalt nun aber wirklich zu übertrieben vor, und er bohrt nach. Doch Herold ist nicht aus dem Konzept zu bringen: »Es gibt Abweichungen, aber die sind nicht so groß, um von Unterschieden zu sprechen«, sagt sie, während sie das Wäschestück in ihren Händen dreht und windet. Einmal will ihr dann ein Knoten nicht ganz so gelingen. Da schaltet sich Staatsanwalt Gasser ein: »Vielleicht kann uns der Herr Unterweger zeigen, wie der geht?« Frau Herold ignoriert nonchalant die Bemerkung.

Bevor sie den Saal ebenso leise, wie sie gekommen war, wieder verläßt, bewilligt ihr Richter Haas ein Honorar von 1 000 US-Dollar.

Tags darauf ist »Miss Boa« die Jubelmeldung zum Unterweger-Prozeß: »Fünf Knoten sorgen für Knalleffekt!« springt einem die Schlagzeile der »Kleinen Zeitung« entgegen. Auch Paul Yvon ist offenbar so beeindruckt, daß er die Strumpfhose, mit der Moitzi erdrosselt wurde, zum »BH« macht (»profil« 24/94). Leider, Herr Yvon, auch wenn es besser in die »Serie« gepaßt hätte: In Österreich ist keines der Opfer mit einem verknoteten BH erdrosselt worden.

Anwalt Lehofer hat mir die Knoten später erklärt. Des Rätsels simple Lösung: In den US-Mordfällen scheint der Mörder tatsächlich den Seemannsknoten beherrscht zu haben. Hingegen sind die Verknotungen bei den Kleidungsstücken, mit denen Moitzi und Eroglu erdrosselt wurden, einfachster Natur, vergleichbar mit Schuhbandknoten. Auch Lehofer ist der Meinung, daß Herolds Vorführung für den Prozeßausgang entscheidend war: »Die Geschworenen haben wegen der angeblichen Knotenähnlichkeiten nichts verstanden. Aber etwas anderes hat sie zutiefst beeindruckt: Es war diese Mischung aus scheinbarem Fachwissen und makabrer Stimmung mit den Wäschestücken der Ermordeten. Herold war eine geniale Stimmungszeugin der Anklage.«

»Beweisen Sie Ihre Unschuld!«

Aller Vorverurteilung und Medienhetze zum Trotz hoffte Jack Unterweger auf die Geschworenen. Gleich zu Beginn sagte er zu ihnen: »Ich werde nichts sagen, was nicht beweisbar und nicht richtig ist. Ich kann mir keine Lüge erlauben. Wenn Sie mich bei einer Lüge erwischen, bricht bei mir alles zusammen, dann kann ich einpacken, wie man sagt. Dann verurteilen Sie mich!« Er fährt fort: »Seien Sie ruhig streng mit mir, aber seien Sie auch streng zu den anderen im Saal.« Am nächsten Tag klangen manche Schlagzeilen schon nach hämischer Vorfreude »Wenn man ihn beim Lügen erwischt ...« und kleiner darunter »... dann sollen ihn die Geschworenen verurteilen, sagt Jack Unterweger.« (Doris Piringer in der »Kleinen Zeitung«, 22.4.1994).

Auch Richter Haas griff Unterwegers »Gelöbnis« bei der Angeklagtenbefragung auf. Das Gesetz erlaubt ihm, dem Angeklagten seine Vorstrafen vorzuhalten, mögen sie auch noch so lange zurückliegen. Dabei ging er sogar noch weiter als die Anklage, indem er Unterweger etwa vorhielt, er habe im Jahre 1966 nicht bloß zwanzig, sondern vielmehr 320 Schilling gestohlen – auf diesem lächerlichen Detail wurde ganze fünfzehn Minuten herumgeritten. Dann hielt der Richter dem Angeklagten wiederum vor, sich zu irgendeiner Zeit auch »Philippe Noiret«, ein in der Anklageschrift gar nicht angeführter Aliasname, genannt zu haben. Schließlich versuchte der gestrenge Herr Rat sogar, Unterweger als »Heiratsschwindler« zu entlarven: Er habe gegenüber einer Frau ein Eheversprechen abgegeben, aber nicht eingehalten! Woraufhin der Angeklagte sich aber doch die Frage erlaubte, ob er nun auch wegen Heiratsschwindels vor Gericht stünde.

Warnung vor dem Unterweger!

Als der »Aufsteiger« Gasser (»täglich Alles«) vor Beginn der Verhandlung erfahren hatte, daß sein Platz in der Reihe unter der seines Kollegen Wenzl vorgesehen war, hatte es einen ersten Disput gegeben:

Gasser verlangte eine Umordnung der Plätze. Unterweger, dem solch kleinliche Reibereien fernlagen, erklärte sich bereit, den Platz neben seinem Anwalt zu räumen und sich eine Reihe darunter zu setzen, damit Gasser in der gleichen Reihe neben Wenzl und den Anwälten agieren konnte.

Beim Vortrag der Anklage mußte Gasser aber zunächst seinem Kollegen Wenzl den Vortritt lassen. Der meinte, vor versammeltem internationalen Publikum doch ein bißchen auf Effekt setzen zu müssen, und warnte die Geschworenen: Dieser Unterweger sei ein »begnadeter Verführer«, er habe Charisma, verstehe es, sich zu kleiden, und sei darin geübt, seine Mitmenschen für sich einzunehmen! Unter seinen »Opfern« seien nicht nur die Frauen gewesen, die er verführt habe, sondern auch hohe Ministerialräte, die ihn »protegiert« hätten. Namen konnte der Staatsanwalt freilich keine nennen, weil es keinen einzigen Fürsprecher auf Ministerialebene gegeben hatte. Dafür zitiert Wenzl den »Parade-Intellektuellen« Nenning mit seinem Sager: »Ich fürchte, er hat uns nicht besonders interessiert.« Nachdem Wenzl eine gute Stunde lang Kindheit und kriminelles Vorleben des Angeklagten seziert, aus Gutachten von zwei Psychiatern (die, und das sagte er lieber nicht, den Angeklagten niemals untersucht hatten) zitiert und das Klischee vom »großen Verführer« entworfen hatte, der eine »Zuhälter-Attitüde« an den Tag gelegt und die Nähe des Rotlichtmilieus gesucht habe, mußte er zu einem etwas undankbareren Teil seiner Rede übergehen: In nicht einmal zwanzig Minuten werden, im Rösselsprung von Graz über Prag nach Wien und Los Angeles, elf Morde aufgezählt. Beweislos, nur auf Annahmen, Thesen und »Wahrscheinlichkeiten« beruhend.

Nach diesem langweiligen, aber wenigstens kurzen »Intermezzo« tritt der »zweite« Ankläger auf den Plan. Und jetzt wird es erst richtig emotionell. Wieder geht es zurück in die »hochkriminelle« Vergangenheit des Angeklagten, der ja schon nachweislich gemordet hat. Auch sonst wird keine Schandtat ausgelassen, etwa eine angebliche Vergewaltigung im Jahre 1973, deren Hintergründe jedoch höchst fragwürdig und nie durchleuchtet worden waren: Sie war vom Zuhälter des angeblichen, ärztlich nie untersuchten Opfers zur Anzeige gebracht worden. Wegen der Widersprüche wurde Unterweger eineinhalb Stunden nach der Festnahme wieder entlassen. Alles, bis ins abstoßendste Detail, erfährt eine ausführliche Beschreibung. Die Geschworenen, die bisher nur aus der Zeitung erfahren hatten, welch »Böser« dieser Unterweger sei, erfuhren es jetzt auch aus dem Munde eines in seinem Talar mit roter Bordüre Ehrfurcht gebietenden Repräsentanten der Republik. Der aber betont immer wieder die »Objektivität« der Justiz und der durch sie beauftragten Gutachter und zeigt sich erhaben über die Massenmedien: »Vergessen Sie alle Medienberichte, die Sie bisher gehört haben!«

Gasser fährt fort, die Vergangenheit des Angeklagten vor Publikum auszubreiten. Erst nach der Entlassung, die er durch »Manipulation« seiner »zweihundert Förderer« erreicht habe, da sei dann das Interesse der »Kulturschickeria« und der »hohen Ministerialräte« an dem »Häf'nliteraten« erloschen, sein Erfolg sei dahin gewesen. Er habe wieder die Nähe des Rotlichtmilieus gesucht, sogar seine Bianca wollte er in einer »Begleitagentur« arbeiten lassen, entwirft Gasser ein plastisches Bild eines richtig miesen »Zuhältertypen«. Da habe dann diese »einzigartige Mordserie« begonnen, kein Mord vorher und keiner danach hätte diese »einzigartige Handschrift« aufgewiesen. Gasser warnt die Geschworenen eindringlich: Dieser Unterweger sei ein »wahrer Meister der Selbstdarstellung«, bestens darin geübt, seine Mitmenschen zu täuschen, in seiner Autobiographie »Fegefeuer« habe er seine Vergangenheit »verniedlicht«, er habe versucht, Zeugen zu falschen Aussagen anzustiften, seine Alibis hätten nicht gehalten (woher wollte er das jetzt schon wissen?), ja sogar die Handschellen, der Tränengasspray und eine ebenfalls in der Wohnung »sichergestellte« Pistole mußten wieder herhalten, um dem allen noch stärker den Anschein des Kriminellen zu geben.

Aber auch vor dem »gefinkelten« Anwalt wurden die Geschworenen gewarnt: »Passen Sie auf, Dr. Zanger läßt sie durch Detektive observieren!« Eine völlig aus der Luft gegriffene Behauptung, die aber Wirkung zeigte: Die Geschworenen begegneten dem so geschliffen wirkenden Wiener Anwalt fortan mit einem gewissen Vorbehalt. Dafür betont Gasser immer wieder die »Objektivität« der in diesem Prozeß herangezogenen »ausländischen« Gutachter. Nach der Strafprozeßordnung ist ein Staatsanwalt nun aber auch verpflichtet, für den Angeklagten entlastende Umstände vorzubringen. Staatsanwalt Gasser entspricht dieser gesetzlichen Verpflichtung, in dem er sein Plädoyer mit den Worten schließt: »So gerne hätte ich etwas Positives über den Angeklagten gesagt, doch leider, da gibt es nichts zu berichten!«

Dank Gasser hatten die Medien tags darauf wieder genügend Stoff für reißerische und eklige Berichte. Die zwanzig Jahre zurückliegenden kriminellen Taten des Jack Unterweger wurden genüßlich vor Millionenpublikum ausgebreitet.

Jack Unterweger hat sich für dieses Vorleben geschämt. Er hat nach seiner Entlassung kaum jemandem erzählt, was er einst verbrochen hatte, wollte er doch anerkannt und sozial integriert sein. Umso grausamer traf ihn diese öffentliche Entblößung. Es hat ihn viel psychische Kraft gekostet. Ich habe es bei den Besuchen mitansehen müssen: Wenn ein Bekannter länger nicht mehr geschrieben hatte, meinte Unterweger sofort, daß auch der ihn jetzt wohl fallengelassen habe, und manchmal bemerkte ich den leisen Zweifel in seinen Augen, ob ich denn zu »so einem« noch stehen könne ...

Am nächsten Tag, nach den Plädoyers der Verteidiger, kam Jack Unterweger dann selbst zu Wort. Gasser herrscht ihn gleich zu Beginn an: »Jetzt beweisen Sie uns doch Ihre Unschuld!« Doch Unterweger will sich auf diesen Stil nicht einlassen. Mit klaren Worten bekennt er: »Ja, ich habe gelebt wie eine Ratte.« Aber es gehe um das Jetzt und Heute, und er kündigt an, in diesem Prozeß mit nüchternen Fakten und Aussagen seine Unschuld zu beweisen. Das war zweifellos beeindruckend souverän.

Der Statsanwalt: »Gutachter steht im Sold der Verteidigung«

Auch Anwalt Zanger hatte einiges unternommen, um der Justiz die Unschuld seines Mandanten zu beweisen. Rund sechs Wochen vor Prozeßbeginn hatte er den anerkannten Fachmann Dr. Josef Siska mit der Erstellung eines Gutachtens beauftragt. Er sollte feststellen, ob die »allgemein anerkannten Regeln der Kriminalistik bei der Ermittlungstätigkeit in der Causa Unterweger« eingehalten worden seien. Der damals 49jährige ist nicht nur Kriminalist mit jahrelanger praktischer Erfahrung als Vorstands-Stellvertreter im Wiener Sicherheitsbüro und Leiter der Referate zur Bekämpfung der Kapitalverbrechen und der organisierten Kriminalität, sondern auch promovierter Jurist, gerichtlich beeideter Sachverständiger für Kriminalistik und Autor einschlägiger Fachbücher.

Schon Siskas am 18. April 1994 vorgelegter »erster Einschaubericht« liefert ein niederschmetterndes Urteil: Über fünfzehn Seiten hinweg ortet der Kriminalist zum Teil schwerwiegende Mängel bei der Ermittlungstätigkeit im Fall Unterweger – und bleibt hinsichtlich der Schuldfrage völlig neutral. Er weist auch auf kriminalistische Fehler hin, die Jack Unterweger als Täter hätten überführen können. So wurde die Hausdurchsuchung erst vier Monate nach Verständigung Unterwegers vom gegen ihn bestehenden Verdacht beantragt. Das sei ein schwerer Fehler, da die Untersuchung der Kleidung des Verdächtigen hätte insofern Aufschlüsse bringen können, als beim Erdrosseln Blutaustritt aus Nase und Mund des Opfers charakteristisch sei. Dieses Blut werde erfahrungsgemäß in feinen Spuren auf die Kleidung des Täters geblasen. Aber es sei noch nicht zu spät: Derartige »Blutnebelspuren« müßten noch Monate nach den Morden an der Kleidung des Täters haften, da sie mit freiem Auge gar nicht sichtbar seien und somit der Täter keine Veranlassung habe, die Kleidung reinigen zu lassen.

Eine weitere Schwachstelle der Anklage stellen laut Siska die von der Polizei angenommenen Tatzeiten dar, die ja die Grundlage für das Zeit-Weg-Diagramm gegen Unterweger bildeten: »Der Kriminalistischen Handlungslehre widerspricht, wenn in der Anzeige vom 10. 2. 1992 [gemeint ist die Strafanzeige Geigers an die Wiener Staatsanwaltschaft] davon gesprochen wird, daß ›mit an Sicherheit grenzender Wahrscheinlichkeit‹ davon ausgegangen werden kann, daß alle Morde von einem Täter verübt wurden, ohne dies gehörig zu begründen. Es ist zwar nicht in Frage zu ziehen, daß auch dem Kriminalisten Wahrscheinlichkeitsaussagen erlaubt sind, jedoch ist hiefür die Sicherheit der Prämissen, worauf dieses Urteil fußt, unabdingbar. Im Fall Regina Prem ist ein modus operandi überhaupt nicht bekannt, selbst Erschießen ist als Tötungsart möglich, zumal der Schädel des Opfers bisher nicht aufgefunden wurde.« Weiters werde, kriminalistisch ebenso verfehlt, »von Tatzeiten gesprochen, obwohl keine Tatzeiten, ja nicht einmal enge und somit praktikable Tatzeiträume (ausgenommen Fall Bockova) feststehen«.

Kaum überraschend zeigt Siska auch den zum Teil wenig sorgfältigen Umgang der Exekutive mit Spurenmaterial auf. Resümee seines Einschauberichtes: Es bestehe im Fall Unterweger ein »Ergänzungsbedarf der Ermittlungen, die nach den anerkannten Regeln der Kriminalistik als nicht vollständig zu bezeichnen sind«.

Die Verteidigung hatte die Ladung Dr. Siskas als sachverständigen Zeugen für den Prozeß beantragt. Das Gericht lehnte auch diesen Beweisantrag ab, woraufhin Zanger Teile des »Siska-Berichts« in der deutschen Presse veröffentlichen ließ. Das blieb in Österreich nicht ungehört. Die Schlagzeile in »täglich Alles« vom 27. April 1994 lautete: »Unterwegers Advokat läßt Kriminalisten besudeln!« Im Artikel ist von einer »Schmutzkampagne« gegen die Mitglieder der Sonderkommission die Rede, deren »saubere Arbeit« der »Advokat« anzutasten wagte. In der Schlagzeile der »Kronen-Zeitung« vom 1. Juni wird Staatsanwalt Gasser zitiert: »Gutachter steht im Sold der Verteidigung!«

Wiederum hatten die Medien ihre Macht ausgespielt: Mit Schreiben vom 27. April 1994 trat Siska »mit Bedauern« von seiner Gutachtertätigkeit im Fall Unterweger zurück. Er habe diesen Auftrag ohne Befangenheit übernommen, bisher auch noch kein Honorar vom Anwalt erhalten und erachte sich auch weiterhin für nicht befangen. Doch durch die Medienberichterstattung werde der Anschein erweckt, daß er aus unsachlichen Motiven ein für die Polizei negatives Gutachten erstellen würde. Nach den Standesregeln für gerichtlich beeidete Sachverständige sei er jedoch verpflichtet, alles zu unterlassen, was auch nur den Anschein der Befangenheit erwecken könnte.

Erste Zeugin und schon ein Skandal

Schon bei der ersten Zeugin gab es dann einen Knalleffekt. Die über Antrag der Verteidigung geladene junge Psychologin, die Jack Unterweger vor seiner Entlassung aus der Justizanstalt Stein untersucht hatte, ließ sich gleich am Beginn durch Richter Haas verunsichern, der ihr einen viel dickeren »Stein-Akt« als ihren eigenen, der »nur« rund zehn Zentimeter dick war, vorhielt. Allerdings waren da auch die Rapport- und Effektenkarten dabei, was die Psychologin nicht wußte. Dann passierte der etwas unbeholfen wirkenden jungen Frau auch noch der Lapsus, den verstorbenen Anstaltsleiter Schreiner ins Spiel zu bringen: Dieser habe sie gebeten, »im Rahmen der Möglichkeiten, wenn es geht, nichts Negatives über Unterweger zu schreiben«. Anstaltsleiter Schreiner hatte Unterwegers Entlassung auch der Psychologin gegenüber ausdrücklich befürwortet und sie ersucht, eine über Unterweger schon zu Beginn der achtziger Jahre verhängte Hausstrafe in ihrem

Gutachten unerwähnt zu lassen. Denn dies würde die bedingte Entlassung nur unnötig gefährden. Das war der Hintergrund für den von Schreiner ausgesprochenen Wunsch.

Es stellte sich am Rande heraus, daß die junge Dame als einzige (!) Psychologin für die etwa 600 Häftlinge der Justizanstalt Stein zuständig war. Dieser Mißstand hat sich bis heute nicht gebessert.

Am nächsten Tag ging ein Aufschrei durch die Medien: »Erste Zeugin und schon ein Skandal: So leicht kam Unterweger frei!« (»Kronen-Zeitung«, 28.4.1994), »Psychologin ließ Unterweger laufen!« (»täglich Alles«) oder »Entlassung auf Wunsch des Direktors!« (»Neue Zeit«). Es wurde unterstellt, daß die psychologischen Entlassungsgutachten nicht korrekt zustande gekommen seien. Sogar der ehemals so integre Ruf des verstorbenen Hofrats Schreiner stand plötzlich in einem schiefen Licht. Staatsanwalt Gasser sprach von »versuchter Bestimmung zum Amtsmißbrauch«. Auch der Justizsprecher der Volkspartei, Rechtsanwalt Michael Graff, schaltete sich ein und forderte: »So billig wie Unterweger darf kein Häftling mehr entlassen werden!«

In Wirklichkeit handelte es sich bei den geschilderten Geschehen um einen geschickten psychologischer Schachzug, weil auf diese Weise gleich zu Beginn des Prozesses der Eindruck erweckt wurde, daß dieser Jack Unterweger eigentlich ohnehin hinter Gitter gehört. Niemanden interessierte, daß der lebensnah eingestellte Hofrat Schreiner, der Unterweger fast sechzehn Jahre und aus unzähligen persönlichen Gesprächen kannte, wohl besser Bescheid gewußt haben könnte als eine frisch von der Uni entlassene Psychologin. Ebensowenig nahm man zu Kenntnis, daß Jack Unterweger nicht nur von ihr, sondern auch vom Anstaltsneurologen und später, im Entlassungsvollzug, von einem erfahrenen Psychiater »Entlassungsreife« attestiert worden war.

Was den Angeklagten betraf, so wartete die Journaille nur darauf, daß er eine Schwachstelle zeigt. Als er etwa bei der Aussage eines Wiener Kriminalisten die Geduld verlor, beschrieb Gerichtskolumnistin Doris Piringer die Szene tags darauf wie folgt: »Gestern, am 14. Verhandlungstag nach diesen vielen Stunden im Schwurgerichtssaal, hat man erstmals eine leise Ahnung von der Innenwelt des Jack Unterweger bekommen. [...] Doch dann, bei der unangenehmen Aussage eines Kriminalisten der Sonderkommission, bröckelt der intellektuelle Überbau des Jack Unterweger ab. Unruhig rutscht er auf dem Sessel hin und her, mit blutleeren, schmalen Lippen wirft er mehrmals die

Füllfeder auf den Tisch, knallt eine Mappe hinterher. Dann mault er im Wiener Dialekt: ›Kana waß wos, kana siecht wos, aber i bin da Mörda. Ph.‹« Ein weiteres Belastungsindiz also: »Das war sehr eindrucksvoll. Einige Minuten, die Unterweger nicht unter Kontrolle hatte.« (»Recht betrachtet«, »Kleine Zeitung«, 21.5.1994).

Leider kam es auch im Gerichtssaal nie zu jener sachlichen Atmosphäre, die für ein faires Verfahren unumgänglich ist. Hitzige Wortgefechte zwischen Verteidiger Zanger und Staatsanwalt Gasser waren genauso an der Tagesordnung wie die verbalen Untergriffe: »Sie dürfen nicht alles durcheinanderbringen, Herr Doktor Zanger!«

Die Gerichtsberichterstatter freuen sich, da der Prozeß immer wieder neue Pointen für die Prozeßsplitter-Glossen bietet. Besonderen Gefallen fanden sie etwa an einem Vergleich des Staatsanwalts aus dem Tierreich, als der Angeklagte auf eine Frage des Richters nicht so direkt geantwortet hatte wie erwünscht: »Unterweger kommt mir vor wie ein Hase, der Zick-Zack läuft!«. Nur wenn's wieder mal gar zu arg wird, muß Richter Haas ein Machtwort sprechen, und alle sind ruhig. Doch der Staatsanwalt hatte in Unterweger keinen einfachen Gegner. »Sie waren also zum Zeitpunkt, an dem die Frau ermordet wurde, im Hotel? Wir müssen Ihnen das glauben oder auch nicht.« Unterweger reagiert: »Nein, Herr Staatsanwalt, Sie müssen mir das Gegenteil beweisen!« Wieder ein Beweis für die »Kaltblütigkeit« des Jack Unterweger. »Beweisen Sie mir das Gegenteil!« (»Kronen-Zeitung«, 26.4.1994) lautete die Schlagzeile der »Kronen-Zeitung« vom 24.4.1994.

Vor allem Zeuginnen, die Positives über Jack Unterweger zu sagen hatten, darunter viele junge Mädchen, wurden vom Staatsanwalt unvermutet und immer wieder mit ebenso abstoßenden wie fragwürdigen Details aus dessen Vorleben konfrontiert: »Wußten Sie, daß der Angeklagte im Jahre 1973 eine Frau mit einer Stahlrute vergewaltigt hat?«

»Verwirrt: Ankläger Wenzl«

Die Boulevardmedien wußten es Staatsanwalt Gasser zu danken, daß er ihnen ein ordentliches Prozeß-Spektakel bot. In einem buntbebilderten österreichischen Massenblatt wurde dieser als »bester Staatsanwalt von Graz« bejubelt: »In seiner Emotionalität, seiner Mimik und seiner scharfzüngigen Schlagfertigkeit sehr beeindruckend« (»täglich Alles«, 29.6.1994).

Das Massenblatt ging sogar soweit, unter den beiden Staatsanwälten Noten zu verteilen: Während die scharfzüngige Leistung des »Aufsteigers« Gasser mit einem »Ausgezeichnet« bedacht wurde, erhielt sein besonnen agierender Kollege Wenzl, der in den Augen der Medien zu »zahnlos« war, die Note »Nicht genügend« und wurde damit zum »Sitzenbleiber«. Vor allem gegen Ende des Prozesses nahmen die Angriffe auf Wenzl immer mehr zu. Unter dem Titel »Staunen über den Unterweger-Ankläger« schrieb etwa die Tageszeitung »Kurier«: »[...] versteigt sich ausgerechnet der Ankläger zu der Äußerung, in diesem Prozeß werde mit vielen Wahrscheinlichkeiten gearbeitet«. Richter Haas mußte schließlich einschreiten: »Herr Staatsanwalt Wenzl, ich weiß nicht, welche Rolle Sie hier spielen. Aber jetzt geben S' bitte eine Ruhe«, wird er in gewohnter Überlegenheit zitiert. Unter einem Foto von Wenzl steht kurz und bündig: »Verwirrt: Ankläger Wenzl« (»Kurier«, 1.6.1994). Wenige Tage später wird berichtet, daß der Leiter der Staatsanwaltschaft dem Unterweger-Ankläger wegen »Nähe zur Verteidigung« den »Kopf gewaschen« habe. Die Gerichtsberichterstatterin der »Kleinen Zeitung« fordert gar die Ablösung Wenzls: Es gehe »um nichts Geringeres als den guten Ruf des Grazer Landesgerichts«.

»Bestie«

Eine kleine Gestalt zwischen zwei bulligen Bewachern, manchmal spöttisch lächelnd, mit einem Blick, der ständig Erwiderung sucht und sich festkrallt, sobald ihm jemand standhält.

(Beschreibung des Angeklagten in der »Kronen-Zeitung«, 2.6.1994)

Bei ihrer Prozeßberichterstattung schwindet meine österreichische Gelassenheit. Seit Wochen füllt Herr Unterweger täglich zwei bis vier Seiten Ihres Blattes. Finden Sie nicht, daß andere Menschen erwähnenswerter wären als einer, der im Verdacht steht, elf Frauen ermordet zu haben?

(Aus einem Leserbrief an die »Kleine Zeitung«, 30.4.1994)

»Verbale Gewalttaten«

Im grellen Scheinwerferlicht der Medien wurde Banales zur Monstrosität verzerrt: Irgendwann hatte Unterweger sich etwa mit einer guten Bekannten einen Scherz erlaubt und sie mit Handschellen an den Heizkörper gefesselt – und gleich darauf lachend wieder befreit. Für die Medien stellte das offenbar einen Skandal dar und wurde tatsächlich über Seiten breitgetreten. Vor allem in Zusammenhang mit den »Weibergeschichten« Unterwegers jagte eine »skandalöse Enthüllung« die nächste, etwa als bekannt wurde, daß er die eben erst bei ihm eingezogene Bianca, die beim Klingeln das Telefon abgehoben hatte, einer anderen Frau gegenüber als »Putzfrau« ausgegeben hatte. Die nächste »Enthüllung« folgte auf dem Fuß. Hartnäckiges Befragen durch den Richter unter Vorhalt des Polizeiprotokolls brachte einen weiteren »Skandal« an den Tag: Mit einer Schauspielerin seiner Truppe hatte Jack Unterweger in einem Salzburger Juxladen ausgerechnet Handschellen gekauft, die nach Aussage der Zeugin »aber ... ganz zierlich (waren)«. Aber für bissige Gerichtsberichte und Kolumnen waren sie dennoch groß genug.

Als dann ein Zeuge, ein Schauspieler, der in einem von Jacks Stükken mitgespielt hatte, einen derben erotischen Ausspruch bekanntmachte, den Unterweger während einer Tournee in einer abendlichen Runde gemacht haben soll, brach ein wahrer Sturm der Entrüstung los. Die »Krone«-Kolumnistin Marga Swoboda stellte sofort wieder einen Zusammenhang zum Heizkörper her: »Unterweger habe gesagt, einer gewissen Schauspielerin aus dem merkwürdigen Trupp gehören die Brustwarzen abgeschnitten und in Essig eingelegt. Das ist ziemlich grauslich, aber [...] man wundert sich bei einem, der Frauen an Heizkörper fesselt, über diese verbale Gewalttat auch nicht mehr.« Noch empörender sei es, daß auch der Zeuge den Ausspruch Unterwegers nur als »kleine erotische Frechheit« empfunden hatte! (»Kronen-Zeitung«, 27.5.1994).

Rund hundertfünfzig Zeugen hatten eine Ladung zum »Jahrhundert-Prozeß« erhalten. Vor jeder Zeugenaussage spielte sich dasselbe Ritual ab: Richter Haas belehrt den Zeugen über seine Wahrheitspflicht und erinnert an die »Heiligkeit« des vor dem Untersuchungsrichter abgelegten Eides. Dann wird die frühere Aussage des Zeugen verlesen.

Kommt der endlich zu Wort, genügt schon eine kleine Nachdenkpause, und schon fällt ihm der vorsitzende Richter ins Wort: »Sagen Sie nur, was Sie wissen, ich will Ihnen ja nichts vorsagen ...« Dann trägt er doch erst wieder Textpassagen aus früheren Aussagen vor Polizei und U-Richter vor.

Manche Zeugen waren aber erst gar nicht vor Gericht erschienen: Vor allem die Wiener Prostituierten, die rund zwei Jahre zuvor für pikante Polizeiprotokolle gesorgt hatten, hatten offenbar die Lust verloren. Die Ausreden für ihr Nichterscheinen waren manchmal recht seltsam: Eine litt etwa unter »epileptischen Anfällen«. Die meisten blieben ihrem Termin aber ohnehin unentschuldigt fern, wodurch sich oft unfreiwillige, lange Verhandlungspausen ergaben. Aber auch die wenigen Prostituierten, die tatsächlich den Weg in den Gerichtssaal gefunden hatten, enttäuschten die Anklage, indem sie ihre Aussagen jetzt widerriefen. Wie etwa jene Liebesdame, die in Unterweger laut Polizeiprotokoll einen »Fesselspiel«-Kunden erkannt haben wollte, der sie schon Ende 1991 mit unter einer Kapuze verborgenem Gesicht aufgesucht habe. Da jedoch der seltsame Kapuzenmann sie immer noch regelmäßig beehre, klärte sie das Gericht auf, könne es sich wohl kaum um den längst inhaftierten Jack Unterweger handeln. Auch die Prostituierte, bei der Unterweger sich »zuhälterisch« betätigt haben soll, kam zum Prozeß. Die herb wirkende Dame, die inzwischen in einem oberösterreichischen Puff tätig war, bestätigte entgegen den dramatischen Ausführungen im Abschlußbericht der »SOKO Unterweger«, für die eigene Tasche gearbeitet zu haben. Sogar eine Prostituierte, mit der Unterweger in Haft in Briefkontakt gestanden hatte – sie war zu diesem Zeitpunkt wegen eines Eigentumsdelikts selbst in Haft gewesen – war vorgeladen worden, konnte aber ebenfalls mit nichts »Perversem« aufwarten.

Trotz dieser kleinen »Pannen« gestaltete sich der Unterweger-Prozeß zum gelungenen Justizspektakel, für dessen wirkungsvolle Gestaltung man weder Kosten noch Mühen gescheut hatte.

»Intime Details hinter verschlossenen Türen«

Auch der »Unterweger-Jäger« der ersten Stunde, Inspektor Schenner aus Salzburg, hatte sich als Zeuge eingefunden. Wie nicht anders zu erwarten, referierte er ausführlich über seinen immer noch ungeklärten Mord aus dem Jahre 1973, der – da sei er sich sicher – ebenfalls von Unterweger begangen worden sei. Die Grazer »Neue Zeit« dehnte daraufhin sogar die Anklage aus und titelte: »Unterweger: Zwölfter Mord zur Last gelegt« (»Neue Zeit«, 3.5.1994).

Die Anklage hatte nicht versäumt, auch ehemalige Geliebte Unterwegers, die von ihm wegen einer anderen verlassen worden waren, als Zeuginnen zu beantragen. Bei deren Aussagen fühlte man sich mitunter an peinliche Scheidungsszenen erinnert. Oft traten Banalitäten zutage, die eigentlich keiner Erwähnung wert wären. Aber es war die Anklage, die diese Banalitäten zu »massiven psychologischen Belastungsindizien« hochstilisiert hat. Weil auf diese Weise die im Prozeßsaal erzeugte Stimmung wiedergeben werden kann, darf man auch diese Seite der Verhandlung nicht außer acht lassen.

Da war zum Beispiel eine etwas unbedarft wirkende junge Frau, die von ihrem gewalttätigen Freund nach einem Streit aus der Wohnung geworfen wurde. Unterweger hat sie sprichwörtlich von der Straße aufgegabelt, versorgte sie erst mal mit Kleidung, etwas Taschengeld und beschaffte ihr dann einen Job als Kellnerin in dem Lokal, wo er am Wochenende als Discjockey arbeitete. Leider sprach die Dame ziemlich dem Alkohol und anderen Berauschungsmitteln zu. »Ich war total, eing'raucht‹!« gab sie gegenüber den Beamten der niederösterreichischen Kriminalabteilung zu Protokoll, die sie nach Unterwegers Flucht »ausgeforscht« hatten. Wegen ihres Zustands fehlte es ihr dann auch an Lust, als Unterweger nach Dienstschluß mit ihr schlafen wollte. Dieser akzeptierte. Erst am nächsten Tag gab es gegen vier Uhr morgens den ersten Zores, weil sie, schon wieder betrunken und »eingeraucht«, gleich auf dem Flur schlafen wollte. Es kam zu einem Streit, in dessen Verlauf die junge Dame Unterweger eine schallende Ohrfeige verpaßte. Dieser bezeichnete sie daraufhin als »undankbares Luder«, woraufhin die Betrunkene auch noch zu schreien begann. Schließlich warf der Chef des Lokals die beiden kurzerhand hinaus. Im ersten Protokoll der Kriminalabteilung Niederösterreich klingt die

Geschichte schon ein wenig »verfremdet«: Unterweger habe einen »Analverkehr« mit der Dame durchführen wollen, was sie aber abgelehnt habe – sogar mit einer Ohrfeige, um der Ablehnung entsprechenden Nachdruck zu verleihen. Nicht fehlen darf ausschmückendes Vokabular: »Da bekam er so einen starren Blick«; »er faßte mich an den Oberarmen« und dergleichen.

Noch »verfremdeter« wird's dann im Abschlußbericht der »SOKO Unterweger«. Dort heißt es im Gegensatz zum erwähnten Polizeiprotokoll plötzlich: »Als sie ablehnte, mißhandelte er sie, indem er ihr eine Ohrfeige versetzte.« Damit war der Dame zumindest eine Nebenrolle als »psychologische Belastungszeugin« der Anklage sicher.

Auch und erst recht erhielt die Zeugin den Beifall der Medien. Paul Yvon beschreibt sie nach ihrem Auftritt fast liebevoll als »die kleine, auf ihre naive Art große Frau« (»profil« 18/94). Denn vor Gericht hatte sie zwar bestätigt, Unterweger geohrfeigt zu haben, nachdem er sie »an den Oberarmen gefaßt«, aber erstmals ausgesagt, daß auch er mit gleicher Münze zurückgezahlt habe. Wiederum bei Yvon im genannten »profil« kann man dann nachlesen, daß sie von ihm »blau geschlagen« wurde ...

Am selben Tag sagte übrigens auch der Chef des Lokals als Zeuge aus. Seine Version stand in deutlichem Widerspruch zur Zeugin. Demnach habe sich die schwer betrunkene Dame regelrecht an Unterweger »rangehängt«. Der habe sich gegen die Annäherungsversuche gewehrt, indem er die Betrunkene von sich gestoßen habe. Von dieser Aussage konnte man in den Zeitungen allerdings nichts lesen.

Eine weitere Nebenrolle als »psychologische Belastungszeugin« nahm die Gattin eines bekannten Wiener Kommunalpolitikers ein, die mit Jack Unterweger, eine kurze geheime Affäre gehabt hatte. Die Dame genierte sich jetzt ganz furchtbar für ihren Seitensprung mit einem Haftentlassenen und drohte den Anwälten mit rechtlichen Konsequenzen, sollte ihr Name an die Öffentlichkeit geraten. Wirklich peinlich war aber ihr Auftritt als Zeugin im Prozeß, wo sie zunächst die »spröde Lady« mimte: Als sie die Tätowierungen am nackten Oberkörper des Unterweger erblickte, sei sie »erschrocken«. Er habe mit ihr »gegen ihren Willen gerangelt«, und dann sei auch noch dieser Hund dahergekommen, der sie ebenfalls »eingeschüchtert« habe. Gemeint war Unterwegers friedfertiger Schäferhund »Joy«. Die Schilderungen dieser Dame waren sogar dem Staatsanwalt Gasser zu unglaubwürdig. Er hält der Zeugin die Widersprüche zum Protokoll beim U-Richter vor, bevor es die Verteidigung tut: Dort hatte sie selbst ausgesagt, mit Jack geschmust zu haben. Jetzt gerät die Zeugin außer Kontrolle und schreit: »Der Unterweger braucht sich nichts einzubilden, er hat gar keine Anziehung auf Frauen. Schon wegen der falschen Zähne!« Unterweger hatte einen Zahnteil. Gasser fragte nach: »Wann haben Sie denn das bemerkt?« Die Zeugin: »Als ich mit ihm das erste Mal in der Bar geschmust hab'...« – Ein Glück für diese Zeugin, daß der Richter ihrem Antrag auf Ausschluß der Öffentlichkeit stattgegeben hatte. Nur beim Verlassen des Gerichtssaals mußte sie den Mantel über den Kopf stülpen, während ihr die Fernsehkameras folgten.

Auch die Unternehmersgattin Rosa U., die sich den rund zehn Jahre jüngeren Unterweger fast zwei Jahre lang als heimlichen Geliebten gehalten hatte, durfte am 6. Mai ohne Öffentlichkeit aussagen. Sie hatte ihn von der Wohnung bis zu teurer Kleidung finanziell großzügig unterstützt, bis Bianca, Jacks erste wirklich ernste Beziehung nach seiner Entlassung, kam. Von der zum Scheitern verurteilten Episode mit der Amerikanerin Luisa sei hier abgesehen. Rückholversuche, im Zuge derer Frau U. sogar im Vorleben ihrer Rivalin forschte, um Jack zu beweisen, welchem »Flittchen« er da in die Fänge geraten war, nutzten nichts: Jack liebte nun mal eine andere, noch dazu weitaus jüngere. Zwei Jahre später, als Zeugin beim »Jahrhundert-Prozeß« bekam Frau U. die Gelegenheit zur Abrechnung mit dem einstmals angebeteten Lover: Ausgenützt habe er sie, treulos, egoistisch und eiskalt sei er gewesen, und einmal habe er sie sogar mit ihrer eigenen Halskette »gewürgt«... Frau U., eine immer noch attraktive und gepflegte Frau, referierte einen ganzen Freitagvormittag und dann noch in den frühen Nachmittag hinein. Es war die letzte Aussage vor einem langen Wochenende. Fast symbolisch war das Frühjahrsgewitter, das kurz darauf den Himmel verdunkelte.

Schon begann der Boulevard ob der »Geheimniskrämerei« zu murren: »Intime Details hinter verschlossenen Türen – Jack Unterweger und die feinen Damen« (»Kronen-Zeitung«, 7.5.1994). Wo blieb der Stoff für die Schlagzeilen? Bei Kathrin Z., der »letzten Geliebten« Jacks (»Die ganze Woche«), kamen sie dann endlich wieder auf ihre Kosten. Ihr Auftritt am 9. Mai sorgte für ein volles Haus, war sie doch als wichtigste »Profilzeugin« vorgesehen und hatte obendrein noch eine Anklage wegen schwerer Körperverletzung ermöglicht. Zur Erinnerung: Kathrin Z. – oder wer immer auch hinter ihr stand – war schon nach Jack Unterwegers Flucht mit der medienwirksamen Story, vom »Mordpoeten« mißhandelt worden zu sein, an eine Illustrierte herangetreten. Weitere Storys für verschiedene Gazetten folgten. Bis Frau Z. bei der »Kronen-Zeitung« landete und auch gleich vom dortigen Anwalt »übernommen« wurde: Der half ihr dabei, sich dem Verfahren als Privatbeteiligte anzuschließen und ein Schmerzensgeld von 120 000 Schilling zu fordern. Schon am ersten Prozeßtag durfte der »Krone«-Anwalt dann, nach den Staatsanwälten als dritter im Bunde, seine Privatanklage in der Causa Z. vortragen. Er übertraf dabei sogar seine beiden Vorredner, indem er im Brustton der Überzeugung mahnte: Seine Mandantin wäre das nächste Opfer des Jack Unterweger geworden, denn dieser – dessen sei er sich sicher – habe alle elf Frauen ermordet!

Wenige Tage vor ihrem großen Auftritt erschien das ausführliche Interview mit Kathrin Z. exklusiv in der Wochenend-Ausgabe der »Krone«. Der treffende Titel lautete: »Eine verhängnisvolle Affäre«. Wie es sich für eine reißerische Story gehört, war alles mit großen Farbbildern ausgeschmückt. Kathrin Z. posierte auf einer sonnenbeschienenen Wiese (ihr ebenfalls zum Fototermin erschienener »Vertrauter« Fred H. hielt sich lieber im Hintergrund), Jack Unterweger hingegen mit nacktem tätowierten Oberkörper. Doch vor allem ein großes Bild, das Kathrin Z. selbst gemalt hatte, sprang sofort ins Auge des Lesers: Es zeigte sie selbst als hilflos kauerndes, magersüchtiges Mädchen, dahinter Jack – als Totenkopf …

Bei Gericht erschien der »Sargnagel Jacks« (»News«) in Begleitung ihres »Krone«-Anwalts und erzählte ihre Geschichte noch einmal – in der brutalsten Version: Jack habe sie gepackt, gegen den Türstock geschleudert und dann aus der Wohnung hinausgeworfen, weil sie ihm keinen »blasen« wollte! Warum sie denn vor der Polizei ganz anders ausgesagt habe, wollte Anwalt Zanger daraufhin wissen: »Aus Liebe! Aber jetzt ist die Liebe zu ihm weg, und die Gerechtigkeit hat Vorrang!«

Gleich nach dem Verlassen des Gerichtssaals gab's im Beisein des Anwalts auch schon ein Fernsehinterview. Und die Titelseiten der Massenblätter konnten tags darauf wieder jubeln: »Schwarzer Tag für

Unterweger« (»Kronen-Zeitung«), »Unterweger von Zeugin schwer belastet« (»Neue Zeit«). Paul Yvon nennt Frau Z. in einem Atemzug mit der Prostituierten Michaela G. und spricht von »verheerenden Zeugnissen über Unterwegers Gewalttätigkeit« (»profil« 20/94). Doris Piringer von der »Kleinen Zeitung« greift das Thema diesmal hingegen mit einem Hauch von Ironie auf: »So verliebt – so blöd war ich damals!«

Obwohl die seinerzeit von der Polizei aufgetriebenen Prostituierten die Ankläger beim Prozeß im Stich gelassen hatten, war es eine dieser Zunft, die die »stärkste« Aussage unter den »Profilzeugen« zu bieten hatte: »Er is' immer grober worden. Er is' mir vorgekommen wie eine Bestie! Ich bekam schreckliche Angst und hab g'schrien vor Schmerz! Je lauter ich g'schrien hab', umso mehr hat er g'stöhnt!«

Das war wirklich das Geilste, das der Prozeß bisher zu bieten hatte, und Futter für die Journaille. Schon der Ausdruck »Bestie« bürgte für reißenden Absatz. Das Detail, daß sich die Prostituierte dabei mit Handschellen hatte fesseln lassen (natürlich auf völlig freiwilliger Basis, ohne Gewalt und gegen ein nettes Extrageld, wie sie bereits im März 1992 gegenüber dem damaligen »profil«-Redakteur Klaus Candussi angegeben hatte), wird so ausgeschlachtet, als ob noch nie jemand von Beate Uhse gehört hätte. »Jack Unterweger verliert seine gelernte Rhetorik. Er will – aufgewühlt – Grundsätzliches, Richter Haas rigoros zur Sache reden«, beschreibt der Gerichtsberichterstatter des »Standard« vom 11. Mai 1994 die Szene. Auch in diesem auf Seriosität Wert legenden Blatt findet sich an diesem Tag die dicke Schlagzeile »Er ist mir vorgekommen wie eine Bestie«.

Doch niemand spricht mehr davon, daß dieselbe Frau den Angeklagten zwei Jahre zuvor als »sympathischen Kerl« geschildert hatte, mit dem es »a rechte Hetz zu reden« war, dessen Sex hinsichtlich ausgefallener Wünsche keinesfalls mit den Leuten »aus der besten Grazer Gesellschaft« konkurrieren könne und den sie sich sogar als Freund hätte vorstellen können (nachzulesen im »profil« 12/92).

Die 21jährige Michaela G. war trotz ihrer Jugend bereits wegen falscher Zeugenaussage und Betrugs vorbestraft. Das hinderte den für das Grazer Strichgebiet zuständigen Revierinspektor Werner H. bei seiner gerichtlichen Aussage aber nicht, dieser Prostituierten »besondere Glaubwürdigkeit« zuzubilligen. Hingegen lehnte das Gericht die von der Verteidigung daraufhin beantragte Anhörung des Journalisten

Klaus Candussi, der die Darstellung der Zeugin widerlegen hätte können, mit der Begründung ab, daß dieser ein bloßer »Bekundungszeuge« sei.

Frau G. ist seit ihrer Aussage spurlos aus Graz verschwunden. Dafür schwirrte ein Gerücht in Milieukreisen, sie habe für ihre Aussage von irgendjemandem »30 000 Schilling versprochen« bekommen, dann aber doch nicht erhalten. Dieses Milieu-Gerücht wurde auch von einem mir persönlich bekannten Grazer Anwalt, einem prominenten Strafverteidiger, bestätigt.

»Er is' uns oh'poscht ...«

In der siebenten Prozeßwoche, am 31. Mai, war »Videoschauen« angesagt. Der Film, den man den Geschworenen nicht vorenthalten konnte und für den die Grazer Justiz sogar eine aufwendige Anlage mit Großbildleinwand angeschafft hatte, zeigte folgende Bilder: Eine nackte Frauenleiche liegt in unnatürlich gespreizter Position im Wald. Dicke Äste bedecken den Leib. Das idyllische Rauschen des Baches, das den Film akustisch untermalt, paßt so gar nicht in dieses Bild des Grauens, das die tote Blanka Bockova in einem Bachbett liegend bietet. Die Kamera rückt näher: Man erkennt deutlich die Strangulierungsmerkmale am Hals, eine Kopfverletzung, eine Stichverletzung am Gesäß. Die Tatbildmappe aus dem Akt und die bunte Leichenschautafel Dirnhofers waren dem Gericht offenbar zuwenig »anschaulich« gewesen.

Der 1. Juni versprach ebenfalls ein besonderer Tag für die Medien zu werden, da interessante Zeugenaussagen vorgesehen waren: zunächst Mutter und Tochter des Angeklagten, die allerdings als Familienangehörige unter Ausschluß der Öffentlichkeit vernommen worden wären.

Aber die letzte Zeugin an diesem Tag hätte öffentlich vor versammelter Medienmeute aussagen müssen: Ich selbst sollte vor Gericht erscheinen. Astrid Wagner, Unterwegers Vertraute – oder doch Geliebte? In Erwartung möglicher erotischer Enthüllungen waren an diesem Tag allerlei Journaille und Gerichtskiebitze zum Prozeß gekommen. Wieder einmal hatte der Gerichtsdiener das Schild »Heute keine Karten mehr« ans Hauptportal des Landesgerichts hängen müssen, denn drinnen platzte der Gerichtssaal fast aus den Nähten. Als Jack Unterweger die Meute sah, verzichtete er spontan auf meine Einvernahme. Er befürchtete meine öffentliche Hinrichtung, und das war das nebensächliche Detail, um das es bei meiner Aussage ging, in seinen Augen nicht wert (Ich hatte auf eigene Faust recherchiert, daß eine Pension in St. Veit an der Glan tatsächlich eine Rechnung für zwei Nächte ausstellt, auch wenn nur eine konsumiert wurde, womit die Anschuldigung widerlegt wurde, daß Jack Unterweger sich ein falsches Alibi verschaffen habe wollen). Die Journaille wartete dann noch einige Zeit mit vor dem Ausgang des Gerichtsgebäudes postierten Kameras, in der Hoffnung, daß ich doch noch auftauchen werde. Vergeblich, denn ich hatte einen anderen Ausgang gewählt.

Somit mußten sich die Medien an diesem Tag mit dem Zeugen Max Edelbacher zufriedengeben. Das ist bekanntlich der Chef des Wiener Sicherheitsbüros, den Unterweger schon Monate vor dem Haftbefehl für eine Rundfunksendung interviewt hatte. Edelbacher, der deswegen später ins Schußfeld der Kritik geraten war, versuchte Sympathien zu heischen, indem er seinen damaligen »Fehler«, »sich von Unterweger zu den Morden ausfratscheln« zu lassen (»Kurier«), »erfrischend selbstkritisch« (ebenda) eingestand. Der Name Jack Unterweger habe ihm »gar nichts gesagt«. Unterweger sei ihm damals »nicht unsympathisch« vorgekommen, mittlerweile wisse er aber, daß er »kalt und sehr berechnend« sei. Erst seine noch schulpflichtige Tochter habe ihn dann aufgeklärt: »Hörst, Papa, du bist Bürochef und weißt nicht, wer der Unterweger ist? Das ist ja der Parade-Resozialisierte vom ›Club 2‹!« Da hätten bei ihm die Alarmglocken geschrillt; so sehr, daß er Unterweger observieren habe lassen. »Aber die Grazer waren schneller, und dann is' er uns oh'poscht! [wienerisch für: abgehauen].«

Anfang Juni wehte im Grazer Schwurgerichtssaal dann der Hauch der großen, weiten Welt. Da hatten die US-Cops aus L. A. ihren großen Auftritt. Vor allem Chefermittler James Harper gab sich von der Schuld des Angeklagten überzeugt, was wieder Futter für die Schlagzeilen der Medien war. Am nächsten Tag, dem 8. Juni, ein weiterer Höhepunkt, den die Medien besonders reißerisch angekündigt hatten: »Wer mit Ungeheuern kämpft: Die Anklage im Fall Unterweger konfrontiert auch uns hautnah mit dem Phänomen Massenmord« (»Kronen-

Zeitung«, 5.6.1994). Auch der FBI-Polizist McCrary wurde eigens aus Amerika zum Jahrhundert-Prozeß eingeflogen. Am Tag seines Auftritts sprangen die Titelblatt-Schlagzeilen in fetten Balkenlettern entgegen: »Serienmörder und ihre Motive – ein erfahrener FBI-Agent spricht über Täterprofile!« (»Kronen-Zeitung«). Einen ganzen Tag referierte der FBI-Polizist, der sein Privatgutachten wie erörtert aufgrund zum Teil unrichtiger Grundlagen erstellt hatte, über Serientäter und deren Motive. Seine interessanten wissenschaftlichen Ausführungen zogen alle in Bann: »Das Motiv der Serienkiller ist Frauenverachtung und Frauenhaß!« »Sie suchen die Nähe zur Polizei« – so wie Unterweger, der ja viel im Milieu recherchiert und sogar einen hochrangigen Polizisten zu den Morden interviewt hatte ... Zur optischen Untermalung hatte McCrary außerdem einen FBI-Schulungsfilm voller Leichen und perverser Killer mitgebracht, der im schon cineastisch angehauchten Unterweger-Prozeß vorgeführt wurde. McCrarys Schlüsselsatz hieß: »Wenn man jemandem einen dieser Morde nachweist und er in der Nähe der anderen Tatorte war, dann ist die Wahrscheinlichkeit sehr hoch, daß er alle elf Morde begangen hat.«

Endlich, nach stundenlangem Vortrag McCrarys und den abwehrenden Handbewegungen des Richters Haas zum Trotz, gelang es Anwalt Zanger, seine schon wieder heisere Stimme durchzusetzen: »Und wenn in einem Fall die Unschuld des Unterweger nachgewiesen wird, ist er dann nicht in allen Fällen unschuldig?« Was McCrary wohl oder übel bejahen mußte, um sich nicht selbst zu widerlegen. Durch die aggressive Frage des Anwalts in die Defensive gedrängt, machte er aus seiner Meinung aber keinen Hehl mehr: Sein ehemaliger Schüler Geiger konnte nur gut gearbeitet haben, Unterweger war der Massenmörder. Lehofer zischte dem Angeklagten zu: »Sie Narr, sehen Sie nicht, Zanger hat sie soeben zum Massenmörder gemacht!«

»... bemüht, Entlastendes herauszuarbeiten«

»Aber sogar solche Dramatik kann in dieser Woche zum bloßen Schatten vergehen, wenn der Schweizer DNA-Spezialist Richard Dirnhofer sein Gutachten erläutert: Zuletzt hatte er in seinem Gutachten belegt, daß ein in Unterwegers Auto gefundenes Haar zu 99,96 % mit dem der in Prag ermordeten Bockova übereinstimmt«, kündigt Paul

Yvon in »profil« (24/94) nach dem Auftritt der »Boa« den eigentlichen Höhepunkt des Prozesses an.

Als Ex-SOKO-Leiter Ernst Geiger am 13. Juni als Zeuge aufgerufen wird, steht der »DNA-Papst« bereits auf der Galerie mit Blick auf den großen Schwurgerichtssaal. Auch Geiger war für die Presse längst unantastbar geworden. Er wußte, worauf es ankam: Daniel Glattauer beschreibt das im »Standard« vom 14. Juni 1994 treffend: »Dann wird Ernst Geiger in den Zeugenstand gerufen. Daß er Unterweger belasten würde, stand außer Zweifel. Die Art, wie er es macht, überrascht: absolut emotionslos. Dabei hat sich wohl kein Beamter hartnäckiger in den ›Fall Unterweger‹ verbissen und so früh an die Täterschaft des Angeklagten geglaubt wie er.« Anwalt Zanger versucht, den wichtigen Zeugen mit einem wahren Bombardement von Fragen zu verunsichern. Doch der versteht es, mit jeder Antwort das Bild des korrekten, über den Dingen stehenden Ermittlers zu festigen: »›Aber wir haben uns genauso bemüht, Entlastendes für Unterweger herauszuarbeiten‹, sagt Geiger. ›Und zwar?‹ fragt der Richter. ›Wir haben nichts gefunden.‹« (ebenda) »Direkt fair, korrekt. Hätte er von Anfang an so agiert ...«, notierte Unterweger über diesen Zeugen in seiner Prozeßmitschrift.

Am selben Tag wie Geiger sagt auch eine 34jährige Wiener Gerichtsmedizinerin aus, die fast noch mehr Eindruck schindet als der SOKO-Leiter. Die junge, nicht unattraktive Dame hat zwar kein einziges der Unterweger angelasteten Mordopfer obduziert. Aber sie ist sich sicher: Seit 35 Jahren habe es nur 54 Morde an Prostituierten gegeben, davon gleich sieben in der Zeit, als Unterweger »draußen« war. Und seit 1959, sagt die junge Dame weiters – »sie darf nach 2 600 eigenhändig obduzierten Leichen als Routinier bezeichnet werden«, wie Glattauer anerkennend im »Standard« schreibt –, hätte es überhaupt nur acht Leichen gegeben, bei denen die Merkmale »Straßenstrich«, »erdrosselt«, »teilweise nackt« und »Auffindung im Wald« zuträfen. Ein Fall sei geklärt, da waren's nur noch sieben. Und die werden ja gerade Unterweger angelastet. Der Schluß aus alledem ist den staunenden Geschworenen vorbehalten: Na, wer soll's denn sonst gewesen sein ... Das von der jungen Dame behauptete Zahlenmaterial wird vom Gericht nicht überprüft. Das ist offenbar auch gar nicht nötig, stammen die Zahlen doch aus dem Abschlußbericht der »Sonderkommission Unterweger« – und die Kriminalisten müssen es ja wissen. In der

»Kronen-Zeitung« ist die fesche Frau Doktor neben dem SOKO-Leiter tags darauf der Star des Tages. Gescheit muß sie ja wirklich sein, gescheiter sogar als die im Fall Unterweger obduzierenden Gerichtsmediziner: Denn die tatsächliche Todesursache der Opfer war nur in drei der sieben Fälle bekannt ...

Falscher Jack?

Aber es gab auch Entlastungszeugen, wenn auch die meisten von ihnen schon bei der Ausschreibung des Prozesses durch Richter Haas als »Bekundungszeugen« abgewiesen worden waren. Die wenigen, die er zugelassen hatte, waren dann, sozusagen »in einem Abwasch«, bereits in den ersten beiden Prozeßwochen drangekommen: Da gab es die selbstbewußte, attraktive junge Frau, die als Zeugin sagte: »Jack hat bei Frauen nicht so sehr Sex gesucht, sondern menschliche Wärme und Liebe!« (Es handelt sich übrigens nicht um eine der in diesem Buch erwähnten Frauen). Oder die anderen Frauen, die ihn als zärtlichen, liebevollen und rücksichtsvollen Menschen empfunden hatten und den Mut hatten, dazu zu stehen, dem süffisanten Lächeln des Staatsanwalts und den mitleidigen Blicken einiger Herren zum Trotz. Die Frauen, die zu Jack Unterweger in einem freundschaftlichen Verhältnis standen und die seine berufliche Tüchtigkeit bewunderten. Auch Männer waren da, die ihn als »in Ordnung«, »kollegial« und »verläßlich« in Erinnerung hatten.

Von diesen positiven Aussagen blieb in den folgenden Wochen nur mehr blasse Erinnerung.

Manchmal endeten die Vorwürfe an den Angeklagten allerdings in unfreiwilliger Komik. So etwa, als Richter Haas darauf herumritt, daß Unterweger in Freiheit mit einem Jux-Führerschein aus einem Paper-Box-Geschäft gefahren war: Statt dem Paßfoto ist darauf ein Affenporträt abgebildet. »Sie müssen aber viel Geld gehabt haben«, meinte der Richter dann salopp in bezug auf Unterwegers Vorliebe für große, alte Ami-Schlitten. Unterweger antwortete: »Das teuerste hat gerade fünfzehntausend Schilling gekostet, Herr Rat!«

Mehr hat Unterweger schon der Vorwurf des Staatsanwalts Gasser wehgetan, daß dieser amerikanische Besatzungsoffizier gar nicht sein wirklicher Vater gewesen sei. Es sei daher eine Lüge, daß er in den USA nach ihm gesucht habe, und außerdem hieße er in Wirklichkeit »Johann« – Jack sei nur eine Fälschung, um sich interessant zu machen. In Unterwegers Geburtsurkunde steht jedoch als Geburtsname schwarz auf weiß: »Jack«. Wie ich später erfuhr, hatte die Fürsorge ihm den Namen verpaßt, da man ja wußte, daß seine Mutter mit amerikanischen Soldaten verkehrt hatte. Ich habe noch die Briefe und Behördenschreiben, die von seiner Suche nach seinem unbekannten Vater zeugen. Jack Unterweger wußte nur, daß er damals in den Fünzigern irgendwo in New Jersey gelebt haben soll. Aber er hat ihn nie gefunden.

»Der kommt eh nimmer raus!«

Vom vorsitzenden Richter weiß man mittlerweile, daß er es nicht schätzt, unterbrochen oder gar korrigiert zu werden. Da schaut er dann mit der Brille auf der Nasenspitze lange und strafend den Störenfried an. Der tut's garantiert nie wieder. Und wer von den beiden Staatsanwälten der mit Abstand bessere ist, das weiß man sogar schon in Wien.

(Doris Piringer in ihrer Kolumne »Recht betrachtet«, 17.5.1994)

Graumeliert mit gepflegtem Oberlippenbärtchen, souveränes Auftreten, hin und wieder eine trocken-ironische, von einer hochgezogenen Braue begleitete und im steirischen Dialekt vorgetragene Bemerkung – so präsentierte sich Richter Haas, der es verstand, sich von der hektischen Umtriebigkeit seiner Umgebung abzuheben. Das machte Eindruck auf die Geschworenen. Im Vergleich dazu mußten eine noch so hervorragend konzipierte, an den analytischen Verstand appellierende Verteidigungsstrategie und erst recht die Ablehungsanträge viel zu polemisch wirken. Wenn Anwalt Zanger zu Wort kam und seine Fragen an einen Zeugen formulierte, hatte man immer irgendwie den Eindruck, daß der Herr Vorsitzende, der währenddessen mit nach vorne verrutschter Lesebrille seine Akten durchblätterte, dessen aufgeregt wirkende Fragen an die Zeugen gerade noch duldete. Wenn's aber zuviel wurde, unterbrach ihn der Richter und setzte zu einem seiner langen, mit übertriebener Ruhe vorgetragenen Monologe an. Alles mündete dann in einem betont jovialen, ja gönnerhaften »Aber bitte, Herr Verteidiger, fahren S' doch fort, Sie sind ja am Wort!«

Auch mit seiner Ankündigung, den gesamten Akt im Kopf zu haben, hatte Haas nicht übertrieben. Immer wieder beeindruckte er durch seine brillante Aktenkenntnis, sogar die Seitenzahlen mancher Zeugenaussagen und Berichte hatte er sich eingeprägt.

Und Richter Haas hielt ein, was er sich vorgenommen hatte: Der Prozeß wurde, abgesehen von den kleinen Pannen aufgrund ausgebliebener Zeugen, straff in wenigen Wochen durchgezogen. Damit alles seine Ordnung hatte, wurden bei jedem Fall zuerst die Polizisten einvernommen, die quasi den »roten Faden« vorgaben, dann erst die anderen Zeugen, die ja von ebendiesen Polizisten einvernommen worden waren. Der unangenehme Nebeneffekt für die Verteidigung bestand darin, daß sie dadurch gezwungen war, die Polizisten mit Material und Zeugenaussagen zu konfrontieren, mit denen die polizeilichen Zeugen widerlegt bzw. in Frage gestellt werden sollten – noch bevor diese Zeugen überhaupt ausgesagt hatten. Die vom immer wieder aufspringenden, lästigen kleinen Wiener Anwalt eingebrachten neuen Beweisanträge wurden ohne Mienenspiel und mit professionell wirkender Routine abgeschmettert. Auch den Angeklagten, der öfters aufgewühlt reagierte und zu provokanten Zwischenbemerkungen neigte, wußte der Richter mit der nötigen Schärfe einzubremsen: Fragen an die Zeugen durften von ihm nur mit ausdrücklicher Sondererlaubnis gestellt werden, dafür hatte er ja seinen Anwalt. Als Angeklagter mußte er sich darauf beschränken, laut und deutlich mit »Ja« oder »Nein« zu antworten, ob der Zeuge seiner Meinung nach richtig aussage oder nicht. So sei es »in der Strafprozeßordnung« vorgesehen – »und jetzt Ruhe, sonst laß ich Sie abführen und wir verhandeln ohne Sie weiter!« Dem Angeklagten blieb nichts anderes übrig, als zu gehorchen.

Nicht unbedingt in der Strafprozeßordnung vorgesehen ist aber, daß Zeugentermine kurzfristig und ohne Verständigung der Verteidigung verschoben werden – das war bei zwei wichtigen Zeugen nachweislich der Fall. Einen von ihnen hatte Zanger selbst beantragt, und seine Fragen an ihn füllten ganze zwei Ordner: Untersuchungsrichter Wladkowski. Doch ausgerechnet an einem Tag, an dem der Anwalt gerade nicht in Graz war, tauchte Wladkowski überraschend im

Gerichtssaal auf. Der Richter hatte ihn als »Lückenbüßer« gerade mal »eingeschoben«. Der Angeklagte beantragte die Vertagung – vergeblich. Das Vorhaben des Anwalts, die Arbeit des Untersuchungsrichters zu »zerlegen«, wurde ins Gegenteil verkehrt. Wladkowski, der während des Prozesses schon öfters auf der für die Justiz reservierten Galerie mit Blick auf den Schwurgerichtssaal aufgetaucht war, referierte genüßlich über die aus seiner Sicht hervorragende Voruntersuchung und schloß seine Ausführungen: »Die Alibis des Angeklagten haben sich als haltlos erwiesen oder waren nicht stichhaltig.« Noch einmal: Unterweger hatte nie andere Alibis als jene angegeben, die er dann auch im Prozeß nannte. Ob sie glaubwürdig waren oder nicht, darüber hatten die Geschworenen zu entscheiden.

Von der Vorverlegung eines weiteren wichtigen Zeugentermins, nämlich des Veranstalters der Lesung in Köflach, der Unterweger das entscheidende Alibi im Mordfall Schrempf lieferte, erfuhr die Verteidigung erst am Morgen von dessen Einvernahme und nicht etwa durch das Gericht, sondern durch einen Zufall.

Mit Zeugen, die Positives über den Angeklagten zu berichten hatten, wurde offenbar ohnehin kurzer Prozeß gemacht: Eine Frau, die Unterweger schon über zehn Jahre kannte und als Menschen schätzte, wunderte sich nach ihrem nicht einmal zehnminütigen Auftritt, weshalb sie überhaupt aus Wien zum Prozeß angereist war.

Da hatten so manche »Profilzeugen« der Anklage viel Spannenderes zu berichten, kamen sie doch oft stundenlang zu Wort. Doch eine Zeugin der Anklage, Claudia O. aus dem fernen Nürnberg, wollte gar nicht mehr kommen. Sie war noch zum Zeitpunkt der Festnahme Unterwegers in Miami mit ihm befreundet gewesen und hatte sich erst nachträglich und unter dem Einfluß der Medienberichte, die Unterweger schon als »überführten Mörder« handelten, gegen ihn gewandt. Außerdem hatte Unterweger ihr einen Brief aus Miami geschrieben, der für die Anklage Gold wert war: Er hatte sie darin gebeten auszusagen, das in seiner Wohnzimmervitrine gefundene Paar Handschellen stamme von ihr. Für die SOKO-Ermittler war sie als »langjährige Intimpartnerin« wichtig genug, um in ihrem Abschlußbericht ausführlich erwähnt zu werden, und natürlich war sie dann auch der Anklage eine Rolle als »Profilzeugin« wert, zumal man sich obendrein noch die weitere Verfolgung des Angeklagten wegen »versuchter Anstiftung zur falschen Beweisaussage« vorbehielt. Nur sie selbst hatte inzwischen offenbar genug von dem ganzen Theater. Der Richter wollte aber auf die wichtige Profilzeugin auf keinen Fall verzichten und ließ ihre Entschuldigung nicht gelten. Gleich mehrmals rief er sie an und bedrängte sie, auf jeden Fall zum Prozeß zu kommen. Das ist grundsätzlich in Ordnung, da ein Richter für den reibungslosen Ablauf eines Prozesses verantwortlich ist – bei den von der Verteidigung nominierten Zeugen ersparte er sich diese Fleißaufgabe jedoch. In die Enge gedrängt, sagte Frau O., sie wolle mit Herrn Unterweger einfach nicht mehr konfrontiert werden, sie habe »Angst« vor ihm. Daraufhin ließ Haas die unwillige Zeugin wissen: »Aber ich bitt' Sie, der kommt eh nimmer raus!« Der Richter hatte sich sein Urteil über den Ausgang des Prozesses offenbar schon gemacht – zumindest am 2. Mai 1994, denn da fand das besagte Telefonat statt.

Der darauffolgende Ablehnungsantrag des Verteidigers Zanger teilte das Schicksal der Beweisanträge: Er wurde abgeschmettert. Laut Strafprozeßordnung entscheidet nämlich nach Eröffnung der Verhandlung das Richterkollegium selbst über das Vorliegen eines Befangenheitsgrundes. Eine Entscheidung, die vom Boulevard erwartungsgemäß begrüßt wurde: Selbstverständlich stehe es einem Richter frei, sich schon vor Ende des Prozesses ein Urteil über die Schuld des Angeklagten zu bilden, meinte etwa die »Kronen-Zeitung« unter Berufung auf angeblich namhafte Juristen.

Nachdem sich die Zeugin Claudia O. mehreren Terminen beharrlich entzogen hatte, verzichtete die Anklage schließlich auf ihre Einvernahme.

»... als Mensch o. k.«

Wenige Tage vor Prozeßbeginn hatte Jacks Ex-Geliebte Bianca noch einmal groß auftrumpfen dürfen. Auf dem Titelblatt der »Kronen-Zeitung« vom 10. April 1994 zeigte die »prominenteste Zeugin beim Jahrhundert-Prozeß« (»Krone«) wieder das, was Männersehnsüchte auslöst: Schmollmündchen und in sexy-Pose im selben hautengen roten Minikleid, mit dem sie einst, aus Miami kommend, dem Flugzeug entstiegen war. Im Blattinneren durfte Bianca dann auch mit Worten noch einmal groß auspacken: »Schuldig oder nicht – mir ist Jack egal!« tönte sie in dem doppelseitigen Artikel. Redakteurin Trude Sagmeister, die Bianca zwei Jahre zuvor über ihre »unheilbare Liebe« zu Jack interviewt hatte, gratulierte dem »Backfisch«, der sich so prächtig entwickelt hat: »Und Bianca zündet sich, wie gewohnt, eine Zigarette an. Auch sonst hat sich die mittlerweile Zwanzigjährige, bis auf ein paar Kilo mehr, die ihre reichlich vorhandenen Kurven noch üppiger zur Geltung bringen, kaum verändert: Ungeschminkt, die brünetten Haare zum Roßschwanz gebunden, selbstbewußt, um Worte nie verlegen.« Doch Bianca hat gelernt und sagt zu Redakteurin Sagmeister: »Sie hatten recht. Ein Jahr hat gereicht.« Sie will, wie ihr Frau Sagmeister damals vorausgesagt hat, nichts mehr von Jack Unterweger wissen. Wünscht sich vielmehr »ein ruhiges Leben, in dem das Wort ›Unterweger‹ nicht mehr vorkommt.« Jetzt, im Rückblick, sieht sie den Mann, dem sie einst überallhin gefolgt wäre, ganz, ganz anders. Die Besuche im Grazer Gefängnis, die habe sie schon bald eingestellt und sie begründet ihr Verhalten: »›Er ist mir nur am Nerv gegangen‹, faucht sie. ›Immer diese weinerliche Tour. Er jammerte dauernd. Und dann der Selbstmordversuch! Ritzt sich mit einer stumpfen Rasierklinge auf, also wirklich! Wenn ich das machen will, mach' ich's anständig, und nicht nur so, daß ich Mitleid heischen will.‹« Weiters erklärt sie: »Ich bin doch keine Märtyrerin! Ich bin jung, ich will leben!« Vor einem Bild Jacks aus alten Tagen meint Bianca: »Heute soll er schlimm aussehen, so dick und aufgedunsen!« Wann ihr »die Augen aufgegangen« sind? Biancas neue Version lautet: »Als ich seinen Akt gelesen habe, den ich zufällig im Keller fand. Den Akt von seiner Verurteilung vor 18 Jahren wegen des Mordes an Margret Schäfer. Die war auch erst 18. Als ich das durchgelesen habe, habe ich mir gedacht: Mein Gott, muß das ein brutales Schwein gewesen sein. Das hab' ich ja alles nicht gewußt ...« Dann zog sie ihr Resümee: »Ich weiß, daß ich einen Fehler machte. Mein Ruf ist ruiniert. Aber damit muß ich leben!« Schließlich kündigt sie noch ihre Aussage als Zeugin im Prozeß gegen Jack Unterweger im Schwurgerichtssaal im Landesgericht Graz unter Eid am 4. Mai um 15.45 Uhr an: »Diesmal die volle Wahrheit. Und dann hofft sie, wird Jack Unterweger aus ihrem Leben für immer verschwinden.« Für die »Krone«-Redaktionskollegin Marga Swoboda verdient Biancas Haltung Bewunderung: »Die Liebe ist inzwischen erloschen, der Verstand wieder in Betrieb. [...] Anscheinend hat sie mehr dazugelernt als all die feinen und halbfeinen Damen, die ihre diskreten Affären mit dem Mörder so prickelnd abenteuerlich fanden. Anscheinend ist sie gescheiter als die Herrschaften, die ihm beim Dichten die Stange hielten. Sie alle tanzten um den Mörder herum und fanden das wahnsinnig chic. Sie tanzten auf dem Grab eines 18jährigen Mädchens.« (Marga Swoboda in ihrer Kolumne »Tanz um den Mörder«, »Kronen-Zeitung«, 11.4.1994).

An diesem 4. Mai konnte der Prozeß wieder einmal einen neuen Besucherrekord vermelden. Die »weibliche Hauptdarstellerin des Unterweger-Prozesses« (»Kleine Zeitung«) hatte indes längst gelernt, wie man mit Medien umgeht: Die junge Dame im cremefarbenen Hosenanzug und mit dunkler Sonnenbrille entstieg dem vor dem Gerichtsgebäude parkenden Taxi erst, nachdem sie per Handy Polizeischutz angefordert hatte. Drinnen, im dichtgedrängt vollen Schwurgerichtssaal, warteten schon die Fans. Unter dem »Publikum« des Prozesses fanden sich an diesem Tag so prominente Herren wie der pensionierte Präsident des Straflandesgerichts und der Oberlandesgerichtspräsident. Bianca, der Medienstar, war »Zwar nicht zum Angreifen nah, aber doch zum Anschauen da«, so Piringer in der »Kleinen Zeitung«.

Wer aber nicht auf seine Rechnung kam, war die Grazer Staatsanwaltschaft. Denn bei Bianca siegte an diesem Tag – vielleicht aus Respekt vor dem hohen Gericht, vielleicht aber auch aus der Distanz, die sie inzwischen zur ganzen Sache gewonnen hatte, tatsächlich die Ehrlichkeit: »Ich hasse ihn nicht, er ist mir egal.« Sie spricht auch den Satz: »Jack war als Mensch o. k.«

Damit hatten auch die Boulevardjournalisten nicht gerechnet. »Ja, es war für mich die große Liebe – damals!« (»Kleine Zeitung«) oder »Biancas letzte Abrechnung« (»Kronen-Zeitung«) titelten sie recht einfallslos. Gerichtsberichterstatterin Piringer gratulierte der »intelligenten, selbstbewußten Frau« zu ihrer »Scheidung vor Gericht«. »Den Umschwung ihrer Gefühle für Jack Unterweger führt sie übrigens auf die Lektüre der Mordakte aus dem Jahr 1974 zurück. Das hätte ihr die Augen geöffnet. Damit ist sie nicht allein« (»Recht betrachtet«, 5.5.1994). Daß Bianca ihren Ex-Geliebten immerhin »als Menschen o.k.« fand, wurde natürlich beiseite gelassen, weil es nicht ins Klischee des Widerlings und Frauenmörders paßte. Lediglich Harald Raffer berichtete in seiner »Kärntner Tageszeitung« absolut fair und ausgewogen über Biancas Zeugenaussage.

Es bleibt die Frage offen, ob Biancas nicht-öffentliche Aussage über Jacks Intimleben wenigstens »Belastendes« enthalten hatte. Piringer läßt dies anklingen, wenn sie schreibt: »In Miami wollt' ich ihm nicht schaden und hab' deshalb Dinge verschwiegen, sagt Bianca M. Ihre ›detaillierten Klarstellungen‹ sind dann nicht-öffentlich.« Doch als die Journalisten draußen waren, bestätigte Bianca: Jack sei als Mann besonders zärtlich gewesen. Mit den »verschwiegenen Dingen« meinte sie übrigens den Tränengasspray und eine Damenstrumpfhose, die sie in Jacks Wohnung bzw. in seinem Auto gefunden hatte. Beim Tränengasspray handelte es sich um ein von einer Freundin bestelltes Mitbringsel aus München, was diese längst bestätigt hatte. Die Strumpfhose gehörte einer seiner Geliebten ...

Der von der relativ positiven Aussage Biancas enttäuschte Staatsanwalt Gasser beantragte tags darauf die Vorführung eines Videos des deutschen Fernsehsenders SAT 1, in dem sich Bianca ziemlich abfällig über Jack geäußert hatte. Ob das ein geschickter Zug von ihm war, ist fraglich. Denn in diesem Interview zeigte Bianca zwar ihre Geringschätzung für ihren »Ex«, den sie als »Verlierer« charakterisierte. Sie machte sich über ihn lustig, weil er im Knast gealtert war – doch keine Spur von irgendwelchen belastenden Aussagen. Im Gegenteil, das Video erweckte wohl eher Mitleid mit dem Verschmähten. Das Gericht lehnte die Vorführung ab.

Jack Unterweger verschwand dann doch nicht so schnell aus Biancas Leben: Hin und wieder durfte sie in Talkshows deutscher Privatsender schildern, wie das denn so ist, wenn »Frauen Mörder lieben«. Doch einen Gefallen machte sie denen nicht: Sie schilderte Jack niemals als »pervers« oder »brutal«. Im Gegenteil: Er habe sie als zärtlicher, ja ganz normaler Mann geliebt. Trotz oder vielleicht gerade wegen ihrer jugendlichen Keckheit hat Bianca aber nie durchschaut, daß auch sie für die Medien immer nur die leichte Beute war, deren unbefangener Sex-Appeal schamlos benutzt wurde.

Prozeßalltag

Alles ist auf den Kopf gestellt: Der angeblich nur dem Kommerz verpflichtete Boulevard berichtet schon seit Wochen derart seriös, daß einem schon vor Überraschung das Gähnen vergeht. Angeblich dem Recht verpflichtete Juristen dagegen führen sich im Rotlicht der Kameras auf, als gäbe es keinen Unterschied zum Rotlichtmilieu.

(Paul Yvon in »profil«, 18/94)

Während der Zeit des Prozesses versuchte ich, vor Jack Unterweger die »starke Frau« zu spielen, um ihn nicht zusätzlich zu belasten. Doch er spürte, daß mir dieses ganze verrückte Geschehen sehr naheging. Vor allem meine öffentliche Fürsprache für ihn erfüllte ihn mit der Sorge, daß die »Medienmeute«, wie er sie nannte, mich fertigmachen könnte, vielleicht sogar meine Zukunft als Anwältin zerstören würde. Deshalb nahm er sich vor mir zusammen, um mich nicht zu belasten.

Doch auch ich spürte, wie sehr Jack Unterweger litt. Er hatte schon gelitten, als Staatsanwalt Gasser zu Beginn des Prozesses stundenlang und immer wieder sein zwanzig Jahre zurückliegendes kriminelles Vorleben aufgerollt hatte, einen Stoff, den die Medien gierig in ihren reißerischen Berichten aufgriffen. Seine einstmals so gelobten literarischen Werke charakterisierte man dagegen als die »Ergüsse« eines Kriminellen, wie ein Lieblingsausdruck der Printmedien lautete.

Jack Unterweger litt auch, als Richter und Staatsanwälte jede Zeugin, die mit ihm intim gewesen war, zur »Wahrheitsfindung« ausführlich bis ins intimste Detail befragten. Er litt, als er durch die Veröffentlichung seines Intimlebens öffentlich bloßgestellt wurde.

Ihm machte weiterhin zu schaffen, als er merkte, daß große Teile der Öffentlichkeit ihn schon längst als »Verbrecher« gebrandmarkt hatten. »Er ist dünnhäutig. Über seine nachgewiesenen Straftaten will er nicht reden. ›Wie oft soll ich mich noch schuldig bekennen?‹ schnauzt er das Gericht an«, schrieb die »Kleine Zeitung« am 23. April 1994. Ein Journalist äußerte mir gegenüber, er glaube, »der Unterweger war 's«. Warum? Weil er eben »so einer« sei, dem man es »zutraue«. Wer sollte es denn sonst gewesen sein? War doch dieser Jack Unterweger, wie stündlich in den Fernseh- und Radionachrichten verkündet wurde, stets zu den Tatzeiten an den Tatorten gewesen. Dasselbe wurde dem Leserpublikum auch von den Zeitungen täglich eingehämmert.

Immer wieder wandte sich Unterweger, der zwei Jahre lang gewartet, gebangt und gehofft hatte, mit den Worten an Richter Kurt Haas: »Sie haben mir einen fairen Prozeß versprochen, Herr Rat!« Worauf der trocken antwortete: »Den haben Sie, Herr Unterweger ...«

Zusehends litt der Angeklagte auch körperlich. Sein Gesicht wurde immer schmaler und erschien mir manchmal fast aschgrau. Auch eine Zeugin, die ihn monatelang nicht mehr gesehen hatte, erzählte mir später, wie sehr sie bei seinem Anblick erschrocken gewesen sei.

Inzwischen wetteten die Journalisten in den Redaktionen und sogar einige Richter in der Gerichtskantine um Flaschen Sekt, wie viele Morde man dem Unterweger anhängen werde.

Eine Familie

Liebe Mutti! Erst einmal ein Busserl! Aus dem Geburtstagsbesuch ist also nichts geworden. Macht nix. Aber bitte, Mutti, sag es mir nächstes Mal vorher, wenn Du nicht kommst. Weißt, hier im Gefängnis tut man nichts anderes als warten und warten, und umsonst warten tut umso mehr weh.

Schon lange nichts mehr gehört von Dir. Jaja, weiß schon, Gipshand, gell? Busserl.

Diese Sätze stammen aus zwei der vielen langen Briefe, die Jack Unterweger seiner Mutter in den Jahren der Haft in Stein geschrieben hatte. Als ich ihn auf den dicken Ordner ansprach, sagte er mir, daß er all diese Briefe bei einem Besuch bei ihr in einer Lade gefunden habe – die meisten davon ungeöffnet.

Während der ganzen sechzehn Jahre Haft in Stein hatte Unterwegers Mutter ihren Sohn dort zweimal besucht. In der Grazer U-Haft besuchte sie ihn überhaupt nie, weil ihr die Anreise zu anstrengend war. Sie lebte seit Jahren in München und wollte mit dem von ihr als

»Spießerland« bezeichneten Österreich nichts mehr zu tun haben. Ihre Erfahrungen mit der österreichischen Strafjustiz mögen wohl das ihrige dazu beigetragen haben.

Ich habe Unterwegers Mutter, die ich Thea nennen durfte, in ihrer kleinen Münchener Sozialwohnung besucht. Als ich sie zum ersten Mal sah, hatte ich gar keinen schlechten Eindruck von ihr: Die kleine, zarte Dame hatte trotz ihrer herben Ausstrahlung, zu der ihre tiefe, rauchige Stimme paßte, und dem strengen Blick einen gewissen Witz und war keineswegs unintelligent. »Dem Jack Unterweger seine Mutter hätten Sie sich wohl anders vorgestellt, als Sexbombe, was!« meinte sie bei der Begrüßung ironisch. Im Gastgarten einer »Wirtschaft« erzählte sie mir dann vieles aus ihrem Leben und über den Vater ihres Sohnes, den amerikanischen Besatzungsoffizier. Sie nannte ihren Sohn nie Jack, sondern immer nur Hansi. Später sagte sie mir am Telefon, wieder einmal alkoholisiert, daß Jacks Vater in Wirklichkeit ein anderer gewesen sei, den sie niemals preisgeben werde: »Dieses Geheimnis nehme ich mit ins Grab!« Vielleicht wußte sie es selbst nicht so genau. Wenn ich dann versuchte, sie auf Jacks furchtbare Kindheit anzusprechen, blockte sie sofort ab: »Das geht niemanden was an. Ich hab' immer gewußt, wo mein Bub war!« Ja, beim Großvater in der Keusche, bei Pflegeeltern, in Heimen und schließlich im Knast. Sie wußte wohl innerlich, daß sie als Mutter versagt hatte. Und doch hätte sie sich ihr Versagen niemals eingestanden. Immer wieder sprach sie davon, wie schlecht es ihr selbst ergangen sei. Es stimmt, sie hatte es nie leicht gehabt: Nach dem frühen Tod ihrer eigenen Mutter hatte sie bei ihrem Vater, dem berüchtigten »Körbler-Bauer« in der »Weibertauschzentrale« im Wimitztal Unterschlupf gefunden, floh aber bald vor seinen Schlägen. Sie mußte schauen, daß sie selbst irgendwie durchs Leben kam.

Der kleine Jack hat sie schmerzlich vermißt, solange er sich erinnern kann. Jahrelang hat er nach ihr gesucht, als junger Mann dann unbewußt auch in anderen Frauen: »Was sich auch in den Mädchenbeziehungen herauskristallisiert hat, in der Analyse, im Rückblick, daß ich immer ältere Frauen gesucht habe, und im Grunde habe ich immer die Mutter gesucht. Alles andere waren eigentlich als Ersatzhandlungen anzusehen, und so ist auch nie eine richtige Beziehung entstanden zwischen zwei Personen, wie es normal ist, in Liebesverhältnissen oder Freundschaftsverhältnissen, sondern ich hab' die Mutter gesucht, und so war die Beziehung schon zum Scheitern verurteilt, da ja keine die Mutter war. Und bei Erkenntnis, daß sie nicht die Mutter ist, war die Beziehung auch schon wieder beendet, war ich schon wieder auf der Suche«, gibt Jack Unterweger 1989 im Interview mit Peter Huemer preis. Jack hat seine Mutter aber auch ganz real gesucht, in Deutschland, wo sie Gerüchten zufolge irgendwo leben sollte. Ein geradezu typischer, in seiner Beiläufigkeit erschütternder Satz in »Fegefeuer« lautet etwa: »Ich wollte schnell zu Geld kommen und dann die Mutter suchen.«

Als Jugendlicher traf Jack seine Mutter einige Male für kurze Zeit, bleiben durfte er aber nie. Denn im Leben der Mutter gab es immer andere Männer, die der Sohn nur gestört hätte. »Der Georg hat ihn rausgeschmissen, weil er seine Freundinnen in der Wohnung einquartierte, als wir auf Urlaub waren!« rechtfertigte sie sich in bestimmtem Ton. Doch auch die nebensächlichen Begebenheiten und kleinen Augenblicke, die sie mir schilderte, ergaben in ihrer Gesamtheit ihr Bild von Jack, das dem meinigen durchaus nahekam: Als sie in einer Wirtsstube, auch ihr Lebensgefährte sei dabei gewesen, eine Bemerkung wegen einer hübschen Frau am Nebentisch machte, habe der vielleicht achtzehnjährige Jack schelmisch gemeint: »Erst mal die Beine sehen!« und sich erfrecht, unterm Tisch nachzuschauen. Dann zeigte die Mutter mir das einzige Foto des jungen Jack, das sie besaß. Es war in einem Park aufgenommen worden und zeigte einen abgemagerten, hohlwangigen, irgendwie spöttisch und dennoch traurig lächelnden, ungefähr achtzehnjährigen Jugendlichen.

Über die Tat ihres Sohnes, die er mit 24 Jahren begangen hatte und für die er zu lebenslanger Haft verurteilt worden war, erzählte seine Mutter mir nur, daß er damals wenige Tage danach aufgetaucht sei – völlig verstört und voller tiefer Kratzspuren an Händen, Unterarmen und im Gesicht. Sie habe sofort geahnt, daß etwas Furchtbares geschehen sein müsse …

In Anbetracht des Schicksals ihres elternlos aufgewachsenen Sohnes kam mir ihre übertriebene Fürsorge für den Hund, den sie über alle Maßen verwöhnte, ziemlich lächerlich vor. Vielleicht rührte ihre Zuneigung auch daher, weil sie ihn von Jack zum Muttertag - »an diesem Tag war er bei mir in München!« betonte sie stolz - bekommen hatte und sie etwas an ihm gutmachen wollte? Voller Empörung erzählte mir Thea dann, wie die Polizei ihre Wohnung gestürmt und dem armen Tier Haare ausgerissen habe.

Beim Abschied gab sie mir noch Wäsche für ihren Sohn mit: Ein paar Unterhosen und zwei »München«-Leibchen aus dem Souvenirladen, in dem sie arbeitete. Der für den Prozeß versprochene »englische Anzug« war aber bald vergessen.

Journalisten warf sie gewöhnlich aus der Wohnung. Bei guter Bezahlung machte sie Ausnahmen. »Mein Sohn ist frech, aber kein Mörder« (»Kronen-Zeitung«, 18.2.1992), äußerte sie. Von dem, was sie mit den Interviews verdiente, bekam ihr Sohn nichts. Sie hat ihm in den zwei Jahren der Grazer U-Haft kein einziges Mal Geld geschickt.

Von einer Wiener Bekannten, nicht von Jack Unterweger selber, erfuhr ich, daß der Lebensgefährte seiner Mutter ein Sparbuch, auf das Unterweger die Einnahmen seiner in Stein herausgegebenen Zeitung »Wortbrücke« – über achtzigtausend Schilling – hatte einlegen lassen, während seiner Haftzeit unterschlagen hatte. Unterweger erfuhr davon erst nach der Entlassung und war tief enttäuscht.

Dreimal im Jahr schrieb Frau Unterweger ihrem Sohn; jeweils zu Ostern, zu seinem Geburtstag und zu Weihnachten trafen Postkarten aus München ein, auf denen sie ihm mit wenigen Worten »Alles Gute« wünschte oder »lb. Grüße« schickte. Meist waren es kitschige, batteriebetriebene Musik-Glückwunschkarten, die beim Öffnen eine kurze Melodie erklingen ließen. Einmal schrieb sie dazu: »Ich denke an Dich. Aber Deine Mutti ist sehr schreibfaul.« Dafür beschwerte sie sich bei mir am Telefon, daß ihr Sohn zu selten schreibe. Als Mutter habe sie doch Vorrang gegenüber den anderen »Weibern«.

Während des Prozesses rief sie öfter an als vorher, einmal wutentbrannt und stark alkoholisiert: In einem Interview, das sie einer Wochenzeitschrift gegeben hatte (»Hansi ist kein Monster!«, »News« 16/94), wurde sie als »alte Dame mit ausgewaschenem braunen Faltenrock und roten Pantoffeln« beschrieben. »So eine Frechheit!« kreischte sie in den Hörer. Aber kein Wort über den Schmutz, mit dem die Medien ihren Sohn seit Monaten besudelten.

In den letzten Wochen des Prozesses vertraute ich ihr dann meine Befürchtung an, daß Jack sich bei einer Verurteilung umbringen würde. Aber solch schwarze Gedanken wehrte sie gleich ab: »Sowas würde mein Sohn nie machen. Der ist nämlich aus dem gleichen Holz wie ich!«

So problembeladen Jacks Beziehung zu seiner Mutter in seiner Jugend gewesen sein mag, hatte er inzwischen längst zu einer normalen Haltung gefunden. Schon im Interview mit Peter Huemer in Stein im Jahre 1989 sagte der damals 38jährige Jack: »Ich habe die Beziehung zu ihr, daß ich sie heute so verstehe, daß sie ja nie die Möglichkeit gehabt hat, Mutter zu sein, aufgrund des Schicksals und Lebenslaufes. Weil ich ihr Leben heute eben anders sehe als damals. Damals hab' ich nur die Mutter gesehen, warum nimmt sie mich nicht, sagt sie nicht, daß sie einen Sohn hat. Sondern ich seh' heute, daß das nicht möglich war für sie. Und sie tut mir heut' leid. Wenn sie einen Sohn braucht, wenn sie eine Sorge hat, wird sie mich haben. Aber ich bin nicht mehr innerlich so verhaftet an dieser Person, daß ich ihr nachfahren muß, um ruhig schlafen zu können. Sie braucht mich nicht einmal akzeptieren, sie braucht nur sagen, sie braucht Hilfe. Dann wird sie die bekommen.«

Tatsächlich war Jack nach seiner Haftentlassung immer zur Stelle, wenn seine Mutter etwas brauchte. Er besuchte sie mehrmals in ihrer Wohnung, brachte sie etwa wegen einer Augenoperation ins Spital oder schenkte ihr einen wertvollen Pelzmantel. Manchmal, wenn er über sie und ihre »Eigenarten« sprach, hörte ich eine Art nachsichtiger Ironie aus seinen Worten. Von einer Bekannten erfuhr ich freilich, daß sie ihren Sohn auch in dieser Zeit einmal vor die Türe gewiesen hatte. Sie sei eben »alt und krank«, habe Jack darüber nur geurteilt. Nie hätte Jack wirklich schlecht über seine Mutter gesprochen, auch solche häßlichen Vorfälle wie jenen mit dem Sparbuch verschwieg er anderen gegenüber – wie mir überhaupt an ihm immer wieder sein ausgeprägter Familiensinn auffiel.

Jack Unterweger hatte auch eine uneheliche Tochter: Claudia. Es war im Sommer 1970, Jack war Saisonkellner am Wolfgangsee und lebte sein junges Leben in vollen Zügen. Jeden Abend war er auf Tour, jobbte als Discjockey und lernte viele Mädchen kennen. Er traf auch ein zartes, blondes Stubenmädchen in St. Gilgen, eben erst sechzehn. Eine kurze, flüchtige Liebe entflammte. Nach wenigen Wochen war es auch schon wieder vorbei. Jack verschwand aus ihrem Leben, zog irgendwohin weiter. Doch eine »Erinnerung« an ihn war ihr geblieben: Das Kind in ihrem Bauch, von dem Jack nichts wußte. Erst 1976 erfuhr die Kindesmutter aus den Zeitungen, was aus ihrem damaligen Freund geworden war. Sie schrieb ihm vom Kind, lehnte aber verständlicherweise jeden weiteren Kontakt ab. Mit zehn Jahren erfuhr Claudia, die bei ihren Großeltern in der Steiermark aufwuchs, erstmals von ihrem Vater, der als Mörder im Gefängnis saß. Sie war erschüttert. 1986 war er schon zum Schriftsteller avanciert und schickte ihr eine Einladung zu seiner Lesung in der Wiener »Alten Schmiede«. Sie kam wirklich, und er war tief berührt, als er diesem überaus hübschen, blonden Mädchen zum ersten Mal gegenüberstand.

Doch es blieb bei einer sehr problematischen Vater-Tochter-Beziehung, zumal die Kindesmutter nach wie vor gegen den Kontakt war. Jack hingegen investierte schon während der Haftzeit in Stein sehr viel Liebe in sein einziges Kind, das da draußen ohne ihn herangewachsen war. Er ordnete ihre Schulzeugnisse feinsäuberlich in seine Dokumentenmappe und verschaffte ihr über eine Bekannte eine Lehrstelle als Kellnerin. Er widmete ihr Bücher, und als sie allzufrüh selbst Mutter wurde, auch der kleinen Enkeltochter. Nach ihrer überstürzten Heirat war es wieder Jack, der vom Gefängnis aus für eine Wohnung für das junge Paar sorgte. Lange hielt die Ehe nicht, und obwohl Jack den unreifen Mann seiner Tochter immer abgelehnt hatte, erfüllte ihn die Scheidung mit großer Sorge: Hatte er doch seinen inzwischen zwei kleinen Enkelkindern nichts sehnlicher als eine intakte Familie gewünscht. Claudia mußte sie jetzt alleine durchbringen.

Als Jack 1990 die Freiheit erlangte, versorgte er sie, so gut er konnte, mit Geld. In der Dokumentenmappe fand ich neben den Zeugnissen auch die Police einer Lebensversicherung, die Unterweger am 1. Juni 1990, zwei Wochen nach seiner Entlassung aus der Anstalt Favoriten, zugunsten seiner Tochter abgeschlossen hatte. »Ich werde uns aus dem Dreck herausziehen!« verkündete er gegenüber Claudia. Zudem schlug er ihr vor, nach Wien zu ziehen, wo er ein ganzes Haus in Aussicht hätte ...

Die Beziehung Jacks zu seiner Tochter hatte sich allmählich zu normalisieren begonnen, als Claudia eines Morgens im Februar 1992 einen verzweifelten Anruf ihres Vaters erhielt, indem er sie über seine Flucht informierte. Sie brauchte nur das Radio einzuschalten, um zu erfahren, daß die Jagd begonnen hatte. Auch Claudia wurde von Journalisten verfolgt, bekam Angst um ihre Kinder. »Für mich ist eine Welt zusammengebrochen!« erklärt sie in einem kurzen Telefoninterview in der »Kronen-Zeitung« (27.2.1992). Mehr will sie nicht sagen, dazu ist sie zu verletzt, enttäuscht und wütend. Auch über ihren Vater, der ihr in seiner überschwenglichen Art soviel versprochen hatte – und jetzt das.

Für den 1. Juni 1994 hatten sowohl Unterwegers Mutter als auch seine Tochter eine Zeugenladung für den Prozeß erhalten. Der Tag wurde von den Journalisten spöttisch »Familientag« genannt. Es wurde aber nichts daraus: Die Tochter war von der Staatsanwaltschaft als Zeugin beantragt worden – vermutlich aus psychologischen Gründen, da durch den Richter bekannt war, daß sie ihrem Vater kein einziges Mal ins Gefängnis geschrieben hatte. Dafür hatte einer der wenigen Journalisten, zu dem sie Vertrauen gefaßt und dem sie ein Interview gegeben hatte, ihre Aussagen völlig verdreht, um nur ja Negatives über ihren Vater schreiben zu können. Nie hatte sie etwa gesagt, er sei »grob« mit den Kindern gewesen, sondern nur bemerkt, daß er wegen ihrer lebhaften Art manchmal überfordert war. Der Journalist, der auf Unterwelt-Reports spezialisierte Robert Geher, veröffentlichte die Story unter der Überschrift »Unterwegers Tochter bricht ihr Schweigen« (»Wiener«, 6/92). Er nannte darin auch ihren vollen Namen und beschrieb zum Beispiel, wie ihre Kinder auf ein Foto von Jack mit dem Satz »Das ist ja der Mann mit dem Hund!« reagiert hätten, um die Beziehungslosigkeit in der Familie »aufzuzeigen«. Darüber hinaus speiste er sie mit einem für eine derartige Story lächerlichen Honorar von nur 5 000 Schilling ab. Kein Wunder, daß Claudia jetzt genug hatte von den Boulevardjournalisten.

Zur Zeugenladung kam sie daher zum Schutz vor neugierigen Reportern getarnt mit Sonnenbrille und schwarzer Langhaar-Perücke, die sie auch im Gerichtssaal aufbehielt. Dort würdigte sie ihren Vater keines Blickes und entsagte sich ihrer Aussage. Beim Verlassen des Saals warf sie ihm noch zwei Fotos ihrer Kinder hin. Auf die Rückseite hatte sie geschrieben: »Hast du sie vergessen?« Als Jack Unterweger mir wenig später beim Besuch die Bilder zeigte, versuchte er ein ironisches Lächeln. Doch sein glänzender Blick verriet die tiefe Verletztheit. Noch am selben Abend schrieb er ihr einen langen Brief. Ihre Antwort kam wenige Wochen später, kurz vor dem Ende des Prozesses: Er habe als Vater versagt – und jetzt, in dieser Situation, das müsse er verstehen, da könne sie keine Kontakte mehr zu ihm aufrechterhalten. Es war ihre Art, mit ihrem Schmerz umzugehen.

Seine Mutter hatte Unterweger selbst als Zeugin beantragt. Es ging um ein wichtiges Datum: Sie sollte bestätigen, daß er sie zum Zeitpunkt des Verschwindens einer Wiener Prostituierten in München besucht hatte. Obwohl sie mir am Telefon mehrmals versichert hatte, daß sie beim Prozeß mit »roter Perücke« auftreten und es »den Österreichern zeigen« werde, war sie an diesem 1. Juni nicht in Graz.

Am 21. Juni reisten dann eine aus einem beisitzenden Richter und dem Staatsanwalt Gasser bestehende Gerichtskommission sowie Verteidiger Zanger nach München, wo Jacks Mutter am Amtsgericht vernommen wurde. Die Aussage wurde aufgenommen und das Video beim Prozeß – zum Leidwesen der Reporter wieder unter Ausschluß der Öffentlichkeit – vorgespielt. Doch Unterwegers Mutter konnte sich an keine konkreten Daten erinnern. Ja, den Hund, den habe sie »um den Muttertag« des Jahres 1991 von ihrem Sohn bekommen, aber das genaue Datum wisse sie jetzt nicht mehr. Rund ein Jahr zuvor hatte sie mir aber am Telefon noch stolz vom »Muttertagsgeschenk« Joy erzählt. Ihr Sohn habe sie ja öfters besucht, mit »Weibern«, die ihm nachgerannt seien; und dann schweifte sie völlig ab, bejammerte wieder ihr eigenes leidvolles Schicksal, zu dem ihre feste Stimme und die forschen Bemerkungen – sie habe für ihren Sohn damals eine Geldstrafe von 2122 Mark berappen müssen (daß Jack ihr den Betrag auf Heller und Pfennig refundiert hatte, hatte sie offenbar auch vergessen) – so gar nicht paßten.

Diesmal klangen einige Schlagzeilen sogar nach Mitleid: »Auch seine Mutter hilft Jack nicht« (»Kurier«, 22.6.1994). »Nur der Hund kennt die Wahrheit, aber der ist auch schon tot!« (»Kurier«).

Für Jack Unterweger war dieser »Auftritt« seiner Mutter eine der schmerzlichsten Enttäuschungen während des Prozesses.

»Keine suizidale Einengung«

Niemand kann sagen, daß sich der Angeklagte Unterweger einer psychiatrischen Exploration verweigert hätte: Noch kurz vor Beginn des Prozesses stellte er den Antrag, die als aufgeschlossen bekannte Wiener Psychiaterin Dr. Nadja Brandstätter mit der Erstellung eines Gutachtens zu beauftragen. Das wurde vom Richter – damals noch Dr. Bourcard – mit der schon bekannten Begründung abgelehnt, diese Psychiaterin sei nicht für den Grazer Gerichtssprengel vorgesehen.

Das Gutachten des Grazer Gerichtspsychiaters Dr. Zigeuner jedenfalls war nur ein aus alten Gutachten und Berichten zusammengestoppeltes Ferngutachten. Sogar Auszüge aus dem rund zwanzig Jahre alten Gutachten des mittlerweile über achtzigjährigen Linzer Gerichtspsychiaters Dr. Jarosch mußten herhalten, um die Anklageschrift »psychologisch« aufzumöbeln und mit zahlreichen Schlagworten Stimmung zu machen: Da ist von einem »gemütsarmen, explosiven und aggressiven Psychopathen« die Rede, dessen »Triebleben enorm aggressiv mit sexuell-sadistischer Perversion« sei – allesamt für das gerichtspsychiatrische Vokabular der frühen siebziger Jahre ganz typische Ausdrücke, die in vielen Gutachen aus dieser Zeit zu finden sind. »Hervorstechend« sei seine – dick unterstrichen! – »gefährliche Aggressivität gegenüber Frauen«. Sogar aus dem damaligen Beruf Unterwegers – der »Modeberuf Discjockey« – leitete der Psychiater dessen »emotionelle Beziehungslosigkeit« ab. Weitere schauderhaft klingende Schlagworte, die in der Anklageschrift des »Jahrhundert-Prozesses« breitgetreten wurden, erspare ich dem Leser. Das eindrucksvolle Resümee lautet jedenfalls: »Es handelt sich bei Unterweger um einen unverbesserlichen Gewohnheitsverbrecher, bei dem Rückfälle mit Sicherheit zu erwarten« seien. Der letzte Satz ist ebenfalls dick unterstrichen.

Zurück zu den nüchternen Tatsachen: Auch das Jarosch-Gutachten war nur ein Ferngutachten. Der Psychiater hatte den Angeklagten niemals persönlich untersucht, sondern sich ebenfalls auf seine Einschätzung der verübten Straftaten, diverse Expertisen und Berichte aus dem Erziehungsheim verlassen. Aus ebendiesem Grund war dieses Gutachten beim Salzburger Mordprozeß im Jahre 1976 auch gar nicht herangezogen worden – wohl aber zwanzig Jahre später im Abschlußbericht der »SOKO Unterweger« und dann bei der Zusammenstellung der Anklageschrift für den »Jahrhundert-Prozeß«! Der in der Anklageschrift – nicht aber im SOKO-Bericht – ebenfalls erwähnte Dr. Laubichler ist jener Psychiater, der Unterweger 1976 tatsächlich exploriert hatte. Die in der Anklageschrift als von ihm stammend angeführten Zitate sind dort aber völlig aus dem Zusammenhang gerissen bzw. stammen zum Teil gar nicht von ihm, sondern von Jarosch. Laubichler hingegen hatte weit weniger dick aufgetragen, dafür aber feiner beobachtet – wohl deshalb, weil wenigstens er mit Unterweger eine Gesprächssitzung durchgeführt hatte. Seine Ausführungen geben ein etwas sensibleres Bild vom jugendlichen Jack Unterweger, wenn er etwa schreibt, daß dieser »unter Elternlosigkeit leidet bzw. aus einer Familie ohne Zusammenhalt stammt«. Weiter heißt es bei ihm: »Seine Sehnsucht nach Stützung durch die Eltern ist zwar stark entwickelt, wurde aber nicht befriedigt. Er ist im Grunde unfähig zu einer emotionellen Bindung bzw. Partnerschaft, eine solche Bindung wird teilweise ersehnt, zum Teil erregt sie Aggressivität in ihm. Seine emotionelle Beziehungslosigkeit läßt eine positive Zukunftsbewältigung nicht zu, er flüchtet sich in Isolation, Depression, Selbstaufgabe und Selbstdestruktion.« Der Psychiater wußte, daß Unterweger Drogen nahm.

In der Grazer Anklageschrift hatten derlei Ausführungen freilich keinen Platz, ließ sich damit doch bei weitem kein so guter Effekt erzielen wie mit dem Kauderwelsch von grausigem, wissenschaftlich klingendem Vokabular von diversen Psychiatern, die allesamt mehr oder weniger voneinander abgeschrieben hatten (nämlich Zigeuner von Laubichler und Jarosch, letzterer wiederum von Laubichler).

Erst während des laufenden Prozesses erkannte man, daß dieser »Ferndiagnosenzustand« wirklich nicht optimal war. Flugs beauftragte das Gericht einen weiteren Psychiater, den in Feldkirch (Vorarlberg) tätigen Primararzt Reinhard Haller, mit der Erstellung eines neuen, diesmal »richtigen« Gutachtens. Offenbar störte es jetzt nicht mehr, daß dieser Psychiater nicht im Sachverständigenverzeichnis des Grazer Gerichtssprengels eingetragen war. Unterweger war nicht nur bereit, ein persönliches Gespräch mit Haller zu führen; ich hatte sogar das Gefühl, daß er dieses Gespräch als Abwechslung zu den zermürbenden Verhandlungstagen und der täglichen Isolationshaft seelisch dringend brauchte. Der Psychiater reiste daher im Mai 1994 für zwei Tage nach Graz an. Als allererstes veranlaßte er eine Gehirnstrommessung beim Angeklagten, die im Landeskrankenhaus durchgeführt wurde und keine besonderen Ergebnisse – sprich: irgendwelche »abnormen« Abweichungen – ergab. Und so dürfte sich der Psychiater mehr von den »Arbeitsgesprächen« in der Verhörzelle erwartet haben. In der Tat vertraute Jack Unterweger ihm in diesen Gesprächen sehr Persönliches an, auch über seine geheimsten Sehnsüchte in bezug auf meine Person; Sehnsüchte nach Familie und Kindern, die er mir gegenüber niemals so deutlich ausgesprochen hatte. Er bat Haller inständig, was mich betraf, unbedingt Verschwiegenheit zu wahren. Ich erinnere mich noch an einen Satz, der Jack Unterwegers damalige Einstellung gegenüber dem Psychiater wohl am besten beschreibt: »Und über meine Zukunftspläne hat er mich auch befragt, ist doch ein gutes Zeichen!«

Zwei Wochen später, an einem Freitag, traf schon das gerichtspsychiatrische Gutachten aus Feldkirch ein. Wie wir noch sehen werden, war es zweifellos »professionell« gemacht.

Beim Besuch am darauffolgenden Montag war Jack Unterweger tief deprimiert. »Ich bin ein Narziß«, sagte er mit leiser, resignierter Stimme, »doch wie hätte ich diese Jahrzehnte der Haft sonst überleben sollen ...?« Auch in bezug auf mich fühlte er sein Vertrauen vom Psychiater mißbraucht, hatte dieser doch keine Anonymität über meine Person gewahrt. Sollte eines der Details an die Öffentlichkeit gelangen, waren mir hämische Berichte sicher.

Jack Unterweger hat mich immer voll in seinen Fall einbezogen und mir alles, was ihn betraf, zum Lesen gegeben. So übergab er mir auch das gerichtspsychiatrische Gutachten. Gleich auf einer der ersten Seiten traf Primar Haller eine Feststellung, die mir zu denken gab: Eine »suizidale Einengung« liege bei Unterweger nicht vor. Ich wußte, daß sich der Psychiater mit der Selbstmord-Problematik befaßt und sogar ein Buch darüber veröffentlicht hatte.

»Narziß«

Vieles von dem, was Haller in seinem Gutachten beschrieb, traf auf Jack Unterweger genau zu. Er gestand ihm, ganz im Gegensatz zum »Parasitenjargon« seines Kollegen Zigeuner, etwa »Ehrgeiz« und »Erfolgsorientierung« zu. Das war zweifellos bereits aus dem Aufstieg des Fast-Analphabeten und Kriminellen aus der Keusche im Wimitztal zum erfolgreichen Autor ablesbar.

Allmählich kam Haller aber zum eigentlichen Thema, dem Thema, worauf es seinem Auftraggeber, dem Grazer Gericht, wirklich ankam. Es handelte sich um die Frage, ob Unterweger der Serienmörder war. Eindeutig konnte Haller als seriöser Psychiater auf diese Frage natürlich nicht antworten. Aber er konstatierte bei seinem Probanden eine »tiefgreifende narzißtische Persönlichkeitsstörung«. Diese Feststellung klang zwar irgendwie »schuldig«, aber was hatte das mit den Morden zu tun? Daß Unterweger ein Mensch war, der gern im Mittelpunkt stand, war ja nichts Neues. Sein Fernsehauftritt im weißen Anzug mit roter Rose im Knopfloch, der so viele Zeitgenossen irritiert hatte, war noch in bester Erinnerung. Aber war er deshalb auch schon ein Mörder? Nun, Haller beließ es nicht dabei, sondern legte nach. Der Proband neige zu einem »sadistischen Modus der Konfliktbewältigung«, hieß es weiter. Das war 's: das Stichwort war gefallen. Zwar wurde, dem Gebot der Unschuldsvermutung Rechnung tragend, durchaus erwähnt, daß die »narzißtische« und daher »psychisch abnorme« Persönlichkeitsstruktur Unterwegers noch kein Indiz für seine Täterschaft sei, da es auch andere Personen mit solcher Persönlichkeitsstruktur gäbe, die nicht kriminell wären. Aber abnorm war abnorm, daran gab's nichts zu rütteln. Übrigens, weil es immer geheißen hatte, die Morde könnten nur von einem »Schizophrenen« begangen worden sein (z. B. Staatsanwalt Wenzl in der Münchener »tz« vom 29.–31.5.1993): Eine schizophrene Störung im Sinne einer »gespaltenen Persönlichkeit« schloß Haller ausdrücklich aus.

»Sadist! Aggressiv gegen Frauen!«

Beim Auftritt des Psychiaters vor Gericht am 17. Juni 1994 hatten die Medien wieder ausreichend Futter für die Schlagzeilen: »Psychiater über Unterweger: Sadist! Aggressiv gegen Frauen!« Das hat auch Haller selbst sehr gestört, denn mit diesem Boulevardstil konnte er sich freilich nicht identifizieren. Der »Standard«-Berichterstatter hingegen schlachtete Hallers Bemerkung vor Gericht aus, es sei »unmöglich gewesen, mit Unterweger über Gefühle zu reden«.

Haller vergaß natürlich nicht zu betonen, daß es ihm nicht zustehe zu urteilen, ob Jack Unterweger schuldig sei oder nicht (»Das darf ich nicht sagen!«). Für den Fall des Schuldspruches sei er aber in eine »Anstalt für geistig abnorme Rechtsbrecher« einzuweisen. Und wieder sahen sich die Zeitungskommentatoren veranlaßt, über den »ungeheuerlichen Fehler« der Gefängnisentlassung Unterwegers zu politisieren …

An dieser Stelle möchte ich den Psycholanalytiker Prof. Ernst Federn zu Wort kommen lassen. Er ist Mitglied der Wiener Sigmund-Freud-Gesellschaft, verbrachte während der Nazi-Zeit acht Jahre in den

Konzentrationslagern Dachau und Buchenwald, wirkte danach 24 Jahre in New York und Cleveland und ist Autor zahlreicher einschlägiger Fachbücher. Jahrelang war er psychologischer Konsulent der Justizanstalten Stein und Favoriten. Über Jahre hinweg hat er auch den Strafgefangenen Jack Unterweger betreut, indem er mit ihm einmal wöchentlich ein ausführliches (ein- bis zweistündiges) Gespräch führte. Ich fragte Prof. Federn nach seiner Meinung, woraufhin er mir zurückschrieb: »Ich habe Herrn Unterweger in der Strafvollzugsanstalt Stein jahrelang intensiv betreut und kannte ihn sehr gut. Ich habe keine Bösartigkeit in ihm gefunden. Vielmehr war er sehr aufgeschlossen und an den Fragen des Lebens interessiert. [...] Der Mord, den er begangen hatte und für den er verurteilt wurde, war unter dem Einfluß von Drogen geschehen. Das hatte der vorsitzende Richter auch zugegeben, aber nicht berücksichtigt. Ich persönlich bin von der Unschuld Jack Unterwegers überzeugt. Es ist doch unwahrscheinlich, daß im Fall von elf Morden kein anderes ›Indiz‹ als ein Haar gefunden wird. Ich vermute die Drahtzieher für all diese Morde in der Wiener Unterwelt.«

»Im Zweifel schuldig!«

»Ich bin verurteilt!«

Zwei Wochen noch. Dann dürfte der Unterweger-Prozeß ausgestanden sein. Nach rund 120 Stunden geht einigen schon die Kraft aus. Richter Kurt Haas treibt die Zeugeneinvernahmen mit Mieselsucht voran. Staatsanwalt Martin Wenzl stellt nur noch Fragen, auf die die Antworten bereits bekannt sind. Anwalt Georg Zanger donnert, brüllt und krächzt nicht mehr. Er fordert nahezu stimmlos neue Beweisanträge. Und nicht mehr pausenlos. Und Jack Unterweger? Bleich, unruhig, verbittert. Die Souveränität der ersten Prozeßtage ist geschwunden. Zu viele Zeugen haben zuviel Unerfreuliches über ihn im Zusammenhang mit den getöteten Prostituierten gesagt.

(Daniel Glattauer im »Standard«, 14.6.1994)

Sogar in der letzten Prozeßwoche hatte die Anklage noch schnell eine Grazer Prostituierte aufgetrieben, die von »Fesselspielen« des Angeklagten zu berichten wußte: Daniela S. wollte Unterweger auf einem Foto erkannt haben, das man ihr »in einem Polizeiwagen« gezeigt hatte. Die ohnehin eher albern wirkende Aussage hätte durch einen Zeugen klar widerlegt werden können, der mit der erst Achtzehnjährigen zum fraglichen Zeitpunkt in Wien gewesen war und dem sie außerdem noch erzählt hatte, Unterweger tatsächlich nur vom Foto her zu kennen.

Dafür war aber keine Zeit mehr. Die letzte Prozeßwoche war nämlich den »kühlen Wissenschaftlern aus der Schweiz« (»profil«) vorbehalten. Allen voran dem »DNA-Papst« Dirnhofer mit seinem unfehlbaren Urteil: 99,99 Prozent. »Ein Irrtum wäre astronomischer Zufall«, urteilte daraufhin Paul Yvon (»profil« 24/92). Alles verlief also bestens nach Prozeßfahrplan, und dem für Ende Juni vorgesehenen Urteil stand nichts mehr im Wege.

Draußen war es schon heiß geworden. Der »Jahrhundertsommer« 1994, der heißeste seit Jahren, hatte begonnen, und die großen Ferien standen vor der Tür. Nur einer ging wieder allen auf die Nerven: Anwalt Zanger hatte die Stirn, zwei Tage vor der geplanten Urteilsverkündung noch ganze 103 Beweisanträge auf Einvernahme bisher nicht gehörter Zeugen und Einholung von Kontrollgutachten in bezug auf Dirnhofers DNA-Ergebnis und Brüschweilers Faseranalyse zu stellen. »Antragsflut durch den Anwalt« heißt es daraufhin im »Kurier« vom 23. Juni.

Es war ein Tag, der erste mit dem Gefühl, an einer abgesprochenen Hinrichtung teilnehmen zu müssen. […] Ich? Tränen gab es, gibt es. Erkennen. Zugeschüttet. Chancenlos? Noch zwei Wochen, nein zwölf Tage. […] Diese Zeilen, ein Brief, eine Botschaft, bald Nachlaß? Diese Welt zu verlassen ist kein Problem mehr. Ich schluckte, fühlte, spürte zu oft das Gift der geifernden Hinrichtung […]

(Aus dem Prozeßtagebuch, Eintragung vom 17.6.1994)

Nie werde ich diesen Anblick eines zerstörten Menschen vergessen, als Jack Unterweger mir am Tag nach Dirnhofers Auftritt im Prozeß sagte: »Ich bin verurteilt!«

Seine Tränen, die in diesen letzten Tagen immer wieder aus den geröteten Augenwinkeln hervorbrachen, versuchte er vor den Justizwachebeamten zu verbergen: »Die freuen sich doch nur«, sagte er leise zu mir. Ich weiß noch, wie ich ihm spontan ein Taschentuch reichen wollte, dabei war da zwischen uns dieses engmaschige Gitter …

Es waren wohl nicht nur Tränen der Verzweiflung, sondern auch Tränen einer ohnmächtigen Wut.

Der Warnbrief

[…] einen Jack Unterweger lassen die nicht mehr los, dann auch, weil sie fürchten, es könnte widerlegt werden, und Haas würde, denke ich, nicht so drüberfahren, wenn es nicht Deckung von oben geben würde. Mit so klaren Nichtigkeitsgründen. Und ich weiß, verdammt noch mal, wieviele im Loch sitzen, auch 25, 30, 32 Jahre! Mumien. Nur, wie ich schon schrieb, für mich liegt das Problem zuerst im Vorwurf, wieso! Eben Serienmörderurteil, dann in meiner Mentalität, nur wie ein Mönch lebend, ohne Medien, ohne Kampf, duldend, Woche für Woche nur auf Besuch wartend … Nein, da würde die Birne durchdrehen vorher, kämpfen und daran zerbrechen, wie schon viele vor mir. […]

(Aus Briefen Jack Unterwegers an die Autorin vom 5. und 14.6.1994)

Die Schmerzen, weniger für mich, sie gelten anderen, die mir vertrauten, mit mir lebten, stritten, liebten, die mit einer Verurteilung dem Mob ausgesetzt werden. Für mich wird es nicht mehr ertragbar, aushaltbar, als Serienmörder angesehen zu werden, ohne einen dieser elf Morde begangen zu haben. […]
Der Rückzug in die Zelle, fern von Medien und geiferndem Volk, in mich zurückgezogen zu wirken, gäbe es die Entwicklung von Schuldgefühlen, ich könnte mein Schicksal ertragen, auch als Pflicht, meine Schuld zu leben. Aber ich bin unschuldig, es fehlt dieses Gefühl, aus dem Kraft kommen würde. […]
Viele von euch, Angie, Beate, Rosemarie, Mary, viele andere, ihr werdet wütend werden, euch verlassen vorkommen, ich bitte um Verzeihung, aber ein Leben mit diesem Urteil, ein Massenmörder zu sein, würde mich zerstören, mein Ich zerfressen, mich zum selbstbemitleidenden, hassenden Tier machen, ich könnte euch nicht mehr der sein, der ich war. […]
Ich werde auch den heutigen Tag ›absitzen‹, kaum noch zuhören, an Freunde und Menschen denken, tief in mir glückliche Gefühle erleben, weil ich geliebt

werde, immer noch, weil ich Liebe geben kann, immer noch, kein Zerfressen von Haß. Bis zuletzt bin ich Gast auf dem Fest schöner Gefühle, DU BIST DA.

(Aus den letzten, undatierten Eintragungen im Prozeßtagebuch von Jack Unterweger)

Vielleicht zehn Tage vor dem Urteil bat mich Jack Unterweger, nicht mehr zu ihm zu kommen. Mein Anblick würde ihn nur »schwächen« ... Dann aber ließ er sich doch in die Besucherzelle vorführen, wenn ich einen Sprechzettel abgegeben hatte. Auch meine Mutter kam einmal zum Besuch mit. »Es geht weiter!« versuchte sie ihm Mut zu geben. »Wohin ...?« fragte er mit heiserer Stimme und blickte dabei mit tränenfeuchten Augen aus dem vergitterten, schmalen Fenster des Besucherzimmers.

Später suchte ich Richter Haas in seinem Büro auf, um ihm meine Bedenken wegen der Selbstmordgefahr mitzuteilen. Er meinte kühl, man könne ja gar nicht sagen, »ob der Unterweger verurteilt« werde. Im übrigen habe er für den Fall der Verurteilung ohnehin bereits das Notwendige veranlaßt. Und blickte dabei, wie immer mit auf der Nase verrutschter Lesebrille, auf die auf seinem Schreibtisch liegenden Akten.

Am Tag vor dem Urteil, einem Montag, rief ich direkt im Gefangenenhaus an, um die verantwortlichen Justizbeamten zu warnen. Der zuständige Leiter war jedoch gerade auf Urlaub. Dafür erteilte mir ein anderer Beamter eine rüde »Rechtsbelehrung«: Was ich ihm erzähle, gehe ihn nichts an. Zuständig sei allein Richter Haas, ich solle mich gefälligst an den wenden. Doch der war während des ganzen Tages beim Prozeß und kam gar nicht in sein Büro. Es war also entweder niemand zuständig oder niemand erreichbar. Ich mußte aber etwas tun und schrieb daher zwei Briefe – einen an die Gefängnisleitung und eine Durchschrift an den Richter –, die ich noch am selben Tag, dem 27. Juni um zwölf Uhr mittags, eingeschrieben und expreß aufgab. Ich warnte darin vor der Gefahr eines Selbstmordes des Untersuchungshäftlings Unterweger. Am Nachmittag dann mein zweiter Versuch, jemanden zu erreichen, der zuständig war. Erst um vier Uhr hatte ich Glück. Der Beamte, den ich jetzt am Telefon hatte – es war, wie ich nachher herausbekam, der Stellvertreter des Leiters – war etwas entgegenkommender als der vom Vormittag. Er beruhigte mich, daß man wie immer bei Verurteilungen zu langjährigen Haftstrafen Vorkehrungen zur Verhinderung eines Suizids getroffen habe. Der diensthabende Beamte würde jede halbe Stunde in der Zelle Nachschau halten.

Wochen später erzählte mir Anwalt Lehofer vom letzten persönlichen Gespräch mit seinem Mandanten Unterweger am Freitag vor dem Urteil. Unterweger habe verzweifelt geklungen, habe sich gefragt, wie er das lange Wochenende, das vor ihm lag, psychisch überstehen soll … Lehofer fiel in dieser Situation nichts anderes ein, als ihm zu einem »Vaterunser« zu raten. Unterweger wollte zuerst gar nichts davon wissen, formelhaftes Beten war wohl das letzte, das ihm eingefallen wäre. Als er aber merkte, daß Lehofer es ernst meinte, gestand er ihm, verschämt lächelnd, er kenne den Text nicht.

Am vorletzten Prozeßtag wurden wie erwartet alle Beweisanträge der Verteidigung in einem Zug abgewiesen. In einer grotesk wirkenden Szene verlas der vorsitzende Richter nach nur fünfzehn Minuten dauernder Beratung des Richtersenates die Abweisungen. Geradeso, als ob es bloß um die Wahrung von Formvorschriften ginge.

Staatsanwalt Gasser begründete seinen Rücktritt von einem – ohnehin unhaltbaren – Anklagevorwurf (nämlich der »Entführung Minderjähriger« in bezug auf Bianca): »Ich möchte schauen, daß der Prozeß rasch zu einem Ende kommt.«

Am 28. Juni 1994 sollte das Urteil verkündet werden. Rechtzeitig zu Beginn der Sommerferien. Ich habe Jack Unterweger an diesem Tag früh um acht, noch vor Beginn der Verhandlung, besucht. Eigentlich war es gar nicht ausgemacht gewesen, doch ich verspürte das Bedürfnis, ihn zu sehen, mit ihm zu sprechen. Es sollte zum letzten Mal sein.

Wir sprachen in dieser Situation nicht offen über Gefühle. Jack mußte jetzt stark sein. Eine dreiviertel Stunde später würde er im übervollen Prozeßsaal sein Schlußwort sprechen. Er hatte schon seine handgeschriebenen Notizen für sein Schlußplädoyer dabei und kritzelte noch nervös daran herum. »Was ist der Unterschied zwischen einem Sekundenlügner und einem, der sich irrt?« fragte er mich, indem er auf Staatsanwalt Gasser – der Jack ja wiederholt als »Lügner«

bezeichnet hatte – anspielte. »Wenn ich mich einmal irre, bin ich ein Lügner«, setzte er fort, »bei Gasser ist's nur ein Versprecher.«

In der Nacht zuvor war eine Bombe in einem Gerichtssaal des Landesgerichtes explodiert. Die Radionachrichten berichteten aufgeregt darüber und brachten das Attentat in Verbindung mit dem Unterweger-Prozeß. Der Täter wurde nie gefaßt. Ich erzählte Jack von den Scherben, die verstreut auf den Gehsteigen vor dem Gerichtsgebäude lagen. »Scherben bringen Glück«, sagte er und versuchte dabei ein Lächeln, das nicht gelang. Seine Worte standen in eigenartigem Widerspruch zu seinem ernsten Blick. Auch er war durch die nächtliche Detonation, die in ganz Graz zu hören gewesen war, aufgewacht. Sogar Richter Kurt Haas war alarmiert worden und mitten in der Nacht zum Gericht gefahren. »Der Haas war auch da, ich hab's bemerkt, wie er durch die Luke meiner Zelle geschaut hat«, erzählte mir Jack. Ich sah ihm an, daß er nicht ausgeschlafen war. Er redete sich auf seinen niedrigen Blutdruck heraus. »Menschen mit niedrigem Blutdruck leben länger«, sagte ich aus Spaß, um ihn ein bißchen aufzumuntern. »Hier sicher nicht«, kam Jacks spontane, aber bestimmte Antwort.

Auch an diesem letzten Tag dauerte der Besuch genau 15 Minuten. »Ich hab' gar kein schlechtes Gefühl …«, das war das letzte, was Jack zu mir sagte, bevor der Justizbeamte den Besuch beendete und Jack gehorsam aufstand. Beim Verlassen des Halbgesperres drehte ich mich noch einmal nach ihm um und lächelte ihm durch die Stahlgittertüre aufmunternd zu. Er erwiderte mein Lächeln nicht. Ein schmächtiger, in seinem dunklen Anzug aschgrau wirkender Mann blickte mich mit todernster Miene an. Es war ein langer Augenblick, sicher einige Sekunden lang.

Als ich das Halbgesperre verließ, war das Gerichtsgebäude immer noch fast menschenleer. Die Horde der Journalisten und Schaulustigen kam erst später, nach halb neun. Ich blieb noch eine Zeitlang auf der gegenüberliegenden Straßenseite stehen und beobachtete, wie die Menschenmenge vor dem Eingang des Gerichtsgebäudes immer mehr anschwoll. Knapp vor neun Uhr fuhr Anwalt Zanger mit seinem Jaguar vor. Als er ausstieg, war er sofort von Journalisten und Fotografen umzingelt. Angewidert von diesem Geschehen ging ich zu meinem Auto.

Der blaue Himmel versprach einen heißen Sommertag.

Zu Hause schaltete ich das Radio ein. Gerade wurde in den Neun-Uhr-Nachrichten live über den letzten Prozeßtag berichtet. Ein Reporter fragte Jack Unterweger auf dem Weg in den Verhandlungssaal aufdringlich, wie es ihm denn heute gehe – am Tag des erwarteten Urteils. Der Angeklagte fragte zurück: »Fragt's mi oder mei Mag'ng'-schwür?« Der Reporter setzte nach: »Ich frage Sie!« Und Jack Unterweger winkte ab: »Vor den Geschworenen muß ich mich heute verantworten, aber nicht vor euch Journalisten. Ihr habt's mich doch längst verurteilt!«

»Das Schweigen des Belämmerten« – Chronologie einer Berichterstattung

»Profil«, eines der führenden Nachrichtenmagazine in Österreich mit seriösem Ruf, widmete dem Fall Unterweger von Anfang an eine umfangreiche Berichterstattung. Zu Beginn wurde vor allem die unselige Rolle der Medien durchleuchtet: »Die Mordhatz« lautete eine Titelblatt-Schlagzeile vom 24. Februar 1992. In weiteren Ausgaben wurde dann, im besten Sinn eines investigativen Journalismus, die Arbeit der Polizei von den Redakteuren Klaus Candussi und Robert Buchacher, die selbst im Rotlicht-Milieu recherchierten, kritisch durchleuchtet. Und solange Jack unzensuriert reden konnte, tat er es: Knapp nach seiner Verhaftung in Miami erreicht ihn die US-Korrespondentin des »profil«, Hermi Amberger, telefonisch aus New York. Das sehr emotionelle Telefoninterview, im Verlauf dessen Jack zweimal in Tränen ausbrach, wurde in »profil« 10/92 unter dem Titel »Lieber in Freiheit verrecken« veröffentlicht.

Für die Gerichtsberichterstattung des »profil« ist aber nur ein einziger Journalist zuständig: Paul Yvon. Er gehört zu den alteingesessenen Redaktionsmitgliedern. Für eine »graue Eminenz« ist er zwar noch zu jung, dennoch, was Yvon schreibt, gilt etwas in Österreichs Meinungselite und hat (wie vieles, was von »profil« kommt) Vorbildwirkung für Nachwuchsjournalisten.

Schon mit seinem ersten Bericht zeigt Yvon, wo es im Hinblick der Unterweger-Berichterstattung in »profil« langgeht. Jack heißt ab sofort »Johann«: »Das Schweigen des Belämmerten. Neue Fakten belasten Johann Unterweger schwer. Er aber schweigt«, heißt es im Inhaltsverzeichnis dieser »profil«-Ausgabe Nr. 11 vom 15. März 1993. Der Titel knüpft an den Kassenschlager »Das Schweigen der Lämmer« an, einen oscargekrönten US-Kultfilm über einen sadistischen Massenmörder. Weiter geht's im Blattinneren: Neben einer raffiniert komponierten Fotomontage – ein Unterweger-Porträt im weißen Anzug, umrahmt von roter Seidenblume, schwarzem Seidenstrumpf und rotem Schal – titelt Yvon: »Entwirrung tödlicher Knoten: Im Bregenzer Mordfall Hammerer schließt sich die Indizienkette: Drei verschiedene Faserspuren stammen ›wahrscheinlich‹ von drei Unterweger-Kleidungsstücken.« Untersuchungsrichter Wladkowski ließ sich sinnigerweise mit Telefonhörer am Ohr fotografieren. Ihm ist ein eigenes Porträt gewidmet – unter der Überschrift: »Unheilbarer Idealist«. Der Schlußsatz, in Anspielung auf Wladkowskis Rückenleiden, lautete: »Er leidet in jedem Sinn an seinem Rückgrat.«

Zwei Wochen später folgen die nächsten Aufmacher: »Fall Unterweger: Schwer belastet. Profil zitiert die entscheidenden Passagen aus allen drei Endberichten« (»profil« 13/93, im Inhaltsverzeichnis). Der Artikel im Blattinneren ist mit zwei fetten Schlagzeilen überschrieben. Die erste heißt: »Rückfälle mit Sicherheit zu erwarten« – der auch in der Anklageschrift zitierte, rund zwanzig Jahre zurückliegende Ausspruch jenes Linzer Gerichtspsychiaters, der Unterweger nicht einmal persönlich begutachtet hatte. Im Text dann weitere, schauderhaft klingende Schlagworte aus dessen »Ferngutachten«. Die zweite Schlagzeile lautet: »FBI, Schweizer und Wiener sagen: Er war's. Johann Unterweger sagt nichts.« »profil« bekam den »FBI-Bericht« – der in Wirklichkeit, wie schon erwähnt, ein rein polizeiinterner Bericht war – sogar noch vor dem Grazer Gericht, was Yvon auch unverblümt zugab: »Warten auf den FBI-Bericht« heißt es als Bildtext unter einem Foto von Untersuchungsrichter Wladkowski.

Auch der nächste Bericht knüpft an Unterwegers Tat aus 1974 an: »Ein anormaler Vorgang: Die erstaunlich einfache Entlassung des Jack U. aus der lebenslangen Haft« (»profil«, 23/93). Yvon schreibt darin, daß Unterweger ohne die vorgesehenen psychiatrischen Gutachten entlassen worden sei. Wie er zu dieser Behauptung kam, weiß nur er selbst – beziehungsweise wissen nur seine »Informanten«. Denn dem Gericht hatten sämtliche erforderlichen psychiatrischen Gutachten in schriftlicher Form vorgelegen, bevor es der bedingten Entlassung zustimmte.

Und so geht es weiter. Der Leser gewinnt den Eindruck, daß die österreichischen Ermittler in Zusammenarbeit mit Gutachtern im Fall Unterweger »ganze Arbeit« geleistet haben. Und das haben sie wohl auch …

»Kriminalfall Unterweger: Haarige Indizien. Unterwegers schwerer BMW war verschrottet, aber die Sitze nicht: Schlecht für Jack«, heißt es wenige Nummern später (»profil« 29/93).

Die Nummer 37 vom September 1993 bringt eine »Dokumentenbeilage«: die Anklageschrift gegen Jack Unterweger, in voller Länge. Damit sich die Leser, so Yvon, »ihr eigenes Bild von den Vorwürfen und ihren Grundlagen machen« können. Jack Unterweger selbst habe seine Sicht ja im »profil-Interview« (gemeint ist das Telefoninterview aus Miami) und »in mehreren Entgegnungen dargestellt«.

In der Tat: Von Mai bis Dezember 1993 hatte Unterweger-Anwalt Zanger insgesamt sechs Gerichtsurteile erwirkt, mit denen das Nachrichtenmagazin zum Widerruf mehrerer unwahrer Tatsachenbehauptungen verurteilt worden war. Darunter massiv vorverurteilende Textstellen wie »Fall Unterweger ... Im Bregenzer Mordfall schließt sich die Indizienkette«, Halbwahrheiten wie »Die Amerikaner haben die elf Tötungen mit dem Mord an Margret Schäfer verglichen und ein psychologisch grundiertes ›Täterprofil‹ erstellt« (womit ein offizielles Gutachten suggeriert wurde) und eine Reihe überhaupt aus der Luft gegriffener Behauptungen wie »Doppelt auffällig war, daß er bei Telefonaten, die ohne sein Wissen überwacht wurden, von seiner Freundin Bianca M. falsche Alibis verlangte«. Oder alte »Gerüchte«: »Erst ab September 1991 gibt es wieder Aufzeichnungen. Wie penibel er solche führte, zeigte sich an den Computerlisten, die er über zig intime Frauenbekanntschaften angelegt hatte: Diese waren mit Qualitätsnoten von 1 bis 4 bewertet.« Natürlich durften auch die »literarischen Indizien« nicht fehlen: »Unterweger hat sich aber auch selbst belastet: Im österreichischen Auslieferungsantrag war von einem noch zu Haftzeiten verfaßten Manuskript die Rede, in dem er Haßgefühle gegen Prostituierte schildert. Er beschrieb darin einen Angriff, bei dem er eine Frau würgte und dann ›gleichsam erwachte und erstaunt war, diese Tat begangen zu haben, zumal ihm diese Frau hiezu keinen Anlaß gegeben hätte‹.« Das war ein Text, der in Wirklichkeit aus der Feder einer deutschen Autorin stammte, die ihn Jack Unterweger zur Publikation in dessen Literaturzeitung zur Verfügung gestellt hatte.

Doch Herr Yvon läßt sich von diesen Gerichtsurteilen kaum beeindrucken. Ganz im Gegenteil: Jetzt ist er offensichtlich noch überzeugter, daß Unterweger der Mörder ist. Das beweise doch das unfehlbare neue DNA-Gutachten des unfehlbaren DNA-Papstes: »Haargenau. Neues Gutachten: 99,96 gegen 0,04 sind viel.« (»profil« 13/94).

»Aus dem Dunkel ins Licht«

Während der ersten Prozeßtage reist Yvon zum Unterweger-Prozeß nach Graz, um von dort exklusiv für sein Nachrichtenmagazin zu berichten. Demonstrativ legt er Dostojewskis »Schuld und Sühne« auf den im Prozeßsaal für ihn reservierten Presseplatz. Die aufschlußreichen Schlagzeilen seiner Prozeßberichte: »Unterweger-Prozeß: Angriff ist die erstbeste Verteidigung« (»profil« 17/94); »Bestie, Bombe und Va Banque. Paul Yvon über das neue Tempo im Unterweger-Prozeß« (»profil« 20/94); »Im letzten Moment: Ein eindeutiges DNA-Gutachten gegen Jack Unterweger« (»profil« 24/94). Im Artikel ist von der »praktischen Gewißheit der Identität« die Rede: »Ein Irrtum wäre astronomischer Zufall: Die Merkmale finden sich auch in den Haaren der Eltern der Ermordeten.«

Und am 20. Juni 1994 (»profil« 25/94) titelt Yvon geradezu feierlich »Aus dem Dunkel ins Licht«. Mit gewohnter stilistischer Brillanz nimmt er rund eine Woche vor dem Urteil der Geschworenen die gelungene »Überführung« Jack Unterwegers als Täter und den Schuldspruch vorweg: »Unterwegers letzte Tage. Am Ende der acht Prozeßwochen prasselte es knüppeldick auf den Angeklagten nieder. [...] Die so lang gescholtenen, jetzt so gelobten Kriminalisten der Sonderkommission sind ernst und ohne Triumph.« Dann faßt Yvon noch einmal alles Negative zusammen und zitiert die seinerzeit angeblich nicht korrekte Haftentlassung (»schauderhafte Mitteilungen über die Entlassungspraxis im Fall Unterweger«), die negativen Stimmungszeugen sowie vor allem und ausführlich die belastenden Gutachten, die ein neues Zeitalter der Kriminalistik eingeläutet hätten: »Kriminal, Justiz und

Medien stehen an einer Zeitenwende.« Ein Seitenhieb auf die Anwälte durfte nicht fehlen: »Verteidiger werden fahrlässig handeln, wenn sie – wie im Fall Unterweger geschehen – als Freizeit-Experten versuchen, die Fachleute aufs Kreuz zu legen. Sie machen mit ihrem angelesenen Schnellsieder-Viertel-Wissen einen kläglichen Eindruck; man wird nicht um die Bestellung eigener Fachleute herumkommen, die den Gerichtsexperten Paroli bieten können.« Genau das, nämlich die Einholung eines zweiten DNA-Gutachtens, um dasjenige Dirnhofers zu überprüfen, hatte Richter Haas der Verteidigung aber verweigert. Über den schreibt der Journalist jedoch: »Ein Wunder, wie fair der Richter das Verfahren über die Runden bringt.«

Die Geschworenen? Ach ja, die gibt es auch noch. Yvon räumt ihnen sogar großzügig die Hauptrolle ein: »Die tagelangen Berichte der kühlen Wissenschaftler aus der Schweiz haben alle im Saal gebannt; die Schlagzeilen winden sich seither mit erkennbarer Mühe um den Schluß aus alldem. Er ist den Geschworenen vorbehalten.«

Später Appell an die Geschworenen

Eine Woche später, am 27. Juni 1994, erscheint in »profil« (26/94) der letzte Bericht zum Unterweger-Prozeß. Und ausgerechnet da, exakt einen Tag vor der Urteilsverkündung, richtet Paul Yvon in seinem Kommentar »Grazer Schweinsgalopp« seine spitze Feder plötzlich und unerwartet gegen das Grazer Gericht. Mit treffenden Worten beschreibt er die unheilvolle Rasanz, in die der Prozeß geraten war: »Der Prozeß wird unfair. [...] Jeder Antrag abgewiesen. Am vergangenen Mittwoch haben die Grazer Unterweger-Richter pro Minute einen Antrag des Angeklagten im Wortsinn erledigt, insgesamt 103. Jeweils sechzig Sekunden für Vortrag und Beratung, Nachschlagen im Gesetz oder im Akt, Vorschlag der Lösung, Abstimmung und das Ganze noch tippen. Die Massenexekution beschleunigt enorm. Und erst der Affenzahn, mit dem der Richter dann die Begründungen vom Blatt gezüngelt hat! Die Mimik auf Zeitraffer gestellt, der Text ohne Atempause und Interpunktion kommt rasend schnell und doch fast speichelfrei – so was klappt nur mit viel Übung und wenig Nachdenken [...]«

Aber was ist mit dem »haargenauen« Gutachten, das einen Irrtum als »astronomischen Zufall« praktisch ausschließt? Yvon mahnt jetzt, daß das DNA-Ergebnis mit einer Vergleichsgruppe von nur hundert Personen aus dem Raum Basel interpretiert worden sei – diese Auswahl sei viel zu eng, denn: »Prager Erbmerkmale könnten jeweils eine Spur anders sein. Schon eine Abweichung von wenigen Prozenten bei jedem der zehn verglichenen Gen-Merkmale könnte in der Summe eine drastisch geringere Wahrscheinlichkeit des bisher ›praktisch sicheren‹ Ergebnisses ausmachen. Das Verfahren hat gezeigt, daß es dazu international anerkannte Fachliteratur gibt – genauso wie zu den noch häufigen Fehlschlägen dieser jungen Wissenschaft. Die Richter brauchten weder das noch einen zweiten DNA-Experten, der weltweit ebenso anerkannt ist wie der in Graz gehörte Dirnhofer. In Graz setzt man die Inbrunst des Glaubens vors Wissen. Ein Papst genügt; ein zweiter stiftet nur Verwirrung.« Fast schon ketzerisch, setzt Yvon fort: »Warum verweigert man die – ebenfalls in ein paar Tagen zu erledigende – Kontrolluntersuchung der Fasern und des noch übrigen DNA-Materials? Hier geht es um den wahrscheinlich entscheidenden Beweis, und es geht um Lebenslang.«

Auch Kritik an den Kriminalisten wird eingestreut, indem Yvon danach fragt, »... wie wahrscheinlich es denn sein kann, daß man in einem jahrelang und von vielen Menschen gebrauchten Auto nur sieben Haare findet – und die nur von der Toten und von Unterweger [Hier irrt er: Auf den Autositzen wurde kein Haar von Unterweger gefunden, A. W.]. Sicher impliziert das die Frage nach Sorgfalt und Rechtschaffenheit der Kriminalisten; aber warum sich davor fürchten?« Und Yvon schließt mit einem flammenden Appell an die Geschworenen: »Es geht ums faire Verfahren, es geht um seine zentralen Garantien für den einzelnen, um nicht weniger. [...] Die angebliche ›Verzögerung des Verfahrens‹ ist beim geringen Zeitaufwand für die neuen Untersuchungen blanker Holler. Ein paar Tage mehr fürs Gericht bedeuten weniger Zumutung als ein paar Rechte weniger für einen, den hinter Gittern der sichere Tod erwartet. Oder ist die Zumutung am Ende gezielt: Soll sie den lästigen Zanger und den zur Unterwerfung provozierend unfähigen Unterweger treffen? Beide haben in den letzten Wochen zur gereizten Erschöpfung viel beigetragen, aber man sperrt niemanden ein, weil man es einfach satt hat. Nicht umsonst müssen die Laienrichter schwören, der Stimme der Zuneigung oder Abneigung kein Gehör‹ zu geben. Daran sind sie heute zu erinnern. Und daran, daß sie sich nicht am Nasenring zum Urteil zerren lassen müssen: Sie können, sie müssen diese Ergänzung der Beweise verlangen. Die elf Ermordeten haben denselben Anspruch wie alle Lebenden auf ein Ende des Zweifels. Die acht Geschworenen verantworten jetzt allein, ob dazu alles Zumutbare getan wurde. Und, genauso ernst, ob es ein fairer oder kurzer Prozeß war.«

Nach dem Gesetz gebührt dem Angeklagten das letzte Wort an die Geschworenen. Noch bevor Jack Unterweger es ergreifen konnte, wandte sich Staatsanwalt Gasser an die Geschworenen und warnte vor der »Show«, die Jack Unterweger jetzt gleich vor ihnen abziehen würde. Und, was wohl einmalig in der Justizgeschichte ist, er forderte sie auf, den Angeklagten auf jeden Fall schuldig zu sprechen – auch wenn sie im Zweifel seien: »Sprechen Sie ihn in keinem einzigen Fall frei – auch wenn Sie im Zweifel sind! Denn Unterweger hat ja immer noch die Möglichkeit, Berufung gegen einen Schuldspruch einzulegen. Wenn er aber freigesprochen wird, dann haben wir keine Macht mehr über ihn, dann müssen wir ihn sofort freilassen!«

Diese Ausführungen treffen jedoch nicht zu: Die Entlassung eines Freigesprochenen aus der Haft darf aufgeschoben werden, wenn der Staatsanwalt sofort nach der Urteilsverkündung Nichtigkeitsbeschwerde und Berufung erhebt.

»Ich hab' geglaubt, ich komm' oben an ...«

In seiner Schlußrede beteuerte Jack Unterweger immer wieder seine Unschuld und ging auch auf Details der Anklage ein. Den nächtlichen Bombenanschlag des falschen »Sympathisanten« verurteilte er übrigens als »krötenhaft«. Im folgendem einige kurze – nach thematischen Zusammenhängen neu gruppierte – Auszüge aus seinem frei gehaltenen Vortrag:

Ich bleibe dabei, ich habe früher wie eine Ratte gelebt, war ein primitiver Häftling, der mehr gegrunzt als gesprochen hat. Ich habe mit und von der Lüge gelebt. Daran werde ich immer noch gemessen.

Da sitz' ich jetzt und weiß nicht, was ich tun soll. Ich bin jetzt 31 Verhandlungstage durch die ganze Waschmaschine meiner Vergangenheit durchge-

dreht worden. Manchmal denke ich mir, bist du nicht selber ein Volltrottel, der sich in diese Lage manövriert hat?

Ich war einmal ein Verbrecher. Aber hier sind auch Zeuginnen gesessen und haben mich nicht belastet. Ich habe die Bilder von der Tat aus 1974 nie ansehen können. Ich habe mich immer schuldig gefühlt.

Es ist richtig, was Staatsanwalt Gasser über meine Vergangenheit gesagt hat. Ich bin natürlich öfter gezwungen worden zu lügen, aber ich hab' doch nicht allen meine Vergangenheit auf die Nase binden können. Ich habe doch in der Öffentlichkeit gearbeitet. Was sollte ich anderes tun, ich wollte schreiben, Theater spielen.

Zu meiner Glaubwürdigkeit: Ich habe mit Doktor Lehofer gestritten. Er hat gesagt, geben's doch um Gottes willen zu, daß S' in Prag a Hur' ins Auto g'nommen haben, das heißt ja nicht, daß S' der Täter sind. Ich hab' gesagt, nein, Lügen interessieren mich nicht. Ich geh' meinen Weg, ich mach' meine Tour. Ich will die Wahrheit sagen.

Zum Haar: Ich kann mich ja wissenschaftlich überhaupt nicht einlassen, überhaupt nicht. Ich kapier' diese DNA-Sache einfach nicht. Mein Hirn hat Gen-Beulen bekommen, als ich das studiert hab'.

Sehr geehrte Damen und Herren Geschworenen, Hohes Gericht, ich glaube, ich habe hier keine Show abgezogen, wie es angekündigt war. Ich habe nur früher einen Riesenfehler gemacht: Das war mein Luftikus-Verhalten, das war mein angeberisches Verhalten.

Ich habe wirklich, und da hat der Staatsanwalt recht, Beziehungen zu Frauen konsumiert, statt gelebt, und genossen, statt sie zu lieben. Beziehungen, die eigentlich nur Verhältnisse waren. Aber sechzehn Jahre Stein: Wie soll man da Gefühle lernen, das ist unmöglich. Ich geniere mich dafür, was ich alles bis 1974 getan habe.

Ich war nach meiner Entlassung ein gierig fressendes Individuum voll Hunger nach Leben, dem es ein Glücks- und Siegergefühl bereitet hat, wenn Prominente an seinem Tisch Platz nehmen, wenn ich den Eindruck hatte, von unten nach oben zu kommen.

Mich hat gekränkt, wie der Doktor Lehofer mich gestern als Käfer beschrieben hat, der die Glaswand raufkriecht und nie das Ziel erreicht, auf den Rücken fällt, und alle lachen. Ich habe immer geglaubt, ich komm' einmal oben an.

Ich bitte Sie, auch wenn Sie angewidert sind von dem moralischen Verhalten des Jack Unterweger und seiner Lebensweise, daran zu denken, ob das ausreicht zu sagen, ›der hat in Freiheit nichts zu suchen‹. Ich hätte demutsvoller sein sollen, bescheidener.

Ich bitte Sie wirklich, prüfen Sie in der Schuldfrage nur jene Argumente, jene Indizien, die hier vorliegen.

Nochmals: Ich rechne mit meinem Freispruch. Denn ich bin nicht der Täter.

Ich falle in kein Loch, wenn ich hier freigesprochen werde. Man kann ja durchaus eine Gruppentherapie machen, aber die kann ja in Freiheit sein. Ich habe Wohnung und Job. Es gibt noch so viele Menschen, die zu mir stehen, die mich noch kennen aus den zwei Jahren Freiheit. Ich bin beschämt, ja, auch stolz, daß sich diese Menschen nicht beirren ließen.

Ich bin unschuldig.

Danke.

Jack Unterwegers »Show« hatte fast zwei Stunden gedauert. Ich erinnere mich noch an die Worte des jungen ORF-Berichterstatters Wolfgang Wagner, der sie gehört hatte und seine Betroffenheit nicht verbergen konnte, als er darüber berichtete: »Das war keine Show ... Das klang nach den ehrlichen Worten eines Mannes, der verzweifelt für seine Unschuld kämpft.«

Kurz vor zwölf Uhr mittags erklärte der Richter die Verhandlung für geschlossen. Unterweger wurde in seine Zelle abgeführt. Die Geschworenen zogen sich indessen in ihr Zimmer zur Urteilsberatung zurück. Einem Reporter war es gelungen, einen der vier Ersatzgeschworenen, die nach Ende des Prozesses nach Hause gehen durften, vors Mikrofon zu bringen. Er zeigte sich erleichtert darüber, bei der Urteilsfällung nicht dabeisein zu müssen: »Ich beneide die anderen, die drinbleiben mußten, nicht. Es wird keine leichte Entscheidung.«

Im Beratungszimmer erteilte der vorsitzende Richter den Geschworenen die nicht-öffentliche »Rechtsbelehrung«. Zur Unterstützung der Geschworenen bei ihrer Urteilsfindung hatte man auch die große Schautafel mit den Leichenfotos vom Prozeßsaal ins Beratungszimmer verfrachtet. Der Verteidigung hingegen ist es nach dem Gesetz untersagt, der internen Besprechung der Geschworenen mit den Richtern beizuwohnen.

Es war der erste drückend schwüle Sommertag dieses Jahres gewesen. Kurz vor neun Uhr abends kündigte ein erstes Donnergrollen ein heftiges, befreiendes Sommernachtsgewitter an. Es war etwa um diese Zeit, als Jack Unterweger nach neun Stunden des Wartens aus seiner Zelle zur Urteilsverkündung vorgeführt wurde. Der Schwurgerichtssaal war mit Journalisten und Zuschauern zum Bersten voll. Von der Galerie blickten Kriminalbeamte, Gerichtsbedienstete und Richter, unter ihnen auch Untersuchungsrichter Wladkowski, auf den Angeklagten.

Draußen, über dem Grazer Nachthimmel, zog währenddessen das durch Grollen angekündigte heftige Sommernachtsgewitter auf.

Um neun Uhr abends des 28. Juni 1994 wurde Jack Unterweger wegen neunfachen Mordes schuldig gesprochen und zu lebenslanger Haft verurteilt. Der Strafausspruch bei »Lebenslang« lautet: »Das Urteil endet mit dem Tode«. Freisprüche erfolgten in den Fällen Schrempf und Prem.

Das Urteil der Geschworenen war nicht einstimmig. In den Mordfällen plädierten zwei der Geschworenen für Freispruch in allen Fällen.

Der Auftritt der Zeugin Kathrin Z. hatte auf die Mehrzahl der Geschworenen offenbar doch zu theatralisch gewirkt: Der Angeklagte wurde mit fünf zu drei Stimmen von der vorsätzlichen Körperverletzung an ihr freigesprochen; es blieb lediglich bei einer Verurteilung wegen fahrlässiger Körperverletzung (was für einen Widerruf der bedingten Entlassung nicht ausgereicht hätte).

Auf Antrag der Staatsanwaltschaft wurde außerdem die Einweisung in eine Anstalt für geistig abnorme Rechtsbrecher angeordnet. Damit war dem Verurteilten nicht nur eine fragwürdige psychiatrische »Behandlung«, sondern auch das »Lebenslang« todsicher: Erst nach psychiatrischem Maßnahmenvollzug wird der Häftling in den normalen Vollzug überstellt – der Zeitpunkt ist ungewiß, hängt er doch von der Stellungnahme des Anstaltspsychiaters ab.

Sofort nach Urteilsverkündung legte Jack Unterweger die Rechtsmittel der Nichtigkeitsbeschwerde und der Berufung ein. Staatsanwalt Gasser verteilte hingegen Lob an die Geschworenen: »Ich bin stolz auf Sie, daß Sie so geurteilt haben. Ich hatte befürchtet, Sie könnten durch den Prozeß überfordert gewesen sein, aber dem war nicht so. Sie können stolz auf sich sein.«

Sodann wurde Jack Unterweger unter dem Blitzlichtgewitter der Fotografen wieder in seine Einzelzelle abgeführt, ohne vorher die Möglichkeit gehabt zu haben, mit einem der Anwälte zu reden.

»Tod dem Hurenmörder!«

»Die Strafe endet mit dem Tode«

Jack hat das Wort »Selbstmord« mir gegenüber nie ausgesprochen, sondern immer nur umschrieben. Beim allerletzten Besuch, am Tag des Urteils, sagte er mir noch: »Da ist kein Plan, aber ich weiß nicht, wie ich auf einen Schuldspruch reagieren werde …« Ich bin sicher, er hoffte trotz allem bis zuletzt.

Wie schon so oft an diesem Tag des Wartens schaltete ich um neun Uhr abends wieder das Radio ein, um die Nachrichten zu hören: Wieder nichts. Doch plötzlich, der Sprecher war mit dem Meldungsblock und den Wetteraussichten für den nächsten Tag soeben fertig geworden, hörte man im Hintergrund Papier rascheln, und der Sprecher sagte: »Soeben erhalte ich eine aktuelle Meldung: Jack Unterweger ist in Graz von einem Schwurgerichtshof wegen Mordes an neun Prostituierten schuldig gesprochen und zu lebenslanger Haft verurteilt worden.«

Sofort fuhr ich zum Gericht. Eine Menschenmenge stand vor dem Eingangsportal, aber im Vergleich zum Vormittag waren längst nicht mehr so viele Journalisten da, vielleicht noch vierzig. Dr. Zanger traf ich gerade noch, als er zu seinem Auto eilte. Er gab sich zu meiner Überraschung optimistisch: Das Urteil sei ja nicht einstimmig ausgefallen, außerdem hätte es zwei Freisprüche gegeben.

Vor dem Gerichtsgebäude spielte sich eine gespenstische Szenerie ab: Anwalt Lehofer gab im grellen Scheinwerferlicht Interviews. Doch bald stahl der aus Wien angereiste, in diesem Fall altbekannte »Zuhälterkönig« Fred H. allen die Show. Laut brüllend und wild gestikulierend forderte er: »Tod dem Hurenmörder!« und verteilte Flugblätter in der Menge, in denen er über das Urteil triumphierte. – Ein Fressen für die Kameras. Das Publikum lachte.

Inzwischen gelang es mir, mich zu Anwalt Lehofer vorzudrängen und ihn, wie schon oft zuvor, wegen meiner ernsten Befürchtung anzusprechen, daß Jack sich umbringen könnte. Doch er beruhigte mich: »Der Unterweger ist nur einmal kurz zusammengebrochen, als ich ihm kurz vor der Vorführung in den Saal das Urteil persönlich mitgeteilt hab'. Die offizielle Urteilsverkündung hat er dann aber sehr gefaßt überstanden. Glauben'S mir, der wird sich nichts antun!«

Lehofer hatte Jack immer als einen gesehen, der's nimmt, wie es kommt. Gegen Ende des Prozesses hatte er mir eine Episode erzählt, die dies verdeutlichen sollte: Jack hatte beim Lesen eines Briefes von mir, den er, Lehofer, mit der Anwaltspost überbracht hatte, vor ihm zu weinen begonnen. Es war einer jener letzten, sehr persönlichen Briefe, in denen ich ihn beschwor, niemals die Hoffnung aufzugeben. Wenig später, beim Verlassen der Verhörzelle, habe ein Justizwachebeamter einen belanglosen Witz gemacht, woraufhin Jack schon wieder gelächelt habe. So erfahren er als Strafverteidiger war, verstand Lehofer offenbar nicht, daß man sich im Milieu des Gefängnisses eine Maske zulegen muß, um dort zu überleben.

Zanger sah seinen Mandanten nicht viel anders: Meine Befürchtung, Jack könnte sich etwas antun, tat er verärgert als Hirngespinst ab.

Nach dem schwülen Tag folgte eine gewaltige Gewitternacht. Der heftige Regen wurde vom lauten Grollen der Donnerschläge und einem ungewöhnlichen, fast übernatürlich anmutenden Wetterleuchten begleitet. Erst im Morgengrauen des nächsten Tages wich das Gewitter einem sanften Regen.

Die Laienrichter hatten sich gleich nach der Urteilsverkündung in ein Gasthaus begeben, um sich bei Speis und Trank vom anstrengenden Tag zu erholen. Auch Staatsanwalt Gasser, der die Geschworenen so gelobt hatte, stieß hinzu. Man feierte bis in die frühen Morgenstunden.

Um etwa dieselbe Zeit soll sich Jack Unterweger in seiner taghell erleuchteten Zelle – die Neonröhre war auf Anweisung der Justizanstalt aus Sicherheitsgründen eingeschaltet geblieben – erhängt haben: mit der durch Schuhbänder verstärkten Kordel seiner Jogginghose, an die eine metallene Querverstrebung geknüpft war, die den WC-Bereich mittels eines daran angebrachten Leinenvorhangs vom übrigen Raum abdeckte.

Ein gehorsames Urteil

Ein Urteil läßt sich widerlegen, aber niemals ein Vorurteil.
(Marie v. Ebner-Eschenbach)

Der Prozeßkommentator Daniel Glattauer lobt im »Standard« vom 15. Juni 1994 den Boulevard, der bei seiner Berichterstattung über den Unterweger-Prozeß mit Wertungen »erstaunlich sparsam« umgegangen sei: »Wohl stoßen sie [die Leser] in ihrer Zeitung immer auf ›Belastendes‹, aber man sagt ihnen nicht, was das bedeutet.« Und dann beschwört der Kommentator die »Urteilskraft der Geschworenen«: »War er's oder war er's nicht? Von denen, die drinnen sitzen, glaubt es mittlerweile wohl schon ein jeder zu wissen. Jeder für sich. Es dringt nicht nach draußen. Das deutet auf einen Jahrhundertprozeß an Fairneß hin.«

Ich habe mit einem der Geschworenen mehrere Gespräche geführt – freilich erst nach Ende des Prozesses. Dabei erfuhr ich von internen Zwischenabstimmungen unter den Geschworenen, die noch wenige Tage vor der Urteilsfällung mit einem Freispruch in allen angeklagten Fällen ausgegangen sind – mit Ausnahme des Falles Bockova, wo das DNA-Gutachten den Nimbus wissenschaftlicher Unfehlbarkeit ausstrahlte.

Die Zweifel bestanden also bis zuletzt.

Die im folgenden zitierten Aussagen eines Geschworenen betreffen das Verhalten des prozeßvorsitzenden Richters Dr. Kurt Haas »hinter den Kulissen« des Prozesses. Diese Aussagen des Richters sollen also nicht öffentlich im Prozeßsaal, sondern bei internen »Vorgesprächen« mit den Geschworenen im Beratungszimmer getätigt worden sein. Außer dem vorsitzenden Richter und den Geschworenen war demnach niemand anwesend. Aus Schutzgründen halte ich den Namen meines Gesprächspartners streng geheim. Nur soviel: Der Betreffende war während des ganzen Prozesses hindurch anwesend, als Ersatzgeschworener aber nicht mehr bei der nach Schluß der Hauptverhandlung vom Richter erteilten Rechtsbelehrung und der anschließenden Urteilsberatung der Geschworenen.

Dieser Geschworene sagte über den prozeßvorsitzenden Richter: »Er [Der Richter, A. W.] ist jeden Morgen vor Beginn der Verhandlung zu uns ins Beratungszimmer gekommen und hat uns den Tagesablauf mitgeteilt, das heißt, welche Zeugen an diesem Tag dranwaren. Dabei hat er uns genau gesagt, was die jeweiligen Zeugen aussagen würden, worauf wir dabei besonders aufpassen müßten, welche Zeugen besonders wichtig seien und welche wir von vornherein ›vergessen‹ könnten. Er hat also im vorhinein den Inhalt der Zeugenaussagen bewertet. Dabei hat er manchmal so eine abfällige Handbewegung gemacht. Über einige Zeugen hat er sogar gesagt: ›Die lügen ja!‹ [Auf meine Frage, welche Zeugen gemeint waren (A. W.):] Mit Lügen hat er die Zeugen aus Köflach gemeint.«[8] [...]

Wir Geschworenen haben immer im vorhinein gewußt, also sicher zu 80 Prozent, was der Zeuge aussagen wird. Nur bei der U. und bei der Bianca haben wir vorher wirklich nichts gewußt. Aber die Bianca hat ja eh nichts gesagt, nichts Wichtiges, mein' ich. [...]

Der Richter hat beim Prozeß immer abgeblockt, wenn es um wichtige Details ging. Die ›Standardfloskel‹ war, das stehe ohnehin ›im Akt‹, was dann aber nicht der Fall war. Es ist regelrecht ›drüberverhandelt‹ worden, nach dem Motto: Nur ja keinen Zweifel daran aufkommen lassen, daß der Unterweger der Mörder ist ... [...]

Ich habe beim Prozeß immer wieder Fragen gestellt, denn mich hat gestört, daß soviel Beweismaterial einfach verschwunden ist. Ich hatte den Eindruck, daß das dem Richter lästig war. Und so kam es, daß mir der Richter im Beratungszimmer wörtlich ins Gesicht gesagt hat: ›Sie stellen am besten keine Fragen mehr!‹«

Fragen der Geschworenen sind aber ganz im Sinne des Grundsatzes der Laienbeteiligung und der Wahrheitsfindung, weshalb die Strafprozeßordnung diese auch ausdrücklich zuläßt. Mehr noch: Die Geschwo-

8 Die »Zeugen aus Köflach« waren jene Teilnehmer an der Lesung, die Jack Unterweger im Mordfall Schrempf ein Alibi gaben, indem sie aussagten, daß die Lesung zum Zeitpunkt des Verschwindens des Mordopfers noch andauerte.

renen dürften nach der Strafprozeßordnung auch Beweisaufnahmen, die Gegenüberstellung von Zeugen und auch die nochmalige Vernehmung bereits gehörter Zeugen beantragen. Die Unterweger-Geschworenen haben aber trotz der Komplexität der Prozeßmaterie nie etwas beantragt. Haben sie sich nicht getraut?

Allerdings entsprach bereits die (zumindest nach dem Gesetz ja rein zufällige) Auswahl der Geschworenen in diesem Prozeß nicht unbedingt einem repräsentativen Querschnitt durch die Bevölkerung: Sie stammten fast ausschließlich aus Gegenden, die durch eine traditionell-bäuerliche Sozialstruktur geprägt sind. Unter den Geschworenen waren nur vier Frauen, wovon drei nur als Ersatzgeschworene am Prozeß teilnahmen und somit bei der Urteilsfindung gar nicht dabei waren. Ein Vertreter eines Berufes mit Maturaniveau oder ein Akademiker war nicht unter den Geschworenen. Keineswegs geht es hier um so etwas wie »Standesdünkel«, sondern es geht schlichtweg um soziale Ausgewogenheit – denn nur auf diese Weise kann eine möglichst differenzierte Meinungsbildung erreicht werden.

Auch andere Prozeßbeobachter haben es mir bestätigt: Der Richter hat gegenüber diesen Geschworenen eine große, geradezu unantastbare Autorität ausgestrahlt. Mehr noch: Ausgestattet mit dem Nimbus des »erfahrenen, älteren Strafrichters« genoß er einen mit rein rationalen Gründen nicht erklärbaren Vertrauensvorschuß. Der »souveräne« (»täglich Alles«) Richter Haas stand stellvertretend für eine Justiz, der man in weiten Kreisen der Bevölkerung und der Medien leider immer noch viel zu unkritisch, wenn nicht »vertrauensselig« gegenübersteht.

Auch die Aussage des Geschworenen über seine Kollegen will ich nicht vorenthalten, da sie geeignet ist, das Stimmungsbild des Prozesses ein wenig wiederzugeben: »Zwei von den Geschworenen haben überhaupt nie Fragen gestellt. Das waren diejenigen, die den Unterweger schon von vornherein verurteilt hatten. Der eine ist Landwirt und Mesner, der geht jeden Sonntag in die Kirche vorbeten. Für den war der Unterweger von vornherein als Verbrecher abgestempelt, wie und was interessierte ihn gar nicht. Der kam am ersten Prozeßtag in seinem Steireranzug rein, machte aus seiner Meinung überhaupt keinen Hehl und war gar nie, während des ganzen Prozesses nicht, davon abzubringen. Der schien überhaupt nur mehr drauf zu warten, endlich seinen Schuldspruch fällen zu können. Es gab eigentlich nur einen von uns, der beharrlich

Fragen gestellt hat. Und der den Richter Haas am nächsten Tag, im Beratungszimmer, darauf aufmerksam gemacht hat, wenn ein Zeuge anders als vom Richter angekündigt ausgesagt hatte. Der Richter hat aber sofort abgeblockt, er ist auf diese Einwände gar nie eingegangen, sondern hat immer nur das gesagt, worauf es ihm ankam.«

Beim folgenden Gespräch, das ich mit einem anderen Geschworenen telefonisch führte, merkte ich deutlich die Angst meines Gesprächspartners, frei und offen mit mir zu reden. Über den Richter sagte er nur: »Na, also über den Richter, das war doch irgendwie fair, im großen und ganzen, von so kleinen Ausrutschern abgesehen …«

Inwieweit diese Aussagen über den vorsitzenden Richter Haas stimmen, kann und will ich gar nicht beurteilen. Nach der Strafprozeßordnung ist eine Rechtsbelehrung und Besprechung des Richters mit den Geschworenen jedenfalls erst nach Schluß der Verhandlung vorgesehen – nämlich unmittelbar bevor die Laienrichter sich zur Urteilsberatung zurückziehen. Über die Rechtsbelehrung des vorsitzenden Richters heißt es in der österreichischen Strafprozeßordnung: »Im Anschluß an die Rechtsbelehrung bespricht der Vorsitzende mit den Geschworenen die einzelnen Fragen; er führt die in die Fragen aufgenommenen gesetzlichen Merkmale der strafbaren Handlung auf den ihnen zugrundeliegenden Sachverhalt zurück, hebt die für die Beantwortung der Frage entscheidenden Tatsachen hervor, verweist auf die Verantwortung des Angeklagten und auf die in der Hauptverhandlung durchgeführten Beweise, ohne sich in eine Würdigung der Beweismittel einzulassen, und gibt die von den Geschworenen etwa begehrten Aufklärungen.«

Daraus geht eindeutig der gesetzliche Auftrag an den Richter hervor, eine Würdigung der Beweise und der Zeugenaussagen strikt zu unterlassen. Das Problem besteht darin, daß die Grenzen zwischen Rechtsbelehrung, Besprechung und Urteilsberatung in der Praxis leider sehr oft verschwimmen. Dieser Mißstand wird dadurch begünstigt, daß die Verteidigung nicht berechtigt ist, der Rechtsbelehrung der Geschworenen durch den Richter beizuwohnen. Auch sonst ist keine Kontrollinstanz vorgesehen, etwa durch einen außenstehenden Verteidiger. Ein weiteres Manko ist, daß im Gegensatz zu den Einzelrichtern, die über Delikte mit geringerer Strafdrohung urteilen, die Geschworenengerichte für ihre Urteile – die immer tiefe Einschnitte im Leben der Angeklagten darstellen – gar keine Begründung liefern müssen. »Das Urteil stützt sich auf den Wahrspruch der Geschworenen«, heißt es statt einer Urteilsbegründung lapidar. Eine Beweiswürdigung oder Ausführungen zu den für den Schuldspruch maßgeblichen Erwägungen unterbleiben.

Der Charakter der Urteilsberatung als »Geheimsitzung« von Richter und Geschworenen soll sogar für den Zeitpunkt gelten, an dem das Urteil bereits gefällt ist: Schon wenige Tage nach Erscheinen meines ersten Buches, in dem ich die Aussagen des Geschworenen zitiert hatte, wurden sämtliche Geschworenen und Ersatzgeschworenen des Unterweger-Prozesses über Auftrag der Grazer Staatsanwaltschaft von der Kriminalpolizei vorgeladen und verhört.

Gegen einen von ihnen, den unbescholtenen Familienvater Reinhold P., wurde offiziell über Antrag der Grazer Staatsanwaltschaft nach dreistündigem Polizeiverhör ein Strafverfahren wegen »Verletzung des Amtsgeheimnisses« eingeleitet. Wegen desselben Tatbestands wurde auch gegen mich als »Mittäterin« vorgegangen: »Sie stehen im Verdacht, Herrn Reinhold P. [...] dazu bestimmt zu haben, daß er Ihnen Geheimnisse offenbarte, die ihm ausschließlich kraft seines Amtes als Geschworener in der Strafsache gegen Jack Unterweger anvertraut oder zugänglich gemacht wurden und diese dann in Ihrem Buch [...] publiziert zu haben«, heißt es in der Anzeige der Grazer Staatsanwaltschaft.

Der Richter selbst hat zu den obigen Aussagen des Geschworenen nie Stellung genommen. Auch die Justiz hat die möglichen Verstöße gegen die Strafprozeßordnung nie geprüft. Es wurden nicht einmal Vorerhebungen eingeleitet.

»Sein bester Mord«

Jacks Freitod war die Sensation – nach diesem Prozeß dieses Ende. Die triumphierenden Schlagzeilen auf den Titelblättern lauteten: »Das Urteil der Geschworenen: Unterweger schuldig« – die letzten beiden Worte fett hervorgehoben (»Kronen-Zeitung«); »Lebenslang« mit dicker Unterstreichung (»Kleine Zeitung«): Hämische Kommentare waren längst nicht mehr aktuell: Es gab nichts mehr zu feiern. Jack Unterweger war schon seit Stunden tot. Die Beute war erlegt.

Die erst in den Acht-Uhr-Nachrichten durchgegebene Todesnachricht war in der Bevölkerung wie eine Bombe eingeschlagen. Überall, in den Straßenbahnen, Geschäften, Amtsräumen oder Kantinen war Unterweger das Tagesgespräch. Bei den »rechtschaffenen« Bürgern herrschte Genugtuung und Schadenfreude vor. Aber viele Menschen waren, den hämischen Presseberichte zum Trotz, jetzt spürbar erschüttert über diesen so plötzlichen, unerwarteten Tod der Hauptfigur des »Jahrhundert-Prozesses.«

Auch die Radio- und Fernsehsendungen dieses Tages waren fast ausschließlich dem Thema »Unterweger und sein Selbstmord« gewidmet. Unter dem Motto »Wie konnte das passieren?« wurden mehrere Verantwortliche interviewt. Und sie alle, vom Justizminister über den Gerichtspräsidenten bis zum Psychiater, gaben sich »überrascht«: Niemand hätte mit einem Selbstmord rechnen können, hieß es immer wieder. Auch eine offizielle Stellungnahme des Grazer Gerichts wurde gebracht, wonach man Unterweger »alle gefährlichen Dinge abgenommen« habe (was überhaupt nicht stimmte, wie ich später herausfand – sogar Rasierklingen hatte man in der Zelle gelassen). Justizminister Michalek sagte unter Berufung auf seine Informationen aus Graz: »Es gab bei Unterweger keine Anzeichen für eine Selbstmordgefahr. Der Selbstmord war völlig unvorhersehbar und daher nicht zu verhindern.« Die Frage nach einer psychologischen Betreuung des Häftlings mußte Michalek verneinen: »Psychologische Betreuung ist in der Nacht nicht möglich.« Eine spätere Stellungnahme von Seiten der Grazer Justizanstalt lautete übrigens: Man könne einen Häftling ja nicht »anbinden«!

Rechtsanwalt Zanger gab die Schuld am Tod seines Mandanten vor allem Staatsanwalt Gasser. Der habe mit seiner Aufforderung an die Geschworenen, den Angeklagten im Zweifel schuldig zu sprechen, »die Grundfesten unserer Rechtsordnung angegriffen«, meinte er und bezeichnete Gasser als »Skandal-Staatsanwalt«. Menschlich konnte Zanger den Freitod seines Mandanten nachvollziehen: »Es war die Ungerechtigkeit. Der Unterweger hat diese riesige Ungerechtigkeit einfach nicht mehr ausgehalten!« Daraufhin sah sich der Leiter der Grazer Oberstaatsanwaltschaft Heimo Lambauer veranlaßt, die Vorwürfe Zangers aufs schärfste zurückzuweisen: Wenn ein Rechtsanwalt so etwas sage, so sei dies ein »Skandal« (Lambauer im »Mittagsjournal« vom 29.6.1994). Und er betonte mehrfach, daß die Schuld des Unterweger außer Zweifel stehe; die Geschworenen hätten aufgrund einer »eindeutigen Beweislage« absolut richtig geurteilt. Am Schluß appellierte er an diese mit fester Stimme: »Die Geschworenen brauchen und sollen sich keine Gewissensbisse machen. Sie haben richtig gehandelt. Sie haben einen Mörder verurteilt!«

Ein Journalist, der an Unterwegers Todestag bei einigen Geschworenen angerufen hatte, erzählte mir später von deren Zweifeln und Selbstvorwürfen. Fast schien es, als drohte die Stimmung nach diesem dramatischen Finale einer monatelangen Hetzjagd zu kippen: Es gab in den Redaktionen durchaus auch mehrere Anrufe von Leuten, die sich ihrer Empörung Luft verschafften – sie meinten, die Unterweger-Geschworenen hätten verantwortungslos gehandelt und seien mitschuldig am Tod des Angeklagten. Stimmen, denen man lieber keine Öffentlichkeit verschaffte.

Dafür wurde der Appell des leitenden Staatsanwalts an die Unterweger-Geschworenen tags darauf so ziemlich in allen Zeitungen veröffentlicht.

Auch Psychiater Haller wurde zum Freitod Unterwegers befragt. Im Interview mit dem »Mittagsjournal« klang er spürbar erschüttert: »Ob es ein Freitod war, im Sinne von wirklich ›freiwillig‹, will ich einmal dahingestellt lassen …« Er habe Unterweger als »einnehmende, kultivierte und höfliche Person« kennengelernt, als einen Menschen, mit dem er im Grazer Gefängnis »ehrliche und faire Arbeitsgespräche« geführt habe. Der Selbstmord habe ihn »überrascht«, da Unterweger so ein »kämpferischer« Mensch gewesen sei. Er hätte schon erwartet, daß dieser zumindest »den Instanzenweg« abwarte. Als ihn der Redakteur daraufhin fragte, ob man in solchen Situationen nicht an seinen Fähigkeiten als Psychiater zweifle, verteidigte sich Haller: Zum Zeitpunkt der Arbeitsgespräche sei Unterweger noch »voller Pläne« gewesen, »eine Suizidgefahr war damals eben noch nicht gegeben«. (Haller im »Mittagsjournal« vom 29.6.1994). Die »Kronen-Zeitung« wollte vom Psychiater wissen, ob der Selbstmord nicht als »Schuldeinbekenntnis« zu werten sei, doch Haller mußte die Journalistin enttäuschen: »Nein, das kann man so sicher nicht sagen. Selbstmord ist immer in erster Linie Ausdruck von Einsamkeit, Hoffnungs- und Ausweglosigkeit …« Und jetzt gab der Psychiater auch zu, daß er sich »Sorgen gemacht« habe, als er Unterweger zuletzt bei Gericht gesehen hatte: »Er hat sehr deprimiert und geknickt auf mich gewirkt.« (Haller in der »Kronen-Zeitung« vom 30.6.1994, deren Titelblatt wieder einmal ein Bild Unterwegers mit nacktem, tätowiertem Oberkörper zierte: »Der Häf'poet setzte sich gerne in Pose«).

Auch Politiker fühlten sich zu Stellungnahmen bemüßigt, allen voran der Justizsprecher der Österreichischen Volkspartei, Dr. Michael Graff, im Zivilberuf Rechtsanwalt. Er kommentierte den Tod des Jack Unterweger in der diesen Abend dem Thema »Unterweger-Selbstmord« gewidmeten Diskussionssendung »Runder Tisch« kühl lächelnd: »Es war sein bester Mord!« In einem Interview mit einem deutschen Privatsender setzte er noch eins drauf: »Auch der Kriegsverbrecher Göring hat sich [trotz schärfster Überwachungsmaßnahmen] selbst gerichtet.«

Was vor lauter Stellungnahmen »wichtiger« Persönlichkeiten unerwähnt blieb: Meine vergeblichen Warnungen der letzten Tage vor dem Selbstmord.

Die widersprüchlichen Gefühle, die der Tod Unterwegers im Land ausgelöst hatte, wurden von der »Krone«-Kolumnistin Marga Swoboda recht treffend beschrieben: »In den Kantinen und Straßenbahnen kursieren die ersten unappetitlichen Witze zu Unterwegers Tod. Seltsame Streitereien an Stammtischen: Hätte man das verhindern können/sollen/müssen? Warum hat er sich nicht früher heimgedreht, dieses Aas? Obszöne Schadenfreude, skurriles Mitleid, Ekel und Faszination. Merkwürdige Gefühle zu einem unbegreiflichen Menschen. Wirre Debatten über das Recht auf Freitod. Zorn darüber, daß er sich der Strafe entzogen hat. Genugtuung darüber, daß der Staat ihn nun doch nicht mehr durchfüttern muß [...]« (»Kronen-Zeitung«, 1.7.1994).

Bald wurde durch einige Zeitungen das Gerücht in Umlauf gesetzt, daß der Knoten der Schnur, mit der Unterweger sich erhängt hatte, ident mit den Knoten in den Mordfällen sei. Allerdings war ein Gutachten über den Knoten des Selbstmordwerkzeuges nie offiziell in Auftrag gegeben worden.

Dafür war ein seltsamer Zufall nur eine knappe Erwähnung in den Vorabendnachrichten wert: Drei Tage nach Jack Unterwegers Tod, am 2. Juli 1994, wurde in der Nähe der Wiener Praterallee die Leiche der erdrosselten Wiener Prostituierten Eva Montangnon gefunden. Der Mord ist bis heute nicht geklärt.

Nachwort

Die von Anwalt Zanger nach dem Tod seines Mandanten gegen das Urteil eingebrachte Nichtigkeitsbeschwerde wurde vom Obersten Gerichtshof zurückgewiesen – mit einer ganz einfachen Begründung: Da das Urteil infolge Ablebens des Angeklagten vor Ablauf der Rechtsmittelfrist niemals rechtskräftig geworden sei, fehle es an der rechtlichen Beschwer. Eine juristisch korrekte, aber auch recht bequeme Lösung – der brisante Justizfall konnte nun endgültig ad acta gelegt werden. Was Boulevardmedien nicht daran hindert, das zumindest juristisch falsche Bild vom »Prostituiertenmassenmörder Jack Unterweger« noch Jahre nach dessen Tod auszuwälzen.

Ob Jack Unterweger wirklich schuldig war oder ob unschuldig verurteilt wurde, kann bis heute niemand mit Gewissheit sagen. Morde an Prostituierten mit vergleichbarem Täterprofil gab und gibt es bis heute. Aufhorchen ließ zuletzt die Festnahme des Eisenbahners Helfried B. Der unauffällige, kontaktarme Eisenbahner gestand neben dem ihm nachweisbaren Mord an der 52jährigen Wiener Straßenprostituierten Elisabeth Salmhofer (ermordet am 7. Juni 2002 in Wien-Penzing) bei den Verhören noch drei weitere Morde: Die Morde an der 42jährigen Grazer Prostituierten Gertrud Seger (ermordet am 10. Jänner 1989), an der 40jährigen Wiener Prostituierten Eva Montagnon (ermordet am 2. Juli 1994) sowie an der am 24. Oktober 1995 in einer Mülltonne aufgefundenen 27jährigen Wiener Prostituierten Evelyn Mirkovic. All diese Frauen waren erdrosselt worden. B. war beruflich in ganz Österreich unterwegs gewesen. Andererseits besaß er kein Fahrzeug, mit dem er ein Opfer in entlegene Waldgebiete hätte verbringen können. Was auffällt: Der Mord an der Grazerin Gertrud Seger war etwas mehr als ein Jahr vor der Entlassung Jack Unterwegers aus der Strafanstalt Stein verübt worden. Der Mord an Eva Montangnon geschah drei Tage nach dem Tod Jack Unterwegers. Die dazwischenliegende siebenjährige Pause wäre für einen Serien-Lustmörder jedenfalls ungewöhnlich. Nach dem Einschreiten seines Verteidigers widerrief B. allerdings die Geständnisse mit Ausnahme des ihm nachweisbaren Mordes. Obwohl auch einzelne Medien über die unübersehbaren Parallelen zum Fall Unterweger berichteten, wurde in diese Richtung nicht ermittelt – die Jack

Unterweger angelasteten Morde gelten für die Polizei als geklärt. Der Wiener Staatsanwalt brachte nur den nachweisbaren Mord an Elisabeth Salmhofer zur Anklage. Im Prozeß kam zutage, dass Helfried B. tiefer Frauenhaß getrieben hatte. Er wurde zu lebenslanger Haft verurteilt und in eine Anstalt für geistig abnorme Rechtsbrecher eingewiesen.

Abschließend eine Klarstellung: Ich agierte in diesem Fall nicht nur als Juristin, die ihre Kollegen kritisch beobachtet, sondern auch als Mensch, der nicht tatenlos zusehen will, wenn einem Mitmenschen Unrecht widerfährt. Das genügte gewissen Boulevardjournalisten offenbar, um mich irgendwo in der Schublade des verkaufsfördernden »Sex & Crime« unterzubringen. Ich musste anhand des Falles Unterweger leider auch erfahren, wie leicht man als Frau, die es wagt, einer üblen Medienhetze entgegenzutreten, zu deren Beute wird.
Das Kapitel »Jack Unterweger« verlieh meinem Leben jedenfalls einen entscheidenden Wendepunkt. Zum einen in beruflicher Hinsicht: Die Erfahrungen der hier geschilderten Ereignisse waren maßgeblich für meine Entscheidung, mich auch als Strafverteidigerin zu betätigten. Mehr noch haben die Ereignisse mich aber in persönlicher Hinsicht weitergebracht, indem ich mich mit Grundfragen der menschlichen Existenz auseinandergesetzt habe – Gerechtigkeit, Schuld, Tod.
Auch ich weiß nicht, ob Jack Unterweger schuldig war oder ob er unschuldig verurteilt wurde. Ich weiß nur, dass der Prozeß, der gegen ihn geführt wurde, kein fairer war. Dieses Buch habe ich geschrieben, um aufzuzeigen, welch unselige Dynamik aus dem Zusammentreffen von Erfolgsdruck auf Ermittlungsbehörden, Karrieredenken und der medialen Jagd nach Auflagen und Quoten entstehen kann. Auf der Strecke bleiben nicht nur die Menschenwürde, sondern auch die Suche nach der Wahrheit. Vielleicht rüttelt dieses Buch Menschen auf, die sonst kaum mit der verdrängten Thematik der Strafjustiz in Berührung kommen. Vielleicht erreicht dieses Buch Menschen, denen Einfluß auf die Gestaltung von Gesetzen zukommt, und Menschen, die für die Medienberichterstattung in Strafprozessen verantwortlich sind. Vielleicht trägt es dazu bei, eine kritischere Sichtweise auf Strafprozesse zu gewinnen – und damit letztendlich zu Änderungen im Sinne einer Aufwertung der Rechte des Angeklagten. Dann hätte dieses Buch schon sehr viel erreicht.